DONGSUH MYSTERY BOOKS 140

THE FIVE RED HERRINGS

의혹

도로시 L. 세이어스/김순택 옮김

동서문화사

옮긴이 김순택(金順澤)
청주대학 영문과와 고려대 대학원을 졸업. 제주대학 교수와 도서관장을 역임. 지은책《영어발음연구》등이 있다.

ÈÈÈ

DONGSUH MYSTERY BOOKS 140
의혹

도로시 L. 세이어스 지음/김순택 옮김
초판 발행/1977년 12월 1일
중판 발행/2003년 12월 1일
발행인 고정일/발행처 동서문화사
창업 1956. 12. 12. 등록 16-345(윤)
서울강남구신사동 540-22 ☎ 546-0331~6 (FAX) 545-0331
www.epascal.co.kr

*

편찬·필름·제작 일체「동판」자본으로 이루어짐에 따라
출판권 소유권자「동판」에서 제조출판판매 세무일체를 전담합니다.
사업자등록번호 211-90-02201
ISBN 89-497-0236-3 04800
ISBN 89-497-0081-6 (세트)

의혹

차례

의혹

귀족탐정 피터 경

The King Red Herrings
의혹

객차 안의 공기가 담배연기로 탁해지자 마침내 매멀리 씨는 아침식사가 자신에게 맞지 않은 것을 강하게 느끼기 시작했다.

아침식사 그 자체에 나쁜 데가 있을 리 없다. 〈모닝 스타〉지의 건강난에서 권하고 있듯이 비타민이 풍부한 검은 빵, 먹음직스럽고 바삭바삭하게 기름에 튀긴 베이컨, 알맞게 삶은 달걀, 새튼 부인만 아는 방법으로 끓인 커피. 매멀리 씨의 형편으로는 새튼 부인이야말로 정말이지 어렵지 않게 데려온 좋은 요리사로 고맙게 생각해야 할 사람이었다. 왜냐하면 에셀은 신경쇠약에 걸린 여름부터 폭풍이 휘몰아치듯 심하게 들락날락하는 미숙한 소녀들을 맡아서 처리할 만한 기력이 없었던 것이다. 에셀은 요즘 자질구레한 일로도 조바심치고 걱정이 심했다, 가엾게도. 매멀리 씨는 마음속으로 부풀어 오르는 불쾌감을 무시하고 자신이 병들지 않기를 간절히 바랐다. 그 때문에 사무실에 끼치게 될 폐는 별도로 치더라도 에셀이 걱정하지 않도록 하는 것이 우선이었다. 에셀에게 조금이라도 불안한 생각을 갖게 하기보다는 차라리 기분 좋게 이 멋도 맛도 없는 하찮은 인생을 끝내고 마는 편이 낫다고 생각했다.

그는 소화제를 먹고──요즘은 언제나 몇 알씩 몸에 지니고 다녔다──신문을 폈다. 그다지 뉴스가 될 만한 것은 눈에 띄지 않았다.

관공서에서 쓰는 타이프라이터에 대해 하원에서 질의가 있었다는 것, 황태자가 미소 지은 얼굴로 영국 구두전시회에서 개회사를 한 것, 자유당이 더욱 분열했다는 것, 경찰당국은 링컨의 어떤 한 집안을 독살했다고 여겨지는 여자를 아직 수사 중이라는 것, 두 소녀가 공장 화재에 휘말렸다는 것, 여배우가 네 번째 이혼에 성공한 이야기 등등…….

매멀리 씨는 패러건 역에서 내려 전차를 바꾸어 탔다. 마음속의 불쾌감은 더욱 뚜렷해져 금방이라도 메슥메슥 구역질이 날 것만 같았다. 최악의 사태가 일어나기 전에 가까스로 사무실에 닿을 수 있었다. 얼굴이 창백해지기는 했으나 조용히 자신의 책상 앞에 앉자 공동경영자가 한가로운 태도로 느긋하게 들어왔다.

"여어, 매멀리!" 브룩스 씨가 큰소리로 말하고 나서 언제나와 마찬가지로 한마디 덧붙였다. "무척 춥지?"

"그렇군." 매멀리 씨가 말했다. "정말로 추위가 불쾌하리만큼 몸에 스며드네."

"이젠 아주 지긋지긋해." 브룩스 씨가 말했다. "구근(球根)은 다 심었나?"

"아직 다 끝나지 않았다네." 매멀리 씨는 솔직히 털어놓았다. "사실은 몸이 좋지 않아서……."

"딱하군." 공동경영자가 말을 가로막았다. "정말 안됐네. 좀더 빨리 해치웠어야 했는데. 우리 집은 지난 주일에 끝냈지. 봄이 되면 작은 우리 집도 꽃밭이 될 것일세. 도시 속에 있는 정원치고는 아주 훌륭하다네. 자네는 시골에 살아서 행운이야. 헐보다는 나으리라고 생각하는데 어떤가? 애비뉴쯤에는 신선한 공기가 얼마든지 있겠지만. 그런데 부인은 좀 어떠신가?"

"고맙네, 덕분에 많이 좋아졌어."

"그거 참, 다행일세. 정말 다행이야. 언제나 그랬듯이 이번 겨울에도 부인이 나와 주시면 좋겠네. 자네도 알다시피 연극동호회는 부인이 없으면 아무것도 못하잖나. 실제로 지난해 〈로만스〉에서의 부인의 연기는 잊을 수가 없군. 부인과 그 젊은 웰벡 둘이서 떠나갈 듯한 박수갈채를 받지 않았었나. 웰벡 집안사람이 어제 부인의 안부를 묻더군."

"고맙네. 머잖아 아내가 여러 사람과 다시 만날 수 있게 되리라 믿네. 마음 쓰지 않을 것…… 그것이 가장 중요한 일이라고 늘 집사람에게 말하고 있다네. 마음을 느긋하게 가지고 허둥대지 말며 너무 많은 일을 맡지 말라고 이르고 있지."

"정말 그 말은 맞네. 언제까지나 잊지 않고 속을 썩여봐야 무슨 소용 있겠나. 나는 벌써 여러 해 전부터 걱정스러워하거나 고민하는 것 따위는 잊어버렸다네. 나 좀 보게나, 자, 얼마나 건강한가. 다시 50살로 보일 수는 없겠지만 말일세. 그런데 자네는 도무지 기운이 없어보이는데."

"소화가 잘 안 돼." 매멀리 씨가 말했다. "별일은 아닐세. 간장이 좀 나빠졌을 뿐이야. 아마도 그것이 원인인 듯싶으이."

"틀림없이 그럴 걸세." 브룩스 씨가 재빨리 끼어들었다. "인생이란 정말 살 가치가 있는 걸까? 그건 어느 집이나 가장에게 달려 있다네, 하하하! 그럼, 일을 시작하기로 할까? 펠라비의 그 임차 계약서는 어디에 있지?"

그날 아침에는 세속적인 이야기를 할 생각이 전혀 없었으므로 매멀리 씨는 오히려 이 제안을 환영하여 그로부터 30분 동안쯤 부동산업자로서의 직무를 아무런 방해도 받지 않고 해나갈 수 있었다.

브룩스 씨는 조금 뒤 또다시 잡담을 시작했다.

"그런데 여보게, 혹시 부인께서 좋은 여자요리사를 모르실까?"

매멀리 씨는 대수롭지 않게 대답했다.

"글쎄, 아마 잘 모를 거야. 요즘엔 요리사도 그리 쉽게 구할 수 없으니 말일세. 우리 집에서도 바로 얼마 전에 간신히 한 사람을 구했거든. 그런데 그건 왜 묻나? 설마 자네 집에 있는 그 오래된 요리사가 그만두려는 건 아니겠지?"

브룩스 씨는 쾌활하게 웃었다.

"천만에! 지진이라도 일어나지 않는 한 그 요리사를 내보낼 리가 있나. 우리 집이 아닐세. 필립슨이 요리사가 한 명 필요하다고 말하더군. 그 집 요리사가 이번에 결혼하는 모양이야. 처녀를 둔 경우 곤란한 것은 그 점이지. 나는 필립슨에게 말해 주었네. '조심해야 하네. 어느 정도는 아는 사람을 두어야 해. 그렇지 않으면 그 독살녀(毒殺女)——뭐라고 하더라?——아아, 그렇지, 앤드류즈 같은 여자를 데려오게 될지도 모르니까 말일세. 아직 자네 집에 장례식 꽃다발을 보내고 싶지는 않아' 하고 말야.

그는 웃음을 터뜨렸지만 사실은 웃을 일이 아니므로 나는 분명하게 말해 주었다네. '대체 무엇 때문에 세금을 내는지 도무지 알 수가 없군. 벌써 한 달이나 지났는데도 그 여자를 체포하지 못하고 있잖나. 경찰은 그 여자가 이 근처를 서성거리며 '요리사 일자리를 구하고 있을지도 모른다'고만 말할 뿐일세. 젠장, 요리사라는 거야! 어떻게 된 일인지!'"

매멀리 씨가 물었다.

"그럼, 자네는 그 여자가 자살했으리라고는 생각하지 않는 건가?"

"자살이라고!" 브룩스 씨는 거칠게 대답했다. "여보게, 농담은 그만두게. 강에서 발견된 코트 같은 것은 눈속임을 위한 걸세. 그런 패거리들은 자살 같은 걸 하지 않아…… 절대로."

"그런 패거리들이라니?"

"그 비소광(砒素狂)들 말일세. 막상 자신의 일이 되면 이만저만 조심스럽지 않거든. 족제비처럼 교활한 것이 바로 그런 사람들일세. 그 여자가 다른 희생자에게 손을 내밀기 전에 잡히기를 바랄 뿐일세. 필립슨에게도 말했듯이……."

"그럼, 자네는 앤드류즈 부인이 한 짓이리고 생각하나?"

"물론이지. 너무나 불쌍한 일일세. 나이 많은 아버지의 시중을 들었는데 그 아버지가 별안간 죽었지…… 얼마쯤의 유산을 남기고 말일세. 또 나이 지긋한 사나이의 집안일을 맡아보고 있었는데 그도 별안간 죽었네. 그런데 이번에는 부부일세…… 비소중독으로 남자는 죽고 부인은 중태야. 요리사는 달아나고 말았네. 그런데도 불구하고 자네는 그 여자가 했느냐고 묻는 건가? 경찰이 아버지와 나이 지긋한 사나이의 무덤을 다시 파헤쳐 조사해보면 둘 다 비소를 듬뿍 먹었다는 걸 발견하게 될 걸세. 그런 일은 한 번 하고 나면 그만둘 수 없는 법이라네. 말하자면 자꾸만 유혹을 느끼게 되는 거지."

"그렇겠지."

매멀리 씨는 다시 신문을 집어 들고 행방불명된 여자의 사진을 물끄러미 들여다보았다.

"아무리 봐도 해를 줄 것 같은 여자처럼 보이지 않아. 오히려 아주 인상 좋은 어머니 타입의 여자가 아닌가?"

"입매가 좋지 않아." 브룩스 씨가 주장했다. 성격은 입매에 나타난다는 것이 브룩스의 지론이었다. "그런 여자는 절대로 믿을 수가 없다네."

시간이 지남에 따라 매멀리 씨의 기분은 차츰 좋아졌다. 그러나 점심시간에는 다시 신경이 예민해져 조심스레 작은 생선조림과 커스터드 푸딩을 먹고, 식사 뒤에도 허둥지둥 바쁘게 일하지 않도록 주의해야 했다. 다행히 생선과 푸딩은 소화가 잘 되었으며, 요 2주일 동안 거의 습관처럼 괴롭히던, 위장의 통증도 느껴지지 않았다.

일을 끝마칠 무렵에는 기분이 가벼워져서 병으로 인한 고통에 시달리지도 않았고 의사의 청구서에 대한 부담감도 느끼지 않았다. 그는 황갈색 국화꽃다발을 사서 에셀에게 가져다주기로 했다. 기분 좋은 기대감을 안고 매멀리 씨는 기차에서 내려 모너블리의 정원길을 빠져나갔다.

거실에 아내가 보이지 않자 매멀리 씨는 모처럼 부풀었던 기분이 조금 사라지는 것 같았다. 그는 국화꽃다발을 꽉 움켜쥐고 종종걸음으로 정원을 돌아 부엌문을 열었다.

요리사 말고는 아무도 그곳에 없었다. 그녀는 등을 돌리고 테이블 앞에 앉아 있다가 매멀리 씨가 가까이 다가가자 계면쩍은 듯한 표정으로 일어났다.

"어머나, 나리!" 그녀는 깜짝 놀라 말했다. "현관문 열리는 소리가 들리지 않았는데……"

"마님은 어디 계시지? 또 기분이 언짢은 건 아니오?"

"네, 조금 머리가 아프시다기에 쉬시게 하고 4시 30분쯤 따끈한 홍차를 가져다드렸습니다. 지금쯤은 기분 좋게 주무실 거라고 생각합니다."

"원, 저런." 매멀리 씨가 말했다.

"아마 저녁식사 준비로 신경을 너무 쓰신 것 같아요." 새튼 부인이 말했다. "마님께 웬만큼 해두시라고 말씀드렸지만, 마님이 어떤 분이신지는 나리께서 더 잘 아시잖아요. 아주 조바심하시며 뭐든지 하지 않고 잠자코 있을 수는 없다고 하셨어요."

"알 만하오." 매멀리 씨가 말했다. "당신 탓이 아니오, 새튼 부인. 당신은 감탄할 만큼 우리의 시중을 잘 들어주고 있소. 잠깐 2층에 올라가 마님의 얼굴을 좀 보고 와야겠소. 만일 잠들었다면 깨우지 않도록 해야지. 그런데 오늘 저녁 메뉴는 무엇이오?"

"네, 스테이크 키드니 파이를 만들었습니다."

새튼 부인은 만일 그것이 마음에 들지 않으면 언제라도 호박이나 말 네 필이 끄는 마차로 바꿀 수 있다는 듯한 표정을 지었다.

"오오! 고기 파이요? 그것이 나는……." 매멀리 씨가 말했다.

"맛도 좋고 부드러울 겁니다." 새튼 부인은 매멀리 씨가 볼 수 있도록 오븐의 문을 재빠르게 열면서 항의하듯 말했다. "게다가 버터를 써서 만들었어요. 나리께서 기름은 소화가 잘 안 된다고 말씀하셔서요."

"고맙군, 고맙소. 틀림없이 맛은 기막히겠지. 요즘은 도무지 기분이 좋지 않은데다 기름은 나에게 맞지 않는 것 같소."

"네, 기름은 사람에 따라서 잘 맞지 않는 경우가 많아요."

새튼 부인은 고개를 끄덕여보였다.

"간장이 좋지 않으면 당연한 일이지요. 더욱이 요즘 같은 날씨에는 누구나 기분이 나빠지기 쉽답니다."

새튼 부인은 테이블 쪽으로 서둘러 가서 읽고 있던 사진신문을 치웠다.

"마님은 저녁식사를 2층에서 드시고 싶어하지 않을까요?"

매멀리 씨는 가보고 오겠다고 대답하고 발소리를 죽여 2층으로 살금살금 올라갔다.

에셀은 이불에 폭 싸여 누워 있었다. 커다란 더블침대에 누운 그녀는 더욱 작아 보여 금방이라도 바스러져버릴 것만 같았다. 그가 들어가자 에셸은 눈을 뜨고 남편을 올려다보았다.

"기분은 어떻소, 에셸!" 매멀리 씨가 말했다.

"어머나, 돌아오셨군요. 아마 깜박 잠이 들었었나 봐요. 조금 피곤해져서 머리가 아프다고 말했다가 새튼에게 쫓겨 올라왔어요."

"너무 지나치게 애를 쓴 모양이오."

매멀리 씨는 아내의 손을 잡으며 침대 끝에 걸터앉았다.

"네, 당신 말을 들어야 했어요. 어머나, 어쩌면 이렇게 예쁘지요, 해럴드! 모두 나에게 주시는 거예요?"

에셸은 국화꽃다발을 보자 반색을 하며 말했다.

"그럼, 모두 당신에게 주는 거지." 매멀리 씨는 다정하게 말했다. "무슨 상을 주지 않소?"

매멀리 부인은 미소 지으며 몇 번이나 고맙다고 말했다.

"이만하면 충분하겠지요? 자, 이젠 아래층으로 내려가세요. 저도 곧 일어날 테니까요."

"누워 있는 편이 좋지 않겠소? 새튼에게 저녁식사를 이리로 가져오라고 하겠소."

에셸은 싫다고 했지만 남편은 고집스럽게 그 말을 물리쳤다. 만일 자신의 몸을 소중히 하지 않는다면 연극동호회 모임에 나가지 못하게 하겠다, 모두들 출석해 주기를 바라고 있다, 웰벡 집안사람들이 당신의 안부를 물으며 당신 없이는 아무것도 할 수 없다고 말했다고 매멀리는 아내에게 낮에 들은 말을 들려주었다.

"정말이에요?" 에셸은 얼마쯤 활기를 띠며 말했다. "정말 다정한 분들이에요, 그렇게 칭찬해 주시다니. 그럼, 누워 있기로 하겠어요. 그런데 당신은 오늘 하루 어떠셨어요?"

"나쁘지 않았소."

"배가 아프지는 않았나요?"

"으음, 아주 조금. 지금은 다 나았소. 조금도 걱정할 건 없소."

매멀리 씨는 다음날도 그 다음날도 전혀 불쾌한 증상을 느끼지 않았다. 신문의 건강난에 씌어 있는 충고에 따라 오렌지주스를 마시기 시작하면서 그 효과가 나타난 듯해 아주 기뻤다.

그러나 목요일 밤, 매멀리 씨가 몹시 괴로워하기 시작했다. 에셀은 깜짝 놀라 의사를 불러오게 했다. 의사는 그의 맥박을 짚어보고 혀를 살펴보더니 그다지 대수로운 일이 아니라고 생각하는 듯했다. 그는 식사 내용을 물어 그 대답을 듣고 나서 그런 결론을 끌어냈다. 다시 말해서 저녁식사로 돼지다리 요리에 밀크 푸딩을 먹은 다음 잠자리에 들기 전에 새로운 양생법이 명령하는 대로 오렌지주스를 커다란 글라스로 한 잔 마셨던 것이다.

글리핀 선생은 자못 쾌활하게 말했다.

"그것이 문제였습니다. 오렌지주스는 아주 좋은 것입니다. 돼지다리도 그렇습니다. 그러나 함께 먹으면 좋지 않지요. 돼지와 오렌지가 같이 들어가면 특히 간장에 나쁩니다. 그 까닭은 잘 알 수 없지만 나쁘다는 것만은 틀림없습니다.

그럼, 부인, 간단한 처방전을 보내드리겠습니다. 하루 이틀쯤 수프만 마시고 돼지고기는 드시지 않도록 하십시오. 주인어른에 대해서는 염려하지 마십시오. 원기가 좋으니까요. 주의해야 할 사람은 바로 당신입니다. 부인의 눈 밑에 생긴 검은 그늘은 보고 싶지 않군요. 밤에 잠을 잘 못 주무시기 때문입니다. 물론…… 네, 물약은 꼬박꼬박 복용하고 있습니까? 네, 좋습니다. 아무튼 주인어른의 일로 염려하실 필요는 없습니다. 곧 좋아질 겁니다."

그 예언은 적중했으나 의사의 말대로 곧 효과가 나타났다고는 할 수 없었다. 식사는 환자식인 빵과 우유, 그리고 새튼 부인이 특별히 만들어준 쇠고기 수프로 제한되었으며, 에셀이 그것을 침대까지 가져다주었다. 금요일은 하루 종일 기분이 조금도 좋아지지 않았다. 토요일 오후에야 매멀리 씨는 머리가 어질어질하여 휘청거리면서 겨우 아래층으로 내려갈 수 있었다. 분명히 '완전히 좋지 않은 상태'로 괴로워한 것이었다. 그러나 브룩스가 사무실에서 서명해 달라고 보내온 몇 통의 서류를 훑어보고 가계부를 살펴볼 수는 있었다. 에셀은 숫자에 밝지 못했으므로 매멀리 씨는 언제나 아내와 청구서의 계산을 함께 했다. 푸줏간, 빵집, 우유가게, 석탄가게 등의 계산을 끝낸 다음 매멀리 씨는 따져 묻듯이 아내를 올려다보며 말했다.

"이 밖에는?"

"글쎄요, 새튼의 급료가 남았군요. 오늘이 그녀의 월급날이잖아요?"

"그렇군. 그래. 당신은 그녀에게 아주 만족하고 있는 거지?"

"네, 무척…… 당신도 그렇지요? 요리도 잘하고 상냥하고, 마치 어머니 같은 부인이에요. 그 자리에서 당장 썼으니, 내 머리도 제법 잘 돈다고 여겨지지 않으세요?"

"그 말이 맞소, 정말이오."

"하느님의 은총이에요. 그 한심하고 인정머리 없는 제인이 아무 예고도 없이 나가버린 뒤 곧 이렇게 새튼이 나타나주다니. 나는 정말 어떻게 해야 할지 몰라 아주 난처했었어요. 물론 추천장도 없이 집에 있도록 하는 것은 위험한 일인지도 모르지만, 홀어머니를 모시고 있으니 추천장 받기가 어렵지 않겠어요?"

"그렇지, 어려울 거요."

그러나 매멀리 씨는 그 점에 대해 불안을 느끼고 있었다. 하지만 상황이 누구든 고용해야 했으므로 너무 이것저것 조건을 붙이고 싶지 않았다. 그러므로 이제 와서 새삼 할 말은 없었다. 한 번은 새튼 부인이 속해 있는 교구의 목사에게 사실 확인을 요구하는 편지를 쓰려고 머뭇거렸으나 에셀이 말했듯이 그 목사가 요리에 대해 뭔가 가르쳐줄 리도 없고 무엇보다도 가장 중요한 점은 요리솜씨이기 때문에 그만두었다.

매멀리 씨는 그 달의 지출에 대한 계산을 끝마쳤다.

"그런데 에셀, 새튼 부인에게 내가 내려오기 전에 꼭 신문을 읽어야겠다면 다 읽고 난 다음에는 얌전하게 잘 접어두면 고맙겠다고 말 좀 해주구려."

"당신은 어쩌면 그토록 고리타분한 잔소리꾼이지요?"

매멀리 씨는 한숨을 쉬었다. 아침신문이 그의 앞에 숫처녀처럼 새롭고 구김살 하나 없이 전달되는 것이 중요한 일이라고 설명할 수는 없었다. 여자란 그처럼 미묘한 문제에는 도무지 관심이 없는 것이다.

매멀리 씨는 일요일에는 아주 기분이 좋아져 있었다. 실제로 옛날의 자신으로 거의 되돌아가 있었다. 그는 침대 속에서 아침식사를 하며 〈뉴스 오브 더 월드〉를 펴들고 살인사건을 꽤 주의깊게 읽고 있었다. 매멀리 씨는 살인기사에서 굉장한 즐거움을 얻고 있었다. 다른 사람이 자기 대신 하는 모험에서 유쾌한 스릴을 맛보는 것이다. 그 까닭은 당연한 일이지만 그런 사건은 헐 교외에서의 일상생활과는 인연이 없는 일들이었기 때문이기도 했다.

브룩스가 완전히 옳았다는 것을 알았다. 앤드류즈 부인의 아버지와 전고용주의 무덤이 '다시 파헤쳐져서' 비소를 '듬뿍 먹었다'는 사실이 증명된 것이다.

매멀리 씨는 저녁식사를 하러 아래로 내려갔다. 감자를 곁들인 설로인 스테이크, 가볍고 맛좋은 요크셔 푸딩, 다음으로 애플파이가 나왔다. 3일 동안 환자가 먹는 식사를 해온 만큼 기분좋게 씹히는 구운 고기를 먹는다는 것은 아주 마음 흐뭇한 일이었다. 그는 정도가 지나치지 않도록 그러나 기쁜 마음으로 즐겁게 먹었다. 한편 에셀은 그다지 식욕이 없는 듯했지만 본디 고기를 즐겨먹는 편이 아니었다. 음식에 몹시 까다로웠으며 게다가——전혀 필요하지 않은 일이었지만——살찌는 것을 두려워했다.

그날 오후 날씨도 좋고 3시에 점심으로 먹은 로스트비프가 알맞게 '소화되었다'고 확신한 매멀리 씨는 요전 날 하다 남은 구근을 심는 것이 좋겠다는 생각이 문득 들었다.

헌 작업복으로 갈아 입고 가벼운 마음으로 나무를 심는 화분을 넣어두는 광으로 걸어갔다. 그곳에서 튤립 주머니와 모종삽을 집어 들었다. 그때 매멀리 씨는 자기가 좋은 바지를 입고 있는 것을 생각하고 무릎을 땅에 짚고 앉을 때 쓰기 위해 깔개를 가지고 가는 편이 현명하리라고 생각했다. 맨 마지막으로 깔개를 사용한 것이 언제였지? 얼른 생각이 나지 않았지만 나무를 심은 화분을 놓은 선반 밑의 한쪽 구석에 처박아 넣어둔 것이 틀림없다고 짐작되었다. 매멀리 씨는 웅크리고 앉아 화분을 쌓아둔 사이로 손을 뻗어 더듬었다. 그렇지, 그곳에 틀림없이 깔개가 있었다. 그러나 그 중간에 놓인 무언가 깡통 같은 것이 손에 스쳤다. 그는 깡통을 들어올려 주의 깊게 살펴보았다. 물론 말할 것도 없이 제초제가 남아 있었다.

매멀리 씨는 눈에 두드러지게 잘 띄는 글씨로 '비소계 제초제——독약'이라고 씌어 있는 핑크빛 라벨을 보고 얼마쯤 흥분된 마음으로 그것이 앤드류즈 부인의 마지막 희생자와 관계 있었던 그 약물과 같은 것임을 생각했다. 매멀리 씨는 어쩐지 기쁜 마음이 들었다. 중대한 사건과는 전혀 관계가 없으면서도 드디어 관련이 생겼다는 기분이 들었기 때문이었다. 그러나 그는 곧 깡통의 마개가 거의 열려 있다시피 한 것을 알아차리고 놀라는 한편 조금 불안해졌다.

"어째서 이런 모양으로 내버려두었담?" 매멀리 씨는 못마땅한 듯이 투덜거렸다. "이런 상태로는 약의 효력이 떨어진다는 것쯤 알아차렸어야 하는데."

마개를 열고 속을 들여다보니 약은 절반쯤 남아 있는 것 같았다. 다시 마개를 힘주어 밀어넣고는 그래도 마음이 놓이지 않아 모종삽 손잡이로 힘껏 두드렸다. 그런 다음 그는 수돗가로 가서 정성들여 손을 씻었다. 조금이라도 위험한 일은 저지르고 싶지 않았기 때문이었다.

그가 튤립 알뿌리를 심고 집으로 들어갔을 때 거실에는 손님이 찾아와 있었다. 당황한 그는 웰벡 부인과 그 아들을 만나는 것은 기쁜 일이었으나 찾아오겠다는 말을 미리 해주었으면 좋았을 텐데 하는 생각이 들었다. 그랬었다면 손톱 밑에 들어간 흙을 좀더 깨끗이 씻었을 것이다. 웰벡 부인이 눈치챌지도 모른다는 걱정때문은 아니었다. 그녀는 수다스러운 여자로 자기가 지껄이는 이야기 외에는 거의 주의를 기울이지 않았다. 매멀리 씨가 난처해 한 것은 그 부인이 링컨 살인 사건을 화제로 삼았기 때문이었다. 가장 평화로이 쉴 수 있는 차 마시는 시간에 주고받기엔 적당치 않은 화제였다. 자신의 '배앓이'가 아직도 기억에 생생한 매멀리 씨에게 의학적 징후에 대한 이야기는 그 자체만으로도 속을 메슥거리게 했다. 더욱이 이러한 화제는 에셀에게 들려줄 것이 못되었다. 어찌되었든 그 독살녀는 아직도 이 근처에 숨어 있다고 하지 않는가. 신경이 무딘 여자라도 불안해질 것이다. 에셀을 흘끔 보니 얼굴빛이 창백하고 몸을 부들부들 떠는 것을 한눈에 알 수 있었다. 어떻게 해서든지 웰벡 부인의 수다를 멈추게 해야 했다. 그렇지 않으면 그 무시무시하고 히스테릭한 장면이 다시 되풀이될 것이다.

매멀리 씨는 별안간 거친 말투로 대화에 끼어들었다.

"그 개나리 꺾꽂이로 할 꽃나무 말입니다만, 웰벡 씨, 지금이 꼭 알맞은 때입니다. 정원으로 나와 주신다면 잘라드리겠습니다."

매멀리 씨는 에셀과 젊은 웰벡 사이에 마음을 놓는 듯한 안도의 눈길이 서로 오가는 것을 보았다. 분명 웰벡 부인의 아들은 사정을 다 알고 있어 어머니의 둔한 신경에 조바심하고 있었을 것이 틀림없었다. 웰벡 부인은 별안간 이야기가 가로막혀버리자 조금 숨가쁜 소리를 냈으나 그래도 고마워하며 새로운 방향으로 화제를 바꾸었다. 부인은 집주인의 뒤를 따라서 정원으로 나가 매멀리 씨가 개나리 꺾꽂이로 쓸 나무를 자르는 동안 원예에 대해 마구 지껄여댔다. 부인은 한 군데도 흠잡을 데가 없는 자갈길을 칭찬했다.

"아무래도 잡초를 없앨 수가 없군요."

매멀리 씨는 제초제에 대해 이야기하고 그 효과에 대해 말했다.

"그거 말인가요!" 웰벡 부인은 매멀리 씨를 뚫어지게 쏘아보더니 부르르 몸을 떨었다. "몇천 파운드를 준다 해도 나는 그런 것을 집에 두지 않겠어요."

웰벡 부인의 말투는 아주 힘차고 단호했다. 매멀리 씨는 웃으며 말했다.

"아니, 괜찮습니다! 우리는 안채에서 멀리 떨어진 곳에다 두었습니다. 비록 부주의한 사람이 있다 하더라도……."

그는 말을 멈추었다. 거의 다 열리다시피 되어 있었던 마개가 문득 떠오르며 마치 마음속 깊숙한 곳에서 희미한 생각이 하나로 뭉쳐져 정리되어 가는 것 같았다. 매멀리 씨는 그 말을 그쯤에서 끊어버리고 부엌으로 들어가 자른 꽃나무를 쌀 신문지를 가져왔다.

두 사람이 집으로 가까이 가는 것이 거실 쪽에서도 보였을 게 틀림없다. 그들이 집에 들어갔을 때 젊은 웰벡은 이미 일어나서 에셀의 손을 잡고 작별인사를 하려는 참이었다. 그는 어머니를 앞세워 재빨리 집에서 데리고 나갔다. 조금 뒤 매멀리 씨는 서랍에서 끄집어낸 신문지를 치우기 위해 부엌으로 돌아갔다. 신문을 정리하고, 좀더 주의 깊게 살펴보기 위해서였다. 그 신문에 대해 문득 마음에 걸리는 게 있어 그 점을 확인해 보고 싶었던 것이다. 차근차근 신문을 한 장 한 장 넘겼다.

그렇다, 그는 옳게 생각했던 것이었다. 앤드류즈 부인에 대한 온갖 사진, 링컨 독살사건에 대한 한마디의 말이나 짧은 글에 이르기까지 모든 기사가 주의 깊게 오려져 있었다.

매멀리 씨는 부엌 난로 옆에 앉았다. 어쩐지 따뜻한 기분을 느끼고 싶었기 때문이다. 뱃속에 뭔가 기묘하고 차디찬 덩어리가 들어 있는 것처럼 생각되었다——의사의 진찰을 받기가 두려운 무언가가.

신문에 실린 사진으로 본 앤드류즈 부인의 용모를 생각해 내려고 했으나 도무지 또렷하게 떠오르지 않았다. 브룩스에게 '어머니 같은' 얼굴이라고 말했던 일이 생각났다. 그리고 행방불명된 뒤로 얼마나 날짜가 지났는지 생각해 보았다. 한 달쯤 되었다고 브룩스는 말했었다. 그것이 1주일 전의 일이었다. 지금은 한 달이 넘었을 게 틀림없다. 한 달 전, 그는 새튼 부인에게 1개월분의 급료를 막 지불했던 것이다.

'에셀!'

그것이 머릿속을 세게 때린 생각이었다. 어떤 희생을 치르더라도 이 끔찍스러운 의혹을 처리해야만 한다. 아내에게는 충격이나 불안한 마음을 주지 않도록 애써야 할 필요가 있다. 그리고 의혹의 근거에 확신을 가질 수 있게 되어야 한다. 가까스로 구한 호감이 가는 요리사를 근거도 없는 공포심에 사로잡혀 단순하게 해고하는 것은 두 여자에게 있어 말할 나위 없이 잔혹한 처사라고 할 수 있다. 그러므로 그로서는 자기 마음대로 엉터리 이유를 꾸며내어서 억지로 말할 수밖에 없을 것이다. 에셀에게 이 두려움을 이야기할 수는 없기 때문이다. 어쨌든 이 일이 귀찮게 되는 것을 피할 수는 없을 것이다. 에셀은 이해하지 못할 것이고, 그렇다고 그는 모든 것을 털어놓고 이야기할 만한 용기를 가지고 있지 못했다.

그러나 만일의 경우 이 소름끼치고 머리끝이 쭈뼛할 만한 의혹에 무언가 근거가 있다고 한다면…… 그 여자를 단 한순간이라도 머무르게 하는 데 대한 끔찍스러운 위험 앞에 어떻게 에셀을 내버려둘 수 있겠는가? 그는 링컨 집안사람들을 생각했다. 남편은 죽고 아내는 기적적으로 목숨을 건졌다. 그에 비하면 충격을 받거나 위험을 무릅쓰는 것쯤 아무것도 아닌 일이다.

매멀리 씨는 별안간 끝없는 고독과 피로를 느꼈다. 며칠 앓았기 때문에 완전히 마음이 약해져 있었다.

이번의 배앓이——그게 언제 시작되었던가? 3주일 전에 첫 발작이 있었다. 틀림없다. 그러나 그는 언제나 위장이 좋지 않았다. 담즙과다증. 이번 발작처럼 심하지는 않았다 하더라도 의심할 나위없는 담즙의 장해였다.

매멀리 씨는 이성을 되찾고 무거운 걸음으로 거실에 들어갔다. 에셀은 소파 한쪽에 지친 듯이 웅크리고 앉아 있었다.

"피로하오?"

"네, 조금."

"웰벡 부인의 수다에 지쳐버린 거겠지. 정말 웬만큼 수다를 떨었으면 좋겠더군."

"아니에요." 그녀의 머리가 쿠션 위에서 힘없이 움직였다. "모든 것이 다 저 끔찍스러운 사건 탓이에요. 그런 이야기는 듣고 싶지 않아요."

"물론 나도 듣고 싶지 않소. 하지만 그런 일이 가까운 곳에서 일어나면 세상에 여러 가지로 소문이 파다하게 퍼지게 마련이라오. 아무엇도 생각하고 싶지 않지만……."

"그런 일은 정말 생각하고 싶지도 않아요. 그들은 틀림없이 무서운 사람들일 거예요."

"무서운 녀석들이겠지. 브룩스가 요전에 말했는데……."

"뭐라고 했는지 듣고 싶지 않아요. 한마디도요. 조용히 해주세요. 제발 좀 조용히 해줘요!"

에셀의 목소리가 히스테릭하게 되어 있는 것을 매멀리 씨는 알았다.

"자, 이제 아무 말도 하지 않겠소. 그러니 걱정 마시오, 에셀. 무서운 이야기는 더 이상 하지 않으리다."

틀렸다. 그 일을 이야기하는 것은 조금도 유익하지 않다.

에셀은 여느 때보다 조금 일찍 잠자리에 들었다. 일요일은 새튼 부인이 올 때까지 매멀리 씨는 잠들지 않고 깨어 있어야 했다. 에셀은 그 점이 조금 걱정스러운 듯했으나 그는 이제 건강해졌으니 염려할 것 없다고 큰소리쳤다. 확실히 몸에 대해서는 걱정 없었다. 약해지고 혼란스러운 것은 마음이었다.

매멀리 씨는 오려낸 신문에 대해 넌지시 물어보기로 했다——새튼 부인이 뭐라고 대답하는지 알아보기 위해서.

앉아서 기다리는 동안 그는 위스키에 소다수를 타서 마시는 여느 때의 습관을 자신에게 허용했다.

10시 15분전 정원 문이 삐걱거리며 열리고 귀에 익은 소리가 들렸다. 자갈을 밟는 발소리…… 그 소리는 뒷문 쪽으로 이어졌다. 그러고 나서 걸쇠를 벗기는 소리. 이윽고 문이 닫히는 소리. 달가락거리면서 걸쇠를 다시 거는 소리. 그런 다음 한순간의 침묵. 아마 모자를 벗고 있겠지. 마침내 그때가 왔다.

복도에 발소리가 울리고 문이 열렸다. 손질이 잘된 검은 드레스로 몸을 감싼 새튼 부인이 문지방에 서 있었다. 매멀리 씨는 어떻게든 새튼 부인과 얼굴을 마주 대하고 싶지 않은 자신을 깨달았다. 그는 가까스로 얼굴을 들었다. 오동통하게 살찐 귀여운 얼굴의 생김. 그녀의 눈길은 두툼한 뿔테안경 때문에 잘 보이지 않았다. 그리고 어쩌면 입 부분에 뭔가 딱딱한 것이 생겨 있는지도 모른다. 아니면 그렇게 보이는 것은 앞니를 대부분 빼어버렸기 때문일까?

"방으로 돌아가기 전에 무슨 볼일은 없습니까?"

"아니, 아무것도 없소, 새튼 부인."

"기분은 좀 어떻습니까, 나리?"

매멀리 씨는 새튼 부인이 열심히 자신의 건강을 염려해 주는 것이 기분 나빴다. 그녀의 두툼한 안경 속에 있는 눈은 헤아릴 길이 없었다.

"아주 좋아졌소. 고맙소, 새튼 부인."

"마님께서 건강 상태가 나빠지거나 하진 않았겠지요? 따끈한 우유나 뭘 좀 가져올까요?"

"아니, 괜찮소." 매멀리 씨는 얼른 대답했다.

새튼 부인이 낙담한 듯한 표정을 지어보였다.

"그럼, 나리, 편히 주무십시오."

"잘 자구려. 아참, 그렇지, 새튼 부인……."

"네, 무슨 일입니까?"

"아니, 아무것도 아니오. 아무것도……."

이튿날 아침 매멀리 씨는 재빨리 신문을 펼쳐들었다. 이번 주말에 범인이 체포되었다면 얼마나 기쁠 것인가. 그러나 아무런 소식도 실려 있지 않았다.

신탁회사의 사장이 머리에 총을 맞고 쓰러졌다. 신문은 몇 백만 파운드나 되는 손실과 피해를 받은 주주의 일로 가득 채워져 있었다. 집에서 받아보는 신문은 물론 사무실로 출근하는 도중에 산 신문에도 링컨 독살사건은 뒷장으로 쫓겨나 애매한 문장으로밖에 기사화되어 있지 않았다. 경찰수사가 전혀 오리무중인 것을 알 수 있었다.

그로부터 며칠 동안 매멀리 씨는 전에 없이 차분하지 못한 마음으로 나날을 보냈다. 아침 일찍 아래층으로 내려가 부엌에서 서성거리는 것이 습관처럼 되어 버렸다. 이 일이 에셀을 조바심나게 했으나 새튼 부인은 아무 말도 하시 않았다. 그녀는 태연하게, 아니 오히려 재미있다는 듯이 자신을 관찰하고 있다고 그는 생각했다. 결국 이것은 바보스러운 일이었다. 아침식사를 감시한들 무슨 소용 있겠는가. 날마다 9시 30분부터 6시까지는 집을 떠나 있어야만 하는데.

사무실에서는 너무 자주 에셀에게 전화를 걸었기 때문에 브룩스 씨가 그를 놀려댔다. 하지만 매멀리 씨는 그것을 마음에 두지 않았다. 아내의 목소리를 듣고 그녀가 안전하고 건강하다는 것을 알고 나서야 후유 마음이 놓이는 것이었다.

아무 일도 일어나지 않았다. 그리하여 목요일이 되자 매멀리 씨는 자신이 어리석었다고 생각하기 시작했다. 그는 그날 밤 늦게 돌아왔다. 브룩스 씨에게 설득당하여, 결혼식이 얼마 남지 않은 친구의, 남자들만이 모이는 파티에 참석했던 것이다. 그러나 밤새워 노는 것은 거절하고 11시쯤 파티에서 물러나왔다. 집으로 돌아오니 집안은 모두 조용히 잠들어 있었으며 새튼 부인이 써놓은 메모가 테이블 위에 있었다. 부엌에 코코아를 언제라도 데우기만 하면 마실 수 있도록 해두었다는 내용이었다. 메모에 씌어진 대로 그는 코코아를 작은 스튜 냄비에 데웠다. 꼭 글라스로 한 잔쯤 될 만했다.

매멀리 씨는 부엌 난롯가에 서서 깊이 생각에 잠겨 코코아를 마셨다. 맨 처음 한 입 마시고 나서 그는 잔을 내려놓았다. 마음이 착잡

한 탓일까, 아니면 실제로 맛에 이상이 있는 것일까. 다시 한 입 물고 혀 위에서 살짝 굴려보았다. 희미하게 콕 쏘는 듯한 금속성의 불쾌한 냄새가 났다. 갑자기 온몸에 전율을 느껴 재빨리 수돗가에 뛰어가서 하수구에 입에 문 것을 토해냈다.

그로부터 잠시 동안 매멀리 씨는 그 자리에 꼼짝하지 않고 서 있었다. 조금 뒤 그는 마치 누구의 지시를 받기라도 한 것처럼 기묘하리만큼 조심스러운 태도로 식기실 선반 위의 빈 약병을 집어 들어 물로 흔들어서 씻은 다음 컵에 든 것을 주의 깊게 병에 따랐다. 그 병을 코트 주머니에 집어넣고 소리 나지 않도록 발소리를 죽여 뒷문으로 향했다. 걸쇠를 소리 내지 않고 잡아빼기란 어려운 일이었으나 가까스로 열 수 있었다.

그는 여전히 발소리를 죽인 채 가만가만 정원을 가로질러 나무를 심은 화분을 놓아둔 광으로 갔다. 몸을 구부려 성냥을 그었다. 제초제가 든 깡통을 어디에 두었는지 정확하게 기억하고 있었다. 깊숙이 안쪽에 놓인 화분 뒤의 선반 아래였다. 조심스럽게 그 깡통을 들어올렸다. 성냥이 다 타버리고 그의 손끝이 탔지만 다시 한 번 불을 켜지 않고서도 깡통에 닿은 느낌만으로도 자신이 알고 싶어하는 바를 알 수 있었다. 마개가 또다시 거의 다 열려 있었던 것이다.

공포가 매멀리 씨를 사로잡았다. 흙내음 풍기는 광 속에서 그는 양복과 코트 차림으로 한 손에 깡통을 들고 또 한 손에는 성냥갑을 든 채 우뚝 서 있었다. 그대로 마구 뛰어나가 누구에게든지 자신이 발견한 것을 이야기하고 싶었다.

그러나 그렇게 하는 대신 그는 깡통을 본디 있던 곳에 그대로 되돌려놓고 집으로 돌아왔다. 정원을 가로지를 때 새튼 부인의 침실 창문에 불이 켜져 있음을 깨달았다. 그것은 이제까지의 어떤 징후보다도 더 그에게 공포심을 주었다. 저 여자는 그를 계속 감시하고 있었을까?

에셀의 창문은 어두웠다. 만일 에셀이 뭔가 치명적인 것을 마셨다면 온 집안에 불이 환하게 켜지고 움직임도 당황하여 분주할 것이며 의사가 달려와 있을 것이다. 마치 그 자신이 발작에 사로잡혔을 때와 같이. 발작——참으로 꼭 들어맞는 말이다.

하지만 여전히 매멀리 씨는 기묘한 침착성과 정확성을 가지고 집안으로 들어가 그릇을 씻고 코코아를 다시 만들어 스튜 냄비에 넣어 두었다.

그는 발소리가 나지 않게 살그머니 침실로 들어갔다. 그 순간 에셀의 목소리가 그를 맞았다.

"늦으셨군요, 해럴드, 즐거우셨어요?"

"그저 그랬어. 당신은 어떻소, 에셀?"

"아주 건강해요. 새튼 부인이 당신이 따끈한 것을 마시도록 준비해 두었지요? 그렇게 하겠다고 말했으니까요."

"아아, 하지만 목은 마르지 않았소."

에셀이 웃었다.

"어머나, 그 정도의 파티였군요."

매멀리 씨는 부정할 생각은 없었다. 그는 옷을 벗고 잠자리에 들어가 자신으로부터 에셀을 빼앗아가려는 사신에게 덤벼들기라도 하는 것처럼 아내를 힘주어 와락 끌어안았다. 내일 아침 곧 행동을 일으키리라. 매멀리 씨는 이미 손쓸 수 없게 늦지 않은 것을 하느님에게 감사드렸다.

약제사 딘소프 씨는 매멀리 씨와는 둘도 없는 친구였다. 두 사람은 스프링 뱅크가 여기저기 흩어져 있는 작은 가게에 함께 앉아 진딧물이며 뿌리혹병에 대한 의견을 나누었다. 매멀리 씨는 딘소프 씨에게 모든 것을 숨김없이 다 털어놓고 나서 코코아가 담긴 병을 건네주었다. 딘소프 씨는 매멀리 씨의 신중하고 냉정한 태도를 칭찬했다.

"저녁때까지는 명확하게 알 수 있습니다. 만일 당신이 걱정하는 바와 같다면 이것은 명백한 범죄이므로 적절한 방법을 강구해야 할 겁니다."

매멀리 씨는 친구에게 감사했다. 그날은 하루 종일 일이 손에 잡히지 않았으며 마음이 붕 떠 있는 듯했다. 그러나 그 점은 그다지 문제가 되지 않았다. 가장 중요한 브룩스 씨가 새벽 가까이까지 취해서 마구 소란을 피운 뒤라 다른 사람을 관찰할 수 있을 만한 기분이 못되어 있었기 때문이다. 4시 30분쯤 매멀리 씨는 결단을 내려 일을 중지하고 일찍 조퇴하겠다고 말했다. 만나보아야 할 사람이 있다고 말했던 것이다.

딘소프 씨가 그를 기다리고 있었다.

"의심할 여지가 없습니다. 매슈 테스트를 해보았습니다. 굉장한 분량입니다. 맛이 이상했던 것도 무리가 아닙니다. 병 속에 순수한 비소가 4내지 5그레인(1그레인은 0.65g임)이나 섞여 있었습니다. 자, 여기 반사경이 있으니 직접 자세히 살펴보십시오."

매멀리 씨는 기분 나쁘게 검은 자줏빛 얼룩이 묻은 작은 유리관을 들여다보았다.

"여기서 경찰에 연락하시겠습니까?" 약제사가 물었다.

매멀리 씨가 고개를 저으며 말했다.

"아닙니다, 집으로 돌아가는 일이 더 급하오. 무슨 일이 일어났는지 알 수 없으니까요. 게다가 지금이라면 기차시간에 꼭 대어갈 수 있을 것이오."

"알겠습니다." 딘소프 씨가 말했다. "뒷일은 나에게 맡겨주십시오. 내가 전화를 걸겠습니다."

로컬 열차는 매멀리 씨에게 너무나도 느릿느릿 달려가고 있는 것처럼 느껴졌다.

에셀——독을 마시고——괴로워하다가——죽었다——에셀——독을 마시고——괴로와하다가——죽었다. 기차바퀴 소리가 귓가에 울렸다.

매멀리 씨는 역에서부터 한길로 뛰쳐나갔다. 자동차가 그의 집 문 앞에 멈춰서 있었다. 그것이 한길 끝에서부터 보이자 그는 온 힘을 다해 뛰기 시작했다.

이미 일어나고 만 것이다. 의사가 와 있었던 것이다. 바보, 살인자를 그대로 내버려두어 때를 놓치고 만 것이다.

그때 아직도 집까지 1백 50야드쯤 남은 곳에서 매멀리 씨는 현관문이 열리는 것을 보았다. 이게 웬일인가, 한 사나이가 당사자인 에셀과 함께 나오는 것이었다. 방문자는 차에 올라타고 그리고 떠났다. 에셀은 집으로 들어갔다.

에셀은 무사하다! 아무 일도 없었던 것이다!

뜻대로 되지 않아 초조한 마음으로 모자와 코트를 벗어 걸고 침착한 태도로 거실에 들어가려고 애썼으나, 도무지 자신을 억누를 수가 없었다. 에셀은 난롯가의 팔걸이의자에 앉아 있다가 조금 놀란 표정을 떠올리며 그를 맞았다. 테이블 위에 찻그릇이 놓여 있었다.

"어머나, 일찍 오셨군요."

"으음, 일이 좀 한가해서⋯⋯누가 왔었소?"

에셀은 흥분된 말투로 짤막하게 말했다.

"네 웰벡 씨예요, 연극동호회 일로 의논을 했어요."

매멀리 씨는 그 순간 아찔한 현기증을 느꼈다. 손님 덕분에 살아났던 것일까? 그의 얼굴이 그런 감정을 나타냈음이 틀림없다. 에셀이 깜짝 놀라면서 그를 뚫어지게 쏘아보았다.

"왜 그러세요, 해럴드? 아주 이상해요."

매멀리 씨가 헐떡이며 말했다.

"에셀, 당신에게 하고 싶은 말이 있소."

매멀리 씨는 자리에 앉아 아내의 손을 잡았다.

"그다지 유쾌한 이야기가 못되오, 유감스럽게도……."

"어머나, 새튼 부인!"

요리사가 문 앞에 서 있었던 것이다.

"실례했습니다, 나리. 계신 줄 몰랐습니다. 차를 드시겠습니까? 아니면 치워도 괜찮겠습니까? 그리고 저어, 마님, 생선가게에 젊은 남자가 있었는데……. 글림즈비에서 왔다던가 하는 사람인데 경찰이 그 무서운 여자를…… 그 앤드류즈 부인을 잡았다고 합니다. 얼마나 잘 된 일이에요! 어디선가 서성거리고 있을 거라고 생각하면 얼마나 무서웠는지 모릅니다. 하지만 이제는 잡혔답니다. 두 노부인의 가정부로 고용되어 있었다나 봅니다. 게다가 그 끔찍스러운 독약을 갖고 있었다고 합니다. 그 여자를 찾아낸 처녀에게는 상금이 나온다는군요. 나도 눈을 크게 뜨고 찾았지만 줄곧 글림즈비에 있었다니 보일 리가……."

매멀리 씨는 자기도 모르게 의자팔걸이를 움켜잡았다. 그렇다면 모든 것이 미친 사람의 짓 같은 오해였단 말인가! 마구 소리를 질러대거나 울고 싶었다. 이 바보스럽고 친절한, 그리고 흥분하고 있는 여자에게 사과하고 싶었다.

모든 일은 오해였던 것이다.

그러나 그 코코아가 있었다. 친구인 딘소프 씨, 매슈 테스트, 5그레인의 비소. 그렇다면 대체 누가?

매멀리 씨는 아내 쪽으로 눈길을 돌렸다. 그리고 아내의 눈 속에서 이제까지 본 적이 없는 무엇인가를 매멀리 씨는 분명히 보았다…….

THE CASE BOOK OF LORD PETER
귀족탐정 피터 경

The Image in the Mirror
거울의 영상

부자연스럽게 부풀린 앞머리를 이마에 살짝 내려뜨린 자그마한 남자가 커다란 판형의 소설책을 열심히 읽고 있었다. 그것은 피터 윔지 경(卿)의 소지품 가운데 하나로서 이 젊은 신사에게는 좀 어울리지 않는 물건이었다. 아마 그 자신도 애독하는 책으로 인정받고 싶지 않을지도 모른다. 피터 윔지 경은 이 자그마한 사나이 옆에 안락의자를 끌어당겨놓고 앉은 뒤 손닿는 곳에 음료수 잔을 놓았다. 그리고 이 삼류 호텔의 담화실 탁자를 장식하고 있는 던롭 타이어 회사의 카탈로그에 눈길을 주며 사나이가 그 소설책을 다 읽기까지 참을성 있게 기다렸다.

자그마한 사나이는 의자팔걸이에 두 팔꿈치를 짚고 붉은 머리를 소설책에 바싹 갖다대고 있었는데, 한 구절을 읽을 때마다 깊이 숨을 몰아쉬었고, 책장을 넘길 때는 책을 무릎 위에 올려 놓고 두 손을 사용하였다. 좀처럼 소설책을 읽지 않는 사람이로군, 하고 피터 경은 생각했다.

그 사나이는 단편집 속의 한 편을 읽고 있었는데, 마침내 끝까지

다 읽자 다시 첫머리로 돌아가 머릿속에 남은 대목을 다시 한 번 차근차근 읽어 내려갔다. 이윽고 사나이는 그 책을 펼친 채로 탁자 위에 놓더니 피터 경의 눈을 들여다보며 심한 런던 사투리로 물었다.

"당신이 즐겨 읽는 책이 이것입니까?"

"즐겨 읽는 책이라고까지 할 수는 없지만," 피터 경은 상류사회 신사다운 우아한 목소리로 대답했다. "이야기 줄거리는 대충 기억하고 있습니다. 들고 다니기에 적당한 크기여서 오늘 밤처럼 한곳에 오래 머무르게 되는 경우에는 몇 페이지씩 읽지요. 마음에 든다면 당신에게 드리겠습니다. 재미있는 이야기가 많이 실려 있답니다."

붉은 머리의 사나이가 다시 말했다.

"이 웰즈라는 사람은 작가로서는 일류인 듯싶군요. 그렇지 않고서는 이처럼 생생하게 그려내지 못했을 테니까요. 그러나 독자로서는 이런 사건은 실제로 일어날 수 없으며, 모두 소설가의 머리가 낳은 당치도 않은 공상에 지나지 않는다고 생각하겠지요. 즉 이 소설에 나오는 사건을 현실사회의 인간, 예를 들어 당신이나……내가 경험할 수는 없다고 말입니다."

피터 경은 고개를 돌려 자그마한 사나이가 읽고 있던 단편집을 들여다보며 대답했다.

"아아, 〈플래트너 씨의 경험〉이로군요. 학교 선생이 4차원의 세계를 헤매던 끝에 다시 우리 현실세계로 돌아오긴 했으나 신체구조의 왼쪽과 오른쪽이 뒤바뀌어버렸다는 줄거리지요. 물론 현실사회에서는 일어날 수 없는 일입니다. 4차원이라는 관념 그 자체에는 흥미 깊은 점이 있기는 하지만……."

"그건 그렇고……."

자그마한 사나이는 문득 입을 다물고 피터 경의 얼굴을 흘끗 쳐다보았다. 이윽고 그는 결심한 듯 다시 이야기를 이어나갔다.

"4차원의 세계라는 것을 이 소설에서 읽고 모두 이해했다고 생각지는 않습니다. 이것을 이해하기에는 솔직히 말해서 나의 과학지식이 부족합니다. 하지만 이처럼 또렷하고 마치 눈앞에 보듯 생생하게 묘사하면, 과연 그런 것이었구나 하고 생각하지 않을 수 없겠지요. 하기야——이 부분은 틀림없는 사실이지만——몸 구조의 왼쪽 오른쪽이 뒤바뀔 수 있다는 것은 이 소설을 읽기 전부터 알고 있었던 사실이지요. 왜냐하면 나 자신이 체험했기 때문입니다. 이 점은 믿으셔도 좋습니다."

피터 경은 담배 케이스를 내밀어 한 개비 권했다. 자그마한 사나이는 본능적으로 왼손을 뻗으려다 곧 무슨 생각이 떠올랐는지 오른손을 내밀었다.

"바로 이겁니다. 지금 보셨지요? 나는 자신도 모르게 왼손을 내밀려고 했습니다. 소설의 주인공 플래트너와 같지요. 늘 신경 쓰고 있습니다만, 좀처럼 고쳐지지 않는군요. 그래서 요즘은 별로 신경 쓰지 않기로 했습니다. 크게 마음을 쓸 것 없다, 세상에는 왼손잡이가 많으며 그들은 별로 마음 쓰고 있지 않다고 스스로에게 타이르지요. 하지만 더 크고 심각한 고민이 있습니다. 나는 이따금 4차원의 세계로 빠져 들어간답니다."

자그마한 사나이는 굵은 한숨을 내쉬었다.

"그럴 때 내가 무슨 짓을 했을까 생각하면 불안하고 겁이 나서 어찌할 바를 모르겠습니다."

"그 점에 대해 좀더 자세히 이야기해 주시겠습니까?" 피터 경은 흥미를 느끼며 물었다.

"다른 사람에게는 그다지 들려주고 싶지 않은 일입니다. 섣불리 말했다가 내 머리가 돌았다고 의심받을 게 뻔하니까요. 하지만 나로서는 정말 심각한 문제입니다. 아침에 일어나면 밤새 잘못을 저지르지나 않았는지, 오늘은 대체 몇 월 며칠일까 하는 의혹이 일어나 살아 있는 기분이 아닙니다. 신문을 읽어도 불안은 가시지 않고…… 아무튼 좋습니다, 듣고 싶으시다면 이야기하지요. 하지만 듣고 나서 시시하고 쓸데없는 이야기를 듣느라 지루해서 혼났다는 말은 하지 말아 주십시오. 이 이야기는……."

자그마한 사나이는 또다시 말을 끊고 불안한 눈길로 방 안을 이리 저리 둘러보았다.

"아무도 없는 것 같군요. 그럼, 여기에 잠깐 손을 대보십시오."

그는 낡아빠진 조끼 앞자락을 펼치고 심장 부근을 한쪽 손으로 눌렀다.

"여기 말입니까?"

피터 경은 시키는 대로 자그마한 사나이의 가슴에 손을 댔다.

"어떻습니까, 아시겠지요?"

"무엇을 말입니까? 그 부분에 무언가 이상이라도 있습니까? 그다지 부어오른 것 같지도 않고, 맥박이라면 손목을 짚어보는 게 더 나을 텐데요."

"아닙니다, 문제는 맥박이 아니라 심장의 위치입니다. 이번에는 왼쪽 가슴에 손을 대 보십시오."

피터 경은 순순히 손을 오른쪽 가슴으로 옮겼다. 그는 조금 뒤 말했다.

"그러고 보니 이쪽에서 고동치고 있군요."

"아셨습니까? 손을 대보라고 한 것은 내 심장이 오른쪽에 있음을 직접 확인시켜 드리기 위해서였습니다."

"위치가 바뀐 것은 병을 앓았기 때문인가요?" 피터 경은 동정하는 표정을 지으며 말했다.

"병이라고 말할 수도 있겠지만, 심장뿐만 아니라 간장이며 모든 내장의 위치가 완전히 뒤바뀌어 있습니다. 의사에게 진단받아 확인했으니만큼 틀림없을 것입니다. 맹장도 왼쪽에 있었답니다. 지금은 수술받아 떼어버려서 없지만, 뭣하다면 수술자국을 보여드릴 수도 있습니다. 그 수술을 할 때 의사가 몹시 불평했지요. 왼손으로 메스를 다루어야 하는 이런 성가신 수술은 처음이라면서 말입니다."

피터 경은 위로하는 듯한 얼굴표정을 지어보였다.

"확실히 이상한 일이긴 하지만, 당신 같은 특이체질도 가끔 있다고 하던데요."

"하지만 제 경우 선천적으로 타고난 체질이 아니라 공습 때문에 이렇게 된 겁니다."

"공습이라고요?" 피터 경은 놀란 표정을 지었다.

"그렇습니다. 내장 위치가 바뀐 것뿐이라면 체념하고 말겠습니다. 그 정도의 피해로 끝난 것을 오히려 다행으로 여길 수도 있겠지요. 18살 되던 해에 징집영장이 나왔습니다. 그때 나는 직업을 가지고 있었는데, 직장은 클래이튼 광고회사의 포장부였습니다. 아시겠지만 클래이튼은 큰 회사로 호번 거리에 사무실이 있지요. 징집영장을 받은 나는 별 수 없이 훈련소에 들어가 군사훈련을 받았습니다. 그리고 첫휴가를 얻어 런던으로 돌아왔습니다. 군대에 가기 전까지 어머니와 둘이 브릭스턴에 살고 있었거든요. 그날 밤에는 오래간만에 친구 두셋과 함께 식사를 하고 스톨 극장에 가서 영화를 볼 계획이었습니다. 식사가 끝났을 때는 이미 상영시간이 얼마 남지 않아 레스터 스퀘어에서 코벤트 가든 마켓으로 빠지는 길을 서둘러 가고 있었습니다. 바로 그때 공습이 시작되었습니다! 폭탄이 바로 발밑에 떨어져 나는 정신을 잃고 말았습니다."

"올덤 근처가 공습당했을 때로군요."

"그렇습니다. 1918년 1월 28일 밤이었습니다. 눈앞이 캄캄해지며 나는 의식을 잃고 말았지요. 그런데 정신을 차려보니 나는 밝은 햇살을 받으며 넓은 곳을 걸어가고 있었습니다. 주위는 온통 푸른 목초지인데 나무숲이 우거지고, 그 옆에는 커다란 연못이 있었습니다. 어째서 그런 곳을 거닐고 있는지, 달세계에 내던져진 사람처럼 도무지 까닭을 알 수가 없었습니다.”

“놀라운 이야기로군요.” 피터 경이 말했다. “그곳이 4차원의 세계였습니까?”

“아니오, 그곳은 하이드 파크였습니다. 마음을 가라앉히고 자세히 보니 더펜타인 연못가였습니다. 벤치에는 늘 그렇듯이 정신없이 재잘거리는 여자들이 앉아 있었고, 그 옆에서는 아이들이 뛰놀고 있었습니다.”

“당신 몸은 폭탄을 맞지 않았단 말입니까?”

“네, 상처도 없고 아프지도 않았습니다. 다만 딱딱한 돌 같은 것에 내동댕이쳐진 듯 어깨와 엉덩이에 타박상 자국이 남아 있을 뿐이었습니다. 나는 머리가 어질어질했습니다. 폭탄이 떨어져 기절한 것까지는 기억하고 있는데, 어째서 하이드 파크를 거닐게 되었는지 그때까지의 일이 도무지 생각나지 않는 겁니다. 쓰러져 있을 때 구출되어 클레이튼 회사의 시설에 수용되어 있다면 또 모르지만 말입니다. 손목시계를 보니 멈춰져 있더군요. 그 순간 나는 시장기를 느껴 주머니를 뒤져보니 은화 몇 개가 있을 뿐 가지고 있었던 지폐——뭐 대단한 액수는 아니었습니다만——는 한 푼도 없었습니다. 그러나 뭔가 먹지 않고서는 견딜 수 없을 만큼 배가 고파왔습니다. 나는 급히 공원에서 뛰어나가 마블 아치게이트 옆의 간이식당으로 들어갔지요. 나는 달걀 프라이를 두 개 얹은 토스트와 홍차를 주문했습니다. 기다리는 동안 옆테이블의 손님이 놓고 간 아침 신문을 집어 들고 그 날짜를 보았는데, 순간 아까의 놀라움보다 훨

썬 더 강한 충격을 받았습니다. 머리를 두들겨 맞은 듯한 충격이었습니다. 나는 영화를 보러 갔던 것까지 기억하고 있었는데, 그것은 28일 밤이었습니다. 그런데 그 신문은 1월 30일 것이었습니다. 즉 나는 하루 낮과 두 밤을 어디에선가 지냈다는 이야기가 됩니다!"

피터 경이 말했다.

"충격 때문이었을 겁니다."

자그마한 사나이는 이 말을 자기 나름대로 해석하고 이야기를 이어 나갔다.

"충격 말입니까? 충격을 받는다는 것은 그리 쉬운 일이 아닙니다. 머리가 화끈거리고 피가 거꾸로 솟아오르더니 눈앞이 캄캄해지더군요. 주문한 음식을 날라온 아가씨는 아마 나를 미친 사람으로 여겼을 겁니다. 나는 곧 그 아가씨에게 오늘이 무슨 요일이냐고 물었지요. 금요일이라는 대답을 듣고 나의 두려움이 틀리지 않았음을 알았습니다.

간이식당에서의 이야기는 이것으로 그치겠습니다. 아직 할 이야기가 많으니까요. 나는 그럭저럭 식사를 마치고 그 부근의 병원으로 달려갔습니다. 의사가 마지막 기억이 무엇이냐고 묻기에 공습을 당한 것이라고 대답했습니다. 폭탄이 떨어지고 난 뒤부터는 아무리 머리를 쥐어짜도 생각이 나지 않았습니다. 의사는 나를 위로하며 충격을 받으면 일시적으로 기억을 상실할 수 있는데, 특별히 드문 경우도 아니니 그다지 걱정하지 말라고 했습니다. 그리고 상처받은 곳이 없는지 확인해 보자면서 청진기를 들었습니다. 그는 청진기를 내 가슴에 댄 순간 큰소리로 외쳤습니다.

'이거 참, 놀랍군! 당신의 심장은 오른쪽 가슴에 있습니다.'

나도 역시 깜짝 놀라 외쳤습니다.

'네, 심장이 오른쪽 가슴에 있다고요? 처음 듣는 얘긴데요.'

의사는 다시 나의 온몸을 차근차근 조사해 보고 나서 아까 말한 사실을 발견했습니다. 내장의 위치가 완전히 뒤바뀌어 있다는 사실 말입니다. 그는 나의 부모에 대해 이것저것 자세히 물었습니다. 나는 외아들이며, 아버지는 내가 10살 때 교통사고로 돌아가셨지요, 자동차사고로 말입니다. 그 뒤 나는 어머니와 브릭스턴에서 살았습니다. 의사는 위로하는 얼굴로 드문 일이긴 하지만 내장의 위치가 이상할 뿐 건강체임에는 틀림없으니 2, 3일 집에서 안정하면 걱정 없다고 말했습니다.

나는 의사의 말대로 건강을 되찾았고, 끔찍한 일을 당하긴 했어도 별 일 없으리라고 생각했지요, 다만 군(軍) 당국에 사정을 이야기하여 휴가를 연장해 줄 것과 배속부대를 수송본부로 옮겨주도록 부탁했습니다. 그리고 징집당한 지 몇 달 뒤 대륙으로 출동하라는 명령이 내려졌습니다. 마침내 런던과도 작별이구나 싶어 그날 스코틀랜드 코너 하우스의 밀러 홀에서 마지막 커피를 즐기고 있었습니다. 당신도 알고 있겠지요, 입구에서 층계를 내려가면 바로 있는 그 찻집 말입니다."

윔지는 고개를 끄덕였다.

"그 가게에는 온통 거울이 둘러쳐져 있지요, 나는 커피를 마시며 언뜻 가까운 곳의 거울을 들여다보았는데, 거기에 젊은 여자가 나를 향해 미소를 던지고 있지 않겠습니까? 마치 나와 아는 사람처럼 말입니다. 하지만 만난 적이 없는 여자였습니다. 그러므로 나는 저런 직업의 여자들도 사람을 잘못 보는 수가 있는 모양이라고 생각하며 거울에서 눈길을 떼고 다시 커피잔을 들었습니다. 당시 나는 아직 여자에 대한 경험이 없는 젊은이였지만, 어머니로부터 엄격한 가르침을 받아 그런 종류의 여자는 어떻게 다루어야하는지 대개 알고 있었습니다. 그런데 그때 귓가에서 달콤한 목소리가 들려왔습니다.

'진저, 안녕 하는 인사쯤 해주면 안 되나요?' 하고 말하는 것이었습니다.

얼굴을 들어보니 내 앞에 거울에 비쳤던 그 여자가 서 있었습니다. 화장이 좀 지나친 듯싶었지만 미인이라고 해도 좋을 만한 얼굴이었습니다.

그래서 나는 미처 알아보지 못해 미안하지만, 누구냐고 얼마쯤 어색한 말투로 물었습니다.

'어머나, 농담도 잘하시네요! 수요일 밤에 만났었잖아요, 댁워지 씨?' 여자는 장난스럽게 말하며 가려는 기색이 없었습니다.

나는 생각했지요, 〈진저〉라고 부르는 것은 그다지 이상하지 않다. 붉은 머리의 사나이를 그렇게 부르는 여자는 많으니까. 하지만 그 부르는 태도가 너무 자연스러운데.' 그래서 나는 '잘 아는 사이같이 부르는군' 하고 나무랐지요.

그러자 여자는 태연한 얼굴로 '당연하잖아요, 이상한 얼굴을 하는 사람이 오히려 더 이상하지요' 하고 말하는 것이었습니다.

이런 대화로 미루어보아 그녀는 나를 자기 집에서 재운 일이 있는 손님 가운데 하나로 생각하고 있는 듯한 눈치였습니다. 그리고 무엇보다도 놀라운 것은, 그것이 그 공습이 있었던 날 밤의 일이었다는 사실입니다.

'틀림없이 당신이었어요.' 여자는 조금 의아한 듯이 내 얼굴을 찬찬히 들여다보았습니다. '틀림없어요, 거울에 비친 얼굴을 보고도 금방 알아보았는걸요.'

나로서도 의문투성이여서 그녀의 착각이라고 덮어놓고 주장할 수는 없었습니다. 그날 밤에 대한 기억이 전혀 없어 어디서 무엇을 하며 지냈는지 알 수 없었기 때문입니다. 그렇게 체념하면서도 나는 몹시 괴로웠습니다. 그 무렵의 나는 아직 순진한 젊은이로서 처녀들과도 교제해 본 일이 없는데, 그런 직업여성과 하룻밤을 지냈다니——큰돈을 헛되이 쓴 것은 제쳐놓고라도——범죄를 저지른 것 같은 기분이었습니다. 그리하여 그날 밤의 일을 자세히 묻고 싶어 견딜 수가 없었습니다.

그러나 나는 간신히 그 욕구를 누르고 적당한 구실을 만들어 그녀를 물러가게 했습니다. 그러나 그 뒤로도 공습이 있었던 날 밤의 행동이 늘 마음에 설려서 다시 한 번 그녀를 만나볼까 하다가 그녀가 알고 있는 것은 29일 아침까지의 일이며, 그 다음부터 30일까지의 24시간 동안 어디서 무슨 흉악한 짓을 했는지 알 수 없으리라는 생각에 주저주저하고 있었습니다."

피터 경은 고개를 끄덕이며 말했다.

"당연한 의혹이지요."

피터 경은 초인종을 눌러서 종업원에게 두 사람 몫의 음료수를 가져오게 하고, 다시 댁워지의 이상한 경험담에 귀를 기울였다.

"그렇다고 해서 내가 그 문제 때문에 언제까지나 고민한 것은 아닙니다. 소속부대를 따라서 프랑스로 건너가 처음으로 전사한 시체도 보았고, 적탄이 귓전을 스쳐지나가는 것을 경험하기도 했으며, 참호 속에서 밤을 지새기도 했지요. 개인적인 문제로 고민하고 있을 여유가 없었던 것입니다.

그 다음에 이상한 일이 일어난 것은 벨기에 서북부의 이플에 설치된 전상자(C.C.S) 수용소의 병실 안에서였습니다. 우리 부대는 그해 9월에, 북 프랑스의 캄블레에서 출격을 개시하여 고들리 부근까지 진군했는데, 적군이 수많은 지뢰를 설치하여 그 때문에 나도 생매장당할 뻔한 일이 있었습니다. 나는 굉장히 깊은 상처를 입고 밤새도록 무의식상태에 빠져 누워 있었던 것 같은데, 정신을 차리고 보니 어깨에 커다란 부상을 입은 채 일선에서 조금 떨어진 곳을 방황하고 있었습니다. 누군가가 붕대를 감아준 모양인데, 치료받은 기억은 전혀 없었습니다. 얼마나 긴 시간 동안 쏘다녔는지 도로표지판을 찾아낼 때까지 그곳이 어디인지 짐작할 수도 없었습니다. 그러나 겨우 부대에 수용되어 아까 말씀드린 야전병원으로 보내졌고, 높은 열로 고생하다가 정신을 차려보니 침대에 누워 있는 나를 간호원이 근심스러운 얼굴로 들여다보고 있었습니다. 옆침대의 사람이 잠들어 있기에 그 너머에 누운 사람에게 어느 병원이냐고 물어보았지요. 그런데 그때 갑자기 옆침대의 사나이가 잠에서 깨어나 큰소리로 외치는 것이었습니다.

'이 붉은 머리 녀석, 너 잘 만났다! 이젠 놓치지 않아. 내 물건을 다 어디다 두었지?'

나는 다시 머리를 얻어맞은 듯한 기분이었지요. 그 역시 한 번도 본 적이 없는 사람이었습니다. 그런데 그는 나에게 마구 덤벼들며 도둑취급을 하는 게 아닙니까. 간호원이 뛰어와 그 사나이를 진정시켰으며, 같은 방에 있던 사람들이 모두 침대에서 몸을 일으키고서 귀를 기울이며 우리 둘을 지켜보는 것이었습니다. 나로서도 정말 놀라지 않을 수 없었지요.

상대방이 화내는 까닭을 듣고서 나의 놀라움은 더욱 커졌습니다. 그 까닭은 이러했습니다. 옆침대에 누워 있던 사나이는 부대가 적의 습격을 받게 되자 후퇴하다가 상처를 입고 가까운 참호 속에 들어가 간신히 목숨을 건지게 되었답니다. 마침 그때 붉은 머리의 병사가 뛰어 들어와 두 사람은 함께 그 속에 숨어 있었는데 그가 피를 너무 많이 흘려 꼼짝할 수 없게 된 것을 보고 붉은 머리 병사는 태도가 홱 달라지며 그가 몸에 지니고 있던 현금과 시계와 권총, 그 밖에 도움이 될 만한 물건을 모조리 빼앗아 가지고 달아났다는 겁니다. 확실히 파렴치한 짓이지요. 옆침대의 사나이가 화를 터뜨리는 것도 너무나 당연한 일이었지요. 그러나 그 붉은 머리의 병사가 나라고 오해를 하게 되니 몹시 괴로웠습니다. '이 녀석! 너는 나와 꼬박 하루를 그 참호 속에서 함께 숨어 있었어! 얼굴 구석구석이 낯익은데 잘못 볼 리가 없잖아!'――이런 식이었습니다. 그러다가 그가 '너 블랭크셔 부대 소속이었지?' 하고 물었습니다.

그래서 나는 신분증명서를 꺼내 부프 부대 소속이라는 것을 증명해 보였지요. 그때서야 사나이는 겨우 납득했는지 자기가 잘못 본 모양이라고 변명 비슷하게 중얼거리며 입을 다물더군요. 그 사나이는 결국 2, 3일 뒤 숨을 거두었습니다. 그러자 병실 안 사람들은 그가 너무 쇠약해져 의식이 흐릿해서 그랬을 거라고 인정해 주어 그 사건은 정리되었습니다. 블랭크셔와 부프 두 부대는 나란히 전선에 나가 있었으므로 병사들이 서로 섞이는 수가 있었지요. 나는 블랭크셔 부대에 나와 비슷하게 생긴 사람이 있는지 조사해 보고 싶은 생각이 들었으나 부상이 심하여 본국으로 송환되고 말았습니다. 그리고 건강이 회복되어 다시 전선으로 나갈 수 있게 되었을 때는 이미 휴전조약이 맺어진 뒤였습니다.

전쟁이 끝나자 나는 그전 직장으로 돌아갔으며 얼마 동안은 모든 일이 순조롭게 흘러갔습니다. 21살이 되어서는 얌전하고 착한 처녀와 약혼했고, 휴일에는 뜰을 손질하는 즐거움도 맛볼 수 있었습니다. 그런데 갑자기 나의 신상에 뜻하지 않은 돌발적인 사건이 일어났습니다! 어머니가 돌아가신 것입니다. 그 다음부터 나는 방을 빌려 혼자 살았습니다. 그런데 어느 날 갑자기 약혼녀에게서 편지가 왔습니다. 지난 일요일에 사우드엔드 거리에서 내가 다른 여자와 팔짱을 끼고 걸어가는 것을 보았다는 겁니다. 약혼녀가 있는 사람으로서 어떻게 그런 짓을 할 수 있느냐고 심한 말로 비난하는 내용이었습니다. 그 사실만으로도 그녀로서는 약혼을 취소할 충분한 이유가 되었지요. 그래서 우리 사이는 끝장이 나고 말았습니다.

그 주말에 나는 심한 독감에 걸려 누워 있었기 때문에 그녀와 만날 수 없었던 겁니다. 아파서 셋방에 혼자 누워 있는 것만큼 쓸쓸한 일은 없습니다. 누가 간호를 해주기는커녕 혼자 쓸쓸히 숨을 거두어도 누구 하나 내가 죽었는지 눈치채지 못할지도 모릅니다. 나의 경우 가구 딸린 방을 빌릴 수 있는 처지가 못 되었으며, 병이 아무리 중해도 병문안 올 사람조차 없었지요. 그런데 약혼녀의 편지에 의하면 높은 열로 괴로워하고 있었던 내가 그 일요일에 어떤 여자와 팔짱을 끼고 사우드엔드 거리를 걸어갔다는 겁니다. 얼마나 기막힌 일입니까. 그런 일은 절대로 없었다고 아무리 설명해도 그녀가 들어줄 것 같지 않았습니다. 나로서도 그날 그녀가 무엇 때문에 혼자 사우드엔드까지 갔는지 되묻고 싶은 기분이 들어서 힐문하는 편지를 썼지만, 결국 보내지 않고 찢어버렸습니다. 얼마 뒤 약혼반지가 되돌아왔고, 짧았던 그 로맨스는 끝나고 말았습니다.

로맨스는 끝났으나 그 일이 나를 계속 괴롭혔습니다. 내 마음이 불안한 이유는 그날 내가 사우드엔드 거리를 걸어갔다는 사실을 전적으로 부정할 수 없다는 점이었습니다. 내가 내 방에서 높은 열로 꾸벅꾸벅 졸고 있었던 것 같은데, 그때의 기억이 안개가 낀 듯 몽롱하여 뚜렷한 것은 하나도 없습니다. 과거의 경험으로 보아 절대로 있을 수 없는 일이라고 잘라 말하지 못하는 것이 고민의 원인이었지요. 확실히 나는 꿈을 꾸고 있었습니다. 그것은 몇 시간 동안이나 어떤 거리를 방황하고 있는 꿈이었습니다. 높은 열에 들떠 누워 있었다고 자신에게 타일러보았지만 몽중유행(夢中遊行)이라는 말도 있어 강력히 부정할 수가 없었지요. 그런 일 때문에 약혼녀를 잃는 것은 괴로운 일이었지만, 나 자신의 머리가 이상하지 않나 하는 두려움이 더 강하여 그럭저럭 슬픔을 이겨낼 수 있었습니다.

　그 다음에도 상당한 기간 동안 계속 악몽을 꾸었습니다. 꿈의 내용은 대개 비슷한 것으로, 어릴 적에 나를 괴롭힌 악몽이 매일 밤 나를 괴롭히는 것이었습니다. 나의 어머니는 착하고 얌전했으며 검소한 생활을 하였습니다. 그녀의 단 한 가지 즐거움은 가끔 영화를 보러 가는 일이었습니다. 물론 옛날이었던만큼 오늘날 영화를 본 사람들의 눈에는 보잘것없게 비치겠지만, 그 무렵 사람들은 매우 높이 평가하고 있던 작품이었습니다. 아마 8살쯤 되었을 때의 일이었다고 생각하는데, 어머니를 따라 영화관에 갔었습니다. 자세한 줄거리는 잊었습니다만, 제목은 지금도 기억하고 있습니다. 《프라하의 대학생》이라는 시대물로, 젊은 대학생이 악마에게 영혼을 팔았는데 어느 날 거울에 비친 그의 모습이 빠져나가 갖가지 흉악한 범죄를 저지른다는 것입니다. 세상 사람들은 그것을 그 대학생의 짓으로 생각합니다. 적어도 영화를 보고 있는 소년시절의 나도 그렇게 생각했습니다. 너무 오래된 옛일이라 자세한 부분은 기억하지 못합니다만, 대학생의 기괴한 모습이 거울에서 빠져나가는 것을 보았을 때의 공포감은 아직도 잊혀지지 않습니다. 너무나 무서워 나는 그만 울음을 터뜨렸었지요. 어머니는 하는 수 없이 나를 밖으로 데리고 나왔습니다. 그 뒤부터 나는 몇 달 몇 년이나 그 꿈만 꾸었습니다. 꿈속에서 나는 영화에 나오는 그 대학생처럼 내 키만한 거울을 들여다봅니다. 그리고 잠시 뒤 거울에 비친 내 얼굴에 미소가 번지고 나는 왼손을 내밀고 거울로 한발짝 다가갑니다. 거울 속의 영상도 역시 오른손을 내밀며 다가옵니다. 그리고 손과 손이 닿으려는 순간——그것은 무서운 순간입니다——영상은 갑자기 등을 돌려 거울 속으로 되돌아갑니다. 엷게 미소 띤 얼굴만은 아직도 이쪽을 보며…… 그 순간 나는 언뜻 생각합니다. 거울에 비친 것이

나이고, 이쪽에 서 있는 것은 나의 그림자라고. 그리하여 영상의 뒤를 쫓아 거울 속으로 뛰어 들어가면 그곳은 안개에 싸인 어슴푸레한 세계였습니다. 그것이 너무나도 기분 나빠 잠에서 깨어나면 내 몸은 땀에 흠뻑 젖어 있곤 했지요."

"정말 기분 나쁜 꿈이로군요." 피터 경이 말했다. "먼 옛날부터 각 민족에게는 영혼이 본인 앞에 나타난다는 도플갱어(동시에 두 장소에 나타나는 사람) 전설이 퍼져 있지요. 현대인도 그 이야기를 들으면 온몸에 소름이 끼칠 만큼 두려움에 떨지요. 나도 어릴 적에 유모의 장난에 겁을 먹은 적이 있었답니다. 그녀와 함께 외출했다가 돌아오면 집안 식구들은 거기에서 누구를 만나지 않았느냐고 물었어요. 그러면 유모는 꼭 이렇게 대답했답니다. '아니오, 우리와 똑같은 모습을 한 사람은 만나지 않았습니다'라고. 그래서 나는 유모와 함께 외출할 때면 아장아장 걸어 다닐 정도의 어린아이였지만 열심히 그녀 뒤를 따라갔지요. 길모퉁이를 도는 순간 우리와 똑같은 두 사람이 저쪽에서 걸어올 것만 같은 두려움 때문에 말입니다. 어린 마음에 그것이 얼마나 무서웠는지 도저히 말로 표현할 수 없을 정도입니다. 아이들 때는 모두 그렇지 않습니까?"

자그마한 사나이는 동감이라는 듯이 고개를 끄덕여보였다. 사나이는 이야기를 계속했다.

"그 악몽이 되살아났습니다. 처음에는 간격이 뜸했지만, 마침내 매일 밤 그 악몽을 꾸게 되었습니다. 눈을 감기만 하면 커다란 거울이 떠오르고 그 영상이 히죽히죽 웃는 겁니다. 그는 나를 붙잡아 거울 속으로 끌어들이려고 했어요. 그 두려움 때문에 눈을 뜨는 수도 있었지만, 대부분의 경우는 꿈이 길게 계속되어 몇 시간 동안 기분 나쁜 세계를 헤매다녀야만 했습니다. 주위는 온통 안개에 덮여 어슴푸레하고, 사방의 벽들은 《칼리가리 박사》의 영화를 보듯

이상하게 찌그러져 있었습니다. 그것이 바로 미치광이 세계의 모습이겠지요. 눈을 감으면 그것이 보여 잠자기가 두려워져서 아침까지 깨어 있는 밤이 계속되기도 했습니다. 그렇다고 해서 늘 잠을 자지 않을 수도 없고, 어떻게 해야 좋을지 전혀 갈피를 잡지 못하게 되었습니다. 몽유병에 대한 책을 읽었더니 병자 자신은 꿈결에 돌아다니는 것을 두려워하여 칼이나 낫 같은 위험한 물건을 감추지만, 깨어 있는 동안의 행동을 꿈속에서도 기억하고 있기 때문에 한밤중에 나가는 것을 막기 위해 문열쇠를 감추어도 아무 소용이 없음을 알게 된다는 것입니다."

"누군가와 같은 방에서 자는 방법은 써보지 않았습니까?"

그는 잠깐 머뭇거리다가 대답했다.

"써봤지요. 그 방법으로 활로를 찾았습니다. 즉 함께 살아줄 마음씨 고운 여자를 만났는데, 그녀와 함께 지낸 다음부터는 악몽에 시달리는 일 없이 약 8년 동안 평화로운 밤이 계속되었습니다. 그녀는 나를 진심으로 사랑했지요. 그런데 그녀 역시 세상을 떠나고 말았습니다."

자그마한 사나이는 술잔을 들어 남아 있는 위스키를 단숨에 들이마셨다.

"독감이 폐렴으로 옮겨갔지요. 나는 울었습니다. 정말 슬펐습니다. 겨우 좋은 여자를 만나 함께 살았는데…… 그 뒤 다시 독신생활이 시작되었고, 그 쓸쓸함은 괴로움으로 바뀌었습니다. 그 악몽이 다시 시작되었습니다. 이번에는 그전보다 더 질이 나쁜 것으로, 꿈속에서 나는 아주 극단적인 짓을 해치웁니다. 그 행위를 일일이 설명할 필요는 없겠지요…… 그런데 이번에는 그것이 대낮에 일어났습니다. 그날 나는 점심시간에 호번 거리를 걷고 있었습니다. 근무처는 역시 클레이튼 광고회사였는데, 그 무렵 나는 포장부 주임이 되어 있었습니다. 충실하게 일한 덕분이었지요. 날씨가 나빠 우박이 내리고 대낮인데도 어두컴컴했습니다. 나는 머리를 깎고 싶어 호번 거리 남쪽에 있는 단골 이발소로 갔습니다. 대부분의 이발소가 그렇습니다만, 층계를 통해 지하로 내려가면 좁은 통로가 나오는데 그 막다른 곳에 유리를 끼운 문이 있고, 그 문에 금글씨로 이발소 이름이 씌어 있습니다. 설명하지 않아도 짐작하시겠지요.

복도의 전등이 문에 달린 거울에 밝게 반사하고 있어 내가 다가 가자 거울 속의 모습이 마치 나 자신을 맞이하듯 비쳤습니다. 그때 갑자기 언짢은 예감이 들었습니다만, 공연한 일에 신경쓰지 말자고 자신에게 타이르며 거울 달린 문의 손잡이에 손을 댔습니다——왼 손이었습니다. 손잡이가 왼쪽에 있었고, 나도 왼손잡이 습관이 몸 에 배어 있어 그만 왼손을 내밀었던 것입니다.

당연한 일이지만 거울에 비친 나는 오른손을 내밀고 있었습니다. 그런데 자세히 보니 그 모습은 차양이 넓고 낡은 소프트 모자를 쓰 고 바바리코트를 입고 있었습니다. 그리고 그 얼굴은…… 오오, 하 느님!…… 이쪽의 나에게 싱글싱글 미소를 던지고 있는 그 얼굴 은 꿈속에 나타나는 기분 나쁜 그 사나이와 조금도 다르지 않았습 니다. 그는 갑자기 홱 몸을 돌리더니 쏜살같이 안쪽으로 들어가버 렸습니다. 엷은 미소를 띤 얼굴을 뒤로 돌린 채……

나는 얼른 손잡이를 움켜쥐고 문을 열었는데, 안으로 뛰어 들어 가기 전에 문지방에 걸려 넘어지고 말았습니다.

그 다음 일은 전혀 기억이 없습니다. 정신을 차리고 보니 나는 침대에 누워 있고, 의사가 옆에 서 있었습니다. 의사의 말에 따르 면 나는 기절하여 한길에 쓰러져 있었는데, 주머니에 든 우편물로 신원이 밝혀져 집으로 옮겨 왔다는 것이었습니다.

나는 의사에게 모든 이야기를 털어놓았습니다. 그러자 의사는 신경이 많이 쇠약해졌으니 내근보다는 외근을 하는 직장으로 옮기는 편이 좋겠다고 충고해 주었습니다.

클래이튼 회사의 중역들은 친절한 사람들이어서 직책을 옥외 광고부 주임으로 바꾸어 주었습니다. 당신도 아시겠지만, 이 거리 저 거리로 돌아다니며 길가에 세워놓은 입간판이나 그 밖에 붙여놓은 포스터가 망가지지 않았는지, 붙이는 장소가 적당한지 등을 조사하여 보고하는 것이 임무지요. 회사에서 자동차 한 대를 내주어 그것을 타고 거리를 돌아다니기 때문에 요즈음은 상당히 건강을 되찾았습니다.

악몽에 시달리는 일도 적어지긴 했지만, 아직 완전하다고는 말할 수 없습니다. 며칠 전에도 한 번 겪었었지요. 생각하기에 따라서는 지금까지 꾼 것 중에서 가장 나쁘다고 할 수 있는 것이었습니다. 나는 칠흑 같은 어둠 속에서 그 악마와 싸웠습니다. 또 한 사람의 나를 몰아붙여 넘어뜨리고 내 손으로 그놈의 목을 졸라 숨통을 끊었던 것입니다…… 나 자신의 숨통을 말입니다!

장소는 런던 시내인 것 같았습니다. 나는 아무래도 런던에 있을 때 불길한 일을 당하는 운명에 놓인 모양입니다. 그 다음에 이 거리로 출장 왔습니다. 지금까지 들려드린 이야기로 아시겠지만, 그 때문에 나는 이 소설에 특별한 흥미를 느끼는 겁니다. 4차원의 세계에 대해서 말입니다. 물론 나는 웰즈라는 작가의 이름은 처음 듣습니다만, 그는 아주 자세히 알고 있는 것 같군요. 웰즈뿐만 아니라 당신같이 대학이나 그 비슷한 교육을 받은 분이라면 잘 아실 것 같아서 의견을 들으려고 이렇게 찾아왔습니다."

피터 경이 대답했다.

"나는 이렇게 말하고 싶군요. 당신은 의사의 말을 전적으로 믿어야 한다고. 모두 당신 신경이 낳은 망상일 겁니다."

"그럴까요? 신경쇠약이라는 진단만으로는 이 고민의 원인을 충분히 설명한다고 할 수 없습니다. 그보다는 아까 당신이 말씀하신 중세기 이후의 전설이 납득이 가는 것 같습니다. 옛날사람들은 꽤 사물을 올바르게 판단했던 모양입니다.

오랜 전설도 무시해서는 안 됩니다. 나 말고도 악마에게 시달림 당한 사람들의 이야기를 가끔 듣습니다. 본인이 정말 악마에게 시달리고 있다고 생각하기 때문에 그런 이야기가 퍼지겠지요. 역시 악마의 존재를 믿는 편이 이치에 맞을 것 같군요. 그건 그렇고, 아무튼 지금 내가 가장 알고 싶은 것은 이 고민을 극복하고 그전의 나로 돌아갈 수 있는 날이 과연 올까 하는 점입니다. 그런 의혹이 무겁게 가슴을 짓누르기 때문에 마음 편할 날이 하루도 없습니다."

"나라면 마음 쓰지 않도록 노력하겠습니다." 피터 경이 위로하듯 말했다. "신선한 공기를 쐴 수 있는 생활을 하고, 되도록 빨리 결혼하십시오. 부부생활은 경솔한 행동을 억제할 것이며, 악몽도 자연히 꾸지 않게 될 겁니다."

"그렇습니다. 나도 그 점은 생각해 보았습니다. 하지만 언젠가 신문을 보니 함께 자던 아내를 목 졸라 죽인 남자의 이야기가 실려 있더군요. 이런 일이 부부에게는 가장 큰 위험이지요. 남편이 꿈을 꾸다 저도 모르는 사이에……."

자그마한 사나이는 무섭다는 듯 고개를 내저으며 난롯불을 물끄러미 바라보았다. 피터 경은 잠깐 말없이 앉아 있다가 벌떡 일어나 카운터로 갔다. 여주인과 종업원들이 이마를 모으고 저녁신문을 들여다보며 서로 이야기를 나누고 있었는데, 피터 경의 발소리가 들리자 입을 다물었다.

그리고 10분 뒤 피터 경은 다시 담화실로 돌아왔다. 자그마한 사나이의 모습은 보이지 않았고, 운전용 웃옷만이 의자 위에 던져져 있었다. 피터 경도 층계를 올라가 침실로 들어가서 잠옷과 가운으로 갈아 입었다. 그리고 자그마한 사나이의 운전용 웃옷에서 꺼내온 이브닝 뉴스 지를 펴들고 제1면 기사를 천천히 읽기 시작하였다. 다 읽은 다음 그는 잠시 생각한 끝에 마음을 정했는지 몸을 일으켜 가만히 문을 열었다. 어두컴컴한 복도에는 아무도 없었다. 피터 경은 손전등을 켜들고 바닥을 비추며 복도를 걸어갔다. 한 방 앞에서 걸음을 멈추고 문 밖에 놓인 구두를 확인한 다음 손잡이를 돌렸다. 문은 잠겨 있지 않았다.

문이 열리자 붉은 머리의 사나이가 내다보았다.

피터 경은 목소리를 낮추어 말했다.

"들어가도 괜찮겠습니까?"

자그마한 사나이가 고개를 끄덕이며 들어갔으므로 피터 경은 뒤따라 들어갔다.

"무슨 일이지요?" 사나이가 물었다.

"할 이야기가 조금 남아서요. 당신은 침대에 누우시오. 시간이 좀 걸리니까요."

자그마한 사나이는 겁먹은 눈길로 피터 경의 얼굴을 보며 시키는 대로 침대에 누웠다. 피터 경은 가운 앞자락을 여미고 외눈안경을 눈에 바싹 갖다댄 다음 침대가에 걸터앉았다. 그리고 몇 분 동안 아무 말없이 사나이를 찬찬히 보고 있더니 이윽고 입을 열었다.

"알겠소, 댁워지 씨? 아까 나는 당신 입을 통해 아주 이상한 이야기를 들었습니다. 조금 이상하긴 하지만 믿어도 좋을 만한 이유가 있다고 나는 생각합니다. 그 이야기를 믿는다는 것은 나 스스로 바보임을 드러내 보이는 증거라고 남들이 말할지도 모르지만, 나는 상대방이 선량한 사람이라고 인정하면 그의 말은 무조건 믿어버리는 성격입니다. 천성이 그러니 별 수 없지요…… 그런데 당신은 아까 오늘 저녁신문을 읽었다고 했지요?"

피터 경은 이브닝 뉴스를 아까보다 더 멍청한 표정을 짓고 있는 자그마한 사나이의 손에 넘겨주며 외눈안경 속의 눈을 날카롭게 번뜩였다.

신문 제1면에 젊은 사나이의 사진이 실려 있고, 그 밑에 독자의 주의를 끌도록 테를 두른 굵은 활자가 늘어서 있었다.

위의 사진은 지난주 목요일 아침 번즈 공공용지에서 교살시체로 발견된 제시 헤인즈 양의 핸드백 속에서 나온 것으로, 그 뒷면에는 'JH에게——사랑하는 RD로부터'라고 씌어 있다. 이 사진을 보고 짐작 가는 점이 있는 사람은 급히 런던 경시청이나 가까운 경찰서에 신고해 주기 바람.

자그마한 사나이는 눈길을 들어 피터 경을 바라보았다. 그 얼굴은 창백했으며 까무러치기 직전 상태였다.

"어떻습니까?" 피터 경이 물었다.

"마침내 최악의 사태가 다가왔군요." 그는 울먹이는 목소리로 중얼거리고 몸을 부르르 떨며 신문을 밀어냈다. "언젠가 이런 일이 일어나지 않을까 두려워하고 있었는데…… 그러나 기억이 전혀 없습니다."

"틀림없이 당신 사진이지요?"

"사진은 틀림없습니다. 하지만 어떻게 이런 것이…… 사진 따위는 몇 년 동안 찍은 적이 없습니다. 정말입니다. 맹세할 수도 있습니다! 클래이튼 회사 동료들과 여럿이서 찍은 일은 있지만…… 아까도 말씀드렸듯이 나 자신이 모르는 사이에 하는 여러 가지 행동…… 그것은 역시 사실이었나 봅니다."

피터 경은 사나이와 사진을 비교해 보았다.

"당신의 코는——솔직히 말하겠소만——조금 휘어져 있습니다. 조금 오른쪽으로. 그런데 이 사진도 역시 그렇군요. 왼쪽 눈꺼풀이 조금 늘어져 있는데, 이 사진도 그렇습니다. 사진의 이마는 왼쪽이 조금 부어 있는 것 같은데…… 인쇄를 잘못해서 그럴까?"

"잘못된 것은 아닙니다." 자그마한 사나이는 머리카락을 쓸어 올려 이마를 보여주었다. "자, 똑같지요? 본디 여기가 툭 튀어나와 있어서 보기 싫기 때문에 앞머리로 가렸지요."

붉은 머리칼을 이마 위로 쓸어 올리자 사진과 사나이는 더 닮아보였다.

"나는 입도 조금 비뚤어져 있습니다."

"정말 그렇군요. 왼쪽이 조금 올라간 느낌인데, 웃으면 더욱 뚜렷해집니다. 당신 같은 타입의 얼굴은 특히 그렇습니다. 아까부터 그점을 느끼고 있었지요."

자그마한 사나이는 비뚤어진 입가에 미소를 담았다.

"당신은 이 제시 헤인즈라는 아가씨를 알고 있습니까?"

"꿈속의 나는 어떤지 모르지만, 나 자신은 그런 이름을 들은 적이 없습니다. 지금은 신문에서 읽었으니 알고 있지만…… 이 손이 그녀를 목 졸라 죽였다니!"

그는 두 손을 앞으로 내밀고 비통한 눈으로 바라보았다.

"나는 어떻게 해야 하지요? 좀더 빨리 알았더라면 달아날 수도 있었겠지만……."

"아니, 달아날 수는 없습니다. 이 호텔 사람들이 이미 알고 아래층에 모여 있으니까요. 몇 분 안에 경찰이 도착할 겁니다. 아니, 움직이면 안 됩니다."

피터 경은 침대에서 뛰어나오려는 사나이를 잡아 눌렀다.

"이대로 있어야 합니다. 섣불리 달아나면 사태를 더욱 나쁘게 만들 뿐입니다. 그보다 마음을 가라앉히고 내 질문에 대답해 주십시오. 아참, 그전에 묻겠는데, 내가 누군지 알고 있습니까? 모른다고요? 그렇겠지요. 내 이름은 윔지, 피터 윔지 경이오."

"탐정이십니까?"

"그렇다고 할 수 있지요. 그럼, 묻겠는데, 당신 주소는 브릭스턴 어디쯤이지요?"

자그마한 사나이는 주소를 말했다.

"어머니는 돌아가셨고, 그 밖의 친척은?"

"이모님이 계셨습니다. 사리 주 어딘가에 살고 있을 겁니다. 나는 늘 그녀를 수잔 이모님이라고 불렀지요. 하지만 어릴 적에 만났을 뿐입니다."

"결혼한 분이겠지요?"

"네, 물론 그렇습니다. 수잔 브라운 부인입니다."

"알았습니다. 그런데 당신의 왼손잡이 버릇은 어릴 적부터 있었습니까?"

"네, 처음에는 그랬지요. 그런데 어머니가 고쳐주셨습니다."

"그런데 그 버릇이 공습을 당한 뒤 다시 되살아났단 말이지요? 어릴 때 병에 걸린 적은 없었습니까? 의사에게 진찰받은 적이 있느냐는 뜻입니다만……."

"한 번 홍역을 앓았습니다. 4살 때였지요."

"그 의사의 이름을 기억할 수 있겠습니까?"

"아니오, 종합병원이었거든요."

"알겠습니다. 그럼, 호번 거리의 이발소 이름은?"

이 질문이 뜻밖이었는지 자그마한 사나이는 얼른 대답하지 못했다. 그는 조금 사이를 두었다가 〈비그즈〉 아니면 〈블릭스〉였던 것 같다고 대답했다.

피터 경은 한순간 생각에 잠겨 있었다.

"질문은 이 정도로 그치겠습니다. 아니, 또 한 가지 있소. 당신의 세례명은?"

"로버트입니다."

"그럼, 다시 한 번 묻겠는데, 당신은 정상적인 의식이 있는 동안에는 이런 범죄를 저지르지 않았다고 장담할 수 있겠습니까?"

"물론입니다!" 자그마한 사나이는 힘주어 대답했다. "하느님께 맹세할 수도 있습니다. 온전한 정신일 때 어떻게 그런 끔찍한 짓을 할 수 있겠습니까? 아아! 알리바이를 증명할 수 있기만 하다면! 그것이 나를 살리는 오직 하나의 기회인데…… 하지만 내가 정말 저질렀을지도 모릅니다. 사형을 받게 될까요?"

"정상적인 의식으로 돌아가면 아무것도 기억하지 못한다는 사실이 입증되면 사형은 면할 겁니다." 피터 경이 말했다. 그러나 그는 나머지 반평생을 블로드모어 교도소에서 지내야 할 거라는 말은 덧붙이지 않았다.

이윽고 자그마한 사나이가 입을 열었다.

"뭐라고 하면 좋을까…… 내가 앞으로 일생 동안 이런 식으로 자신도 모르는 가운데 사람을 자꾸만 죽인다면 차라리 이번에 사형당하는 편이 세상을 위해서도 좋을지 모릅니다. 생각만 해도 끔찍한 일입니다."

"그건 그렇습니다. 그러나 아직은 당신이 죽였다고 단정할 수 없지요."

"그러면 얼마나 좋겠습니까? 나로서는 전혀 기억이 없으니까요…… 아니, 저게 무슨 소리지요?"

"경찰관이 온 모양이군요." 피터 경은 대수롭지 않은 듯이 말하며 문에서 노크 소리가 나자마자 곧 일어났다. 그는 일부러 더욱 명랑하게 말했다. "들어오십시오!"

맨 먼저 호텔 여주인이 들어와 그 방에 피터 경이 있는 것을 보자 뜻밖이라는 표정을 지었다.

피터 경은 붙임성 있게 말했다.

"자, 여러분, 어서 들어오십시오. 형사부장님도 오셨군요. 그런데 무슨 일이시지요?"

"여러 손님들이 주무시니까 되도록 조용히 해주세요, 부탁입니다." 여주인이 먼저 말했다.

형사부장은 그 두 사람은 거들떠보지도 않고 성큼성큼 침대로 다가가서 겁먹은 표정을 짓고 있는 사나이를 향해 말했다.

"이 사람이 틀림없군. 댁워지 씨, 이처럼 밤중에 찾아와서 미안합니다. 오늘 저녁신문에도 났듯이 우리는 당신과 같은 인상을 가진 사람을 찾고 있습니다. 내일 아침까지 기다릴 수가 없어서 이렇게 찾아왔습니다. 우리가 말하려고 하는 것은……."

"나는 아무 짓도 하지 않았습니다!" 댁워지는 필사적으로 외쳤다. "이 사건에 대해서는 아무것도 모릅니다!"

경관이 수첩을 들고 '질문하기도 전에 아무 짓도 하지 않았다고 말했음'이라고 적어 넣었다.

형사부장이 말했다.

"그렇다면 당신은 이 사건에 대해 이미 알고 있었나보군요."

옆에서 피터 경이 말참견했다.

"물론 알고 있었지요. 지금도 우리 두 사람은 이 사건에 대해 이야기하고 있었습니다."

"대체 당신은 누구요?" 형사부장이 으름장을 놓았으나 상대방이 태연한 얼굴로 외눈안경을 만지작거리고 있는 모습에 기가 질렸는지 다시 어조를 바꾸어 목에 걸린 듯한 목소리로 물었다. "댁은 누구십니까?"

피터 경이 대답했다.

"이런 차림이어서 명함을 가지고 있지 않지만, 나는 피터 윔지 경입니다."

"그러십니까? 그럼, 묻겠습니다만, 당신은 이 사람에 대해 어느 정도 알고 계십니까?"

"살인사건에 대해서는 아무것도 모릅니다. 그러나 댁워지 씨에 대해서는 알고 있습니다. 물론 그가 이야기해 준 것뿐이었지만, 아마 그는 당신에게도 똑같은 말을 할 겁니다. 당신의 질문이 타당한 것이라면 말이지요. 미리 말해 두지만, 강압적인 심문은 삼가주십시오. 거칠게 다루어서는 안 됩니다."

노골적으로 듣기 거북한 말을 하자 형사부장은 조금 화가 난 얼굴로 대답했다.

"피의자의 입에서 진상을 끌어내는 것이 우리 경찰관의 임무입니다."

"물론 그러실 테지요." 피터 경도 지지 않았다. "선량한 국민으로서 당신들의 질문에 대답할 의무가 있겠지요. 하지만 지금은 밤도 깊었으니 질문을 내일 아침으로 미루시지요. 댁워지 씨는 달아나지 않을 겁니다."

"그런 확신은 가질 수 없습니다."

"나는 가질 수 있습니다. 당신이 질문하고 싶을 때는 언제든지 출두시킬 용의가 있습니다. 그렇게 해도 별 지장이 없으리라고 생각하는데요. 아직은 그에 대한 체포장이 나오지 않았을 테니까요."

"물론 아직 체포장은 나오지……."

"그럼, 됐습니다. 모든 일이 우호적으로 끝났군요. 한잔하고 가시지 않겠습니까 ? "

형사부장은 좀 쌀쌀맞게 거절했다.

"아아, 지금 금주(禁酒) 중이신 모양이로군요. 그거 참, 안됐습니다 ! " 피터 경은 동정하듯이 말했다. "어디가 나쁘십니까 ? 신장 ? 간장 ? "

형사부장은 대꾸하지 않았다.

피터 경은 말을 계속했다.

"오늘 밤에는 당신들의 방문을 받는 영광을 입었지만, 내일 아침에는 내 쪽에서 먼저 출두하겠습니다. 나는 오전 중에 런던으로 돌아가야 하므로 가다가 경찰서에 들를 생각입니다. 그러나 댁워지 씨의 심문은 이 호텔 담화실에서 하는 편이 나을 겁니다. 그편이 질문하는 당신들에게도 좋을 테니까요. 아니, 벌써 가시겠습니까 ? 그럼, 안녕히 가십시오. "

피터 경은 두 경찰관을 배웅한 다음 댁워지에게로 되돌아왔다.

"내일은 런던으로 돌아가 당신을 위해 힘써보겠습니다. 오전 중에 변호사를 만나 이리로 와달라고 부탁하겠으니 나에게 들려준 이야기를 그 변호사에게도 모두 해주십시오. 경찰관들에게는 변호사가 해도 좋다고 허락한 것만 말하고 그 이상은 아무것도 말하지 마십시오. 그들에게는 진술을 강요할 권리가 없으며 체포장이 나오지 않는 한 경찰서로 연행할 수도 없습니다. 만일 체포장을 가지고 오거든 순순히 출두하십시오. 그러나 절대로 말을 하지 마십시오. 그리고 무슨 일이 있어도 도망쳐서는 안 됩니다. 도망은 당신을 파멸로 이끈다는 것을 잊지 마십시오. "

다음날 오후 피터 경은 런던으로 돌아가자마자 호번 거리를 거닐며 문제의 이발소를 찾았다. 쉽게 찾아낼 수 있었다. 댁워지가 말한 대로 좁은 통로 안쪽에 키만한 높이의 거울이 문에 붙어 있고, 거기에 금글씨로 〈블릭스 이발소〉라고 씌어 있었다. 피터 경은 거울에 비친 자기 모습을 불쾌한 듯이 바라보았다.

"이것이 조사 제1호로군." 피터 경은 입 속으로 중얼거리며 자신도 모르게 비뚤어진 넥타이를 바로 고쳤다. "호기심에 쫓겨 여기까지 왔는데, 이것 역시 4차원의 신비가 시킨 일일까? 어서 문을 밀고 안으로 들어가야지. 겁이 나, 윔지? 떼를 지은 낙타무리는 쉽게 들어가지만, 한 마리뿐이면 문 앞에 버티고 서서 밀고 당겨도 꿈쩍하지 않는다는 식이군. 낙타와 같아서야 되겠나! 며칠 동안 술맛도 잃고 행동도 거칠어졌어. 저것 봐, 문의 생김새도 그가 말한 대로로군. 그 전부터 이랬을까? 안에 들어가 물어봐야 되겠는걸. 그런데 수염은 오늘 아침에 깎았고⋯⋯ 머리손질이나 해달라고 할까?"

그는 마침내 문을 밀고 거기에 별다른 이상이 없음을 확인하며 이발소 안으로 들어갔다.

이발사와의 대화는 순조롭게 진행되었다. 그 이발사는 화제가 풍부했고 말이 많았다. 그러나 기록에 남길 만한 것은 한 가지뿐이었다.

"전에도 여기서 머리를 깎은 적이 있소." 피터 경이 말했다. "귀 뒤쪽은 짧게 해주시오. 그때는 가게 안이 이렇지 않았던 것 같은데, 개조한 모양이군요?"

"네, 멋있게 바꾸었다고 생각하는데, 어떻습니까?"

"입구의 문도 새로 바꾸었소?"

"아니오, 저것은 그대롭니다. 우리가 인수하기 전부터 있었지요."

"거울도?"

"네, 그렇습니다."

"그렇다면 내 기억이 틀렸나 보구먼. 조금 이르긴 해도 노인성 건망증에 걸린 모양이오. 이제 곧 찰즈 램의 시구처럼 '모두모두 가버린다, 그리운 옛 얼굴들이' 하고 읊조릴 날이 멀지 않았겠는걸. 별 수 없지, 해마다 무덤을 향해 한 걸음씩 다가가고 있으니까. 백발이 될 바에야 보기 흉하지 않은 백발이 되어야 할 텐데…… 아아, 헤어토닉은 바르지 마시오. 전기 헤어아이론도, 본디 곱슬머리니까."

밖으로 나오기는 했으나 피터 경에게는 아직 납득할 수 없는 점이 있었다. 고개를 갸웃거리며 큰길을 몇 야드쯤 되돌아가는데 찻집 유리문이 눈에 띄었다. 그 역시 어두컴컴한 길가에 있었는데, 〈블리제트 찻집〉이라는 금글씨가 씌여 있었다. 이쪽으로 향한 유리가 훤히 들여다보였다. 피터 경은 잠시 그것을 바라보다가 안으로 들어갔다. 테이블 쪽으로 가지 않고 문 바로 옆에 있는 유리탁자로 다가가 레지에게 말을 걸었다.

여기서는 에둘러 물어보는 수법을 쓰지 않고 직접 문제의 핵심에 부딪쳐보았다. 여러 해 전 가게 입구에서 젊은 사나이가 정신을 잃은 적이 있는데, 그 일을 기억하고 있느냐고 물었다. 레지는 대답을 하지 못했다. 이 다방에 취직한 지 석 달밖에 되지 않았기 때문이었다. 그러나 그녀는 차를 나르는 여자들 가운데 기억하고 있는 사람이 있을지도 모른다면서 일부러 찾으러 갔다. 그리고 조금 뒤 함께 온 아가씨가 잠시 생각하더니 기억을 되살려 이야기했다. 그녀의 말이 끝나자 피터 경은 고맙다는 인사와 함께 자신을 신문기자라고 소개했다. 뜻밖의 질문을 할 때에는 이런 수법을 쓰는 것이 가장 무난하다. 그는 그녀에게 사례비로 반 크라운을 주고 찻집에서 나왔다.

그 다음은 캐멀라이트 하우스였다. 피터 경은 플리트 거리 신문사의 여기저기에 친구들이 많았다. 그는 목표로 하는 방을 쉽사리 찾아내어 안으로 들어갔다. 그곳은 신문에 실린 사진을 보관하는 방인데, J·D의 사진을 계원에게 찾아달라고 한 다음 물었다.

"이 사진은 신문사 기자가 찍은 것입니까?"

"아니오, 경시청에서 얻어 온 겁니다. 이것이 어떻게 되었습니까?"

"아니오, 다만 사진을 찍은 사람의 이름을 알고 싶어서요, 그뿐입니다."

"그렇다면 경시청에 가서 물어보십시오, 여기서는 알 수 없습니다. 그 밖의 용건은?"

"없습니다. 고맙소."

경시청에서도 역시 간단했다. 주임경감 파커가 피터 경의 친구였으므로 그가 사진사 이름을 곧 가르쳐주었다. 원판 아래에 사진사 이름이 기록되어 있었던 것이다. 피터 경은 부리나케 자동차를 몰아 사진을 찍은 사진관으로 찾아가 면회를 요청했다.

피터 경이 예상했던 대로 경시청 사람들이 벌써 몰려와 사진사가 알고 있는 정보를 모두 알아내갔다고 했다. 그러나 그 내용은 대수롭지 않았다. 사진사는 몇 번 되풀이해서 설명했다. 벌써 2년이나 지난 일이어서 어떤 사람을 찍었는지 거의 기억이 뚜렷하지 않다는 것이었다. "우리 가게는 보시다시피 이렇게 좁아서……" 하고 사진사는 말했다. "값이 싼 점이 특징이지요, 즉석사진 전문이랍니다. 수정 따위는 하지 않습니다……."

피터 경이 원판을 보여 달라고 하자 사진사는 곧 안으로 들어가더니 조금 뒤 그것을 가지고 나왔다.

피터 경은 그것을 찬찬히 들여다본 다음 탁자 위에 놓고, 주머니에서 〈이브닝 뉴스〉를 꺼내 거기에 실려 있는 사진과 원판을 비교해 보았다. 이윽고 그는 입을 열었다.

"조금 이상한데! 어딘지 느낌이 달라!"

사진사도 들여다보았다. 그는 원판과 신문의 사진을 비교해 보더니 큰소리로 말했다.

"네, 정말 그렇군요! 내 실수였습니다."

"인화할 때 잘못한 것 같군요." 피터 경이 말했다.

"네, 그렇습니다. 원판을 뒤집어 넣었습니다. 사실 이런 실수를 이따금 하게 된답니다. 아시다시피 우리 일은 시간과의 싸움이기 때문에 급히 서두르다 보면 이런 실수도 나오지요. 아무튼 실수였습니다. 앞으로는 조심하지요."

"지금 곧 복사해 주십시오. 뒤집히지 않은 온전한 것으로 말이오."

"알았습니다. 곧 해드리겠습니다."

"한 장은 경시청으로 보내주시오."

"알았습니다. 그런데 어째서 이 사람은 그 점을 몰랐을까요? 우리 사진사는 사진기의 위치를 이동시켜 가며 석 장이나 넉 장을 찍어 그중 한 장을……."

"카메라 앵글을 다르게 잡은 것이 있다면 그것도 좀 보여주시겠소?"

"미안하지만 그것은 한 장도 없습니다. 인화시킨 원판 이외에는 모두 버리거든요. 보시다시피 가게가 비좁아 보관해 둘 자리가 없어서 말입니다. 복사해 달라고 하신 석 장은 빨리 만들어드리겠습니다."

"그렇게 해주시오. 빠르면 빠를수록 좋소. 빨리 말리도록 하고 수정할 필요는 없소."

"알았습니다. 한두 시간 안에 틀림없이 갖다드리겠습니다. 그런데 그 사람은 이런 사진을 보고도 아무 소리도 하지 않았군요."

"뭐, 놀라운 일은 아니오. 오히려 그는 잘 찍었다 생각하고 만족했을 겁니다. 본디 사람들은 자기 얼굴을 정면으로 보지 못하거든요. 매일 보는 것은 거울에 비친 얼굴인데 좌우가 바뀌어 있지요. 그 사진처럼 말입니다. 그래서 그는 그것이 하느님이 주신 자기 얼굴이라고 생각했겠지요. ”

“그랬군요. 아무튼 굉장한 실수를 지적해 주셔서 다행입니다. ”

피터 경은 빨리 해달라고 되풀이 부탁하고 나서 사진관을 나왔다. 돌아오는 길에 서머싯 하우스 등기소에 들러 조금 시간을 보낸 다음 그 날의 일을 마치고 저택으로 돌아왔다.

다음날 피터 경은 댁워지에게서 들은 이야기를 참고로 하여 브릭스턴 거리를 이리저리 다니며 그와 그의 어머니가 살고 있었던 무렵에 대하여 알고 있는 사람을 찾았다. 그중 한 사람은 꽤 나이가 지긋한 부인이었는데, 40년 전부터 댁워지의 집이 있던 거리 근처에서 작은 과일가게를 하고 있었다. 글을 모르는 사람에게서 흔히 볼 수 있는 일이지만 그녀는 백과사전적인 기억력을 가지고 있어 댁워지 집안이 그 동네로 이사 온 연월일까지 기억하고 있었다.

“아주 오래 전 일로서, 꼭 32년째가 되는군요. 이사 온 것이 미카엘 축제날이어서 날짜는 틀림없어요. 그 무렵 어머니는 아직 젊고 얼굴도 예뻤으며, 특히 그 아들은 착하고 얌전해서 우리 딸아이가 아주 귀여워했답니다. ”

“그 소년은 이 동네에서 태어났습니까 ? ”

“아니에요. 그 아이가 태어난 곳은 훨씬 남쪽이었는데, 어째서인지 그 어머니는 한 번도 말한 적이 없답니다. 그 여자는 본디 얌전한 성격에 말수도 적었지요. 늘 집 안에만 있고 사람들과 별로 사귀지도 않았지요. 우리 딸아이와 마음이 맞는 편이었지만, 그래도 이사오기 전에 대한 일은 절대로 말한 적이 없었답니다. ‘클로로포름’이라는 말만 들으면 얼굴을 찌푸리곤 했는데, 아마 큰 병치레를 한적이 있어 본인도 그 괴로웠던 기억을 되살리지 않으려고 애썼던 것 같아요. 내가 보기에 몸이 약한 아이를 낳을 때 난산이 아니었나 하는 생각이 들더군요. 남편——역시 사람이 좋았지요——도 나에게 늘 이렇게 말했답니다. '부탁합니다, 애보틀 아주머니. 우리 집사람이 옛날 일을 다시 생각지 않도록 해주십시오.' 이 말을 지겨울 정도로 여러 번 되풀이했어요. 아기를 낳을 때 몹시 애를 먹었나 봅니다. 아무튼 그 부인은 두 번 다시 아기는 낳지 않았어요. 나는 기운을 북돋아주기 위해 이따금 이렇게 말했지요. '아기를 낳을 때의 고통은 빨리 잊어버리는 게 좋아요. 그러면 부인도 나처럼 아기를 아홉은 낳을 수 있어요'라고 말입니다. 그런데 그녀는 웃기만 할 뿐 결코 낳으려고 하지 않았어요."

"그랬었군요. 아기를 낳는 고통은 곧 잊어버리는 모양이던데. 애보틀 부인, 당신은 아이를 아홉이나 낳은 사람같이 보이지 않는군요. 아주 젊어 보입니다."

"늘 건강에 신경을 쓰고 있기 때문이지요. 그래서 젊었을 때보다 더 튼튼하답니다. 아홉 아이를 기르느라고 늘 몸을 움직였기 때문인지도 몰라요. 아무튼 몸이 건강해서 얼마나 다행인지 모릅니다. 하지만 요즘은 지나치게 살이 찐 것 같아요. 지금의 나를 보면 상상도 못하시겠지만 처녀 적에는 모기 다리만큼이나 말라서 허리둘레가 18인치밖에 안 되어 우리 어머니를 몹시 걱정시켜 드렸답니다."

"미인이 되는 것도 그리 쉬운 일이 아니군요." 피터 경은 붙임성 있게 말했다. "그런데 아이는 몇 살이었지요? 댁워지 부인이 이 브릭스턴에 이사 왔을 때 말입니다만."

"태어난 지 3주일도 채 못 되었어요. 하지만 귀여운 아기였어요. 검은 머리카락이 소복이…… 네, 그래요, 그 아이는 태어났을 때 머리칼이 검었답니다. 나중에는 당근 같은 빛깔로 변했지만 말입니다. 엄마의 붉은 머리칼을 닮은 모양이지만, 엄마만큼 아름답지는 못했어요. 얼굴만 해도 부인은 미인이었는데, 아이는 엄마를 닮지 않았을 뿐 아니라 아버지도 닮지 않았었지요. 부인 말에 의하면 외가 쪽을 많이 닮았다고 하더군요."

"친척 가운데 누군가를 본 적이 있습니까?"

"네, 부인의 언니라는 수잔 브라운 부인을 보았지요. 그녀는 동생과는 아주 딴판으로 튼튼한 체격에다 얼굴이 무섭게 생긴 키 큰 여자였답니다. 집이 이섬에 있다던가…… 이섬이라면 나도 잘 알고 있어요. 그 무렵 우리는 그곳에서 야채를 구입해 왔으니까요. 요즈음은 그곳이 도시로 확장되어 야채를 별로 재배하지 않게 되었지요. 하지만 나는 '이섬'이라는 말을 들으면 수잔 브라운 부인이 생각난답니다. 어깨에서부터 위는 작고 아래로 내려가면서 확 퍼진 모습이 아스파라거스와 닮았었지요."

피터 경은 적당히 감사하다는 뜻을 전하고 다음 열차로 이섬 거리를 향해 떠났다. 차 안에서 그는 이런 수사를 언제까지 계속해야 하나 생각하니 마음이 무거웠다. 그러나 막상 부딪쳐보면 생각보다 쉬운 방법으로 간단히 목적을 이룰 수 있었다. 수잔 브라운 부인은 이섬 거리에서 꽤 잘 알려진 여자였다. 감리교파의 신도 대표로서 그곳 사람들의 존경을 받고 있었기 때문에 쉽게 찾을 수 있었다.

과일가게 아주머니의 말대로 그 위엄 있는 모습이 근엄하고 착실한 인품을 말해 주었다. 짙은 갈색 머리를 한가운데에서 가지런히 갈라 머리 뒤에다 작게 묶어 올렸으며, 허리 아랫부분에 비해 목에서 머리에 이르는 부분은 가냘픈 느낌을 주었으나 아스파라거스에 비유하는 것은 좀 지나친 듯싶었다. 부인은 피터 경을 정중한 태도로 맞아들였다. 그러나 최근에는 조카의 소식을 들은 적도 없고 말씀드릴 것도 없다고 잘라 말했다. 결국 피터 경은 댁워지가 휘말려든 살인사건을 털어놓고, 지금으로서는 최악의 사태로까지 몰릴 우려가 있다고 설명했다. 그러나 그녀는 전혀 놀란 기색을 보이지 않았다.

부인이 말했다.

"그 아이의 몸에는 나쁜 피가 흐르고 있습니다. 게다가 내 동생 헤티가 잘못 키웠지요. 너무 응석받이로 키웠어요."

"그랬군요." 피터 경은 엉겁결에 불쑥 말했다. "확실히 아이는 엄격하게 키울 필요가 있습니다만, 모든 부모가 굳은 의지를 가질 수 없으므로 그녀만을 나무랄 수도 없지요. 나도 의지가 약한 편이랍니다. 이야기를 에둘러 해서 귀중한 시간을 낭비하게 만들고 싶지 않으므로 솔직히 말씀드리겠습니다. 어제 서머싯 하우스 등기소에서 부인의 조카인 로버트 댁워지 씨의 호적을 열람했더니, 앨프레드와 헤스터 댁워지 부부의 아들로서 사자크에서 태어났더군요. 영국의 등기제도는 세계에 자랑할 만한 것이지만, 역시 사람이 하는 일이니 이따금 실수도 있겠지요. 그렇게 생각하지 않으십니까, 브라운 부인?"

그녀는 주름진 두 손을 탁자 끝에 포개놓고 날카로운 갈색 눈에 어두운 그늘을 짓고 있었다.

"별지장이 없으시다면 말씀해 주지 않겠습니까. 또 한 사람의 이름을?"

두 손이 조금 떨리기는 했으나 그녀는 또렷한 목소리로 말했다.

"무슨 말씀이신지 잘 모르겠군요."

"태어난 것은 쌍둥이였을 겁니다. 또 한 사람의 이름이 뭐였지요? 주제넘은 질문입니다만, 매우 중대한 일이기 때문에……."

"쌍둥이라니요! 어째서 그런 상상을 하셨지요?"

"상상이 아닙니다. 단순히 추측을 하여 당신을 괴롭힐 생각은 없습니다. 나는 로버트에게 쌍둥이 형제가 있음을 알고 있습니다. 그 형제가 지금 어디서 무엇을 하고 있는지……물론 당신 입을 통해 듣지 않아도 언젠가는 밝혀질 것입니다만."

"죽었습니다." 그녀는 얼른 말했다.

"반박하는 것 같습니다만, 당신의 태도는 현명하다고 할 수 없습니다. 그가 죽지 않았다는 건 당신도 알고 계십니다. 사실 그는 이 순간에도 멀쩡히 살아 있습니다. 내가 알고 싶은 것은 그의 이름뿐입니다."

"어째서 내가 그것을 말해야 하지요?"

피터 경이 재빨리 말했다.

"기분이 상하신 줄 압니다만, 얼마 전에 살인사건이 있었는데 그 용의가 부인의 조카 로버트에게 걸렸기 때문입니다. 나는 우연한 일로 진짜범인이 그의 쌍둥이 형제임을 알았습니다. 그래서 그의 거처를 알아내려고 하는 겁니다. 나는 본디 정확한 것을 좋아하는 성격입니다. 당신의 협조로 진범을 확인할 수만 있다면 나는 그것으로 만족합니다. 그렇지 않을 경우에는 경찰에 사실을 털어놓아야 하겠지요. 그때는 당신도 당연히 증인으로서 출두해야 합니다. 살인사건 재판의 공판정 증언대에 당신이 앉아 있는 것을 나는 별로 보고 싶지 않습니다. 불쾌한 소문이 퍼질 게 틀림없으니까요. 하지만 당신의 협력으로 진범을 체포할 수 있다면, 당신과 로버트가 법정에 호출당하지 않도록 내가 책임지고 손을 쓰겠습니다."

브라운 부인은 몇 분 동안 얼굴을 찌푸리고 생각에 잠겨 있더니 마침내 대답했다.

"알겠어요. 모두 이야기하지요."

며칠 뒤 피터 경은 경시청 주임경감인 친구 파커와 만나 이야기를 나누고 있었다.

"이 살인사건은 댁워지 씨의 체내조직이 서로 뒤바뀌었다는 것을 알면 모든 사실이 밝혀지게 될 걸세."

"알았네. 그럴 테지."

파커 경감은 고개를 끄덕였다.

"그 이상 더 단순하고도 명백한 증거는 없을 걸세. 하지만 자네가 그 추리과정을 이야기하고 싶어 좀이 쑤시는 모양이니 기꺼이 듣도록 하지. 쌍둥이의 몸은 모두 그런가 보군. 그리고 좌우대칭인 두 사람을 모두 쌍둥이의 한쪽으로 보아도 틀림이 없나?"

"옳으면서도 그르고…… 아니, 정확하게 말하자면 그르면서도 옳다고 할 수 있네. 이란성 쌍둥이와 어떤 종류의 일란성 쌍둥이는 양쪽 모두 아주 정상적이라네. 그리고 한 개의 수정란 분열로 생긴 이른바 일란성 쌍둥이는 거울의 영상처럼 서로 완전히 닮아 있지. 한 개의 수정란이 분열한 결과이니 당연한 결과이지. 올챙이와 말터럭 한 가락만 있으면 자네도 실험할 수 있을 걸세."

"그런가? 그럼, 당장 실험방법을 메모해야 되겠군." 파커 경감은 진지한 얼굴로 말했다.

"어떤 책에서 읽은 적이 있는데, 내장의 위치가 뒤바뀐 사람이 있다면 일란성 쌍둥이의 한쪽으로 보아도 틀림없다고 씌어 있더군. 그래서 나는 가엾은 로버트 댁워지 씨가 영화 〈프라하의 대학생〉과 4차원의 세계에 대해 이야기하는 것을 들으며 그에게는 쌍둥이 형제가 있다는 것을 알았지.

이 사건은 다음과 같은 경로를 더듬고 있네. 더트라는 성을 가진 집안에 세 자매가 있었지. 나이순서대로 말하면 수잔, 헤스터, 에밀리였는데, 큰언니 수잔은 브라운이라는 남자와, 둘째 헤스터는 댁워지 씨와 결혼했고, 막내 에밀리는 미혼이었네. 이 세상에는 사소한 아이러니로 가득 차 있는데 바로 그녀들의 운명이 그랬지. 세 자매 가운데 아기를 낳을 수 있는 사람은 미혼인 막내 에밀리뿐이었단 말일세. 그래서 그런지 바로 그녀가 쌍둥이를 낳았다네.

에밀리는 임신한 사실을 알자——물론 그녀는 아기 아버지로부터 버림을 받았다네——이 비밀을 두 언니에게 털어놓았지. 부모는 이미 사망하여 이 세상에 없을 때였으니까. 큰언니 수잔은 성품이 강직한 여자로 신분이 한 계급 높은 남자를 남편으로 가진 적도 있었을만큼 언젠가는 상류사회로 끼어들어가고 싶은 꿈을 키우고 있었다네. 그래서 그럴싸한 구실을 내세워 동생이 저지른 실수의 뒤치다꺼리를 거절했네. 둘째언니 헤스터는 마음씨가 착해 아기가 태어나면 양자로 삼아 길러주겠다고 약속했는데, 글쎄, 쌍둥이가 태어났지 뭔가!

그래서 남편 댁워지 씨도 놀라고 말았다네. 양자로 삼기로 한 데 대해서는 승낙을 했으나 둘 다 기르기는 곤란하다고 하여서 결국 한 아이만 받아들이기로 했다네. 어느 아기를 가지느냐 하는 문제는 헤스터에게 맡겨졌으므로 마음씨 착한 그녀는 약하게 보이는 아기를 골랐는데, 그것이 바로 그 젊은이…… 거울에 비친 자기와 똑같이 생긴 사나이와 자신의 모습 때문에 고민하고 있는 로버트였지. 또 한 아기는 에밀리 자신이 키우기로 했는데, 산후 경과가 좋아 건강을 되찾자 그녀는 아기를 데리고 오스트레일리아로 건너갔네. 그 다음부터 완전히 소식이 끊겼다는군.

에밀리가 키운 아기는 어머니 쪽의 더트라는 성을 이어받았고, 세례명은 리처드라고 했지. 리처드와 로버트, 이름까지 비슷해. 로버트는 헤스터와 댁워지 씨의 친자식으로 등록되었다네. 요즘에는 의사나 조산원의 출생증명서가 필요하지만, 그때는 그런 까다로운 규칙이 없었으므로 간단히 처리할 수 있었지. 그러나 헤스터 부부는 세상 사람들의 말이 두려워 거처를 브릭스턴으로 옮겼다네. 그래서 로버트는 댁워지 부부의 아들로 동네사람들에게 인정받으면서 자라났지.

에밀리는 오스트레일리아에서 세상을 떠난 것 같네. 15살의 소년 리처드는 뱃삯을 벌어 런던으로 건너왔지. 그는 그 무렵부터 이미 선량한 성격이 아니었던 것 같네. 그리고 2년 뒤 그의 인생행로가 로버트의 그것과 이리저리 엇갈리기 시작하여 마침내는 공습이 있던 날 밤 에피소드가 생겼다네.

양어머니인 헤스터가 로버트의 내장 위치가 여느 사람들과 다른 것을 알고 있었는지 어떤지는 모르지만, 아무튼 로버트 자신은 아무것도 몰랐었네. 그런데 폭탄이 떨어졌을 때 받은 충격으로 본디부터 있던 왼손잡이버릇이 한층 더 심해졌지. 게다가 기억상실이라는 성가신 증세까지 가세해서는 공습의 충격과 비슷한 조건이 주어지면 그 발작이 일어나곤 했던 모양일세. 그리고 이러한 고민이 그의 마음을 좀먹기 시작하여 마침내는 몽유병 환자처럼 되어버린 거지.

한편 리처드는 자기와 똑같이 생긴 사람이 있다는 것을 알고 그를 이용하려는 생각을 갖기 시작했네. 이런 관점에서 보면 그 거울 속에 비친 영상의 뜻을 이해할 수 있겠지? 로버트는 기억의 혼란을 일으켜 이발소 거울문과 찻집 유리문을 그만 혼동했네. 그때 리처드가 그 가게에서 나오다가 마침 쌍둥이 중 또 한 사람을 만났는데, 상대방에게 자신의 존재를 알리는 것이 두려워서 다급하게 숨었겠지. 우연한 만남이었지만, 상황의 조작은 리처드가 바라던 대로 되었지. 그리고 그들 두 사람이 모두 차양이 넓은 소프트 모자에 바바리코트 차림이었다는 것은 그처럼 비가 올 듯 어두컴컴한 날이었으니 그럴 수도 있지 않겠나?

이제 사진문제가 남았는데, 그 실수의 책임은 물론 사진사에게 있지만, 잘못 인화된 사진을 이용해야겠다는 생각을 해낸 것은 리처드의 영리하고 교활한 두뇌였네. 바로 이 점이 그가 로버트의 육체구조가 뒤바뀌어 있다는 사실을 알고 있는 증거일세. 어떤 방법으로 알았는지는 모르지만, 그로서는 알아낼 기회가 얼마든지 있었겠지. 로버트는 입대한 사실이 있었으니 군의관이 그 사실을 알고 있었을 테고, 아마도 그 소문이 어느 정도는 퍼졌을 걸세. 하지만 이 점은 구태여 강조하지 않겠네.

또 한 가지 아주 기묘한 사실이 있네. 로버트가 여자의 목을 죄는 꿈을 꾸었다는 사실 말일세. 우리가 조사한 바에 따르면, 리처드가 제시 헤인즈를 교살한 그날 밤과 완전히 일치하네. 나는 이 사실을 이렇게 해석해. 일란성 쌍둥이는 육체도 심리도 항상 서로 긴밀한 영향을 미친다네. 예를 들어 한쪽이 무언가를 생각하면 다른 한쪽도 그것을 느끼며 같은 날에 똑같은 병에 걸리는 수도 있다는군. 이 두 사람의 경우 리처드가 더 건강하니까 로버트에 대한 영향력도 더 강했을 걸세. 단 이 결론은 나의 추측에 지나지 않으므로 당치도 않는 생각일는지 모르지. 그러나 우리는 그를 체포해도 좋을 만한 근거를 찾아냈다고 생각하네."

"자네 말이 맞네. 일단 단서를 잡았으니 뒤처리는 별로 어렵지 않겠지."

"그럼, 마음 놓을 수 있겠군. 어떤가, 클레이튼 레스토랑에 가서 함께 식사라도 하지 않겠나?"

피터 경은 몸을 일으켜 거울 앞에서 넥타이를 바로잡으며 입 속으로 중얼거렸다.

"거울이란 사람에게 어쩐지 기분 나쁜 느낌을 준단 말이야. 어떤 신비스러운 느낌이라고나 할까…… 파커, 자네는 그렇게 생각하지 않나?"

The Incredible Elopement of Lord Peter Wimsey

마법사 피터 윔지 경

"아아, 그집 말입니까, 세뇨르 ? " 숙박집 주인이 질문에 대답했다. "그 집에는 미국에서 오신 의사선생님이 살고 계시지요, 부인에게——오오, 주여, 우리를 보호하소서 ! ——악마가 씌였답니다. "

그리고 그가 급히 성호를 긋자 안주인과 딸도 같은 몸짓을 했다.

"악마가 씌었다고요 ? " 랑글레는 눈살을 찌푸렸다.

그는 나이는 젊으나 민속학의 권위자였다. 그리고 피레네 산악지대를 찾아온 것도 이번이 처음은 아니었다. 그러나 이 작은 마을에서 더 깊숙한 곳으로 발을 들여놓은 적은 한 번도 없었다. 이 작은 마을도 높이 치솟은 벌거숭이바위에 몇 채의 집이 암생식물(岩生植物)처럼 달라붙어 있는데 지나지 않았다. 랑글레 교수는 요즈음 바스콩가다스——바스크 지방의 민화에 대한 저술을 완성시키려 하는 참인데, 그 필요한 자료가 이 고장 근처에 잔뜩 널려 있으리라고 믿었다. 그리하여 지금도 숙박집 주인으로부터 오랜 민화 몇 편을 끌어내려고 애쓰고 있는 중이었다.

랑글레 교수는 질문을 계속했다.

"그래, 어째서 그렇게 되었습니까? 누구의 저주를 받았습니까?"

숙박집 주인은 어깨를 으쓱해보였다.

"글쎄요, 거기까지는 잘 모르겠습니다. 그러나 당신도 아시겠지요 …… 이 고장의 속담에 '금요일에 질문한 사람은 토요일에 무덤 속 으로'라는 말이 있다는 것을? 그보다도 세뇨르, 슬슬 식사나 하실 까요?"

랑글레는 주인이 그 대답을 피하고 있음을 알아차렸다. 더 이상 캐 물으면 더욱 고집스럽게 입을 다물고 말 것이다. 얼마 동안 묵어 좀 더 친숙한 뒤라야 아마……

랑글레 교수의 식사도 가족과 한 식탁에 차려졌다. 기름이 둥둥 뜬 데다 후춧가루를 잔뜩 친 스튜 한 접시——교수는 이런 음식에는 익 숙해 있었다. 거기에 이 지방 특유의 짙은 맛이 나는 붉은 포도주가 곁들여져 있었다. 가족들은 바스크어로 그에게 말을 걸어왔다. 바스 크어는 모든 언어 중에서도 고립된 특이한 언어로서, 그들은 이 말을 태초에 인류가 에덴동산에서 쓰던 것이라고 믿고 있었다. 식탁에서의 화제는 풍부했다. 이 지방의 가혹한 기후에 대한 이야기, 에스테반 알라만디는 튼튼하고 민첩한 젊은이로 공다루는 솜씨가 마을에서 가 장 뛰어났었는데 바위에서 굴러 떨어져 절름발이가 되어 목발을 짚고 다닌다는 이야기, 이 집의 가장 귀중한 재산인 염소 세 마리가 며칠 전 곰에게 잡혀갔다는 이야기, 올해에는 여름 건조기가 끝나자마자 전에 없이 무서운 비가 산등성이를 씻어내려 마을에까지 피해를 입혔 다는 이야기, 그런 날이면 끊임없이 비가 쏟아져 내리고 강한 바람이 기분 나쁜 짐승 소리처럼 울부짖는다는 이야기…… 따라서 이곳은 사람이 몸담아 살 곳이 못되었다. 그래서 외국인으로서 발을 들여놓 는 사람이 거의 없었다. 그런데도 랑글레 교수는 이 지방의 네 계절 풍토를 사랑하고 있었다. 지금도 그는 농부와 함께 보잘것없는 숙박

집에 앉아 멀리 떡갈나무 판자로 장식된 케임브리지 대학의 홀을 생각하며 미소를 띠고, 학자다운 코안경 속의 눈을 유쾌하게 반짝이고 있었다. 그는 직함이 여러 개 붙은 교수로서는 나이가 젊었다. 대학 동료들은 그가 나이에 비해서 점잖고 몸가짐이 늘 단정하며 주변을 깨끗이 정돈하기 좋아하기 때문에 새침하고 까다로운 성격으로 여기고 있었으므로, 그러한 그가 이따금 휴가를 이용하여 마늘을 먹으며 깎아 세운 듯한 바위산의 오솔길을 노새 등에 흔들려 올라가는 것을 좋아하다니 정말 이상한 일이라고 수군거리곤 했다.

이때 입구 쪽에서 노크 소리가 났다.

"마르타겠지." 안주인이 말했다.

그러면서 문을 열자 순간 빗방울을 머금은 세찬 바람이 불어 들어와 촛불을 흔들었다. 그와 동시에 어두운 바깥에서 작은 노파가 바람에 날리듯 굴러들어왔다. 머리에 숄을 뒤집어쓰고 있었는데, 그 밑으로 흩어진 백발이 흩날렸다.

"어서 와요, 마르타." 안주인이 말했다. "날씨가 굉장하군요. 몸을 녹이고 가세요, 그 의자에 앉아서. 소포는 와 있었어요. 오전에 우리 집 양반이 거리에 나갔다 받아왔지요. 뜨거운 우유와 포도주를 좀 마시고 가세요."

노파는 쉰 목소리로 고맙다는 말을 하며 의자에 앉았다.

"마르타, 가족들은 모두 별 일 없으시겠지요? 선생님도 안녕하신가요?"

"네, 편안하시답니다."

"부인은?" 옆에서 딸이 작은 목소리로 묻자 아버지가 떨떠름한 얼굴로 고개를 저어 뒷말을 가로막았다.

노파가 대답했다.

"부인은 해마다 이 계절에는 늘 그렇지. 하지만 앞으로 한 달만 있으면 '죽은 자의 날'이 돌아오니까 가엾은 주인님도 이제 조금만 더 참으면 될 거야. 잘도 참고 계시지."

주인 도미니크가 말을 받았다.

"좋은 분이시니까요. 그처럼 훌륭한 의사선생님도 악마만은 어쩔 수가 없는 모양이군요. 마르타, 무섭지 않소?"

"무섭긴요. 악마는 나에게 아무 볼일도 없을 거예요. 얼굴이 예쁘고 지혜 있는 사람만 미워하는 법이니까. 그리고 내 몸은 이 성유물(聖遺物)이 지켜주시거든요."

노파는 주름투성이 손가락으로 가슴에 매단 부적을 만졌다.

"할머니는 저 높은 곳에 있는 집에서 오셨군요?" 랑글레가 물었다.

노파는 의심스러운 듯 교수의 얼굴을 쳐다보며 되물었다.

"당신은 이 마을사람이 아니지요?"

"이분은 훌륭한 학자님이랍니다." 집주인이 설명했다. "영국에서 오셨는데, 이 나라에 대해 많이 알고 계시며 우리말도 우리만큼이나 잘하신다오. 온 세계를 두루 다니셨답니다. 저 미국인 의사선생님처럼 말이오."

랑글레가 다시 물었다.

"할머니가 일하고 계시는 집 주인의 이름이 무엇입니까?"

그런 질문을 한 것은 미국 국적을 가진 의사가 유럽 대륙의 이런 벽지에 묻혀 사는 경우는 아주 드문 일인데다가 그 역시 민속학에 흥미를 품고 있는 사람일지도 모르며, 그렇다면 공통의 화제를 즐길 수도 있지 않겠는가 생각했기 때문이다.

"주인님 이름은 웨더올이에요."

노파의 발음이 정확하지 않아 똑똑히 알아들을 수 있을 때까지 몇 번이나 되풀이시켜야만 했다.

"웨더올? 그렇다면 스탠디슈 웨더올 씨가 아니오?"

교수는 몹시 흥분한 듯했다.

숙박집 주인이 몸을 앞으로 숙이며 가까이 놓여 있던 물건을 내밀었다.

"그분 이름이라면 여기에 적혀 있습니다."

그것은 런던의 한 제약회사에서 부쳐온 소포로 수신인은 '의학박사 스탠디슈 웨더올 귀하'로 되어 있었다.

"역시 스탠디슈로군!" 랑글레 교수는 외쳤다. "정말 희한한 일이군요······ 기적이라고 해도 좋을 만큼. 나는 그 사람을 잘 알고 있답니다. 물론 웨더올 부인도 알고요!"

교수는 잠시 말을 끊었다. 노파가 성호를 그었기 때문이다.

랑글레는 너무나 흥분하여 자제심을 잃고 다시 외쳤다.

"이야기해 주시오! 부인에게 악마가 씌었다고 했는데, 그 부인이 내가 알고 있는 사람과 같은 인물인지 알고 싶으니까. 혹시 그 부인은 금발에 키가 크고 푸른 눈을 지닌 마돈나 같은 미인이 아니오!"

잠시 침묵이 흘렀다. 노파는 설레설레 고개를 내저으며 무언가 입속으로 알아들을 수 없는 말을 중얼거릴 뿐이었다. 그러자 딸이 작은 목소리로 말했다.

"맞아요, 그래요. 나는 한 번밖에 본 적이 없지만, 지금 당신이 말씀하신 대로에요."

"너는 나서지 말아라." 아버지가 나무랐다.

이윽고 노파가 말했다.

"세뇨르, 우리는 하느님의 뜻에 따르고 있을 뿐입니다."

그리고 노파는 몸을 일으켜 숄을 머리에 둘렀다.

"잠깐만!"

랑글레는 수첩을 꺼내어 무언가 급히 썼다.

"이것을 주인에게 전해주시오. 내 이름과 지금 이 마을에 묵고 있다는 것과 오랜만에 만나보고 싶은데 언제 가면 좋겠느냐고 썼소."

옆에서 집주인이 불안한 얼굴로 속삭였다.

"그 집에는 가지 않는 편이 좋습니다, 세뇨르."

"내가 가지 않으면 그가 이리로 오겠지요."

랑글레 교수는 노파에게 두세 마디 덧붙인 다음 주머니에서 은화한 닢을 꺼내 쥐어주었다.

"이 편지를 틀림없이 전해주겠지요?"

"네, 좋아요. 전해드리지요. 하지만 세뇨르, 괜찮을까요? 당신은 외국에서 오신 분 같은데, 하느님의 보호를 받고 계신가요?"

"나는 그리스도 교인이오."

이 한 마디로 마음이 놓였는지 노파는 편지와 돈을 받아 소중하게 안주머니 깊숙이 집어넣었다. 이윽고 노파는 허리가 굽은 늙은 몸에 어울리지 않는 굳센 걸음걸이로 문을 향해 걸어갔다.

랑글레 교수는 잠시 동안 생각에 잠겼다. 그로서는 이보다 더 크게 놀란 적이 없었다. 피레네 산맥 골짜기에서 스탠디슈 웨더올이라는 이름을 들으리라고는 꿈에도 생각지 못했기 때문이었다. 3년 전의 짧은 에피소드는 깨끗이 정리되었다고 믿고 있었는데, 그 등장인물들이 지금 모두 이 산골짜기에 다시 모이게 되다니! 그 무렵 스탠디슈는 뉴욕에서 이름을 날리는 외과의사로서 평판이 높았으며, 그 아내 앨리스 웨더올은 반짝이는 금발로 귀부인다운 면모를 자랑하고 있었다. 그런 부부가 문명사회와 멀리 떨어진 바스크 산골짜기에서 세상 사람들로부터 잊혀진 채 숨어살고 있다니! 그러나 랑글레는 놀람과 동시에 그녀와 다시 만날 수 있다고 생각하니 가슴이 두근거렸다. 도자기를 연상케 하는 아름다움을 더 이상 바라보고 있는 것은 현명한 일이 아니라고 생각하여 미국 땅을 떠난 것은 3년 전의 일이었다. 젊음이 가져다준 그때의 어리석은 행동도 지금은 지난날의 추억이 되고 말았다. 그러나 강가의 드라이브 길을 따라 높이 솟아 있는 커다랗고 하얀 저택과, 그것을 배경으로 한 앨리스의 모습이 눈앞에 아른거리는 것을 막을 수는 없었다. 그곳에는 날개를 편 공작이 있었고, 풀장과 금빛 뾰족탑과 옥상 정원이 있었다. 스탠디슈의 아버지는 자동차왕 하일램 웨더올로 굉장한 부자였다. 그 외아들인 스탠디슈가 이런 벽촌에서 무엇을 하고 있는 것일까?

랭글레 교수는 끊임없는 회상에 잠겼다. 그가 알고 있는 한 하일램 웨더올 씨는 세상을 떠났으며, 그 재산을 모두 외아들 스탠디슈가 상속받았다. 그와 앨리스는 이렇다할 말썽 없이 결혼했으나, 세상 사람들의 소문거리가 될 만한 이야기가 있었다. 앨리스는 '서부의 어떤 고장'에서 의지할 데 없는 고아로 자란 소녀였는데, 부모도 집안도 확실치 않았다. 그런 앨리스가 어떤 위급한 처지에 놓이게 되자 스탠디슈가 구해주었으며, 그 뒤로도 계속 교육비를 대어 학교에 보냈다고 한다. 그 무렵에는 스탠디슈도 서부의 의과대학을 갓 졸업한 풋내기 의사였다. 그리고 그가 40살 때 17살인 그녀를 뉴욕으로 데려와 결혼식을 올렸다.

뉴욕에서 결혼생활은 짧았다. 스탠디슈 웨더올은 곧 웅장한 저택과 많은 재산과 명성 높은 전문의로서의 위치를 모두 버리고 대서양을 건너 스페인의 바스크 지방으로 옮겨갔다. 그곳은 말하자면 미개척지로 주민들은 아직도 흑마술(黑魔術)을 믿고 있었으며, 바스크어 이외에는 사투리가 심한 프랑스어와 스페인어 몇 마디를 할 수 있을 뿐이었다. 게다가 그가 정착한 이 마을의 주민들은 부근일대의 순박한 주민들보다 훨씬 더 소박했다. 랭글레는 편지를 들려 보낸 것을 후회하기 시작했다. 무언가 숨어서 살아야만 할 이유가 있음에 틀림없다.

듣기만 해도 불쾌해지는 비밀이…….

숙박집 주인 부부는 가축을 돌보기 위해 밖으로 나갔다. 딸은 난롯가에서 바느질을 하며 교수의 얼굴은 쳐다보려고도 하지 않았다. 그러나 그 쌀쌀맞은 태도에는 무언가 지껄이고 싶어 좀이 쑤시는 듯한 표정이 드러나 보였다.

랑글레가 부드럽게 말했다.

"이야기해 보오, 그 사람들은 나의 옛친구인데, 무엇에 시달리고 있는지 그 까닭을 말해 주겠소?"

처녀는 흘끗 그를 쳐다보더니 바느질감을 무릎 위에 내려놓았다.

"네, 그러지요. 아버지도 말씀하셨지만, 그 댁에는 안 가시는 게 좋아요. 마을사람들도 이 계절에는 아무도 그 집에는 가려하지 않는답니다. 토머스만은 좀 다르지만…… 그는 본디 머리가 좀 이상하거든요. 그리고 마르타, 그 할머니는……."

"뭐지요?"

"마르타는 성자(聖者)와 다름없는 사람이니까 걱정 없어요." 처녀는 급히 말했다.

"그댁 부인은 내가 알고 있던 무렵에는……."

"예뻤단 말씀이지요? 알아요, 나도 보았으니까요. 하지만 이 이야기는 아버지에게는 비밀이에요. 내가 말했다는 것을 아시면 꾸중하실 거예요. 3년 전 6월이었어요. 그 미국인 의사선생님이 부인을 데리고 이 마을에 오신 것은. 그 무렵 부인은 지금 손님이 말씀하신 것처럼 굉장한 미인이었어요. 명랑한 얼굴로 마을사람들과 함께 이야기를 나누기도 하고…… 하지만 그녀는 자기 나라 말뿐 스페인어도 바스크어도 전혀 못했어요. 그런데 그해 죽은 자의 날에……."

그녀는 말을 끊고 성호를 그었다.

"죽은 자의 날이란 모든 성인의 날을 말하는 거겠지요?"

"네. 그날 무슨 일이 일어났는지 우리들은 모르지만, 아무튼 그 부인에게 어둠의 악마가 씌었는지 그 다음부터는 아주 달라지고 말았어요. 무서운 외침 소리가 들리곤 했는데, 듣기만 해도 누구나 소름이 끼치는 그런 소리였어요. 그리고 차츰 모습이 이상해졌어요. 그 뒤부터 마르타 할머니 말고는 아무도 옆에 가까이 가지 않았고 부인도 얼굴을 보이려고 하지 않았어요. 마을에 떠도는 소문에 의하면 지금 그 집에 살고 있는 것은 사람의 여자가 아니라는 거예요."

"미쳐 버렸소?"

"아니오. 미친 게 아니라 악마에게 씌인 거지요. 이 마을로 옮겨온 지 2년이 지난 부활절날…… 어머나, 아버지신가?"

"아니, 그렇지 않소. 어서 말을 계속해보오."

"그날은 햇빛이 비치고 있었지만 차가운 바람이 골짜기에서 불어올라오고 있었어요. 부활절이어서 하루 종일 교회 종이 울렸지요. 그날 밤 누군가가 우리집 문을 두드리기에 아버지가 열어보았더니 그 부인이 성모 마리아님 같은 모습으로 서 있었어요. 교회의 마리아님같이 창백한 얼굴로 파란 외투를 머리에서부터 푹 뒤집어쓰고 있었어요. 그리고 우리가 알아들을 수 없는 울음섞인 말을 하며, 골짜기 오솔길을 가리키는 거였어요. 그래서 아버지가 마구간으로 달려가 노새에 안장을 얹기 시작했는데, 그제야 나도 겨우 알아차렸어요. 나쁜 임금 헤롯에게 붙잡힐까봐 두려워 마리아님이 달아나신 일이 생각났지요. 그때 그 의사선생님이 나타나셨어요. 급히 달려왔는지 숨을 헐떡이고 계셨지요. 부인은 의사선생님의 얼굴을 보더니 몹시 슬픈 소리를 지르며 달아나려고 하시더군요."

랑글레의 가슴에 노여움의 물결이 솟구쳐 올라왔다. 그가 그녀를 그토록 가혹하게 다루고 있다면 되도록 빨리 손을 써야 한다.

그는 그녀의 이야기를 재촉했다.

"의사선생님은 그때 비로소 부인에게 악마가 씌여져 있음을 이야기해 주셨어요. 그리고 부활절 기간에는 악마의 힘이 약해지므로 부인이 그 틈을 타서 멀리 달아나려고 생각한 모양이라고 설명하셨어요. 하지만 부활절 기간이 지나면 부인을 사로잡고 있는 저주가 다시 살아나기 때문에 혼자 내버려두어서는 아주 위험하다고 말씀하시더군요.

아버지와 어머니는 그 말을 듣자 우리 집안도 악마에 씌일까봐 급히 성수병을 꺼내어 노새에게 뿌렸지요. 하지만 이미 때가 늦어 악마에 씐 노새가 날뛰기 시작하며 아버지를 걷어찼어요. 가엾은 아버지는 다리뼈가 부러져서 한 달이나 누워 계셨답니다. 미국인 의사선생님은 부인을 데리고 돌아간 다음 다시는 우리들 앞에 모습을 나타내지 않았어요. 요즈음에는 마르타도 부인을 잘 보지 못하는 모양이에요. 하지만 악마의 힘은 계절에 따라 강해지기도 하고 약해지기도 하는 것 같아요. 가장 강한 때는 모든 죽은 자의 날이고, 부활절이 다가오면 저주가 차츰 풀린다나 봐요. 그러니까 지금은 때가 나빠요…… 세뇨르, 목숨이 아까우면 그 집에 가지 마세요! 어머나, 아버지와 어머니가 돌아오셨어요!"

랑글레 교수는 좀더 자세한 이야기를 듣고 싶었으나, 주인 부부가 들어와 의심쩍은 듯 딸을 보고는 얼른 촛불을 집어 들고 그를 침실로 안내했다. 랑글레는 그날 밤 불쾌한 꿈을 계속 꾸었다. 굶주린 늑대들에게 쫓기는 끔찍한 꿈이었다.

다음날 편지의 회답이 왔다.

랑글레 씨

당신의 추측대로 나는 스탠디슈입니다. 당신을 잊을 리가 있겠습니까? 찾아와주면 더할 나위 없이 기쁘겠습니다. 앨리스는 예전의 앨리스가 아니며, 우리를 덮치고 있는 불행을 이야기하려면 길어지므로 만나서 들려드리지요. 우리집은 그녀를 고쳐주기 위해 필요한 미신적인 도구들이 가득 차 비좁지만, 당신에게 식사를 제공할 만한 여유는 있습니다. 오늘 밤 7시 30분쯤 오시겠습니까? 길을 안내해 드리기 위해 마르타를 보내겠습니다.

스탠디슈 웨더올

의사의 집은 좁고 낡았으며, 산허리의 바위 위에 매달리다시피 서 있었다. 밤에는 잘 보이지 않지만, 계곡에 흐르는 물소리가 들려와 발밑을 씻어 내리는 듯한 착각을 일으키게 했다. 랑글레가 노파의 안내를 받으며 들어간 곳은 어두컴컴하고 네모반듯한 방이었다. 한쪽 벽의 커다란 벽난로에서는 불이 활활 타오르고 그 앞에는 바람막이가 달린 안락의자가 놓여 있었다. 마르타는 뭐라고 변명 비슷한 말을 중얼거리며 랑글레를 침침한 어둠 속에 혼자 남겨놓고 물러갔다.

벽난로에서 장작불이 널름거릴 때마다 벽 여기저기가 밝아졌다가 다시 어두컴컴해지곤 했다. 그러나 눈이 어둠에 익숙해지자 방 안의 모습이 보이기 시작했다. 한가운데에는 식사를 하기 위한 탁자가 놓여져 있고, 사방 벽에는 많은 그림이 걸려 있었다. 그중 하나가 어디서 본 듯한 느낌이 들어 다가가 자세히 보니 뉴욕에서 마지막으로 보았을 때의 앨리스 웨더올의 초상화였다. 화가는 전성기를 누리고 있던 서전트(존 싱거 서전트, 1856~1925. 미국의 화가. 보스턴 공립도서관의 벽화를 그렸음)였다. 거기에는 랑글레 자신의 모습도 그려져 있는데, 들꽃처럼 아름다운 그녀가 그에게로 몸을 굽히고 예쁜 얼굴에 미소를 던지는 모습이었다.

장작 하나가 소리를 내며 쓰러져 한층 더 밝은 불길을 뿜어 올렸다. 그러자 그 작은 소리와 빛에 이끌리듯 난로 앞의 안락의자 위에서 무슨 소리가 났다. 아니, 소리를 들은 듯한 느낌이 들었다. 그는 한 발자국 앞으로 내디뎠다. 그러나 그 발길을 멈추지 않을 수 없었다. 아무것도 보이지는 않았으나 짐승의 신음 소리 비슷한 이상한 소리가 나직이 들려와 소름끼칠 만큼 기분 나빴기 때문이었다. 개나 고양이 소리가 아닌 것만은 확실했다. 후루룩후루룩 무언가를 마시는 듯한 소리, 아니면 침을 질질 흘리는 것 같은 속이 메스거리는 불쾌한 소리가 들렸다. 이윽고 코를 울린다고 할까, 째지는 소리로 운다고 할까, 무어라 말로 표현할 수 없는 기묘한 소리가 들리더니 방 안은 다시 조용해졌다.

랑글레는 뒷걸음질치며 문 쪽을 향해 갔다. 이 방에는 그 말고 다른 무언가가 있었다. 아마 보기만 해도 온몸에 소름이 돋는 기괴한 것이리라. 그는 달아나고 싶은 충동에 사로잡혔다. 그러나 그 순간 마르타가 커다랗고 고풍스러운 램프를 손에 들고 들어왔으므로 하는 수 없이 걸음을 멈추었다. 노파 뒤에 웨더올이 서서 상냥한 얼굴로 말했다.

"반갑소, 랑글레 씨!"

귀에 익은 영어가 랑글레의 주변에 몰려들기 시작했던 불안한 분위기를 물리쳐버렸다. 그도 맑은 표정으로 손을 내밀며 말했다.

"이런 곳에서 다시 만나뵙다니, 상상도 못했습니다."

그러자 웨더올은 이상하리만큼 힘주어 말했다.

"세상이 그만큼 좁다는 이야기가 되겠지요. 그래서 재미가 없다고 말할 수 있지만, 아무튼 당신을 만나서 기쁘오."

노파는 램프를 탁자 위에 올려놓으며 식사를 가져와도 되겠느냐고 물었다. 웨더올은 그러라고 대답했다. 스페인어와 바스크어를 섞어 써야 노파는 알아듣는 모양이었다.

"당신이 바스크어에 정통하다는 건 몰랐습니다." 랑글레가 말했다.

"배우진 않았지만, 이곳에 와서 살다 보니 저절로 알게 되는군요. 다른 말을 쓰는 마을사람이 없으니까요. 그러고 보니 바스크어는 당신의 전공이었지요?"

"그렇다고 할 수 있겠지요."

"마을사람들로부터 우리집 소문을 들었을 거요. 그 일에 대해서는 나중에 이야기하지요. 그건 그렇고, 집이 어떻소? 꽤 살기 좋게 고쳤지만, 아직 현대식 가구가 덜 갖추어졌지요. 하지만 고풍스러운 것이 지금의 우리에게는 어울린다고 생각하오."

랑글레는 기회를 잡아 화제를 웨더올 부인 쪽으로 돌렸다.

"앨리스 말이오? 깜박 그녀를 잊고 있었군. 당신은 아직 그녀를 보지 못했겠지요."

웨더올은 일그러진 미소를 지으며 날카로운 눈초리로 랑글레를 바라보았다.

"미리 말해 두어야 했었는데……당신은 옛날 앨리스의 찬미자였으니까."

"나 혼자만이 아니었지요. 모두들 그녀를 찬미했으니까요."

"그랬지요. 당연한 일이었으니까. 아아, 식사준비가 다 된 모양이군. 거기 놓구려, 마르타. 끝나면 벨을 누르겠소."

노파는 유리와 은으로 만든 그릇에 수북이 담은 요리를 식탁 위에다 차려놓고 나갔다. 웨더올은 난로 앞 안락의자로 다가가 옆으로 한 걸음 물러서더니 랑글레를 흘끗 보고는 의자를 향해 말을 걸었다.

"앨리스! 일어서! 당신의 옛날 찬미자가 왔소. 당신들 두 사람은 몹시 반갑겠군. 어서 일어나 맞이하구려."

안락의자 위에서 옷 스치는 소리와 강아지의 신음 같은 소리가 났다. 웨더올은 몸을 굽혀 일부러 과장된 몸짓으로 정중하게 무언가를 부축해 일으켰다. 순간 램프 빛 속에서 어떤 형체가 랑글레와 마주 섰다.

그것은 금빛 공단 바탕에 레이스를 장식한 두꺼운 가운을 입고 푸르퉁퉁한 얼굴에 입을 헤벌리고 있었다. 반쯤 벌려진 입가에 실 같은 침이 흘러내리고, 머리카락은 빠져 살이 반쯤 드러나 있었다. 얼마 안 남은 머리카락을 묶어 맨 낡은 인형의 머리 같았다.

"왜 그래, 앨리스!" 웨더올이 소리쳤다. "랑글레 씨가 왔단 말이오, 인사해야지."

그 기묘한 생물은 계속 눈을 깜박이며 사람의 목소리가 아닌 이상한 소리를 질렀다. 그리고 웨더올의 부축을 받으며 천천히 생기없는 손을 내밀었다.

"생각했던 대로 당신은 잊지 않고 있었군. 자, 앨리스, 악수해야지."

랑글레는 솟아나는 구토증을 느끼며 죽은 사람 같은 손을 쥐었다. 끈적끈적하면서도 까칠까칠한 그 손은 그의 힘준 악수에도 응답하는 기색을 보이지 않았다. 랑글레가 놓자 그 손은 잠시 허공에 떠 있다가 마침내 축 늘어졌다. 웨더올이 말했다.

"놀랐지요? 나도 익숙해지기까지는 꽤 시간이 걸렸다오, 하지만 지금은 아무렇지도 않소, 남이 아니니까. 아니, 당신에게도…… 남은 아니겠지. 이것은 정확한 전문용어는 잘 모르겠지만, 흔히 말하는 '조발성 치매증'이라는 것 같소, 이런 환자를 전에 본 일이 없는 당신이 놀라는 것도 무리는 아니지. 하지만 랑글레 씨, 여기서는 무슨 말을 해도 괜찮습니다. 앨리스는 지금 아무것도 이해하지 못하니까."

"이렇게 된 원인이 무엇이지요?"

"나도 모르겠소. 증상은 서서히 나타났으니까. 나는 치료를 위해 내 나름대로 온갖 수단을 다 써보았지만, 더 악화될 뿐이었소. 그 래서 이 고장으로 옮겨왔지요. 아는 사람이 많은 미국에서 남의 눈 에 띄게 하고 싶지 않기 때문이오. 게다가 요양소에는 넣고 싶지 도 않았소. 건강한 몸이든 정신이상자이든 내 아내임에는 틀림없으 니까. 앨리스, 식사해야지…… 음식이 식기 전에."

그는 아내를 식탁으로 데려갔다. 음식을 보자 그녀의 흐릿한 눈에 밝은 빛이 스쳤다.

"의자에 앉아 마음껏 먹어."

이 말을 그녀는 알아들은 듯했다.

"랑글레 씨, 아내의 테이블 매너를 나무라지 말아주시오. 보기 좋 은 것은 아니지만, 당신도 곧 익숙해질 거요."

그리고 웨더올은 아내의 목둘레에 냅킨을 두르고 고깃국물이 담긴 접시를 갖다 주었다. 그녀는 굶주린 짐승처럼 접시를 낚아채어 입맛 을 다시고 군침을 흘리며 손가락으로 떠서 먹기 시작했다. 얼굴과 두 손이 고깃국물로 더러워졌다.

손님용 의자는 그녀와 마주 보게 놓여 있었으므로 랑글레는 곧 식 욕을 잃고 말았다. 이런 처사는 손님인 그에게도 가엾은 여성에게도 심한 모욕이었다. 앨리스의 자리 바로 뒤 벽에 화가 서젠트가 그린 그녀의 초상화가 걸려 있어 랑글레는 싫어도 그 둘을 비교하지 않을 수 없었다. 이윽고 웨더올이 그의 눈길을 쫓으며 말했다.

"둘을 비교할 때 너무나 달라져 놀랐지요?"

웨더올 자신은 식성이 좋은 사람처럼 식사를 즐기고 있었다.

"자연은 이따금 짓궂은 장난을 하지만, 그 화살을 맞은 사람으로서 는 큰일이지요."

"늘 이런 상태입니까?"

"그렇지도 않소. 지금이 상태가 가장 나쁜 시기지요. 1년 내내 이런 상태가 계속되는 게 아니라 거의 정상적인 사람으로 되돌아갈 때도 있소. 이것은 의학상의 단순한 현상이지만, 미개한 이곳 마을 사람들은 정상적인 판단능력이 부족하기 때문에 그들 나름대로 해석을 내려 온갖 소문이 퍼지고 있지요."

"완쾌할 희망은 있습니까?"

"없소. 일시적으로는 나을지 모르지만, 완전히 본대로 돌아가기는 어려우리라고 생각하오. 그건 그렇고, 랑글레 씨, 식사를 전혀 안하시는군요."

"충격이 너무 커서……."

"포도주라도 드시겠소? 당신을 초대하여 이런 꼴을 보이다니…… 나는 지금 후회하고 있소. 솔직히 말해 나는 같은 문명을 누린 친구와 이야기하고 싶은 유혹에 진 거요."

"안됐습니다. 당신도 몹시 괴로울 거요."

"지금은 완전히 체념하고 있소. 앨리스, 너무 버릇이 없잖아!"

그녀가 깊은 접시 속의 국물을 절반쯤 식탁에 쏟았던 것이다. 웨더올은 화도 내지 않고 깨끗이 닦은 다음 랑글레를 향해 이야기를 계속했다.

"이 마을에 살고 있는 동안은 이런 일도 참을 수 있소. 미개한 곳인 만큼 아무리 이상한 일도 부자연스럽게 느껴지지 않으니까요. 또 나의 친척들은 모두 죽었기 때문에 내가 아무리 멋대로 생활한다 해도 군소리할 사람이 없거든."

"미국의 재산은 어떻게 하고 있지요?"

"가끔 귀국하여 필요한 수속을 밟고 오지요. 실은 다음 달쯤 귀국할 예정이었으므로 당신이 조금만 늦게 왔어도 길이 엇갈릴 뻔했군요. 운이 좋았소. 물론 미국에 있는 친구들은 내가 이 마을에서 얼마나 쓸쓸한 생활을 하고 있는지 모르지요. 부부가 함께 유럽 대륙의 어떤 쾌적한 도시에서 편안히 지내는 줄 알고 있소."

"미국의 의사에게도 보이지 않았습니까?"

"보이지 않았소. 첫징조가 나타난 것은 우리가 파리에 묵고 있을 때였지요. 즉 당신이 뉴욕의 우리집을 방문한 바로 뒤였소."

이 말을 할 때 의사의 눈에 이상한 빛이 번뜩였다. 랑글레로서는 어떻게 해석해야 좋을지 모를 묘한 감정에 휩싸였다.

"나는 그 징조를 내 나름대로 판단했지요. 그리고 그 진단을 유럽의 우수한 의사들이 확인했소. 그래서 우리 부부는 이 바스크 벽촌에서 숨어살기로 했던 거요."

웨더올이 초인종을 눌러 마르타를 부르자 노파는 스튜 접시를 물리고 그 대신 푸딩 접시를 가져다놓았다.

"마르타는 나의 오른팔이나 다름없소." 웨더올이 설명했다. "저할머니가 없다면 우리 부부가 제대로 살아갈 수 있을지 의심스러울 정도지요. 내가 이 마을에 없을 때는 저 노파가 어머니 같은 마음으로 앨리스를 돌보아주지요. 하긴 앨리스가 애를 먹이는 일은 없으니까. 식사를 잘 챙겨주고 춥지 않게 해주고 몸을 깨끗이 해주면 그만이지요. 그런데 몸을 깨끗이 해준다는 일이 꽤 힘듭니다."

그의 이야기에는 랑글레의 신경을 거꾸로 쓸어 올리는 듯한 말투가 담겨 있었다. 웨더올은 그 반응을 확인한 다음 말을 이었다.

"솔직히 말해서 나 자신도 때로는 언짢은 기분이 드오. 그렇다고 해서 내버려둘 수도 없고…… 랑글레 씨, 나에게만 말을 시키지 말고 최근의 당신 이야기도 좀 들려주구려."

랑글레는 되도록 명랑해지려고 애쓰며 요즈음 조사하는 일에 대한 이야기를 하여 차츰 화제를 그다지 심각하지 않은 쪽으로 옮겨갔다. 그러자 지난날 앨리스 웨더올이었던 비참한 생물이 의자에서 안절부

절뚝하며 강아지 같은 신음 소리를 냈다.

"추운 모양이군. 난롯가로 갈까, 앨리스?"

그는 익숙한 솜씨로 앨리스를 벽난롯가로 데리고 갔다. 그녀는 큰 안락의자에 몸을 웅크리더니 뭐라고 중얼거리며 난롯불로 손을 뻗었다. 이윽고 웨더올은 브랜디 병과 여송연 상자를 꺼내며 다시 말을 이었다.

"나는 문명사회와 연락을 계속 이어가려고 애쓰고 있지요. 예를 들어 이 소포는 멀리 런던에서 온 것으로, 신간 의학잡지며 각종 보고서들을 늘 손에 넣고 있답니다. 사실은 내 전문분야의 연구결과를 책으로 발표할 계획이오. 그럼으로써 인생을 헛되이 보내고 있지 않았다는 것을 증명할 수 있으니까요. 이런 미개지에서 산다고 실험이 불가능한 것은 아니오. 실험실도 꽤 넓게 만들었지요. 앨리스라는 소재로 생체실험을 하고 있는 셈인데, 문명사회와 동떨어진 고장이라 금지법규로 처벌당할 염려도 없지요. 그런 의미에서 여기는 아주 훌륭한 실험장소라고 할 수 있소. 그런데 랑글레 씨, 여기서 오래 머물 작정이오?"

"아니, 그렇지는 않소."

"만일 오래 머물 예정이라면 내가 없는 동안 이 집을 마음대로 써도 좋소. 마을의 허름한 숙박집보다는 살기 편할 테니까. 당신을 앨리스와 단둘이 두고 가는 셈이오만, 나는 아무렇지도 않소. 저런 모습으로 변해버렸으니까."

웨더올은 그 마지막 말을 힘주어 내뱉고 나서 웃었다. 랑글레로서는 무슨 뜻인지 알 수 없었다.

"그전 같으면 이 제안을 좋다고 받아들였겠지요. 나는 바로 그 점을 두려워했고, 그런 옛날도 있었는데……당신은 기회를 노리고 있었지 않았소, 내 아내와 단둘이 있을 기회를."

랑글레가 펄쩍 뛰며 외쳤다.

"대체 무슨 말을 하는 겁니까?"

"아무것도 아니오. 나는 다만 피크닉을 갔을 때 당신과 그녀가 보이지 않아 애를 태운 일이 생각나서 말한 것뿐이오. 당신도 잊지 않았겠지요? 아암! 서로 잊을 수 없는 일이지."

"어쩜 그런 가당찮은 말을! 저 가엾은 영혼을 옆에 두고 어떻게 그렇게 끔찍한 말을 할 수 있지요!"

"가엾은 영혼? 하지만 그 모습을 보고 있는 당신도 가엾은 영혼이 아니겠소?"

그리고 웨더올은 그녀 쪽으로 홱 몸을 돌렸다. 그 동작에 겁이 났는지 그녀는 몸을 떨며 뒷걸음질치려고 했다.

"이 악마!" 랑글레가 외쳤다. "앨리스가 겁을 내고 있잖소! 늘 가혹하게 다룬 모양이군. 어떤 수단을 써서 저런 꼴로 만들었지? 이야기 해봐!"

"진정하시오, 랑글레 씨. 저런 꼴이 된 앨리스를 보았으니 흥분하는 것도 무리가 아니겠지만 나와 그녀 사이에 끼어드는 것은 용납할 수 없소. 어쨌든 당신은 충실한 사람이구려. 이런 모습의 앨리스에게 아직도 사랑을 품고 있으니 놀랍소. 그때의 나도 당신의 그 열렬한 기분을 알아차리지 못할 만큼 바보는 아니었소. 어떻소, 지금 그 소원을 풀어보지 않겠소? 그녀에게 키스하고 끌어안아 침대로 데려가지 않으려오? ……나의 아름다운 아내를 말이오!"

분노가 랑글레를 앞뒤가리지 못하게 만들었다. 랑글레는 비웃는 상대방의 얼굴에 주먹을 내리쳤다. 그러나 그보다 먼저 웨더올이 그 팔을 붙잡았으므로 공격은 실패로 돌아갔다. 그와 함께 랑글레는 이상한 공포에 사로잡혀 가구에 걸려 넘어지면서 집 밖으로 뛰어나갔다. 필사적으로 달아나는 그의 등 뒤에서 웨더올의 여유만만한 웃음소리가 들려왔다.

파리 행 열차는 초만원이었다. 랑글레는 발차 직전 열차에 올라탔는데, 차 안은 이미 사람으로 가득 차 통로를 비집고 들어가기가 힘들 정도였다. 슈트케이스를 놓을 만한 자리를 찾아내어 그 위에 걸터앉아 지금까지의 일을 돌이켜보았다. 무엇 때문에 그토록 겁을 먹고 달아나야만 했을까? 그 까닭이 무엇이었을까? 머리를 감싸 쥐고 생각해 보려고 했으나 의식을 집중시킬 수가 없었다.

"실례합니다." 머리 위에서 점잖은 목소리가 들려왔다.

랑글레가 얼굴을 들자 회색 양복을 입은 금발신사가 외눈안경 너머로 그를 내려다보고 있었다.

"지나가게 해주시겠습니까? 내 자리로 돌아가는 참인데, 너무 혼잡해서 도무지 갈 수가 없군요. 이렇게 마구 태워놓으면 같은 인간끼리도 서로 불쾌하게 느껴지기 마련이지요. 당신도 몹시 피곤한 모양인데. 좀더 편한 자리를 잡지 그러십니까?"

랑글레는 발차 직전에 겨우 탔기 때문에 자리를 잡을 수 없었다고 설명했다. 금발신사는 잠시 동안 수염도 깎지 않은 초췌한 랑글레의 얼굴을 보더니 뜻밖의 말을 했다.

"그럼, 내 칸막이방으로 가시겠습니까? 식사도 하지 않으신 모양인데, 빈속에 긴 여행을 해서야 되겠습니까. 사람들을 헤치고 가야 하겠지만, 내 칸막이방에 가면 수프 정도는 있습니다. 실례되는 말인지 모릅니다만, 당신의 얼굴 표정은 마치 열심히 노력했는데 일이 잘 안된 사람 같군요. 물론 타인인 내가 간섭할 일은 아니겠지요. 하지만 무엇보다도 뭔가 먹어 뱃속을 채울 필요가 있는 것만은 확실합니다."

랑글레로서는 쓸데없는 참견 말라고 말해 주고 싶었으나, 극도로

배가 고픈 것만은 사실이어서 거절할 만한 기운도 없었다. 결국 그 권고를 받아들여 있는 힘을 다해 통로를 뚫고나가 다다른 곳은 일등 칸막이방이었다. 그곳에는 겉으로 보기에도 예절바른 귀족의 집사가 주인을 위해 연보랏빛 비단 잠옷과 은손잡이가 달린 솔을 챙기고 있 는 참이었다.

외눈안경을 낀 신사가 집사에게 말했다.

"밴터, 이 신사분이 두통으로 고생하고 계시기에 여기까지 모셔왔 네. 기운을 차리도록 잘 돌봐드리게. 빨리 식당차 종업원에게 수프 한 접시와 브랜디든 뭐든 한 병 가져오도록 이르게."

"알았습니다."

랑글레는 기운 없이 침대에 쓰러졌다. 이윽고 그는 식사가 들어오 자 벌떡 일어나 정신없이 먹고 마셨다. 언제 음식을 먹었는지도 기억 이 나지 않을 정도였다.

"사실 무엇보다도 먼저 나는 먹어야만 했습니다. 친절하신 마음씨 에 뭐라고 고마운 인사를 드려야 할지 모르겠군요. 지금까지 나를 보시고 어지간히 멍청한 사나이라고 생각하셨겠지만, 너무도 큰 충 격을 받았기 때문에……."

"그 이야기를 듣고 싶군요." 낯선 귀족이 말했다.

랑글레는 그가 귀족이니만큼 머리는 그다지 좋지 않겠지만 친절한 말씨며 올바른 상식을 갖추고 있는 사람임에 틀림없다고 생각했다. 그러나 너무나도 기묘한 이 이야기를 어디까지 진짜로 받아들일지 그 점이 걱정스러웠다.

그리하여 랑글레는 우선 에둘러서 말했다.

"나와 당신은 아무 관계도 없는 사이이니, 그런 이야기에 흥미를 느끼실 것 같지 않습니다만……."

"그야 그렇지요. 하지만 전혀 모르는 사람에게는 어떤 비밀을 털어놓아도 당신의 생활권에 어떤 영향을 미치지 않는다는 좋은 점이 있습니다. 안 그렇습니까?"

"그 말씀은 옳습니다만."

그러나 랑글레는 내키지 않아하면서도 이야기하기 시작했다.

"실은 나는 어떤 무서운 것으로부터 도망쳐 나왔습니다. 아주 기묘한 일이어서…… 아니, 이런 이야기를 들으시면……."

금발의 귀족은 랑글레의 옆자리에 옮겨앉아 보기 좋은 손을 그의 팔에 얹으며 말했다.

"잠깐만, 이야기하고 싶지 않으면 억지로 하지 않아도 좋습니다. 하지만 나의 이름은 윔지…… 피터 윔지 경이라고 하는데, 이상한 사건이라는 말을 들으면 그 순간 흥미가 솟아오르는 사람이랍니다."

수상한 사나이가 이 마을에서 살기 시작한 것은 11월도 반쯤 지난 무렵부터였다. 창백한 얼굴에 마른 몸집의 그 사나이는 거의 말을 하지 않았다. 흑두건으로 얼굴을 깊숙이 가리고 있는 적도 있어 이 마을에 처음 나타났을 때부터 그 주변에는 신비스러운 분위기가 넘쳐흘렀다. 그는 마을의 여관에서 지내지 않고 산허리의 꽤 높은 곳에 오똑 세워진 오랫동안 비어 있는 외딴집에서 살았다. 하인 한 사람과 다섯 마리의 노새에 무언지 알 수 없는 여러 가지 짐을 싣고 왔다. 하인 역시 주인 못지않게 기괴한 사나이였다. 스페인 사람인데도 바스크어를 잘해 필요할 때면 주인을 위해 통역 역할도 해주었다. 그 역시 말수가 적었는데, 침울한 느낌을 주는 얼굴에 짐짓 점잖은 표정을 담고 이따금 내뱉는 짧은 말이 마을사람들을 한층 더 불안하게 만들었다. 그의 말에 따르면 주인은 유명한 마법사로, 늘 옛날 책들을 읽고 한 번도 물고기를 입에 댄 적이 없으며 여느 사람으로서는 도저히 헤아릴 길 없는 위대한 인물이라고 했다. 12사도의 말을 이해하고 예수 그리스도가 무덤에서 살려낸 나사로와 이야기를 나누었으며, 깊은 밤 혼자 있을 때면 천사들의 방문을 받아 하느님의 은총에 흘러넘치는 대화를 나눈다는 것이었다.

이것은 마을사람들에게 겁을 주는 데 충분한 뉴스였다. 그리하여 산허리 외딴집에——특히 밤에는——다가가는 사람이 없게 되었다. 아주 드문 일이지만 창백한 얼굴의 이 사나이가 기다란 검은 옷자락을 펄럭이며 팔에 몇 권의 마법책을 안고 산길을 내려오면, 여자들은 급히 아이들을 집 안으로 밀어 넣고 성호를 그었다.

그런데 얄궂게도 그 아이들 중 하나가 맨 먼저 마법사와 가까워지게 되었다. 그것은 에체버리 과부의 아이들이었는데, 나이가 어린데도 배짱이 좋고 호기심이 강한 개구쟁이였다. 이 개구쟁이 소년이 어느 날 밤 어른들도 두려워하여 다가가지 않는 지역에 숨어들어가는 모험을 했다. 아이의 모습이 보이지 않은 지 2시간이 지나자 어머니는 너무나 걱정스러워 반은 미친 듯이 되어서 마을사람들에게 수색을 부탁하고 성당의 신부님을 모셔오도록 사람을 보냈다. 그러나 신부는 다행히도 일이 있어 거리에 나갔기 때문에 이 법석에 휘말리지 않을 수 있었다. 그런데 불쑥 그 개구쟁이가 여느 때보다 더 기운찬 얼굴로 돌아와 싱글거리며 기괴한 경험담을 늘어놓았다.

소년은 마법사의 집 가까이까지 몰래 다가가(어머니는 깜짝 놀라 외쳤다. "아니, 정말 어이가 없구나. 무섭지도 않았니?") 집 안을 들여다보려고 뜰 앞의 큰 나무로 올라갔다. ("오오, 성모 마리아님!") 창으로 불빛이 새어나오고, 방 안에서 기묘한 모습을 한 사람이 왔다갔다하는 이상한 그림자가 움직였다. 소년이 한참 엿보고 있으려니까 어디서인지 아름다운 음악 소리가 흘러나와 온 하늘의 별들이 일제히 노래하는 듯 개구쟁이의 마음을 황홀감으로 가득 채웠다.

("어머나, 그 마법사가 나의 소중한 이 아이의 마음을 앗아갔구나! 오오, 예수님!") 이어서 그 집의 문이 열리더니 마법사가 뒤에 많은 신령을 거느리고 모습을 나타냈다. 신령들에게는 천사 같은 날개가 달려 있었는데 알 수 없는 말을 중얼거리는 자도 있고, 키가 어른의 무릎까지밖에 오지 않는 난쟁이인데도 거무스름한 얼굴에 하얀 턱수염을 기른 자도 있었다. 난쟁이 신령은 마법사의 어깨에 올라타고 앉아 귓가에 뭐라고 속삭였다. 하늘에서 흘러오는 듯한 그 기분 좋은 음악 소리는 더욱 크고 아름답게 들려왔다. 마법사의 머리 둘레에는 성당 그림의 성자에게서 볼 수 있는 하얀 후광이 비치고 있었다. ("오오, 콤포스텔라의 야곱 성자님! 이 아이를 지켜주소서! 그래, 그 다음에는 어떻게 했니?") 제아무리 개구쟁이로 이름난 아이도 겁이 나서 붙잡히지 않게 해달라고 하느님께 기도했다. 그러나 난쟁이 신령이 재빨리 발견하고 나무기둥에 매달리더니 그를 향해 기어올라왔다. 그는 굉장히 빨랐다! 어린 소년은 좀더 위로 달아나려고 안간힘을 쓰다가 그만 손이 미끄러져 땅에 떨어지고 말았다. ("어머나, 가엾어라! 다치지 않았니?")

마법사가 다가와 소년을 일으켜주었다. 그리고 들어본 적도 없는 말로 주문을 외자 땅에 떨어졌을 때 느낀 심한 아픔이 어느 틈에 사라졌다. ("기적이구나! 정말 아프지 않았니?") 그리고 마법사는 소년을 집 안으로 데리고 들어갔다. 집 안은 금빛으로 반짝이고 있어 이야기로 듣던 하늘나라와 똑같았다. 모두 9명의 신령이 난롯불을 둘러싸고 앉아 있었고, 음악 소리는 이제 들리지 않았다. 마법사의 하인이 은쟁반에 수북이 담은 이상한 과일을 날라왔다. 에덴동산에 달려 있던 과일인지 향기로운 그 맛은 이 세상 것이라고 여겨지지 않을 정도였다. 소년은 그것을 먹고 빨강과 파란 보석이 박힌 받침접시 위의 술잔에서 향긋한 다른 나라의 술을 마셨다. 그리고 벽을 바라보니 거기에는 굉장히 커다란 십자가가 걸려 있었고, 그 앞에서 램프 불이 타올랐는데 부활절 날의 성당처럼 그윽한 향기가 피어오르고 있었다.

("십자가가 있었단 말이지? 이상하구나. 그렇다면 그 마법사는 나쁜 사람이 아닐지도 몰라. 그래, 그 다음은?")

그 다음에 마법사의 하인이 무서워하지 말라고 타이르고는 이름과 나이를 물은 뒤 주기도문을 욀 수 있느냐고 물었다. 주기도문과 성모경은 물론 사도신경도 중간까지는 욀 수 있다고 대답하자 그 세 가지를 외어보라고 했다. 사실 사도신경은 너무 길어 '하늘에 오르사 전능하신 하느님 우편에 앉아 계시고' 다음부터는 잘 기억이 나지 않았는데 마법사의 도움을 받아 그럭저럭 끝까지 해냈다. 이어서 마법사가 거침없이 성인들의 이름과 말을 읊은 다음 이 의식은 끝났다. 그런 다음 하인이 부모형제와 집안에 대해 이야기해 보라고 했으므로 지난번에 검은 염소가 죽었다는 것과 집에 돈이 없어 누나의 약혼자가 그녀를 버리고 거리의 장사꾼 딸에게 마음이 돌아섰다는 것까지 이야기했다. 듣고 있던 마법사가 웃으며 하인에게 뭐라고 속삭이자 하인이 그 말을 소년에게 전했다.

"지금 마법사님께서 고마운 말씀이 계셨다. 너의 누나에게 잊지 말고 전하거라. 사랑이 없는 곳에 풍성함도 없다. 지금 너의 용기를 기특히 여겨 풍성함을 주겠다고 말씀하셨으니 잘 기억해 두어라."

하인의 말이 끝나자 마법사가 일어나서 허공으로 손을 쑥 내밀었다. 그러자 거기에서——거짓말이 아니라 정말 허공에서——하나 둘 셋 넷 다섯, 다섯 장의 금화가 나타났다. 그것을 모두 눈앞에 늘어놓았는데, 개구쟁이 소년은 무서워서 손을 내밀 수가 없었다. 한참 들여다본 다음 금화 위에서 십자를 그어 그것이 없어지지도 않고 불뱀으로 변할 기색도 없음을 확인하자 비로소 주춤주춤 주머니에 넣고 돌아왔다.

"자, 여기 있잖아요!"

마을사람들은 진짜 금화인지 아닌지 확인하고 나서 두려움에 떨면서도 감탄의 외침 소리를 질렀다. 그리고 나이 많은 사람들의 의견에 따라 다섯 장의 금화를 성모 마리아 상 앞에 놓고 성수를 뿌리고 축문을 외었다. 날이 새도 금화는 변하지 않았다. 마을의 신부가 와서 어젯밤에는 거리에서 일이 빨리 끝나지 않아 늦었다고 변명하자 문제의 금화를 보아달라고 부탁했다. 그는 틀림없이 진짜 스페인 금화라고 가르쳐주었다. 그리고 그 한 장은 교회에 바치고, 나머지 네 장은 소년의 가족들이 써도 좋다는 허락이 내려졌다. 그런 일이 있은 뒤 신부가 산허리의 외딴집을 방문했는데, 1시간쯤 지나자 밝은 표정으로 돌아와 마법사에 대해 다음과 같이 알려주었다.

"여러분, 걱정하지 마십시오, 그 마법사는 훌륭한 그리스도 교도이며, 하느님의 올바른 가르침을 지키는 사람입니다. 나는 지금 그분과 이 마을을 좋은 방향으로 이끌기 위한 이야기를 나누고 왔는데, 학문도 깊고 그런 고급 포도주를 저장하고 있는 것으로 보아 신분도 고귀한 사람임을 알 수 있었습니다. 악마의 심부름꾼이니 불의 신령이니 하는 것은 전혀 없었습니다. 벽에는 그 소년의 말대로 큰 십자가가 걸려 있었고, 금과 오색 삽화가 든 성경책도 있었습니다. 그분이 우리 마을에 오신 것은 주님의 고마우신 은총이라고 보아 틀림없습니다."

그러고 나서 신부는 싱글거리며 사제관으로 돌아갔는데, 아니나 다를까, 그해 겨울 성당 제단에 새 성찬보가 기증되었다.

그 다음부터 매일 밤 마을사람들은 외딴집으로부터 적당한 거리를 둔 장소에 모여 마법사의 방 창문으로 흘러나오는 음악에 귀를 기울이게 되었다. 이따금 무모한 개구쟁이들이 추녀 끝까지 다가가서 덧문 틈새에 눈을 대고 방 안의 여러 가지 신비스런 물건을 훔쳐보려고 했다.

마법사가 이 마을에 오고 나서 한 달 남짓 된 어느 날 밤 식사가 끝난 뒤 그는 하인과 이야기를 나누고 있었다. 마법사는 흑두건을 뒤로 걷어 젖히고 있었으므로 반짝이는 금발과 익살스러움이 담긴 회색 눈과 조금 얄궂게 늘어진 눈꺼풀이 보였다. 한쪽 옆 탁자 위에는 1908년 산 콕밴 술이 놓여 있었고, 의자팔걸이에서는 빨강과 초록빛이 섞인 앵무새가 눈 한 번 깜박거리지 않고 난롯불을 바라보고 있었다.

마법사가 말했다.

"장, 이것은 유쾌한 일임에는 틀림없지만, 날짜를 너무 많이 잡아먹는군. 슬슬 그 부인과 교섭을 시작해야 할 때라고 생각하는데."

"그렇습니다. 하지만 내가 마을 여기저기서 병자를 낫게 해주고 그밖의 여러 기적을 일으키는 거룩한 분이라고 떠벌렸기 때문에 언젠가는 틀림없이 찾아올 겁니다. 아마 오늘 밤쯤 올지도 모르지요."

"그렇게 된다면 얼마나 좋겠나. 웨더올이 돌아오기 전에 처리하지 않으면 좀 난처한 입장에 몰리게 되거든. 비록 계획이 뜻대로 됐다 하더라도 이 마을을 떠나려면 몇 주일이 걸릴 테니…… 아니, 저게 뭐지?"

장이 몸을 일으켜 구석방으로 들어갔다가 곧 원숭이를 데리고 나왔다.

"미키 녀석이 주인님 머릿솔을 가지고 놀고 있군요."

그는 원숭이를 꾸짖었다.

"이 장난꾸러기야, 얌전히 있거라!…… 그런데 연습을 좀더 열심히 하셔야겠습니다."

"그렇지. 꽤 익숙해지긴 했지만 중요한 때에 가서 실수하면 끝장이니까."

장은 하얀 이를 드러내 보이며 웃었다. 이윽고 그는 당구공, 은화, 그 밖의 요술도구를 잔뜩 꺼내놓고 매우 익숙한 솜씨로 하나하나를 손바닥에 감추기도 하고 몇 곱절로 크게 해 보이기도 했다. 이어서 그것을 마법사의 손에 건네고 가르쳐주기 시작했다.

"아차, 또 실수했군!"

마술연습 중 없어져야 할 당구공이 손가락 사이에서 미끄러져 떨어진 것이다. 마법사는 그 공을 바닥에서 주워 올리며 다시 말했다.

"산길을 올라오는 발소리가 들리는데……."

말을 마치자 그는 흑두건으로 얼굴을 가리고 얼른 구석방으로 물러갔다. 장은 싱글벙글 웃으며 술병과 술잔을 치우고 램프 불을 껐다. 방 안이 어두워지자 높은 의자등받이에 올라타 있던 원숭이의 커다란 눈에 난롯불 빛이 비쳐 반짝반짝 빛났다. 장이 책장에서 커다란 2절판 책을 탁자 위에 옮겨놓고 기묘한 모양의 구리항아리에다 향기 높은 향을 피운 다음 벽난로 불에 얹혀 놓았던 쇠냄비를 앞으로 끌어내고 그 둘레에 장작을 쌓아올렸을 때 문 두드리는 소리가 들렸다. 장이 문을 열려고 그쪽으로 걸어가자 원숭이도 따라왔다.

문 밖에는 노파가 서 있었다.

"무슨 일이지요?" 장이 바스크어로 물었다.

"마법사님 계신가요?"

"육체는 계시지만, 영혼은 눈에 보이지 않는 신령들과 이야기하러 가셨소. 아무튼 들어오시지요. 부탁할 일이 있다면."

"당신과 미리 의논한 대로 찾아왔어요. 하지만 신령님들과 이야기하고 계시다면 내 부탁 따위를 들어주실지……."

"아니오, 하느님은 신령도 사람도 차별 없이 대하시는데, 그분도 마찬가지랍니다. 자, 두려워하지 말고 안으로 들어와 부탁을 드리시오."

노파는 머뭇거리며 안으로 들어왔다.

"부탁드릴 것은 저번에 털어놓았던 그 일인데, 마법사님께 여쭈어 보셨나요?"

"말씀은 드렸습니다. 당신의 여주인이 병에 걸렸는데…… 그 병을 고쳐주려고 애쓰고 있는 그녀의 남편에 대한 이야기였지요?"

"마법사님이 뭐라고 하시던가요?"

"아무 말씀도 하지 않고 책을 읽고 계셨소."

"부인의 병을 고칠 수 있을까요?"

"글쎄요, 그건 나도 모르겠소. 그녀에게 달라붙은 저주는 너무나도 강력한 것이니까. 하지만 우리 주인님께서는 사람으로선 헤아릴 수 없는 힘을 가지고 계시지요."

"만나주실지 모르겠군요."

"부탁드려 보지요. 잠깐 여기서 기다리시오. 무슨 일이 일어나도 겁내서는 안 됩니다."

"마음을 단단히 먹겠어요."

노파는 묵주를 세기 시작했다.

장이 안으로 들어가자 곧 신경이 아프도록 죄이는 시간이 흘렀다. 난로에서 춤추는 환한 불빛을 받아 원숭이가 의자등받이에 뛰어올라가서 찍찍 소리를 지르며 매달리는 것이 보였다. 방 한구석에서는 앵무새가 고개를 갸우뚱한 채 뭐라고 외치고 있었다. 큰 냄비에서는 향기 높은 연기가 피어오르고…… 그때 어디서인지 하얀 고양이가 세 마리, 네 마리, 일곱 마리가 발소리도 내지 않고 나타나서 빨갛게 타오르는 난로 앞에 반원형으로 웅크리고 앉았다. 음악 소리가 희미하게 들려오기 시작했다. 몇 마일이나 떨어진 먼 곳에서 울려오는 듯한 소리였다. 갑자기 난로의 장작불이 불똥을 튀기며 쓰러졌다. 그리고 그 불길이 흔들리는 순간 벽가에 놓여 있는 장식장에 새겨진 금글씨가 흔들리는 것처럼 보였다.

바로 그때였다. 어슴푸레한 방 안 어디에선지 흐느껴 우는 듯한, 먼 천둥소리를 연상케 하는 이상한 목소리가 울려왔다.

마르타는 자신도 모르게 그 자리에 무릎을 꿇고 말았다. 그렇게 엎드려 있는데 난로 앞에 있던 일곱 마리의 고양이가 천천히 그녀 주변에 모여들었다. 얼굴을 들자 바로 눈앞에 한 손에 책을 들고 또 한 손에 은지팡이를 든 마법사가 서 있었다. 얼굴 윗부분은 흑두건으로 가리고 있어 입술의 움직임만 보일 뿐이었다. 그 입술에서 울려나오는 깊이 있는 쉰 목소리가 어슴푸레한 방 안 가득이 엄숙하게 울려 퍼졌다.

ὦ ππον, ἔι μὲν, γὰρ πόλεμον περὶ τόνδε φυγόντε,
αἰεὶ δὴ μέλλοιμεν ἀ γήρω τ᾽ ἀθανάτω τω
ἔσσεθ᾽, οὔτε κεν αὐτὸς ἐνὶ πρώτοισι μαχοίμην,
οὔτε κέ σε στέλλοιμι μάχην ἐς κυδιάνειραν……

장엄한 울림의 그리스어가 낭랑하게 읊어졌다. 이윽고 마법사는 입을 다물었다가 조용한 목소리로 덧붙여 말했다.

"호메로스의 위대함을 새삼스럽게 느낄 수 있군. '악마조차 황홀하게 귀를 기울이는 장엄한 시구절'이니 말이오. 그럼, 이제 무엇을 하면 좋을까?"

하인은 이미 그 옆에 와 있었다. 그가 마르타의 귀에 대고 속삭였다.

"어서 부탁을 말하시오. 마법사님이 도와주겠다고 하시니까."

그 말에 용기를 얻어 마르타가 주춤주춤하며 부탁을 말하기 시작했다. 악마가 씌인 안주인을 구하고 싶어하는 절실한 마음이 말 한마디 한마디에 나타나 있었다. 바치는 물건으로는 은화 한 닢과 비스킷과 포도주 한 병을 가지고 왔다. 은화 한 닢이 노파의 전재산이었고, 나머지 두 가지는 그녀가 가져올 수 있는 가장 좋은 물건이었다. 주인이 없는 동안 집안 물건을 들고 나오고 싶지 않았던 것이다. 노파는 그것을 공손히 내놓았다.

마법사는 성경책을 옆에 놓고 엄숙한 태도로 우선 한 닢의 은화를 받아들었다. 그리고 마법의 힘으로 그것을 곧 여섯 닢의 금화로 바꾸어 탁자 위에 놓았다. 다음에 비스킷과 한 병의 포도주를 어떻게 할까 생각하다 결국 장엄한 운율이 담긴 유명한 라틴 어 시 한 수를 읊으며 비스킷은 한 쌍의 비둘기로, 포도주는 금속 화분에 심은 수정같이 투명한 나무로 바꾸어서 금화 옆에 놓았다. 마르타는 너무 놀라 튀어나올 만큼 눈을 크게 떴는데 옆에서 하인이 그녀의 용기를 북돋아주는 말을 했다.

"이 기적은 바쳐지는 물건을 받아들였다는 표시오. 마법사님은 만족하고 계시오. 아아, 조용히 ! "

높은 가락으로 울려 퍼지던 음악이 그치고 마법사가 믿음직한 목소리로 그리스어의 시 한 수를 읊기 시작했다. 그것은 호메로스의 긴 시구절 가운데 하나인 배의 이름을 나열한 대목에 지나지 않았다. 마법사가 긴 옷소매에서 예스러운 반지를 낀 날씬하고 하얀 손을 내밀자 반짝이는 작은 청동상자가 허공에 나타났다.

하인이 다시 노파에게 말했다.

"마법사님은 이렇게 말하고 있소. 저 작은 상자 속의 거룩한 떡을 당신 안주인이 식사할 때마다 하나씩 드리시오. 모두 다 먹거든 다시 한 번 찾아오시오. 그리고 아침저녁으로 성모송을 세 번씩, 주기도문을 두 번씩 잊지 않고 외우면 신앙과 정성의 힘으로 틀림없이 안주인의 건강이 회복될 것이오. 그리고 꿈에도 의심을 해서는 안 된다고 말씀하셨소. 자, 어서 받으시오."

마르타 노파는 떨리는 두 손으로 작은 상자를 받아들었다.

마법사가 조용히 어두운 구석방에 들어가는 것으로 알현 의식은 끝이 났다.

"효과는 있겠지?" 마법사가 장에게 물었다.

그날 밤부터 5주일 동안 산허리의 외딴집에서는 거룩한 떡을 수여하는 장엄한 의식이 다섯 번이나 거행되었다.

장은 고개를 끄덕이며 장담했다.

"문제없습니다. 효과는 충분합니다. 지적 능력도 되살아나고 몸도 튼튼해졌으며, 머리카락도 돋아나기 시작했을 겁니다."

"그거 참, 다행이로군. 어둠에 대고 총 쏘는 듯한 방법이어서 사실 좀 불안했는데, 효과가 나타나기 시작했다니 고마운 일일세. 그런데 웨더올은 언제 돌아온다던가?"

"3주일 뒤라고 합니다."

"그럼, 오늘부터 2주일 뒤 이 연극은 대단원의 막을 내리기로 하세. 그동안 노새를 마련하여 요트를 부탁하는 전보를 치러 거리까지 갔다 와야겠군. 잘 부탁하네."

"알았습니다."

"그러면 1주일이 남는데, 그동안 이 동물들과 짐을 처리해야겠네. 또 한 가지 마르타인데, 그 할머니를 여기 남겨두면 위험할 거야."

"그렇지요. 그럼, 우리와 함께 이 고장을 떠나자고 설득하겠습니다."

"그렇게 해주게. 그 충실한 할머니가 불행한 일을 당하게 내버려두고 싶지는 않으니까. 상대는 일종의 범죄 미치광이여서 무슨 짓을 할지 알 수 없네. 나도 이 사건이 처리되면 기분이 홀가분해지겠는데…… 빨리 사람다운 옷을 입고 싶군. 이런 꼴을 밴터가 보면 뭐라고 할까?"

마법사는 명랑하게 웃으며 여송연을 물고 전축을 틀었다.

예정대로 2주일 뒤 대단원의 막이 내려졌다.

마르타를 설득하여 안주인을 마법사의 집으로 데려오게 하는 것은 정말 어려운 일이었다. 초자연적인 능력을 자랑하는 우리의 마법사라 할지라도 노파의 마음을 움직여 그의 뜻대로 따르게 만들기 위해서는 신의 노여움을 연출해 보이고 에우리피데스의 비극에 나오는 합창부분을 두 개나 낭송해야만 했다. 최후의 결정타는 나트륨 불길이었다. 깊은 밤 외딴집에서 그 파란 불길이 그의 얼굴을 죽은 사람처럼 처절하게 보이도록 했으며, 게다가 생상스의 교향시 〈죽음의 무도(舞蹈)〉를 반주로 이상한 주문을 소리높이 읊음으로써 마르타 노파의 공포심을 극도로 자극했던 것이다.

마르타는 가까스로 안주인을 데려오겠다고 약속했다. 마법사는 겨우 한숨 돌리고 부적을 들려서 노파를 돌려보냈다. 부적은 양피지에 주문을 적은 것으로, 그것을 안주인에게 읽도록 한 다음 하얀 비단주머니에 넣어 그녀 목에 걸어주라고 일렀다.

거기에 씌어진 글씨는 기적을 나타내기에는 너무나 평범한 언어, 즉 영어였다. 내용 역시 아이들이라도 쉽게 이해할 수 있는 것이었다.

당신은 오랫동안 병에 시달리고 있었지만 우리는 그 병을 치료하기 위해 온갖 힘을 다했소. 의심하지 마시오. 두려워하지도 마시오. 모든 일을 마르타가 하라는 대로 하시오. 건강을 회복하고 행복을 되찾을 날이 머지 않았음을 믿으시오.

마법사는 하인에게 말했다.

"그 글귀라면 그녀가 참뜻을 이해하지 못한다 해도 위험한 일이 생길 염려는 없겠지."

그날 밤의 기괴한 일이 곧 온 마을에 소문으로 퍼졌다. 마을사람들은 모두 자기 집 난롯가에 앉아 마르타가 어떻게 안주인을 마법사에게 데리고 갔는지, 그리고 그 산속 외딴집에서 안주인이 어떻게 악마의 저주에서 풀려났는지 목소리를 죽여 가며 이야기했다. 폭풍우가 몰아치는 캄캄한 밤이었다. 강풍이 무서운 소리를 지르며 산골짜기로 불어젖혔다.

앨리스는 그 무렵 이미 5주일에 걸친 마법사의 기도의 힘으로 어느 정도 건강을 회복하여 정상적인 사람으로 돌아오고 있었다. 어쩌면 그것도 악마의 교활한 지혜가 꾸며낸 속임수일지 모르지만, 아무튼 그녀는 어린아이같이 순순히 마르타가 하라는 대로 남의 눈을 피해 캄캄한 밤에 산길을 걸어서 마법사의 집으로 갔다. 토머스의 감시의 눈을 피하는 것은 상당히 어려운 일이었다. 이 하인은 주인인 미국인 의사의 명령을 충실히 지켜서 그녀를 한 발자국도 밖에 나가지 못하게 했다. 나중에 토머스는 그때 자신은 마술 때문에 잠에 빠져 있었다고 변명했지만——과연 그랬을까? 진상은 아마 두 여자의 교묘한 꾐에 넘어가 포도주를 지나치게 마신 탓이리라. 마르타의 지혜는 대단하여 마녀의 지혜보다 낫다고 말하는 사람도 있을 정도였다.

그건 그렇고, 마르타와 안주인은 무사히 산허리의 외딴집에 다다랐다. 마법사는 이상한 말로 여러 가지 이야기를 했고, 안주인도 같은 말로 대답했다. 오랫동안 짐승 같은 소리를 지를 뿐이었던 그녀가 이 마법사와는 여느 사람처럼 이야기를 나누었던 것이다. 마법사는 자신과 그녀 둘레의 바닥 위에 기묘한 모양의 기호를 여러 개 그렸다. 그 다음 램프 불을 끄자 바닥의 기호가 그 자체에서 뿜어 나오는 빛으로 파랗게 반짝였다. 마법사는 이어서 마르타의 둘레에도 기묘한 원을 그리고 그 밖으로 나와서는 안 된다고 일렀다.

잠시 뒤 커다란 날개 퍼덕이는 소리가 나더니 작은 신령들이 튀어 나왔다. 그들 가운데 검은 얼굴에 하얀 턱수염을 기른 한 난쟁이가 커튼을 타고 올라가 높은 막대기 위에서 뛰어내렸다. 그리고 어디서 인지 "떠나신다! 떠나신다!" 하는 소리가 들렸다. 마법사는 원 한 가운데 있는 길쭉한 옷장으로 다가가 금글씨를 새긴 문을 열고 앨리스를 들어가게 한 다음 안으로 문을 잠갔다.

퍼덕이는 날개 소리가 한층 더 커지고 신령들은 계속 요란한 소리를 질렀다. 이윽고 갑자기 우레같이 큰소리와 함께 번갯불이 번쩍하더니 옷장이 곧 쓰러졌다. 그리고 마법사와 마르타의 안주인 모습이 온데간데없이 사라졌으며, 그 뒤에도 두 사람의 소식은 들을 수가 없었다.

이상이 다음날 마르타가 마을사람들에게 들려준 이야기였다. 그 무서운 외딴집에서 어떻게 도망쳐 나왔는지 그녀는 전혀 기억하고 있지 못했다. 이야기를 듣고 나서 몇 시간 뒤 마을사람들이 용기를 내어 외딴집으로 가보니 예전처럼 비어 있었다. 마르타의 안주인과 마법사는 물론 하인이며 신령들, 가구, 짐, 자루 따위도 보이지 않았다. 마룻바닥 위에는 마르타가 이야기한 신비스러운 기호와 동그라미만 보일 뿐이었다.

이것은 분명 요즈음 세상에 일어난 기적이었다. 그리고 더욱 기괴한 것은, 그로부터 사흘 뒤 마르타 자신도 모습을 감춰버렸다는 사실이다.

그 다음날 미국에서 의사가 돌아와 불꺼진 난로를 보았고, 마을에 퍼진 소문을 들었다.

"요트!"

캄캄한 바다에 〈애블러캐더블러〉 호의 선체가 꺼멓게 떠 있었다. 그 갑판 난간 저쪽에서 랑글레가 불안한 눈길로 물을 바라보고 있었다. 맨 처음 사람이 갑판으로 올라오자 랑글레가 급히 맞이하며 물었다.

"모든 일이 순조롭게 되었습니까?"

"잘됐습니다. 지금 그녀가 정상적이 아니라고 해서 염려할 건 없습니다. 어린아이와 같은 상태지만, 차츰 회복되어 가고 있으니까 걱정할 필요는 없습니다. 랑글레 씨, 그녀와 마주 대해도 이제 충격을 받을 염려는 조금도 없습니다."

이어서 머리에서부터 외투를 푹 뒤집어쓴 여자가 배 위로 끌어올려졌다. 랑글레는 주춤거리며 그녀에게로 다가갔다.

"말을 걸어보시오." 피터 윔지 경이 말했다. "당신을 기억하고 있지는 않겠지만, 어쩌면 알아볼지도 모르니까요."

랑글레는 결심한 듯 손을 내밀었다.

"오래간만입니다, 웨더올 부인. 내가 누구인지 아시겠습니까?"

여자는 외투에서 얼굴을 내밀고 부끄러운 듯 램프 불빛으로 그를 바라보더니 입술에 미소가 떠올랐다.

"네, 알겠어요. 물론 알아요. 당신은 랑글레 씨, 만나 뵈어서 정말 기뻐요."

그리고 그녀는 두 손으로 그의 손을 꼭 쥐었다.

피터 윔지 경은 사이펀 병 속의 탄산수를 랑글레의 잔에 따르며 말을 꺼냈다.

"랑글레 씨, 이번 사건은 예상했던 것보다 훨씬 더 흉악한 잔악행위였습니다. 나는 신앙심이 별로 깊지 못한 사람이지만, 웨더올이라는 사나이는 죽으면 틀림없이 지옥에 떨어지리라고 믿습니다. 그 이야기를 들려줄 테니 어서 한 잔 마시지요.

나는 당신이 겪은 이상한 이야기를 들으면서 몇 가지 납득이 가지 않는 것이 있었습니다. 말하자면 수사의 단서를 그때 이미 잡았다고 말할 수 있지요. 내가 조사해 낸 결과를 차례대로 설명하면 이렇습니다.

그녀가 20대 중반쯤 되었을 때, 갑자기 정신이 황폐상태에 빠져 들어 갔습니다. 당신이 웨더올 저택을 방문한 바로 뒤의 일이었지요. 좀더 거기에 오래 머물러 있었다면 그녀의 상태를 눈치챘을 겁니다. 아니, 당신이 있었을 때도 그녀의 감수성은 이미 이상할 정도로 날카로워져 있었는지도 모르지요. 내가 조사해 본 결과 그전에도 그런 상태가 1년에 한두 번쯤 그녀에게 나타났다는군요. 더구나 그것은 일반적인 뇌신경 장애와는 달리 누군가가 교묘하게 손을 썼기 때문에 그런 증상이 나타났던 겁니다.

여기서 놓쳐서는 안될 일이 있습니다. 웨더올이 의사이므로 그녀는 처음부터 남편 이외의 의사에게는 한 번도 진찰을 받지 않았다는 점이지요. 친척도 친구도 없었으므로 그 병의 원인이 남편에게 있다고 생각하는 사람은 아무도 없었습니다. 그리고 웨더올은 그녀를 데리고 바스크 지방 산속으로 가버렸습니다. 그곳은 완전한 미개지로 그녀는 결정적인 고독상태에 놓이게 됐고, 제정신으로 돌아가는 시기가 있어도 이야기를 나눔으로써 그녀를 이해해 줄 사람이 없었습니다. 그리고 문명사회와 단절된 이 벽지가 당신 같은 사람의 연구대상이 되어 언젠가는 반드시 조사하러 오게 되어 있으므로, 그때는 싫어도 추악하게 변한 그녀의 모습을 누군가가 보리라고 예상했지요. 또 한 가지, 웨더올의 전문분야는 일찍이 학계에 알려져 있었는데, 그 실험을 위해 필요한 자료를 주문한다는 이유로 그는 런던의 약국과 끊이지 않고 연락하고 있었습니다.

이러한 몇 가지 사실을 모아 나는 하나의 가설을 세웠습니다. 그러나 그 가설이 옳다고 확신하기 위해서는 실험을 해봐야 했는데, 웨더올이 미국으로 돌아갔을 때가 좋은 기회였습니다. 물론 그는 마르타와 토머스에게 자기가 없는 동안 아무도 집에 들여놓아서는 안 된다는 엄명을 내려두었지요. 그래서 나는 우선 마르타의 마음을 움직여야 한다고 생각했습니다. 무슨 방법으로든 안주인에게 충실한 노파를 위협하여 웨더올의 엄명을 거스르도록 만들 필요가 있었던 겁니다. 오오, 하느님, 선량한 마르타의 영혼을 저버리지 마십시오! 그리하여 피터 윔지 경은 퇴장하고 대신 마법사가 등장하게 되었지요. 그 방법이 효과를 거두어 그녀와 마법사는 하늘로 올라가 구출작업을 끝맺게 되었던 것입니다!

랑글레 씨, 이제 와서 화를 낼 필요는 없습니다. 사건은 이미 해결되었으니까요. 앨리스 웨더올 부인은 선천성 갑상선 기능장애로 괴로워하는 불행한 사람 가운데 하나였습니다. 아시다시피 이 후두부에 있는 갑상선이 호르몬을 분비하여 육체의 엔진을 불붙게 함으로써 뇌활동을 자극합니다. 이 기능을 적절히 발휘하지 못하는 것이 소위 크레틴 병으로 심신의 발육이 정지되지요. 그러나 갑상선 자극 호르몬을 투여하면 정상적인 상태로 돌아갈 수 있습니다. 아름답고 활발하며 지적이고 귀뚜라미처럼 싱싱한 건강체로 말입니다. 다만 자극 호르몬을 계속 투여해야만 합니다. 그렇지 않으면 백치상태로 돌아가고 말지요.

웨더올은 갑상선 분야를 전공했고, 학생시절부터 그 연구에 몰두했었지요. 20년 전 일이므로 실험보고서도 두드러진 것이 없어 그는 말하자면 이 분야의 선구자가 되었습니다. 그리고 그의 실험대상으로 한 소녀 앨리스가 있었지요. 그녀를 대상으로 치료한 결과가 매우 좋아 웨더올은 기뻐 어쩔 줄 몰랐습니다. 그는 너무 기뻐서 앨리스를 맡아 교육을 시켰고, 그녀의 아름다움에 이끌리어 결국 결혼까지 했지요. 요컨대 갑상선 기능장애란 병이라고 할 만한 것은 못됩니다. 호르몬을 계속 복용하기만 하면 모든 점에서 건강을 유지할 수 있고 일상생활에도 지장이 없으며, 건강한 아이를 낳을 수도 있으니까요.

말할 나위도 없겠지만 앨리스의 갑상선 기능 저하를 아는 사람은 그녀 자신과 남편 말고는 한 사람도 없었습니다. 따라서 웨더올 부부의 결혼생활을 아무 탈 없었지요. 당신이라는 남자가 나타날 때까지는 말입니다. 당신이 나타나자 웨더올은 심한 질투로 괴로워하기 시작했습니다."

"그건 터무니없는 말입니다!"

피터 윔지 경은 어깨를 으쓱해보였다.

"그럴지도 모르지요. 하지만 그녀가 당신에게 남편에 대한 것 이상의 호의를 가지지 않았다고 단정할 수는 없습니다. 그 점을 깊이 파고들어가지는 않겠지만, 아무튼 질투심에 불타오른 웨더올은 의사로서의 자기 능력을 이용하여 가장 잔혹한 복수를 해야겠다고 생각했습니다. 그래서 그녀를 피레네 산속으로 데리고 들어감으로써 의료시설과 그 밖의 온갖 구조방법의 손이 닿지 않게 했습니다. 그리고 갑상선 기능 촉진제를 복용시키지 않고 가만히 내버려두면 되었던 겁니다. 웨더올은 틀림없이 그 의도를 아내에게 말했을 겁니다. 물론 그녀는 필사적으로 자기에게 아무 죄가 없음을 호소했겠지요. 그러나 그것은 잔혹한 그를 기쁘게 해줄 뿐, 하루하루 황폐해져 가는 자신을 뼈저리게 느낄 수밖에 없었겠지요. 하루하루 짐승보다 더 못한 그 어떤 것으로 변해가는 자신을……."

"그런 잔혹한 짓을!"

"정말 그렇게 잔혹한 짓은 또 없을 거요. 몇 달 안 가서 그녀는 자신의 몸에 일어나고 있는 현상조차 알지 못하게 되었습니다. 이러한 그녀를 지켜보면서 웨더올은 만족감을 맛보았겠지요. 피부가 거칠어지고, 몸의 움직임이 둔해지고, 머리카락이 빠지고, 눈이 흐리멍덩해지고, 말 대신 짐승 같은 신음 소리를 내고, 사고능력을 잃고, 밤에도 낮에도 의자에 웅크리고 있을 뿐……."

"그만! 그만하시오!"

"그런 모든 상태를 당신은 직접 보았습니다. 그는 그 정도로도 만족하지 않았습니다. 이따금 약을 주어서 조금이지만 그녀가 의식을 되찾아 자신의 황폐상태를 의식하도록 만들었지요."

"그 녀석이 지금 여기 있다면 살려두지 않겠소!"

"이제 그럴 필요는 없습니다. 어느 날——그녀에게는 하늘의 은총이었겠지만——우리의 순정파 랑글레 씨가 그 집을 방문했습니다. 그리고 그녀의 모습을 보고……."

다시 랑글레가 소리쳐서 다음 말을 막아버렸다.

"키를 오른쪽으로 돌리게!" 피터 경은 선원에게 명령했다. "그 다음부터도 웨더올의 계획은 치밀한 것이었습니다. 단순하면서도 너무도 교묘하여 생각하면 생각할수록 감탄하지 않을 수 없지요. 그러나 지나친 잔혹성이 결국은 파탄을 불러들인 셈입니다. 나는 당신의 이야기를 듣고 곧 갑상선 기능 저하현상이라는 걸 알아차렸습니다. 그러나 그 설명만으로는 추측할 수가 없어 뒷받침이 될 만한 사실을 조사해 보아야겠다고 생각했습니다. 그리하여 당신이 보았다는 소포에 적힌 런던의 약국을 찾아가 경시청에서 왔다며 사실을 털어놓게 했지요. 웨더올의 부탁을 받고 피레네 산속 외딴집에 갑상선 호르몬액을 몇 번 보냈다는 거였습니다. 그리하여 나는 내 추측이 옳았음을 확신했지요.

나는 의사의 지시를 받으며 필요한 약을 준비했습니다. 그리고 스페인 출신의 뛰어난 요술쟁이를 고용하여 재주를 익힌 고양이와 여러 작은 동물들을 이끌고 완전히 변장한 다음 그 산속으로 들어갔습니다. 트릭 가운데 하나인 옷장은 유명한 마술사 도번 씨가 고안해 낸 것이라고 하더군요. 마법사 역할은 내가 했는데, 자랑은 아니지만 꽤 잘했다고 자부하고 있답니다. 물론 그 마을사람들이 깊이 미신에 빠져 있어서 일하기가 쉬웠고, 전축 소리도 단단히 한몫 해주었지요. 무시무시한 분위기를 자아내는데는 슈베르트의 〈미완성〉이 가장 좋은 곡이었고, 야광 도료와 나의 빈약한 고전어 지식도 크게 도움이 되었답니다."

"앨리스는 예전과 같이 건강한 몸으로 돌아갈 수 있을까요?"

"물론입니다! 그리고 미국 법정은 학대를 이유로 내세우는 그녀의 이혼을 틀림없이 인정할 겁니다. 그 다음은 당신 책임이지요."

피터 윔지 경이 런던에 다시 모습을 나타내자 친구들은 기쁨과 놀라움으로 그를 맞이했다.

"무척 오랫동안 런던을 떠나 계신 것 같은데, 어디서 무엇을 하고 계셨소?" 각료 한 사람인 프레디 애버스노트 씨가 물었다. "남의 아내와 눈이 맞아 도피행각을 벌였답니다"라고 대답하고 청년 귀족은 얼른 덧붙였다. "하지만 이 말을 그대로 받아들여서는 곤란합니다. 나의 역할은 어릿광대, 그 역할을 선의로 완수했을 뿐 사건 자체는 나와 아무 관계도 없으니까요. 이런 이야기보다는 산책삼아 호번 엠파이어에 가서 조지 로비라도 구경하는 게 어떻겠습니까?"

The Piscatorial Farce of the Stolen Stomach
도둑맞은 위(胃)

"뭔가, 그건?" 피터 윔지 경이 물었다. 토머스 맥퍼슨은 포장을 풀어서 길쭉한 유리그릇을 꺼내 조심스럽게 탁자 위 커피포트 옆에 놓았다.

"조제프 할아버지의 유산이라네."

"조제프 할아버지라니, 누군가?"

"어머니의 큰아버지. 퍼거슨 할아버지는 괴짜 중에서도 괴짜라고 할 수 있는 인물이었는데, 나를 몹시 귀여워하셨지."

"그러니까 유산으로 물려받았다는 말이군. 그 유산이란 이게 전부인가?"

"그렇다네. 이 속에는 그의 위(胃)가 들어 있는데, 강한 소화력이야말로 인류의 가장 귀중한 재산이라는 것이 할아버지의 평소 지론이었다네."

"명언이로군. 소화기관에 어지간히 자신이 있으셨던 모양이지?"

"그렇다네. 조제프 퍼거슨 할아버지는 95살까지 사셨네. 하루도 앓아누운 적이 없이 말일세."

피터 경은 흥미를 느낀 듯 유리그릇을 들여다보며 물었다.

"그런데 무슨 병으로 돌아가셨나?"

"병으로 돌아가신 게 아니라 6층 건물 맨 위층의 자기 방 창문 밖으로 몸을 내던지셨다네. 심장발작을 일으켜 의사에게 진찰을 받았는데, 발작 자체는 대수롭지 않았지만 나이가 많으니 조심하지 않으면 위험하다는 주의를 들으셨다더군. 그 일로 크게 충격을 받았던 모양일세. 실제로는 주의를 받았다고 자신이 믿어버렸는지도 모르겠네. 유언이 있었는데, 건강하고 아무 탈 없이 95살까지 살아온 몸이 새삼스럽게 병에 걸리다니 생각할 수 없는 일이라고 씌어 있었지. 그래서 모두들 충격 때문에 일시적인 정신이상을 일으켜 자살한 것으로 여기고 있지만, 나는 그 견해에는 반대라네. 조제프 퍼거슨 할아버지는 죽는 순간까지 완전히 온전한 정신이었다고 믿고 있기 때문일세."

"그 할아버지의 직업은 무엇이었나?"

"사업가였지. 옛일이어서 나도 다만 이야기로 들었을 뿐이지만, 배 만드는 조선업을 하셨던 모양일세. 사업에서 손을 뗀 뒤부터 돌아가시기 전까지 30년 동안 이른바 '은둔생활'을 하셨지. 글래스고의 6층 아파트 맨 위층에서 살며 아무와도 만나려 하지 않았다네. 가끔 며칠씩 모습이 보이지 않는 때도 있었는데, 그동안 어디서 무엇을 했는지 아무도 몰랐었지. 나는 1년에 한 번씩 위스키를 가지고 방문하곤 했었다네."

"재산은 많았나?"

"글쎄…… 돈 때문에 불편을 느낀 것 같지는 않으셨어. 아니, 오히려 은퇴했을 때 돈이 상당히 있었던 것 같네. 그런데 돌아가신 뒤 유산을 조사해 보니 글래스고 은행의 예금 잔고가 겨우 5백 파운드 뿐이었고, 그 밖에 재산다운 건 없었지. 은행장부에서 밝혀진 일이지만 은퇴한 뒤 30년 동안 예금의 대부분을 꺼내갔더군. 그 사이에 큰 은행이 파산한 사건이 두 번이나 있었으므로, 은행예금을 믿지 못했던 것 같네. 하지만 꺼내간 돈을 어떻게 처리했는지는 전혀 알 수가 없었네."

"낡은 양말이나 뭐 그런 것 속에 감추어두지 않았을까?"

"아마 로버트는 그것을 몹시 바라고 있겠지."

"로버트?"

"친척이라고는 하지만 나와 그다지 피가 섞이지 않은 사람일세. 퍼거슨이라는 성을 가진 사람은 그뿐이어서 유산을 모두 물려받게 되었었지. 그러나 총 유산액이 겨우 5백 파운드라는 것을 알자 그는 몹시 날뛰었다네. 본디 로버트는 돈 씀씀이가 헤퍼서 언제나 수천 파운드씩 가지고 다니는 사나이였거든."

"알겠네. 유산이야기는 잘 들었는데, 아침식사는 어떻게 됐나? 조제프 할아버지 이야기는 다음에 또 천천히 듣기로 하지. 나와는 별 관계없는 일이니까."

"자네는 해부학 표본에 흥미를 가지고 있을 텐데……."

"물론 흥미는 있지만, 아침 식탁 앞에서 보기에 알맞은 물건은 아니잖나. 나의 할머니가 좋아하시던 격언 가운데 어떤 물건이든 그것에 어울리는 장소가 있다, 물건은 반드시 그런 장소에 놓아야만 한다고 하셨지. 매기도 식탁에서 이런 것을 보면 충격으로 기절하지 않겠나?"

맥퍼슨은 명랑하게 웃으며 유리그릇을 선반에 얹었다.

"매기는 표본류에 불감증이 되어 있다네. 내가 이 별장에서 휴가를 보낼 때면 언제나 뼈며 그 비슷한 표본을 들고 오기 때문이지. 그 연구논문도 이제 거의 완성단계에 있다네. 매기는 이것도 연구 자료의 하나로 생각하겠지. 그럼, 피터, 벨을 눌러주게. 어제 잡아온 송어를 어떻게 요리했는지 보세."

문이 열리더니 화제에 올랐던 가정부 매기가 철판에 구운 송어에다 프라이드 콘을 곁들인 접시를 쟁반에 담아들고 왔다.

"맛있어 보이는데, 매기!"

피터 경은 의자를 식탁으로 끌어당기며 코를 킁킁거렸다.

"네, 피터 윔지 경. 싱싱한 송어입니다만, 너무 작아서……."

옆에서 맥퍼슨이 말참견했다.

"불평하지 마시게, 매기. 송어 한 마리뿐이지만, 이것은 어제 하루 종일 호수에서 갖은 고생 끝에 잡은 거니까. 햇빛은 내리쬐지, 보트는 강한 동풍에 마구 흔들리지, 아무튼 죽을 뻔했다니까. 너무 지쳐서 오늘 아침에는 수염 깎을 기운도 나지 않았다네."

어제의 고생이 되살아나는지 그는 붉게 그을린 얼굴을 손으로 문질렀다.

"산더미 같은 파도가 온종일 철썩거렸다네. 비스케 물굽이도 무색할 정도의 파도였어."

"수고 많았네그려. 조금만 더 참으면 될 걸세. 비가 한바탕 오고 나면 상쾌한 날씨가 되겠지. 청우계를 보면 알겠지만 이제 슬슬 비가 올 때도 되었다네……."

맥퍼슨이 말을 받았다.

"계절의 변화는 정확해도 지금은 개울이 바싹 마르고 플리트 강 수위가 너무 많이 내려갔더군."

그는 창 밖으로 눈길을 보냈다. 여느 때 같으면 마당가의 돌에서 물 흐르는 소리가 날 텐데…….

"앞으로 4, 5일만 참으면 되겠지. 비가 한바탕 오고 나면 틀림없이 많이 잡을 수 있을 걸세."

"내가 런던으로 돌아가는 그 순간부터 비가 오는 게 아닐까?" 피터 경이 말했다.

"1주일만 더 연기하게. 자네에게도 바닷송어를 낚는 즐거움을 맛보게 해줄 테니까."

"마음은 고맙네만, 수요일에는 런던에서 중요한 볼일이 기다리고 있다네. 나 때문에 마음 쓰지 말게. 오래간만에 신선한 공기를 마신데다 즐거운 시간을 보냈으니까. 골프도 실컷 했잖나."

"그럼, 다시 한 번 와주게. 나는 앞으로 한 달 더 이 별장에 있을 작정이네. 실험과 논문 작성을 위해 체력을 길러야 할 필요가 있거든. 자네가 다시 왔을 때는 계절이 맞았으면 좋으련만, 무리인 듯 하면 8월까지 연기하여 꿩 사냥을 해보세. 피터, 자네도 이 별장을 마음대로 써주기 바라네."

"고맙군. 이번 용건은 어쩌면 빨리 끝날지도 모르겠네. 그때 다시 오기로 하지. 그런데 자네의 조제프 할아버지는 언제 돌아가셨나?"

맥퍼슨은 상대방의 얼굴을 물끄러미 바라보다가 대답했다.

"지난 4월이었지, 며칠이었는지는 똑똑히 기억하지 못하네만, 왜 그런 것을 묻나?"

"아무것도 아닐세, 그저 알아보고 싶은 생각이 들어서. 할아버지께서 자네를 좋아하셨다고?"

"그랬었네. 아마 그 노인은 내가 1년에 한 번씩 틀림없이 찾아뵙는 것이 몹시 기뻤던 모양일세. 노인이란 조금만 생각해 주어도 기뻐하는 법이니까."

"그랬을지도 모르겠군. 이름이 뭐라고 했지?"

"퍼거슨, 정확하게 말하면 조제프 알렉산더 퍼거슨. 그런데 자네는 조제프 할아버지에 대해 몹시 흥미가 끌리는 모양이지?"

"그분의 재산에 대한 이야기를 듣고 나니, 런던으로 돌아가면 조선업 관계의 아는 사람을 만나 조제프 씨가 예금을 어디에 투자했는지 물어보고 싶은 생각이 들어서 그러네."

"그걸 알아낼 수만 있다면 로버트는 감사하고 감격해서 가터 훈장이라도 증정할 걸세. 하지만 농담은 그만두세. 자네가 정말 이 문제를 조사하여 자네의 추리력을 발휘해 볼 생각이라면 먼저 글래스고의 할아버지 방부터 조사해 보는 게 어떻겠나?"

"괜찮은 생각이로군. 주소가 어떻게 되나?"

맥퍼슨은 할아버지의 주소를 가르쳐 주었다.

"적어 두겠네. 뭔가 알아내면 로버트에게 연락하지. 그의 주소는?"

"그는 지금 런던에 살고 있다네. 클로스비 앤드 플램프 법률사무소로 연락하면 될 걸세. 그 사무소는 블룸즈베리 어딘가에 있네. 로버트는 스코틀랜드의 변호사가 되고 싶어 공부하고 있었는데, 말썽을 일으켜 영국으로 쫓겨난 셈이지. 그의 아버지는 에든버러시 고등민사재판소 법정변호사였는데 2년 전에 돌아가셨다네. 로버트가 빗나가기 시작한 건 그때부터였지. 나쁜 친구와 어울려다니며 유산의 대부분을 써버린 모양이네."

"안됐군. 스코틀랜드 사람이 고향을 떠나 런던으로 나온다는 것은 좋은 일이 아니지. 그런데 자네는 할아버지의 유산인 위를 어떻게 할 생각인가?"

"글쎄, 어떻게 해야 좋을까…… 아무튼 좀더 보관해 둘 생각이라네. 나는 그 노인을 좋아했거든. 그래서 그가 자랑하던 소화기관을 버리고 싶지 않아. 더욱이 의사의 진찰실에 어울리는 물건이기도 하니 머지않아 의사자격증을 따서 개업하면 진찰실에 장식해 놓을 생각일세. 그리고 환자들에게 설명하겠네. 기적적인 수술에 성공한 환자가 기뻐하며 감사의 뜻으로 남겨놓았다고 말일세."

"좋은 생각이로군. 위의 이식수술이라! 지금까지 이루어진 적이 없는 수술, 외과 기술의 극치…… 당장 유명해져서 환자들이 몰려들 걸세."

"그렇게 된다면 그건 조제프 할아버지 덕택이지. 어쩌면 한재산 모을지도 모르겠는걸."

"그렇고 말고, 기대하게. 그건 그렇고, 할아버지의 사진이 있나?"

"사진?"

맥퍼슨은 눈을 크게 뜨고 상대의 얼굴을 똑바로 바라보았다.

"조제프 할아버지가 자네의 정열을 크게 불러일으킨 모양이군. 하지만 할아버지는 지난 30년 동안 한 장의 사진도 찍지 않았다는 거야. 그 이전에 찍은 것, 즉 실업계에서 은퇴할 때 찍은 거라면 한 장 있지만…… 아아, 그건 로버트가 가지고 있을 걸세."

"유감이로군!" 피터 경은 스코틀랜드 사투리로 말했다.

그날 저녁 피터 윔지 경은 스코틀랜드를 떠나 밤새도록 자동차를 몰아 런던으로 갔다. 차 안에서 그는 골똘히 생각에 잠겨 핸들을 쥔 손은 그저 기계적으로 움직이고 있을 뿐이었다. 그래도 헤드라이트에 놀라 토끼가 달아나면 그 초록빛 눈을 피해 무의식적으로 핸들을 이리저리 틀었다. 자동차 운전을 하면서 도로상의 어떤 물체에 직접 관심이 쏠릴 때 그의 머리는 최대한으로 활동한다고 피터 경은 늘 말하곤 했다.

피터 경은 월요일 오전 동안 런던에서의 용건을 처리하여 머리를 써야 하는 일에서 해방되었다. 그 다음 조선업계의 아는 사람을 찾아가 은퇴한 뒤의 조제프 퍼거슨에 대한 몇 가지 사실을 알아냈고, 런던에 있을 때의 그의 사진도 입수했다. 그것은 글래스고에 있는 어떤 회사의 런던 지점장이 찾아주었다. 그 무렵의 퍼거슨은 사업계에서 수완가로 알려져 있었으며, 사진 속의 그는 윤곽이 또렷한 얼굴에 광대뼈가 불거지고 힘있게 다문 입가에는 굳은 의지를 가진 사람답게 엄격한 표정이 떠올라 있었다. 이런 타입의 생김새는 나이를 많이 먹어도 그다지 변하지 않는 법이다. 피터 경은 그 사진을 한참 들여다보고 나서 주머니에 넣고는 곧장 서머싯 하우스 등기소로 갔다.

그는 급히 유언장 보관실로 들어가긴 했으나 왜 그런지 잠시 머뭇거리며 방 안을 서성거렸다. 직원이 보다 못해 무슨 일이냐고 물었다.

"친절하게도 물어봐주시는군요." 피터 경은 몹시 기뻐하며 대답했다. "나는 이런 곳에 오면 언제나 겁이 난답니다. 큰 책상이 주욱 늘어서 있어 압박감을 느끼지요. 게다가 모든 일이 사무적으로 다루어지는 것을 보면 기가 질리고…… 아마 마음이 약해서 그런가 봅니다. 내 용건은 대단한 게 아닙니다. 얼마 전에 돌아가신 아는 분의 유언장을 잠깐 보고 싶어서 왔습니다. 듣자하니 누구의 유언장이든 1실링만 내면 볼 수 있다던데, 당신이 손을 좀 써주시겠습니까?"

"좋습니다, 보여드리지요. 누구의 유언장입니까?"

"이런 말을 하기는 뭣합니다만, 생각하면 우스운 일이군요. 죽자마자 낯모르는 사람이 와서 개인적인 일을 알아내려고 하니 말입니다. 재산이 누구에게 얼마나 주어졌으며, 여자친구의 이름은 무엇인가 하는 것 등 탐탁치 못한 일이지요. 프라이버시의 침해라고도 할 수 있습니다만."

"죽은 사람인데 뭐 상관있겠습니까?" 직원은 소리 내어 웃었다.

"그렇긴 합니다. 당신 말대로 본인이 죽고 없으니 프라이버시도 문제가 되지 않겠지요. 하지만 친척으로서는 큰 문제가 됩니다. 고인의 방탕했던 생활이 세상 사람들 입에 오르내리게 되어 공연한 흥미를 불러일으키면 친척들은 모두 불쾌감을 느낄 테니까요. 조심하지 않으면 나도 그렇게 될 염려가 있을 텐데…… 아차, 무슨 이야기를 하고 있었지? 맞아, 유언장이었지요. 나는 늘 이렇게 덜렁거리기 때문에 중요한 이야기를 빠뜨린답니다. 유언한 사람의 이름을 대지 않으니 당신으로서도 어쩔 수 없겠지요. 그는 얼마 전에 글래스고에서 사망한 조제프 알렉산더 퍼거슨이라는 스코틀랜드 사람입니다. 당신도 글래스고를 알고 계시겠지요. 그곳 사람들은 모두 사투리가 심해 같은 스코틀랜드 사람하고도 말이 통하지 않는 고장이지요. 어렵지 않다면 조제프 알렉산더 퍼거슨 씨의 유언장을 보여주시겠습니까? 여기 1실링 있습니다."

직원은 유언장 내용을 기억에 담아둘 뿐 복사는 삼가주기 바란다고 말했다. 피터 경은 그 유언장을 받아가지고 구석으로 가서 얼마 동안 열심히 읽었다.

유언장은 간단했다. 노인이 직접 쓴 것으로 날짜는 지난해 1월로 되어 있었다. 틀에 박힌 머리말에 이어 얼마 안 되는 현금과 몇 가지 물건을 아는 사람들에게 선사한다고 씌어 있고, 이어서 다음과 같은 내용이 적혀 있었다.

……그리고 죽은 다음 나의 소화기관을 모두, 식도에서 항문에 이르기까지 꺼내 그 양끝을 부속물과 함께 튼튼한 외과수술용 실로 묶어 의학표본 보존용 유리그릇에 넣은 다음 내 조카딸의 아들 토머스 맥퍼슨에게 주기로 하겠다. 주소는 커크블리셔 게이트하우스 오브 더 플리트의 스턴 별장이지만, 지금은 애버딘 대학에서 의학을 공부하고 있다. 그의 연구와 장래 의료시설을 보충하는 뜻에서 나의 소화기관을 그 부속물과 함께 준다. 이 소화기관은 95년이라는 긴 세월 동안 아무 결함도 없이 나에게 봉사해 왔다. 나는 이것을 주며 강인한 소화력이야말로 이 세상에서 가장 큰 재산이라는

것을 토머스 맥퍼슨이 이해하기를 바란다. 이것을 손상되지 않게 보관하고, 위에 쓸데없는 약물을 주입시키지 않고, 착실하고 절도 있는 생활태도를 유지하며, 이 뛰어나고도 귀중한 소화력의 혜택을 장래의 환자를 위해 활용하려고 한다면, 하느님의 섭리에 어긋남이 없는 은혜를 받을 것을 믿어 의심치 않는다.

유언장은 이 특이한 구절에 이어서 일일이 물건 이름을 뚜렷이 기록하지 않은 채 나머지 재산을 받을 사람으로서 로버트 퍼거슨을 지정했고, 유언집행자로는 글래스고 시 어떤 법률사무소를 지정하고 있었다.

피터 경은 유언장을 들여다보며 한참 동안 생각에 잠겼다. 문장으로 보아 이것은 변호사의 도움을 받아 씌어진 것이 아니라 조제프 퍼거슨이 독자적으로 쓴 것임에 틀림없으며, 그 문장 속에는 유언자 자신의 심정과 의향을 짐작할 수 있는 실마리가 뚜렷이 드러나 있었다. 피터 경은 만족하며 세 가지 점을 마음속에 새겼다. 첫째 '소화기관'과 '그 부속물'이라는 글귀가 두 번씩이나 되풀이 강조되어 있다는 점, 둘째 그 양끝을 튼튼한 외과수술용 실로 묶으라는 점, 셋째 유언자의 희망으로서 이 유품을 받는 사람은 장래의 의료 활동에 활용하되, 그때까지 보관하는 비용과 수고를 아끼지 말라고 쓴 점이었다. 피터 경의 얼굴에 미소가 떠올랐다. 조제프 할아버지라는 사람이 어쩐지 좋아졌다.

피터 경은 자리에서 일어나 모자와 장갑과 스틱을 집어 들고서 유언장을 직원에게로 가지고 갔다. 그 직원 앞에서 몹시 화가 난 어떤 청년이 무언가 큰소리로 떠들고 있었다.

직원은 변명하기에 바빴다.

"말씀하시는 뜻은 알겠습니다. 먼저 신청하신 분이 그리 오래 읽지는 않을 겁니다. 조금만 기다리시면…… ."

그는 피터 경이 다가오는 것을 보자 마음을 놓은 듯 외쳤다.

"아아, 오시는군요. 바로 저분이십니다."

젊은 사나이는 붉은 머리와 뾰족한 코, 알코올 중독으로 흐려진 눈을 가진 여우를 연상케 하는 생김이었다. 그는 피터 경이 다가가자 불쾌한 표정으로 맞이했다.

젊은 귀족은 아무렇지도 않은 얼굴로 직원에게 물었다.

"무슨 일이 생겼습니까? 나와 관계 있는 일인가요?"

"네, 그렇습니다. 이상한 일이 생겼습니다. 그 유언장을 이분도 보고 싶다는 겁니다. 나는 이곳에서 15년 동안 근무해 왔습니다만, 이런 일은 처음입니다."

피터 경이 말했다.

"그럴 테지요. 유언장 보관실에서 열람자가 서로 부딪치는 일은 좀처럼 없으니까요."

젊은 사나이가 대화에 끼어들어 불쾌한 듯이 말했다.

"확실히 드문 일이지요."

"당신은 유언자의 가족입니까?" 피터 경은 쌀쌀한 얼굴로 그에게 물었다.

"그렇습니다." 여우를 연상케 하는 모습의 젊은이가 대답했다. "그런데 당신은 누구십니까? 고인과는 관계가 있는지…… ."

"말할 나위도 없지요." 피터 경은 잘라 말했다.

"이상한 일이로군요. 나는 지금 처음 뵙는 것 같은데요…… ."

"아니, 오해하면 곤란합니다. 말할 나위도 없다고 한 것은, 관계가 있다는 뜻이 아니라 질문해도 좋다는 뜻이었소."

순간 젊은 사나이는 이를 드러내며 미소 지었다.

"그럼, 묻지요. 당신은 무슨 이유로 나의 할아버지 유언장에 흥미를 가지고 계십니까?"

피터 경은 싱긋 웃으며 지갑에서 명함을 꺼냈다. 로버트 퍼거슨은 그것을 언뜻 보더니 곧 얼굴빛이 달라졌다.

피터 경은 태연히 말을 계속했다.

"내가 어떤 사람인지 알고 싶으면 당신 친척 토머스 맥퍼슨 씨에게 물어보면 알 겁니다. 호기심이 남달리 강한, 말하자면 '인간성 연구자'라고나 할까요? 얼마 전 그에게서 존경할 만한 당신 할아버지의 유언장에 이상한 문장이 있다는 말을 들었지요. '소화기관'과 '그 부속품'이라는 것 말이오. 나는 크게 흥미를 느꼈기 때문에 이처럼 일부러 찾아와서 나의 특수한 호기심을 만족시키려 했던 겁니다. 실은 지금 나는 《기묘한 조항과 그 영향》이라는 제목의 책을 써내려 하고 있는 참인데, 출판사에서도 꽤 많이 팔릴 것으로 보고 있지요. 당신이 열람하러 온 것은 좀더 절실한 이유 때문일 텐데, 내가 이처럼 멋대로 자료수집을 하여 당신에게 방해가 되지 않았을까 걱정스럽습니다. 언젠가 다시 또 만나게 되겠지요."

말을 마치자 피터 경은 그 자리를 떠났는데, 예민한 그의 귀에 화가 나 어쩔 줄 몰라 하는 로버트의 성난 목소리와 직원의 달래는 말이 들려왔다.

"아주 별난 신사입니다. 아마 머리가 조금 돈 사람 같군요."

피터 윔지 경의 범죄 작가로서의 명성도 이 속세를 벗어난 듯한 서머싯 하우스 등기소 관리의 귀에까지 이르지는 못한 모양이었다.

피터 경은 혼잣말로 중얼거렸다.

"저런 곳에서 마주쳤으니 로버트는 틀림없이 경계하고 주의하겠군."

피터 경도 역시 경계심이 일어나 잠시도 시간을 낭비하지 않고 택시를 해튼 가든으로 달리게 했다. 그가 찾아간 노신사는 코끝이 조금 들린 듯하고 눈꺼풀이 부석부석한 느낌이 들었는데, 체스터튼의 분류법에 따르면 '고상한 유대인'에 속하는 사람이었다. 이름도 몬터규니 맥도널드니 하는 흔해빠진 게 아니라 네이잔 에이브라함즈라는 고풍스럽고 엄숙한 것이었다. 그는 피터 윔지 경을 아주 정중하게 환영했다.

"잘 오셨습니다, 어서 앉으십시오. 이제 곧 마실 것을 가져오게 하겠습니다. 오늘은 아마 미래의 피터 윔지 경 부인에게 드릴 다이아몬드를 고르러 오셨겠지요?"

"그런데 아직 그렇지 못하답니다." 피터 경이 대답했다.

"그렇지 못하다고요? 흐음, 유감스럽군요. 빨리 서두르셔야지요. 좋은 남편으로서 가정을 가질 때가 왔다고 봅니다. 나를 신부의상을 장식할 영광스러운 사람으로 지정해 주신 지도 이미 여러 해 지나지 않았습니까. 그 뒤 나는 질 좋은 다이아몬드를 구입할 때마다 이것이야말로 피터 윔지 경에게 어울리는 보석이라고 늘 말했지요. 그런데 도무지 말씀이 없으니…… 그래서 하는 수 없이 그때마다 미국사람들에게, 가격이 비싼 것만 좋아할 뿐 보석의 아름다움을 볼 줄 모르는 미국사람들에게 팔아버리곤 했지요."

"피터 윔지 부인 후보자를 찾아낸 다음에라도 다이아몬드를 고를 시간은 얼마든지 있습니다."

에이브라함즈는 두 손을 크게 벌리며 말했다.

"피터 윔지 경쯤 되시는 분이 그런 생각을 하시다니! 그렇게 되면 임시변통이나 다름없게 됩니다. '서두르시오, 에이브라함즈!' 하고 당신은 말씀하시겠지요. '나는 어제 사랑에 빠졌는데, 내일 결혼식을 올려야겠소!'라고 말입니다. 하지만 당신에게 어울리는 보석을 찾으려면 몇 달, 아니 몇 년이 걸릴지도 모릅니다. 하루 이틀로 되는 일이 아닙니다. 결국 신부, 피터 윔지 경 부인은 어느 시시한 보석상의 기성품 보석을 달고 결혼식을 올리게 될 겁니다."

피터 경은 웃으며 대꾸했다.

"아내를 고르는 데는 사흘이면 충분한데, 그 가운데 하루를 보석 구입하는 데 쓰면 되겠지요."

다이아몬드 전문가는 보석을 팔려고 하다가 잘 안되자 반쯤 체념하며 말했다.

"그것은 그리스도 교도의 방식입니다. 당신은 일을 좀 아무렇게나 하시고 장래의 일을 깊이 생각지 않으시는군요. 아내를 고르는 데 사흘이면 된다니! 이혼재판소가 붐비는 것도 당연합니다. 내 아들 모세가 다음 주일에 아내를 맞게 됩니다만, 이 결혼이 결정될 때까지 저희 집안에서는 거의 10년 동안이나 의논했답니다. 며느리 레이첼 골드스타인은 착하고 예쁜 처녀로 아버지도 재산이 있는 사람이지요. 우리 집안에서는 이 결합을 만족하게 생각하고 있답니다. 모세는 훌륭한 아들이어서 결혼식을 올리는 대로 우리 회사의 공동 경영자로 승격시켜 주겠다고 약속했답니다."

"참 잘됐군요, 축하합니다!" 피터 경은 진심으로 축하의 말을 해 주었다. "당신의 아들과 며느리는 틀림없이 행복해질 겁니다."

"고맙습니다, 피터 경. 말씀대로 그 아이들은 행복하게 살 겁니다. 레이첼은 마음씨 착한 처녀로 아이들을 좋아한답니다. 게다가 아주 예쁘지요. 물론 용모가 가정생활의 모두는 아닙니다만, 요즘 젊은 이들에게는 그것이 꽤 효과적으로 작용하나 봅니다. 남자도 예쁘고 착한 아내에게 어울리도록 가정생활을 소중히 여기게 되지요."

피터 경은 고개를 끄덕였다.

"네, 정말 그렇습니다. 나도 아내를 고를 때는 당신의 교훈을 참고로 하지요. 거듭 두 젊은이의 행복을 빕니다. 당신도 머지않아 할아버지가 되겠군요. 실은 요즘 나는 어떤 할아버지에 대해 관심을 갖고 있는데, 당신에게 물어보면 그가 어떤 인물이었는지 알 것 같아 이렇게 왔습니다."

"무엇이든지 물어보십시오. 내 지식이 쓸모 있다면 기꺼이 도와드리겠습니다."

"이것이 30년 전에 찍은 그 노인의 사진인데, 당신은 기억하고 있을지도 모르겠군요."

에이브라함즈는 뿔테안경을 끼고 조제프 퍼거슨의 사진을 들여다보더니 조심스러운 시선을 피터 경에게로 던졌다.

"잊을 리가 있겠습니까? 그런데 이분에 대해 무엇을 알려고 그러십니까?"

"그에게 불리한 일은 아닙니다. 이분은 이미 세상을 떠나셨지요. 다만 나는 그가 살아 있을 때 당신 가게에서 보석들을 산 적이 있지 않을까 하는 생각을 했습니다."

"손님에 대한 일을 누설하는 것은 우리의 직업윤리에 어긋나는 일이므로……."

"그럼, 내가 무엇 때문에 그것을 물어보는지 설명해 드리지요."

피터 경은 조제프 퍼거슨의 경력을 대체적으로 설명한 다음 다시 거기에 덧붙였다.

"나는 이 문제를 이런 식으로 추리했지요. 사람이 은행에 대한 신뢰감을 잃었을 때 그 예금을 어떻게 처리할까? 우선 생각할 수 있는 것은 어떤 물건과 바꾸는 일입니다. 대지나 가옥을 살 수도 있습니다만, 그렇게 하면 임대료가 들어오기 때문에 은행예금이 더 불어나지요. 다음 방법은 금덩어리나 채권을 사는 일인데 양쪽 모두 불어나는 물건입니다. 그런데 그가 사망한 뒤 아무리 조사해도 그런 것은 전혀 발견되지 않았답니다. 그래서 나는 결론적으로 보석류를 샀으리라고 판단했지요. 그 보석을 찾지 못하면 유산상속자들은 큰 손해를 입게 됩니다."

"알았습니다. 그런 사정이라면 말씀드린다 해도 그분에게 손해될 게 없겠군요. 당신의 고결한 인격을 존중하여 감히 직업윤리를 무시하기로 하겠습니다. 월레스 씨는……."

"네? 월레스 씨? 그가 자기 이름을 그렇게 대던가요?"

"진짜 이름이 아니었습니까? 그랬을지도 모르지요. 그 노인은 이상하리만큼 비밀주의를 고집하셨으니까 뭐 뜻밖의 일도 아닙니다. 그리고 보석류를 구입하시는 분들은 흔히 도난을 막기 위해 다른 이름을 씁니다. 틀림없습니다. 월레스 씨는 무척 오랫동안 우리집 단골손님이셨습니다. 대형 다이아몬드를 열두 개나 사겠다고 하셨는데, 최고급 품질에 크기가 또한 모두 똑같아야 한다는 조건이었습니다. 그 조건을 갖추어 마련할 때까지 꽤 오랜 세월이 걸렸습니다. 그런 일은 짐작할 수 있겠지요?"

"물론이지요."

"나는 그 노인을 위해 20여 년에 걸쳐 질 좋은 다이아몬드로 일곱 개 마련해 드렸습니다. 나 말고도 협력한 동업자가 있어 우리업계에서는 그 노인을 모르는 사람이 없습니다. 마지막 한 개를 찾아낸 것도 나였는데——네, 틀림없이 지난해 말 무렵이었습니다——참으로 훌륭한 보석이었지요! 그분은 그 보석을 7천 파운드나 내고 사셨답니다."

"7천 파운드라면 굉장한 보석이었나 보군요. 나머지 다이아몬드도 그 정도의 것이라면 그는 굉장한 금액에 해당되는 다이아몬드를 수집한 셈이로군요."

"너무나 엄청난 액수여서 숫자를 대기도 힘들 정도입니다. 다이아몬드가 모두 열두 개인데, 크기가 똑같기 때문에 수집품 전체에 값을 매긴다면 하나하나의 값을 합친 것보다 훨씬 많이 나갈 겁니다. ”

“물론 그렇게 되겠지요. 그럼, 괜찮으시다면 그가 어떤 방법으로 금액을 지불했는지 말해 주시겠습니까 ? ”

“언제나 현금…… 잉글랜드 은행의 지폐로 지불하셨지요. 그 대신에……. ” 에이브라함즈는 소리죽여 웃었다. “현금으로 지불하니까 값을 깎자고 말씀하셨답니다. ”

“그는 스코틀랜드 사람이거든요. ” 피터 경이 설명했다. “이제 예금이 모두 다이아몬드로 바뀌었음을 알았습니다. 그 다이아몬드는 틀림없이 어떤 안전한 장소에 간수해 두었겠지요. 보석수집이 완성된 다음 유언장을 만들었으리라는 것도 하늘에 빛나는 태양만큼이나 명백한 일입니다. ”

“그런데 그런 굉장한 수집품이 어떤 방식으로 처리되었을까요 ? ”

에이브라함즈는 대부분의 보석상이 그렇듯 문제의 다이아몬드가 앞으로 어떻게 될지 마음 쓰이는 모양이었다. 피터 경은 그 질문에 대답했다.

“아무 때든 유산상속자의 손에 처분되겠지요. 당신이 정보를 제공해 주었기 때문에 이런 중대한 사실이 밝혀졌으므로 깊이 감사드립니다. 유산상속자 역시 감사하는 마음을 가질 겁니다. ”

“그 다이아몬드를 다시 시장에 내놓게 될 경우에는……. ”

에이브라함즈가 속마음을 털어놓으려는 듯 입을 열자 피터 경이 얼른 말했다.

“다이아몬드를 처분할 때는 틀림없이 당신 손을 거치도록 하지요. ”

에이브라함즈는 기뻐했다.

“고맙습니다. 장사는 어디까지나 장사이므로, 처분하실 때 도와드릴 수 있다면 나로서 더할 나위 없는 기쁨입니다. 그런데 피터 경,

그만큼 질이 좋은 보석을 열두 개나 갖춘다는 것은 그리 쉬운 일이 아닙니다. 이왕이면 당신이 그 보석을 사셨으면 하는데, 어떻습니까? 나에게 주실 수수료는 특별요금이면 됩니다만……."

"고맙습니다, 에이브라함즈 씨. 하지만 아직 다이아몬드가 필요하지 않기 때문에……."

"유감이군요, 아무튼 도움을 드린 것 같아 무척 기쁩니다. 그건 그렇고, 마침 지금 최상급 루비가 나와 있는데, 누구보다도 당신께서 보셨으면 하고 생각하던 참입니다."

보석상인은 계속 지껄이며 아무렇지도 않은 듯이 주머니에서 저녁놀빛처럼 붉게 타오르는 루비를 한 개 꺼냈다.

"반지에 박아서 만들면 최고급품이 될 겁니다. 약혼반지로도 훌륭하지요."

피터 경은 웃음으로 얼버무리며 겨우 그 자리를 피해 나왔다.

그는 택시를 경시청으로 먼저 달리게 하여 조제프 퍼거슨의 유산문제에 대해 타협해 두고 싶었다. 그러나 다음날의 경매에서 인기를 모을 카탈루스(고대 로마의 서정시인)의 원고가 생각나자 잔뜩 부풀었던 기분이 사그라지지 않을 수 없었다. 카탈루스의 친필 원고는 오래 전부터 그가 장서로 간직하고 싶어했던 것이므로 업자들에게 경매를 맡기기가 불안했던 것이다. 그리하여 그는 하는 수 없이 토머스 맥퍼슨에게 전보를 쳐서 탐정 일을 하루만 미루기로 방침을 바꾸었다.

급히 조제프 할아버지를 꺼내볼 것.

피터 윔지

여직원이 전보문을 소리 내어 읽으며 의아한 표정을 지었다.

"그렇게 치면 되오."

피터 경은 전신국 건물에서 나오자 조제프 할아버지 문제는 잊기로 했다.

다음날은 경매장에서 보내는 유쾌한 하루였다. 업자들이 서로 짜고 무리지어 앉아 있는 것을 보자 피터 경은 문득 경매를 본업으로 하는 자들을 골탕먹이고 싶은 기분이 솟아올랐다. 1시간쯤 대리석상 뒷자리에서 조용히 지켜보고 있었는데, 드디어 카탈루스 원고가 등장하여 타당한 가격의 10분의 1쯤 되는 금액으로 낙찰되려고 했다. 이때 피터 경의 맑은 목소리가 울려 퍼졌다. 엄청나게 비싼 가격이 제시되었기 때문에 업자들은 놀라며 동시에 몹시 흥분했다. 스클라임즈 고서점 주인이 태도를 바꾸어 50파운드를 올려 불렀다. 이 사람은 언젠가의 경매에서 피터 경과 유스티니아누스 황제 시대에 산 로마 시인의 원고를 놓고 서로 경쟁한 적이 있어 그때부터 그에게 적의를 품고 있었다. 그러자 피터 경은 그 자리에서 그 액수를 배로 늘렸다. 스클라임즈가 50파운드를 또 올려 부르자 피터 경은 선뜻 1백 파운드를 덧붙여 최후의 심판날이 올 때까지 끌어올릴 듯한 기세를 보였다. 스클라임즈 고서점 주인은 얼굴을 찌푸린 채 입을 다물었다. 다른 업자가 끼어들어 50파운드를 더 올려 외쳤으나 피터 경이 거기에 몇 파운드를 더 보태자 낙찰되고 말았다.

이 승리로 마음이 느긋해진 피터 경은 그 뒤의 경매에서도 주도권을 쥐게 되었다. 다음 경매물인 《사랑의 계략》은 이미 장서 속에 있어 그다지 탐나지는 않았으나 내친 김에 값을 마구 올려 불렀다. 뜻하지 않은 패배로 굴욕감을 맛본 스클라임즈 고서점 주인은 입술을 깨물고 생각했다. '상대방은 지금 승리감에 취해서 앞뒤가리지 못하는 심리상태에 빠져 있다. 그 기분을 부채질하여 본디 가격보다 훨씬 웃도는 비싼 값으로 사게 하는 것도 하나의 보복 방법이다'라고.

아니나 다를까, 신바람이 난 젊은 귀족은 값을 올리는 데 정신이 없었다. 업자들은 고서수집가로서의 그의 명성을 알고 있었으므로 이 진귀한 물건에 그들이 모르는 어떤 특별한 가치가 있는 모양이라 생각하고 덩달아 마구 값을 끌어올려 경매장은 열광의 소용돌이로 뜨겁게 달아올랐다. 그러나 터무니없이 값이 오르자 업자들은 서서히 탈락하고 다시 경쟁자는 스클라임즈와 피터 경 두 사람이 남았다. 피터 경은 경쟁자의 목소리에서 한순간 주춤하는 눈치를 느끼자 멋지게 기권함으로서 터무니없는 값으로 뛰어오른 물건은 스클라임즈의 손에 넘겨졌다.

거듭되는 실패에 풀이 죽은 업자들은 어두운 표정이 되어 말수가 적어졌고, 더 이상 참가하기를 포기했다. 그리하여 별로 경매경험도 없는 듯한 한 사나이가 갑자기 주역으로 등장하여 보존이 잘된 14세기 미사 전서를 바겐세일이나 다름없는 헐값에 낙찰받았다. 자기로서도 뜻밖의 성과를 거두었으므로 놀라움과 흥분으로 얼굴을 벌겋게 물들인 그 사나이는 돈을 치르자 귀중한 전리품을 빼앗길까봐 두려운 듯 꼭 끌어안고 쏜살같이 경매장을 빠져나갔다. 그 뒤 피터 경은 다시 진지한 표정으로 돌아가 인쇄술 발명 초기의 간행본 몇 권을 손에 넣자 월계관과 증오를 머리에 얹고 엄숙하게 경매장에서 물러나왔다.

피터 경은 뿌듯한 마음으로 하루를 보냈으나, 맥퍼슨이 전보의 답신을 보내오지 않아 막연하게 불안감을 느꼈다. 기뻐서 어쩔 줄 몰라 하는 심정을 전해주어도 좋을 텐데…… 그러나 그는 자신의 추리가 잘못되었다고 생각하고 싶지는 않았다. 아마도 맥퍼슨은 그 기쁨을 전보로 전하기가 어려워 편지로 써서 보낼 모양이다. 그렇다면 내일까지 기다려야 한다.

그러나 다음날 아침 11시에 배달된 전보는 다음과 같은 내용이었다.

전보는 받았으나 그 물건을 도난당했고 범인은 놓쳤음. 할아버지
란 무슨 뜻인지 자세히 알려주기 바람.

피터 경은 군인만이 입에 담을 수 있는 험한 말을 내뱉었다. 조제
프 할아버지를 훔친 자는 틀림없이 로버트일 것이다. 그러나 그를 붙
잡아 범인으로 고소한들 정작 중요한 유산이 영원히 없어졌다면 아무
의미도 없다. 피터 경은 지금까지 느껴보지 못한 노여움과 절망감을
맛보며 고대 로마 시인 카탈루스에게마저 트집을 잡고 싶은 심정이었
다. 그 원고를 손에 넣으려고 어제 하루를 경매장에서 보내지만 않았
더라면 그 자신이 스코틀랜드에 가서 이 문제를 처리했을 텐데……
어떻게 할까 한참 생각하고 있는데 두 번째 전보가 날아왔다.

할아버지의 유리그릇 조각이 플리트 강가에서 발견되었음. 범인
이 도망가다 떨어뜨린 듯함. 알맹이는 없었음. 아아!

피터 경은 앞으로 해야 할 일을 곰곰이 생각했다.
범인은 이미 할아버지를 꺼내 주머니에 넣었을지도 모른다. 그렇다
면 이쪽은 완전히 패배한 것이며 이제 돌이킬 방법이 없다. 어쩌면
범인은 할아버지도 버리고 알맹이만 주머니에 넣었을지 모른다. 그러
나 전보문에 범인이 달아나다 떨어뜨린 것 같다고 씌어 있는 것으로
보아 할아버지 전체가 그대로 물속에 빠졌는지도 모른다는 생각이 들
었다. 맥퍼슨은 재치 없는 사람이다. 좀더 자세한 내용을 알려주면
좋지 않은가…… 요금이 1페니나 2페니쯤 더 들 뿐인데. 역시 직접
가지 않으면 해결되지 않을 것 같았다. 그곳에 도착하는 대로 곧 맥
퍼슨을 뛰어다니게 해야겠다고 그는 마음먹었다. 당사자가 태평스럽
게 앉아 있으니 일이 될 게 무언가!

그는 책상 서랍에서 전보용지를 꺼내 전보문을 적었다.

유리그릇 속의 할아버지가 물속에 빠졌다면 강바닥을 훑어볼 것. 그렇지 않으면 지금 곧 범인을 잡도록. 범인은 로버트 퍼거슨이 분명함. 나는 오늘 밤에 출발하여 내일 아침이면 도착함. 이 중대사건의 자세한 내용은 만나서 이야기하겠음.

그날 밤 출발한 야간열차는 다음날 새벽 일찍 피터 윔지 경을 덤프리스 정거장에 내려놓았다. 그는 택시를 잡아타고 아침식사 시간에 스턴 별장에 도착했다. 현관문이 열리고 마중 나온 사람은 가정부 매기였다.

"어서 오세요, 피터 윔지 경. 모두들 몹시 기다렸답니다. 주인님도 곧 돌아오실 거예요. 긴 여행에 피곤하시겠지만 주무시기 전에 식사를 하셔야지요? 계란과 베이컨 그리고 오트밀을 가져오겠어요. 송어는 없어요. 어제는 낚시하기에 안성맞춤인 날씨였지만, 당신이 보낸 전보를 받자 주인님은 송어 따위는 아랑곳하지 않고 하루 종일 바쁘게 뛰어다니셨답니다. 우리집 그이 조크와 둘이서 도둑이 가져간 표본——주인님께서는 그것을 그렇게 부르시더군요——을 무슨 일이 있어도 찾아내야 한다며 강을 온통 훑으셨지요. 조크가 주인님에게서 들은 바에 의하면, 송아지 내장과 똑같이 생겼다고 하는데, 그런 것 때문에 왜 그토록 법석을 떠시는지 모르겠어요."
피터 경은 그녀에게 물었다.
"도둑은 어떻게 숨어들어왔지요, 매기?"
"주인님께서는 월요일과 화요일에 호수 둑에서 송어낚시를 하셨지요. 토요일과 일요일 이틀 동안 비가 억수같이 쏟아졌거든요. 주인님께서는 우리집 그이에게 이렇게 말씀하셨어요. '조크, 내일은 아마 듬뿍 잡을 수 있을 거야. 비가 그치면 둑으로 나가세. 밤에는 호수지기 오두막에서 재워달라고 해야겠군' 하고 말이에요. 월요일 아침에는 비가 그치고 바람도 없는 따뜻한 날씨였어요. 그래서 두 사람은 떠났는데, 그 뒤 전보가 왔어요. 나는 주인님이 돌아오시면 전보를 곧 보시도록 벽난로 선반 위에 놓아두었지요. 그런데 내 생각에는 그 전보가 도난과 관계가 있는 것 같아요."

"어쩌면 그 생각이 맞는 것인지도 모르겠소, 매기." 피터 경은 엄숙한 표정으로 말했다.

매기는 계란과 베이컨이 담긴 접시를 식탁에 차려놓으며 이야기를 이었다.

"틀림없이 그래요. 화요일 밤 나는 부엌에서 주인님과 조크가 돌아오시기를 기다리고 있었어요. 다시 비가 쏟아지기에 두 분이 흠뻑 젖으시겠구나, 이런 캄캄한 밤중에 늪에 빠지면 어떡하나 걱정하며 현관문이 열리기를 기다리고 있는데, 응접실에서 무슨 소리가 났어요. 현관문은 주인님께서 돌아오실 것 같아 자물쇠를 잠그지 않았거든요. 문 열리는 소리가 나지 않았는데 어떻게 들어오셨나 생각했지만, 주전자를 불에 얹어놓고 있었기 때문에 금방 일어나지 못했어요. 그러자 이번에는 덜컹 하는 큰소리가 났어요. 나는 '이제 돌아오셨어요?' 하고 소리쳤지요. 그런데 대답이 없었어요. 그대신 다시 한 번 덜컹 하는 큰 소리가 났어요. 이상하다싶어 나는 급히 응접실로 달려갔습니다. 바로 그때 저 문이 열리며 어떤 남자가 튀어나오더니 나를 한 손으로 밀어젖히고 현관문을 지나 달아났습니다. 내가 고함을 지르고 있는데 마침 조크가 돌아와 마당가의 대문에서 '왜 그래? 무슨 일이오?' 하고 물었습니다. '큰일 났어요!' 나는 다시 외쳤어요. '도둑이 들었어요!' 그 동안에 도둑은 마당을 지나 강 쪽으로 달아났습니다. 내가 정성스럽게 가꾼 양배

추 밭과 딸기묘판을 마구 짓밟으며…… 그 빌어먹을 도둑놈이!"

피터 경은 아주 진지한 얼굴로 동정의 뜻을 나타냈다.

"애써 가꾸어놓은 밭이 엉망이 되어 화가 나 견딜 수가 없었어요. 주인님과 조크가 그 뒤를 쫓아갔는데, 데이비 말레네 소가 날뛸 때처럼 야단법석이었답니다. 하지만 물에 풍덩 뛰어드는 소리가 난 다음 조용해졌대요. 도둑은 플리트 강에 뛰어들어 어디론지 달아났다는 거지요. 주인님께서 무엇을 도둑맞았느냐고 물으시기에 '모르겠어요. 도둑이 들어온 줄 알았을 때는 이미 달아나는 참이었으니까요' 하고 대답했어요. 그러자 주인님은 곧 무엇이 없어졌는지 살펴보자고 하셨어요. 우리 세 사람은 집 안을 온통 뒤져보았습니다만, 응접실의 선반문이 열린 채였고 없어진 것은 표본이 든 유리그릇뿐이었어요."

"아아, 역시 그것을 도둑맞았군!" 피터 경이 억울한 듯 말했다.

"그 다음 주인님께서는 조크에게 손전등을 들게 하시고 다시 강으로 나가셨습니다만, 곧 돌아오셔서 '어두워서 어쩔 수 없군. 내일 아침까지 기다려야지. 나는 피곤해서 자겠으니, 두 사람도 쉬지' 하고 말씀하셨습니다. 내가 '무서워서 잠들 수 있겠어요?'라고 말했더니 조크가 옆에서 '겁낼 것 없어. 도둑도 오늘 밤에는 우리가 지키리라 생각하고 되돌아오지 않을 테니까' 하고 말했으므로 집 안의 모든 문과 창을 잠그고 우리는 잠자리에 들었지요. 하지만 나는 새벽까지 한숨도 잠을 이룰 수가 없었답니다."

"그랬겠지요." 피터 경이 고개를 끄덕였다.

매기는 계속해서 말을 이었다.

"그 전보를 주인님께서 보신 것은 날이 밝은 다음이었는데, 난처한 표정을 지으시며 전보를 치러 우체국으로 가셨습니다. 그리고 돌아오시다 강변의 돌 틈에서 유리그릇 조각을 발견하셨답니다. 그래서 이번에는 장화를 신고 긴 낚싯대를 들고 조크와 함께 강변으로 가셨지요. 아마 지금쯤 물속의 돌 틈바구니를 휘젓고 계실 거예요."

여기까지 매기가 말했을 때 머리 위에서 발소리가 쾅쾅쾅 세 번 울렸다.

"아참!" 매기가 외쳤다. "가엾은 신사 분을 깜박 잊고 있었군!"

"신사분이라니, 누구지요?"

"플리트 강가에 쓰러져 있었답니다. 보고 올 테니 잠깐만 기다려주세요."

그녀는 급히 2층으로 올라갔다. 피터 경은 커피를 3분의 1쯤 마시고 파이프에 불을 붙였다.

그러나 피터 경은 생각난 것이 있는지 나머지 커피를 다 마신 다음——그는 어떤 경우이든 식사한 뒤 커피를 마시지 않고는 못 배기는 사람이다——매기의 뒤를 쫓아 2층으로 올라갔다. 층계를 다 올라간 바로 옆에 손님용 침실이 있는데, 그도 이 별장에 머무르는 동안에는 그 방을 썼었다. 문이 반쯤 열려 있었다. 안으로 들어가자 침대 위에 붉은 머리의 사나이가 누워 있었다. 이마에서 왼쪽 관자놀이에 걸쳐 비스듬히 하얀 붕대가 감겨져 있었지만 여우를 연상케 하는 보기 좋지 않은 긴 얼굴을 완전히 가려주지는 못했다.

침대 옆 탁자에 아침식사가 놓여 있었다. 피터 경은 그 옆으로 다가가 손을 내밀며 말했다.

"안녕하시오, 퍼거슨 씨. 또 만났군요."

"안녕하시오." 로버트 퍼거슨의 대답은 싸늘했다.

피터 경은 침대 가에 걸터앉아 다시 말을 이었다.

"그저께 만났을 때는 설마 이 집에서 다시 얼굴을 대하리라고는 생각지 못했는데……."

"발 위에 앉지 마시오, 제발!" 그는 호소했다. "무릎뼈가 부러졌소."

"저런! 그거 참, 안됐군요. 얼마나 아프시겠소. 무릎뼈가 부러졌다면 낫는다 해도 본디 상태로 돌아가려면 몇 년이나 걸릴 텐데. 이른바 '포트(1714~1788, 영국의 외과의사)씨 골절'이라는 거로군요. 포트라는 사람이 어떤 인물인지는 모르지만 상당히 중태임에는 틀림없소. 어째서 그렇게 됐지요? 낚시질하다 그랬습니까?"

"네, 그 밉살스런 강에서 미끄러졌어요."

"흔히 있는 일이지요. 그러고 보니 당신 취미는 낚시인 모양이군요. 퍼거슨 씨?"

"그렇다고 할 수 있지요."

"나하고 취미가 같군요. 나도 기회만 있으면 낚시를 즐긴답니다. 이 지방에서는 낚싯바늘로 무엇을 쓰고 있나요? 지금은 대개 그린 어웨이가 보편화되었지만…… 모두 그것을 쓰고 있겠지요?"

"글쎄요……." 로버트 퍼거슨의 대답은 여전히 무뚝뚝했다.

"핑크 시스켓이 좋다는 사람도 있더군요. 당신은 그것을 써본 적이 있습니까? 낚시 안내서를 보았으면 좋겠는데, 혹시 가지고 왔습니까?"

"가지고 왔는데 잃어버렸답니다."

"저런, 거듭 안됐군요! 낚싯바늘에 대한 책이 없다면 당신의 경험담이라도 듣고 싶군요. 핑크 시스켓의 효과가 어떻던가요?"

"최고지요." 퍼거슨이 대답했다. "나는 가끔 그것으로 송어를 낚아 올렸습니다."

"굉장하시군요." 피터 경은 애써 자연스럽게 말했다.

핑크 시스켓이란 그 자리에서 생각해낸 이름이므로 그가 이처럼 진지하게 받아들일 줄 몰랐던 것이다.

"그런데 당신은 뜻하지 않은 재난으로 이 계절의 즐거움을 모조리 잃어버렸군요. 참 안됐습니다. 나는 큰 것을 노리고 왔지요. 이처럼 부상당하지만 않았다면 당신에게도 도움을 청했을 텐데."

"무엇을 낚으시려고요? 송어입니까?"

"네. 당신은 모르시겠지만, 이 플리트 강에는 굉장히 큰 놈이 있는데, 강바닥이 우묵한 곳에 이따금 나타난답니다. 나는 오래 전부터 그놈을 노려왔는데, 오늘도 맥퍼슨과 함께 나가볼 작정입니다. 그는 이 방면에 꽤 능숙해서 우리 낚시꾼들 사이에서는 '조제프 할아버지'라는 별명으로 알려져 있거든요. 아니, 왜 그러시지요? 그렇게 몸을 움직이면 안 좋을 텐데…… 무릎뼈를 다쳤다면서요? 오늘 하루는 얌전히 누워 있도록 하시오. 필요한 것이 있으면 갖다 드릴 테니까."

피터 경이 능청스럽게 미소 지으며 지껄이고 있는데 아래층에서 부르는 소리가 났다.

"윔지, 자네 왔나?"

"왔네. 그래, 무얼 좀 잡았나?"

맥퍼슨이 한 번에 층계를 네 단씩 뛰어올라왔다. 피터 경은 재빨리 침실에서 뛰어나가 층계참에서 이집 주인을 맞이했다.

"피터, 저 방에 누워 있는 사람이 누군지 아나? 바로 로버트라네!"

"알고 있네, 런던에서 만났으니까. 하지만 그런 건 아무래도 좋아. 그 중요한 할아버지는 찾았나?"

"아니, 아직. 그런데 대체 무슨 일인가? 로버트는 무엇 때문에 여기 왔을까? 자네의 전보에는 그가 범인이라고 씌어 있었는데, 그건 무슨 뜻인가? 어째서 조제프 할아버지가 중요하단 말인가?"

"질문은 하나씩 하게. 아무튼 그 할아버지를 찾는 게 급해. 오늘 아침에 뭘 했나?"

"그 전보를 읽고 자네도 드디어 머리가 돌아버린 모양이라고 생각했지."

피터 경은 혀를 찼다.

"하지만 정말 할아버지를 훔치러 온 녀석이 있었기 때문에 무언가 뜻이 있을지도 모른다고 고쳐 생각했네."

피터 경은 시간과 노력이 드는 일이라는 표정을 지었다.

"그래서 다시 한 번 강으로 나가 그 주변을 찾아보았네. 자신이 있었던 건 아닐세. 이틀씩이나 큰비가 내려 물살이 여간 빠르지 않았거든. 하지만 나는 열심히 강변을 이리저리 찾아 헤맸네. 조크를 데리고 갔는데, 그는 나를 미쳤다고 생각했을지도 모르네. 이 고장 사람들은 쓸데없는 말은 하지 않는 성미여서 입 밖에 내어 말하지는 않았지만."

"조크가 괜히 고생이구먼."

"우리가 그렇게 찾아 헤매고 있는데, 언뜻 그 빠른 물살을 헤치며 낚싯대와 종다래끼를 손에 들고 돌아다니는 사나이가 있더군. 그러나 나는 그다지 주의해서 보지 않았네. 자네의 이상한 말이 마음에 걸려 다른 일에 마음 쓸 여유가 없었거든. 그런데 조크가 '저기 이상한 낚시꾼이 있군요, 어쩐지 낚시하는 사람 같지가 않는데요'라고 말하지 않겠나. 그래서 가까이 가보니 로버트더군. 잔뜩 불어난 강물에서 낚시대를 흔들며 물속에 있는 돌을 밟고 다니다 흐름이 멈춰 있는 곳이 보이면 들여다보고는 낚싯대로 찌르더란 말일세. 나는 그를 불렀지. 그는 고개를 돌려 나를 보더니 조금 당황하며 낚싯대를 감아 넣고 릴을 펴기 시작하더군. 그 솜씨가 너무 서툴러 차마 볼 수가 없었다네."

그 마지막 비평을 맥퍼슨은 일류 낚시꾼답게 덧붙였다.

"그랬겠지." 피터 경은 고개를 끄덕였다. "핑크 시스켓으로 송어를 잡는다는 사람이니까. ”

“핑크 뭐라고 했나 ? ”

“아무것도 아닐세. 로버트는 진짜 낚시꾼이 아니라고 말하고 싶었을 뿐이네. 그래서 그 다음에는 어떻게 했나 ? ”

“낚싯대를 휘두르다 릴이 무언가에 엉켜버린 모양이었네. 그는 다급하게 낚싯줄을 마구 잡아당겼으나 물방울만 튈 뿐 아무 소용없었지. 그러자 그는 급히 그 부근을 휘저어 물결을 일으키더니 달아나기 시작했네. 나는 울컥 화가 치밀어 그 뒤를 따라갔지. 그가 뒤돌아보기에 ‘로버트 ! 왜 달아나지 ? ’ 하고 외쳤네. 그는 낚싯대를 내동댕이치고 계속 달아나다가 그만 미끌미끌한 돌을 밟고 미끄러져 요란한 소리를 내며 나동그라졌다네. 나와 조크가 뛰어가서 일으켜주고 집으로 데려왔지. 머리를 몹시 다치고 무릎뼈가 부러졌다네. 잘됐다는 기분이 들더군. 내가 손수 치료해 주어야 했겠지만, 그러고 싶은 마음이 들지 않아 스트라헨 의사에게 봐주도록 부탁했네. 그는 친절한 사람이거든. ”

“아무튼 그를 붙잡을 수 있었던 건 운이 좋았네. 이제 할아버지를 찾아내는 일만 남았군. 강은 어디까지 수색했나 ? ”

“별로 멀리까지 가진 못했네. 로버트를 집으로 데려와 무릎뼈를 치료시키고 하다 보니 어제 하루가 훌쩍 다 갔지. ”

“또 로버트 이야기인가 ! 서두르지 않으면 놓칠지도 모르네. 어쩌면 지금쯤 바다로 흘러들어갔을지도 모르겠군. 어서 빨리 나가보세. ”

피터 경이 우산꽂이에 걸린 낚싯대를 움켜쥐자 맥퍼슨이 외쳤다.

“그건 로버트의 낚싯대일세. ”

그들은 급히 밖으로 뛰어나갔다. 강물이 많이 불어 작은 바위들까지 떠내려가고 있었다. 그러나 물이 소용돌이치고 있는 곳은 빠짐없이 찾아볼 필요가 있었다. 조제프 할아버지는 아무리 작은 구멍이라도 숨을 가능성이 있기 때문이었다. 피터 경은 못 보고 지나치지 않도록 한 발자국마다 걸음을 멈추고 찾았기 때문에 좀처럼 앞으로 나아가지 못했다.

이윽고 그는 갑자기 조크를 돌아보며 말했다.

"이 강도 일직선으로 흘러가진 않을 테니까 휘어지는 곳이 몇 군데 있을 걸세. 거기에 틀림없이 떠내려가던 물건이 걸리겠지. 가장 가까운 물굽이가 어디쯤인가?"

"바테리 풀입니다. 1마일쯤 내려간 곳에 있는데, 거기에 대개 물건이 걸립니다. 물줄기가 휘어진 곳이 깊은 웅덩이기 때문에 그 강가에는 조금 넓은 모래밭이 있지요. 말씀을 들으니 틀림없이 거기 있을 것 같습니다. 틀림없다고 말할 수는 없습니다만."

"아무튼 가보세."

맥퍼슨도 그 말을 듣자 밝은 표정이 되었다. 이런 골치 아픈 수색을 언제까지 해야 할까 진절머리를 내고 있던 참이었던 것이다.

"좋은 생각이네, 피터. 흐름을 조절하는 오두막까지 자동차를 타고 가서 그 다음은 밭을 두어 개 가로질러 가면 되네."

빌린 자동차가 이미 별장 앞에 와서 매기가 손수 만든 케이크를 싣고 기다리고 있었다. 세 사람은 운전기사에게 흐름을 조절하는 오두막까지 빨리 달려달라고 일렀다.

이윽고 두 번째 밭을 가로지르고 있을 때 앞을 보고 있던 피터 경이 말했다.

"갈매기들이 바쁘게 날아다니고 있는 것을 보니 무언가 찾아냈을지도 모르겠군."

정말 갈매기들이 누런 모래 위에서 하얀 날개를 퍼덕이며 동그랗게 모여 서 있고, 귀에 거슬리는 울음소리가 바람을 타고 흘러왔다. 피터 경이 말없이 손가락으로 가리켰다. 거기에는 황갈색의 길쭉한 자루같이 생긴 물건이 추한 모습을 드러내고 있었다. 뜻하지 않은 침입자들이 나타나자 갈매기들은 높이 날아 달아나며 노여운 소리를 질렀다. 피터 경이 달려가 몸을 굽혔다 다시 일으켰을 때 그 손에 길쭉한 자루가 들려 있었다.

"이것이 아마 조제프 할아버지겠지." 그는 모자 끝을 살짝 들어올려 경의를 표하는 고풍스러운 몸짓을 해보였다.

조크가 그것을 보고 말했다.

"갈매기들이 조금 쪼아댄 모양이지만 너무 딱딱해서 찢어지지는 않은 것 같군요."

"빨리 펼쳐보게!" 맥퍼슨이 안타까운 듯이 서둘러댔다.

그러나 피터 경은 고개를 가로저었다.

"여긴 좋지 않아, 작은 물건이라 잃어버릴 염려가 있거든."

그는 그것을 조크의 종다래끼 속에 넣었다.

"우선 집으로 가져가서 로버트에게 보이는 것도 재미있을 걸세."

그들을 맞이한 로버트는 결과를 알고 싶어하는 초조감을 감추지 못했다. 피터 경이 잡은 것의 무게를 손으로 재어보며 신나는 목소리로 말했다.

"낚시의 결과는 이 작은 물고기 한 마리뿐이지만, 이 작은 물고기 속에 무엇이 들어 있을 것 같소, 퍼거슨 씨?"

"전혀 모르겠는데요." 로버트가 대답했다.

"그렇다면 당신은 무엇 때문에 이것을 낚으러 왔지요?"

피터 경은 더욱 유쾌한 것 같았다. 그는 맥퍼슨을 돌아보며 물었다.

"외과수술용 칼이 이 집에 있나?"

"있고말고. 자, 여기 있네. 어서 풀어보게."

"그 일은 자네가 하게. 조심해서 해야 하네. 나라면 위에서부터 펼쳐보겠네만."

맥퍼슨은 조제프 할아버지를 탁자 위에 놓고 익숙한 솜씨로 칼을 놀렸다.

매기가 주인의 어깨 너머로 들여다보며 조그맣게 외쳤다.

"오오, 하느님! 대체 이 속에 무엇이 들어 있다는 거예요?"

피터 경은 날씬한 집게손가락과 엄지손가락을 위 속에 집어넣었다.

"한 개…… 두 개…… 세 개……."

반짝반짝 빛나는 보석이 탁자 위에 놓여졌다.

"일곱 개…… 여덟 개…… 아홉 개. 이게 전부인가? 맥, 좀더 아래까지 찢어보게."

맥퍼슨은 몹시 놀라워하며 말없이 그 유산을 절개하고 있었다.

로버트가 바보 같은 말을 중얼거렸다.

"어떻게 이런 것 속에 들어 있을까……."

"콩을 콩깍지에서 꺼내듯 단순하고 명백한 일이지요. 조제프 할아버지는 유언장을 쓰고 나서 이 다이아몬드를 삼킨 다음……."

매기가 몹시 감탄한 듯한 목소리로 말했다.

"다이아몬드를 삼키다니, 정말 엄청난 일을 하셨군요!"

"……그리고 창문에서 몸을 던졌지요. 이것은 유언장을 읽은 사람이라면 누구나 추측할 수 있는 일이오. 맥, 유언장에는 자네의 학문연구를 위해 위를 제공하겠다고 적혀 있었지."

로버트 퍼거슨이 신음 소리를 냈다.

"무엇이 들어 있는 모양이라는 건 나도 알아차렸지요. 그래서 다시 한 번 유언장을 보러 갔는데, 당신이 거기에 와 있기에 나의 추측이 틀리지 않았음을 알았습니다. 그래서 더욱 억울한 생각이 듭니다! 하지만 설마 그것이 다이아몬드일 줄은……."

그는 눈을 번뜩이며 다이아몬드를 뚫어지게 지켜보았다.

조크가 말참견을 했다.

"값이 얼마나 될까요?"

"하나하나 매기면 7천 파운드 정도겠지만, 똑같은 크기의 것이 이만큼 갖추어지면 수집품으로서의 값어치가 훨씬 더 나가거든."

로버트가 화난 듯이 외쳤다.

"그 노인은 정신상태가 이상했습니다. 소송을 일으켜 유언장의 무효를 주장하겠소."

"그만두는 게 좋을 거요. 풀숲을 헤쳐 뱀에게 물린다는 격으로, 당신의 가택침입죄와 절도미수죄가 드러날 뿐일 테니까요."

맥퍼슨은 손바닥에 다이아몬드를 올려놓고 꿈꾸는 사람처럼 중얼거렸다.

"놀랍군! 놀라워!"

"7천 파운드라니, 굉장한 물건이군요." 조크도 역시 외쳤다. "그렇다면 그 갈매기 가운데 한 마리가 지금 7천 파운드의 가치가 있는 돌을 세 개나 꿀꺽 삼킨 채 날아다니고 있는 셈이로군요. 생각만 해도 떨립니다. 이러고 있을 수가 없지. 지미 맥터가드의 엽총을 빌리려 가야겠습니다."

Absolutely Elsewhere

완전한 알리바이

피터 윔지 경은 〈라일락 저택〉의 서재에서 경찰관 두 사람과 마주 앉아 있었다. 두 경찰관이란 런던 경시청 범죄수사과(CID) 주임경감 파커와 하트퍼드셔 주 보르독 경찰서장 헨리 경감이었다.

파커 주임경감이 말했다.

"그래서 결론은, 용의자로 보이든가 가능성 있는 사람들이 모두 범행이 이루어진 시각에 전혀 다른 곳에 있었다는 것이로군."

"'전혀 다른 곳'이란 어떤 뜻인가?" 피터 경이 무뚝뚝하게 물었다. 아침식사도 들기 전에 친구 파커 주임경감에게 이끌려 그레이트 노드 거리 웨이플레 근처까지 오게 된 것이 이 젊은 귀족의 기분을 상하게 했던 것이다. "초속 18만6천 마일의 속도를 낼 수 있는 세상이니, 어떤 곳에 있었든 범행시까지 범죄현장에 도착할 수 없다고 잘라 말할 수는 없네. 말하자면 비교적 현장에서 멀리 떨어진 곳, 겉으로 보기에 전혀 다른 곳이라는 뜻에 지나지 않지."

"에딩턴(아더 스탠리 에딩턴, 1882~ 1944, 영국의 천체물리학자)의 학설을 논하고 있을 때가 아닐세, 피터. 다시 말해 용의자들 모두가 완전한 알리바이를 갖추고 있어서 우리 경찰관은 피츠제럴드(^{조지 프랜시스 피츠제럴드,} 1851~1901, 영국의 물리학자)의 수축가설(收縮假說)에 의지하지 않고 그 알리바이를 추궁해야 할 입장에 놓여 있다네. 용의자를 하나하나 심문해 보는 방법밖에 없겠지. 헨리 경감은 이미 그들의 설명을 들었으니까 새로운 답변에 먼저 답변과 모순된 점이 있으면 곧 그것을 지적할 수 있을 걸세. 하지만 심문을 하기 전에 일단 집사의 말을 들어보세."

이 고장 경찰서장인 헨리 경감이 밖으로 얼굴을 내밀고 집사를 불렀다.

"햄워지, 잠깐 와 주오."

부름을 받고 들어온 중년의 사나이는 천체학설적인 엄숙한 얼굴을 하고 있었다. 본디부터 커다란 그 얼굴이 푸르퉁퉁하니 부어 있어 건강상태가 좋지 못한 것 같았다. 그러나 증언을 요구하자 그는 망설이지 않고 자세히 경과를 설명했다.

"나는 이 댁에서 20년 동안이나 일하고 있었습니다만, 글림볼드님은 나무랄 데 없는 주인이었다고 생각합니다. 직업상 일처리를 사무적으로 하고 엄격한 태도를 취하셨습니다만, 우리들에게 더없이 친절하고 동정심이 많으셨지요. 독신으로 지내셨으나 두 조카 허코트님과 네빌님을 친자식이나 다름없이 기르셨고, 무척 사랑하셨습니다. 네? 직업 말씀입니까? 글쎄요…… 금융업이라고 해야 할까요.

그럼, 어젯밤에 일어났던 일을 말씀드리겠습니다. 7시 30분쯤 집 안의 문단속을 마쳤습니다. 주인님은 성격이 꼼꼼한 분이어서 하루하루의 생활이 규칙대로 이루어지지 않으면 언짢아하셨습니다. 어제도 나는 아래층 창문을 모두 돌아다니며 잠갔습니다. 겨울 동안에는 늘 그렇게 하는 것이 습관이지요. 잠그지 않은 창문은 하나도 없었다고 말씀드릴 수 있습니다. 창문에는 자물쇠 이외에 걸쇠도 달려 있습니다. 마지막으로 현관문을 잠그고 걸쇠를 건 뒤 쇠 사슬을 끼웠습니다."

"온실문은?"

"그것은 예일 자물쇠인데, 비틀어 보았더니 틀림없이 잠겨 있었습니다. 그러나 걸쇠는 걸지 않았습니다. 그곳은 늘 그렇게 해두지요. 주인님이 일 때문에 런던으로 가시면 늦게 돌아오는 적도 있어 우리가 일어나지 않아도 되도록 그렇게 해놓는답니다."

"그러나 어젯밤에 글림볼드 씨는 런던에 볼일이 없었을 텐데?"

"네, 없었습니다. 하지만 습관이 되어서…… 그리고 예일 자물쇠는 든든하기 때문에 괜찮습니다. 그 열쇠는 주인님이 가지고 계셨습니다."

"열쇠는 하나뿐이오?"

집사는 헛기침을 한 다음 더듬거리며 말했다.

"자세히는 모르겠습니다만, 아마 또 한 개 있을 겁니다. 어떤 부인이 가지고 있을 텐데, 그 부인은 지금 파리에 계십니다."

"흐음, 글림볼드 씨는 60살쯤이었지요, 그쯤 된 것 같더군. 그 부인의 이름은?"

"윈터 부인이십니다. 웨이플레에 살고 계셨습니다만, 지난달 남편이 세상을 떠난 다음부터 내내 파리에 묵고 계십니다."

"잘 알았소, 헨리 경감, 그 부인의 이름을 적어두시지요. 다음은 2층 창문과 뒷문인데……."

"2층 창문도 역시 모두 잠갔습니다. 그러나 주인님 침실과 요리사 방과 내 방만은 잠그지 않았습니다. 사다리를 놓지 않는 한 어디로도 들어올 수 없기 때문이죠. 그리고 사다리는 잠겨진 연장창고에 들어 있었습니다."

헨리 경감이 말참견을 했다.

"그 점은 틀림없습니다. 어젯밤 사건이 일어난 뒤 우리가 곧 직접 확인했으니까요. 연장창고는 틀림없이 잠겨 있었고, 사다리가 세워진 벽과 사다리 사이에 거미줄이 쳐져 있었는데 그것도 전혀 건드린 흔적이 없었습니다."

"지금 말씀드린 대로 7시 30분쯤에 내가 모든 방을 둘러보았습니다만 아무 이상이 없었습니다."

"그 점은 보증합니다." 헨리 경감이 다시 끼어들었다. "어느 열쇠 구멍도 들쑤신 흔적이 없었습니다. 햄워지, 그 다음 설명을 하게."

"네, 내가 문단속을 마쳤을 때 주인님이 2층에서 내려와 서재로 들어가셨습니다. 식사 전에 술을 드시기 위해서였지요. 7시 45분쯤 수프가 마련되었으므로 주인님을 식당으로 모셨습니다. 주인님은 여느 때와 마찬가지로 음식이 드나드는 창구와 마주 보이는 자리에 앉으셔서……."

파커 주임경감이 앞에 놓인 방의 단면도에 표시를 하며 말했다.

"서재로부터 등을 돌린 위치에 앉아 있었단 말이로군. 서재로 통하는 문은 닫혀 있었소?"

"네, 그 문도 창문들도 닫혀 있었습니다."

이번에는 피터 경이 참견했다.

"이 식당은 틈새 바람이 꽤 들어오겠군. 문 두 개, 프랑스식 창 두 개에다 음식이 드나드는 창구까지 있으니."

"문과 창의 여닫이가 잘되어 있어 그렇지도 않습니다. 그리고 창문에는 모두 커튼이 쳐져 있지요."

젊은 귀족은 몸을 일으켜 서재로 통하는 문으로 걸어가서 열어보았다.

"든든하게 지은 집이라 발소리도 나지 않는군. 너무 조용해서 기분 나쁠 정도야. 융단은 두꺼울수록 좋지만, 이집 융단은 지나칠 정도로 두꺼운 것 같군."

그는 소리 나지 않게 문을 닫고 제자리로 돌아왔다.

"주인님은 5분 동안쯤 드시고 이어서 생선요리를 드셨습니다. 요리는 모두 음식 드나드는 창구로 받았고, 술병은——샤브리 백포도주였는데——처음부터 식탁에 놓여 있었습니다. 나는 주인님이 식사하시는 동안 식당을 떠나지 않았습니다. 생선은 가자미요리였으며, 주인님은 이것도 5분쯤 드셨습니다. 그 다음은 꿩튀김으로 그 접시에 야채를 곁들여 드리려는데 전화벨이 울렸습니다. 주인님은 '나한테 온 거라면 내가 받지. 그전에 누가 걸었는지 알아보게' 하고 말씀하셨습니다. 전화는 늘 내가 받았으므로 요리사에게 맡길 수가 없었습니다. 그래서 나는 식당을 비우게 되었지요."

"다른 고용인은 없소?"

"낮에는 세탁부가 있습니다만, 자기 집에서 다니고 있지요. 나는 전화 있는 곳으로 가서 뒤의 문을 닫았습니다."

"저 전화가 아니라 홀에 있는 전화였단 말이오?"

"그렇습니다, 나는 서재에 있을 때 말고는 홀 전화를 쓰고 있습니다. 전화를 거신 분은 네빌 글림볼드 조카님으로, 런던의 댁에서 거셨더군요. 그 형제분들은 런던의 저밍 스트리트에서 아파트를 빌려 살고 있지요. '햄워지요? 형을 바꿔 주겠소. 할 이야기가 있다는군' 하고 네빌님의 목소리가 들리더니 곧 허코트님이 '오늘 밤 큰아버지를 만나러 가고 싶은데, 집에 계시오?' 하고 말했습니다. 나는 곧 전해드리겠다고 대답했지요. 그 형제분은 가끔 밤에 오시기 때문에 침실은 언제나 마련되어 있습니다. 허코트님은 이어서 '지금 출발할 테니 9시 30분쯤 도착할 거요' 하고 말씀하셨습니다. 그리고 그 말씀을 하시는 동안 그쪽 댁의 벽시계가 8시를 치는 소리가 크게 들렸고, 그와 동시에 이곳 홀의 시계도 8시를 치기 시작했으며, 전화교환수가 '3분입니다' 하고 말했습니다. 그러므로 그 전화는 8시 3분전에 걸려왔음에 틀림없습니다."

"그거 참, 잘됐군요, 시간을 체크할 수고가 덜어졌으니, 그 다음 은?"

"허코트님은 전화를 계속하겠다고 말씀하신 다음 '다시 동생을 바 꾸겠소, 할 말이 있다는군' 하며 네빌님을 바꾸셨습니다. 용건은 곧 스코틀랜드로 가야겠으니 옷과 양말과 와이셔츠를 급히 보내달 라는 것이었습니다. 보내기 전에 양복을 세탁해 놓으라는 등 여러 가지 자잘한 지시를 내리는 동안 다시 또 3분이 지났습니다. 이번 에도 계속 통화를 신청했는데, 그러니까 그때가 8시 3분이었겠지 요, 그리고 나서 1분쯤 지났을 때 현관 벨이 울렸습니다. 하지만 이야기가 계속되고 있으므로 전화기를 놓을 수가 없었습니다. 방 문자를 기다리도록 내버려두었더니 8시 5분 조금 지나서 다시 벨 이 울렸습니다. 나는 네빌님에게 사정을 말씀드리고 현관으로 나가 려고 했는데, 때마침 요리사가 부엌에서 나와 홀을 가로질러 현관 쪽으로 가는 것이 보였습니다. 그래서 전화를 끊지 않고 계속 통화 할 수가 있었습니다. 네빌님은 부탁한 말을 되풀이해 보라는 등 기 다랗게 늘어놓았습니다. 교환수가 다시 3분 지났다고 말하자 겨우 전화를 끊으셨습니다. 그 다음 뒤돌아보니 요리사가 서재 문을 닫 고 있었습니다. '페인 씨가 오셨습니다. 주인님을 만나 뵙고 싶다 는군요, 서재로 안내해 드렸는데, 어쩐지 언짢은 표정이에요' 하고 그녀는 근심스러운 얼굴을 지었습니다. 그래서 내가 '걱정 마오, 뒷일은 내가 잘 처리할 테니까' 하고 안심시키자 그녀는 부엌으로 돌아갔습니다."

"잠깐만!" 파커 주임경감이 말을 가로막았다. "페인 씨가 누구지 요?"

"주인님이 거래하시는 분입니다. 여기서 5분쯤 걸어가면 되는 곳에 사시는데, 그전에도 온 적이 있었습니다. 그때는 조금 옥신각신이 벌어졌었지요. 주인님에게 빌려쓴 돈을 갚은 날짜를 얼마 동안 연기해 달라는 것이었는데……."

"그 사람이라면 지금 홀에 대기시켜 놓았소." 헨리 경감이 말했다.

"아아, 그 사람이군요." 피터 경이 말했다. "수염도 깎지 않고 시무룩한 얼굴로 스틱을 안고 옷에 온통 피를 묻힌……."

"그렇습니다" 하고 대답하고 집사는 다시 파커 주임경감 쪽으로 등을 돌렸다. "나는 서재 쪽으로 가다가 주인님께 붉은 포도주를 아직 갖다드리지 않아 몹시 기다리실 거라는 생각이 나서 급히 조리실로 돌아갔습니다. 조리실의 위치는 이미 아시리라고 생각합니다. 붉은 포도주가 불 위에 놓여져 데워지고 있었습니다만, 쟁반이 보이지 않았습니다. 저녁신문으로 덮여 있었기 때문이지요. 하지만 약 1분 뒤 찾아내어 곧 식당으로 가져갔더니 주인님께서……식탁에 엎드려 얼굴을 접시에 묻고 계셨습니다. 속이 언짢아서 그러시나보다 생각하며 급히 옆으로 다가갔더니…… 이미 숨이 끊어져 있었습니다, 등에 무서운 상처를 입고……."

"흉기는 떨어져 있지 않던가요?"

"내가 본 바로는 떨어져 있지 않았습니다. 피를 너무 많이 흘려서 나는 너무 놀라 하마터면 기절할 뻔했습니다. 한참 동안 멍하니 서 있었습니다. 하지만 곧 마음을 가다듬고 요리사를 불렀습니다. 달려온 그녀도 주인님을 보는 순간 크고 날카로운 비명 소리를 지르며 그 자리에 주저앉아 버렸습니다. 나는 그제야 페인 씨가 와 있다는 생각이 나서 서재로 달려가 문을 열었는데, 그분은 거기에 우뚝 서 있다가 느닷없이 나에게 언제까지 기다리게 할 작정이냐고 호통을 쳤습니다. 그래서 내가 '끔찍스러운 일이 일어났습니다!

주인님이 칼에 찔리셨습니다!' 하고 외치자 그분은 나를 밀어젖히고 식당으로 달려갔습니다. 그리고 맨 처음 '창문은 어떻게 돼 있소?' 하고 말했습니다. 서재에서 가장 가까운 창문의 커튼을 젖혔더니 그 프랑스식 창문이 활짝 열려 있었습니다. '이리로 달아난 모양이군.' 그분은 정원으로 뛰어나갔습니다. '안 됩니다, 가시면 안 됩니다!' 하고 나는 급하게 말렸습니다. 달아나게 해서는 안 된다고 생각했기 때문입니다. 그 사람은 나에게 마구 욕을 퍼부으며 '왜 못 가게 하지? 우물쭈물하다가는 놓치고 말 텐데. 범인을 잡아야 할 게 아니오!' 그래서 나는 '그럼, 함께 가십시다' 하고 말했지요. 그분도 좋다고 고개를 끄덕였습니다. 나는 요리사에게 경찰에 알리고 어디에도 손을 대서는 안 된다고 일러놓은 다음 조리실로 손전등을 가지러 갔습니다."

"그동안 페인 씨는 무엇을 하고 있었지요?"

"조리실까지 함께 갔습니다. 그리고 우리는 온 뜰을 샅샅이 뒤졌습니다만, 건물 주위와 대문까지의 오솔길이 아스팔트로 포장되어 있기 때문에 발자국은 나 있지 않았습니다. 흉기도 떨어져 있지 않았구요. 그러자 페인 씨가 자동차를 꺼내 뒤쫓자고 말했으나 나는 그런 일에 시간을 뺏기면 범인이 멀리 달아나고 말 거라고 반대했지요. 왜냐하면 자동차를 시동시키려면 5분이나 10분은 걸리기 때문입니다. 대문에서 그레이트노드 거리까지는 4분의 1마일이 될까 말까 하지만, 일단 국도로 나가버리면 추적할 수가 없습니다. 페인 씨도 내 말에 고개를 끄덕이며 나와 함께 안으로 되돌아왔습니다. 바로 그때 웨이플레의 경찰관이 달려왔고, 또 조금 뒤 여기 계시는 경감님이 클로프트 의사와 함께 보르독에서 오셨습니다. 경찰 분들은 수색을 한 다음 여러 가지 질문을 하셨습니다. 나는 알고 있는 한 죄다 대답했습니다. 이제 더 이상 덧붙여 말씀드릴 것은 없습니다."

그러나 파커 주임경감은 또 질문을 했다.

"그때 페인 씨의 몸에 핏자국이 없었소?"

"네, 꼭 단정하여 말씀드리기는 어렵습니다만, 핏자국은 없었던 것 같습니다. 처음 서재에서 보았을 때 등불 바로 밑에 서 있었으므로 만일 핏자국이 있었다면 눈에 띄었겠지요. 하지만 그때 나는 당황해 있었으므로……."

"헨리 경감의 수사가 물론 빈틈없었겠지만, 이 방에서 핏자국이나 흉기, 범행 때 낀 장갑 같은 증거물이 하나도 발견되지 않았단 말이지요?"

"그렇소, 샅샅이 뒤져보았지만 아무것도 없었소." 헨리 경감이 대신 대답했다.

"그럼, 햄워지, 당신이 글림볼드 씨의 식사 시중을 들고 있는 동안 범인이 2층에서 내려왔을지도 모른다는 생각은 들지 않소?"

"그랬을지도 모릅니다. 그렇다면 7시 30분 이전에 몰래 들어와 2층 어딘가에 숨어 있었다는 이야기가 되는데, 범인은 아마 그 방법을 택했던 것 같습니다. 뒤꼍 층계를 이용했다고 생각되지는 않습니다. 만일 그렇다면 부엌을 지나와야 하는데, 요리사에게 들킬 염려가 있고, 부엌문 바깥에는 편편한 돌이 깔려 있어 발소리가 울리니까요. 그러나 만일 정말 층계로 왔다면 말씀드릴 필요도 없겠습니다만……."

"어떻게 숨어들어왔는지는 그때의 상황에 따라 다르겠지만," 파커 주임경감이 말했다. "아무튼 당신 책임은 아니니까 겁낼 것 없소. 범인이 숨어 있을 것을 예상하여 매일 저녁 온 집 안을 뒤질 수는 없는 일이니까. 단서를 잡기 위해 두 조카를 만나보는 게 지름길일지도 모르겠군, 그들과 큰아버지 사이는 원만했소?"

"물론이지요, 말다툼 한 번 들은 적이 없습니다. 지난 여름 주인님께서 병이 나셨을 때는 두 분이 얼마나 걱정하셨는지 모릅니다."

"저런, 글림볼드 씨가 크게 앓은 적이 있었소?"

"네, 7월이었는데 심장발작을 일으키셨지요. 위험한 상태였으므로 네빌님을 오시라고 했습니다. 하지만 기적적으로 회복하셨습니다. 그러나 그 뒤로는 좀처럼 쾌활한 모습을 뵐 수 없게 되었지요. 아마 나이를 의식하신 때문인 것 같습니다. 그런데 설마 이런 일을 당하실 줄이야……."

"유산은 어떻게 되지요?"

"들은 적이 없습니다만, 조카님 두 분이 나누어 가지시리라고 생각합니다. 두 분에게도 재산이 꽤 있는 것으로 압니다만…… 유산에 대한 자세한 내용은 허코트님에게 물어 보시면 될 겁니다. 그분이 유언집행인이니까요."

"알겠소, 나중에 물어보기로 하지요. 형제 사이의 우애는 어떻소?"

"나무랄 데 없습니다. 네빌님은 형을 위해서라면 무슨 일이든 다 했고, 허코트님도 역시 같은 마음을 가지고 계신 듯했습니다. 그처럼 사이좋은 형제도 별로 없을걸요."

"고맙소, 햄워지. 크게 참고가 되었소. 지금으로서는 더 물어볼 게 없을 것 같군요." 파커 주임경감은 다른 두 사람을 돌아보며 말했다. "묻고 싶은 게 있으면 무엇이든 질문하게."

피터 경이 질문을 시작했다.

"글림볼드 씨는 살해당할 때까지 꿩튀김을 얼마나 먹었지요?"

"별로 많이 드시지 않았습니다. 그것은 물론 전체 분량으로 보았을 때의 이야기고, 여느 때의 속도로 판단한다면 드시기 시작하여 3, 4분쯤 지났으리라고 여겨집니다."

"식사하는 도중 방해받은 듯한 흔적은 없었소? 예를 들어 프랑스식 창문을 열고 누군가가 들어왔다든가, 글림볼드 씨 자신이 일어나서 맞으러 가야 했다거나……?"

"내가 보기에 그런 흔적은 없었습니다."

헨리 경감도 거들었다.

"우리가 도착했을 때에도 피해자의 의자는 식탁에 바싹 붙여져 있었고, 냅킨은 무릎 위에, 나이프와 포크는 손 바로 밑에…… 그러니까 등을 찔린 순간 떨어뜨린 그 자리에 있었습니다. 햄워지, 시체를 움직이지는 않았겠지요?"

"네, 조금도 움직이지 않았습니다. 물론 상처가 어느 정도인지 살펴보긴 했습니다. 등을 잠깐 보고 곧 치명적인 상처임을 알았기 때문에 얼굴을 조금 들어올렸다가 다시 제자리에 놓았습니다."

"알았소, 햄워지. 그럼, 허코트 씨를 불러주시오."

허코트 글림볼드는 서른 대여섯 살쯤 된 건강한 느낌의 사나이였다. 자신은 주식중개인이며, 동생 네빌은 후생성 관리라고 밝히고, 자기가 11살, 동생이 10살 때부터 큰아버지 밑에서 자랐다고 설명했다. 큰아버지는 사업상 많은 적을 가지고 있었으나 가정생활에서는——예를 들어 두 조카에게는——남달리 자상하고 착한 분이었다고 말했다.

"하지만 이 끔찍한 사건에 대해 나는 아는 바가 별로 없습니다. 어젯밤 9시 45분에 여기 도착했는데, 흉행이 벌어지고 꽤 시간이 지난 다음이었으니까요."

"도착 예정 시각보다 조금 늦었군요."

"조금 늦었습니다. 웰링 가든 시티와 웰링 사이에서 자동차의 미등이 꺼졌다는 이유로 교통순경에게 걸려 정지당했기 때문이지요. 그 때문에 웰링 수리공장에 들렀습니다. 접속이 잘되지 않았을 뿐이어서 곧 고쳤습니다만, 그래도 몇 분 허비하고 말았지요."

"런던에서 이곳까지는 약 40마일쯤 되지요?"

"좀 더 될 겁니다. 밤에는 우리 아파트 앞에서 이집 문까지 1시간 15분 걸립니다. 나는 스피드 광이 아니거든요."

"직접 운전하십니까?"

"운전기사가 있긴 합니다만, 큰아버지댁에 올 때는 직접 운전합니다."

"어젯밤 몇 시에 런던을 떠났습니까?"

"8시 20분쯤이었다고 생각합니다. 전화를 끊자 곧 네빌이 차고로 자동차를 꺼내러 갔습니다. 나는 그동안 칫솔 등을 가방에 넣고……."

"출발 전에 글림볼드 씨의 사망 소식을 듣지 못했습니까?"

"네, 듣지 못했습니다. 여기 있는 사람들이 전화로 우리에게 알릴 생각은 미처 하지 못한 모양입니다. 아무튼 내가 출발할 때까지는 듣지 못했습니다. 그 뒤 경찰 분들이 네빌에게 연락을 하려고 애쓴 것 같은데, 공교롭게도 동생은 외출 중이어서 집에 없었습니다. 내가 도착한 뒤 그가 있는 곳을 알아내어 알려주었지요. 그래서 네빌은 오늘 아침에야 왔습니다."

"그럼, 허코트 씨, 글림볼드 씨가 세상을 떠난 뒤의 사무상 문제를 설명해 주십시오."

"큰아버지의 유언장에 대한 것 말이군요. 윌리엄 글림볼드 씨가 죽음으로써 이익을 얻는 사람이 누구인가 하는 문제지요? 좋습니다, 말씀드리지요. 그중 하나는 나이고 또 하나는 동생 네빌입니다. 그리고 윈터…… 윈터 부인에 대해서는 이미 들으셨겠지요?"

"대강 들었습니다."

"이 세 사람이 각각 유산을 3분의 1씩 나누어 갖게 되어 있습니다.

물론 집사 햄워지와 요리사에게도 조금씩은 돌아갈 겁니다. 그리고 런던에 있는 큰아버지 사무실의 직원에게 현금 5백 파운드쯤, 이같이 얼마 안 되는 금액을 제외한 모든 재산이 나와 네빌과 윈터 부인에게 돌아가게 됩니다. 금액 말씀입니까? 정확히는 모르겠습니다만, 상당한 거액일 것입니다. 큰아버지는 생전에 자산의 규모에 대해 말씀하신 적이 없었고, 우리들 역시 굳이 알려고 하지 않았지요. 나에게는 주식 거래 수수료가 들어오고 있고, 네빌은 근무처인 관청에서 월급을 받고 있었으니까요. 따라서 유산에 대해서는 별로 관심밖의 일이었습니다."

"집사 햄워지는 자기가 유산을 받을 사람 가운데 하나라는 것을 알고 있었을까요?"

"물론 알고 있었지요. 큰아버지는 그런 점에 있어 매우 개방적이었거든요. 햄워지는 현금 1백 파운드와 죽을 때까지 2백 파운드의 연금을 받도록 되어 있지요. 물론 큰아버지가 사망할 때까지 이 집에 근무해야 한다는 조건이 붙었지만."

"해고를 예고받은 적이 있었던 것 같지는 않습니까?"

"그렇지 않다고 단언할 수는 없습니다만, 그런 건 사실 그다지 문제가 되지 않을 겁니다. 즉 큰아버지는 고용인들과 매달 고용계약을 새로 맺는 습관이 있었으니까요. 그것도 열심히 일을 시키려는 목적에서 그랬을 뿐 실제로 해고할 마음은 없었을 겁니다. 《이상한 나라의 앨리스》에 나오는 하트 여왕과 비슷하지요."

"그랬었군요. 아무튼 그 점은 직접 햄워지에게 확인해 보겠습니다. 다음은 윈터 부인인데, 당신은 그녀에 대해 어느 정도 알고 계십니까?"

"그녀는 나무랄 데 없는 여자로 지난 몇 년 동안 큰아버지의 애인이었습니다. 그렇다고 해서 그녀의 품행을 이러쿵저러쿵 말하는 것은 옳지 않습니다. 남편 윈터 씨는 알콜 중독자로 폐인이나 다름없었기 때문이지요. 그녀에게는 오늘 아침 전보를 쳤습니다. 이것이 그 회답인데, 지금 막 받았습니다."

그는 파리에서 온 전보를 파커 주임경감 앞에 내밀었다. 전보의 내용은 다음과 같다.

나에게 닥친 가장 큰 슬픔. 곧 귀국하겠음.

루시

"당신도 그녀와 친했던 모양이군요."

"당연하지요. 우리는 모두 그녀에게 동정하는 마음을 품고 있었습니다. 큰아버지는 그녀를 어디 다른 곳에 옮겨 살도록 할 계획을 세우셨습니다만, 그녀 자신이 남편을 버리지 못하고 있었어요. 하지만 큰아버지와 그녀 사이에는 윈터가 죽으면 정식으로 결혼하기로 약속이 되어 있었던 것 같습니다. 그녀는 아직 38살로 여자로서는 한창나이지요. 게다가 지금까지 독신이나 다름없는 생활을 해왔지요."

"그렇다면 유산문제를 제쳐놓더라도 글림볼드 씨의 죽음은 그녀에게 있어 엄청나게 큰 손실이라고 할 수 있겠군요."

"모든 것을 한꺼번에 잃은 거나 다름없겠지요. 젊은 남자와 결혼하기를 바라고 있었다거나 유산을 받을 권리를 빼앗길까 두려워하고 있었다면 모릅니다만. 하지만 나는 큰아버지에 대한 그녀의 애정이 진실이었다고 믿습니다. 아무튼 그녀가 살인할 수는 없었을 겁니다. 파리에 있었으니까요."

"흐음!" 파커 주임경감이 신음 소리를 냈다. "그렇다고 볼 수 있겠군요. 그러나 일단 확인해 보아야 하므로 경시청에 연락하여 도착하는 창구를 조사해 보아야겠습니다. 헨리 경감, 이 방의 전화가 교환국과 직접 연결이 됩니까?"

"그렇소, 홀 전화로 바꿀 필요는 없소. 이집 전화의 접속은 병렬식이라 교환국과 통하고 있습니다."

"그럼, 이 전화기를 쓰기로 해야겠군. 허코트 씨의 증언은 그 정도면 됐습니다. 다음 증인은 런던과 전화연락을 마친 다음에 하기로 하고…… 여보세요, 전화국이오? 런던 화이트홀 국 1212번을 불러주시오…… 그리고 헨리 경감, 어젯밤 허코트 씨의 전화를 체크해 보았겠지요?"

"물론이오. 전화를 건 것이 7시 57분. 정각 8시와 8시 3분에 계속 통화하겠다는 신청을 했소. 대단한 용건도 아닌데 시간과 돈을 꽤 썼다고 할 수 있지요. 교통경관도 확인했소. 미등이 꺼져 있어 자동차를 세웠다가 수리공장으로 데리고 간 경관 말이오. 허코트 씨의 자동차가 웰링 거리로 들어간 것이 9시 5분, 나간 것이 9시 15분이었소. 자동차번호도 틀림없소."

"그렇다면 그는 일단 용의자에서 제외해도 되겠구먼. 하지만 체크는 신중하게 해야 하니까…… 아아, 경시청이오! 허디 주임경감을 대주시오. 나는 파커 주임경감이오."

런던 경시청과의 전화연락이 끝나자 파커는 네빌 글림볼드를 불러들였다. 그는 형 허코트와 꼭 닮았는데, 다만 네빌보다 조금 말랐으며 공무원답게 말투에 허술한 데가 없었다. 그의 증언은 형의 말을 뒷받침하는 데 지나지 않았으며 덧붙인 것은 하나도 없었다. 그리고 자기는 어젯밤 8시부터 10시까지 영화관에서 보낸 다음 클럽에 가 있었으므로 큰아버지의 죽음을 알게 된 것은 한밤중이 거의 다 되어서였다고 설명했다.

다음 증인은 요리사였는데, 그녀는 말솜씨가 뛰어났으나 내용은 별로 없었다. 햄워지가 붉은 포도주를 가지러 조리실로 가는 것은 보지 못했다고 했으나, 그 밖의 집사의 증언이 틀림없음을 뒷받침해 주었다. 다만 범인이 미리 2층 어느 방에 숨어 있었을지도 모른다는 추측은 전적으로 부정했다. 왜냐하면 출퇴근하는 세탁부 클랩 부인이 거의 저녁식사시간이 다 될 때까지 2층에서 모든 옷장에 방충제를 넣고 있었기 때문이라는 것이었다. 요리사는 글림볼드 씨를 찌른 범인은 '그 흉악한 페인이라는 사나이'라고 굳게 믿어 의심치 않았다. 그 다음에 신문을 받을 필요가 있는 사람은 이른바 흉악한 살인자 페인 씨뿐이었다.

그런데 페인은 오히려 적극적으로 떠들어댔다. 간악한 글림볼드에게 얼마나 괴로움을 당했는지, 터무니없이 비싼 이자에 또 이자가 붙어 눈 깜짝할 사이에 빚돈이 원금의 다섯 배로 불었으며, 게다가 받아가는 방법이 가혹하기 짝이 없어 기일이 다 되면 저당권을 행사했다는 것이었다. 요컨대 글림볼드가 노린 건 페인이 담보로 내놓은 부동산, 그가 살고 있는 집과 땅이었다고 주장했다. 글림볼드가 얼마나 가혹했는지는 그에게서 빌린 돈을 어떤 사업에 투자하여 그 사업이 겨우 발을 뻗기 시작하여 앞으로 6개월만 있으면 빚을 모두 갚을 수 있는 가능성이 보이는데도 무자비하게 하루의 여유를 주려고 하지 않았다는 것으로도 알 수 있으며, 그 극악무도한 고리대금업자의 속셈은 처음부터 자기의 부동산을 빼앗는데 있었다는 것이었다.

"글림볼드가 죽음으로써 나는 이 궁지에서 빠져나갈 수 있을 거요, 사후 처리 문제로 바빠 저당권 행사수속이 늦어질 테니까요. 그때까지 투자한 사업이 번창할 겁니다. 될 수만 있다면 내 손으로 그를 죽이고 싶었습니다. 하지만 내가 죽인 것은 아니오, 나는 등을 찌르는 그런 비열한 사람이 아니오, 그 고리대금업자가 젊었다면 정면으로 달려들어 목뼈를 비틀어주었겠지만, 아무튼 나는 죽이지 않았소. 믿어줄지 어떨지는 모르지만 나는 거짓말을 하지 않습니다. 그리고 저 바보 같은 집사 햄워지가 방해만 하지 않았다면 틀림없이 범인을 잡았을 거요. 햄워지가 그토록 어리석은 줄은 몰랐소. 이 핏자국 말입니까? 이것은 집사의 양복에서 옮겨 묻은 것이오. 창문에서 그와 밀치닥거리다 내 양복에 묻은 것이지요. 햄워지는 서재로 뛰어들어왔을 때 두 손에 피가 빨갛게 묻어 있었거든요. 시체를 만졌기 때문이겠지요. 양복이 피투성이가 되어 있는 것을 알았지만 그대로 둔 것은, 옷을 갈아입으면 무언가 숨기는 일이 있다는 의심을 받을 것 같아서였습니다. 그리고 살인이 일어난 뒤 나는 이 집을 한 발자국도 떠나지 않았습니다. 집으로 돌아가게 해달라고 부탁하지도 않았습니다."

그리고 페인은 이어서 이 지방 경찰관들의 태도를 비난 공격했다. 무슨 근거로 사람을 범인 취급하느냐, 적의를 가지고 있다고밖에 볼 수 없다고 소리 질렀다. 서장 헨리 경감은 그것은 모두 그의 오해라고 대답했다. 이윽고 피터 경이 참견했다.

"페인 씨, 한 가지만 물어보겠습니다. 식당에서 요리사의 비명 소리며 그 밖의 떠들썩한 소리가 나는 것을 들었을 텐데, 어째서 당신은 그곳으로 뛰어가 무슨 일인지 알아보려고 하지 않았지요?"

"뭐라고요?" 페인은 입을 부루퉁하게 내밀며 대꾸했다. "내 귀에는 아무 소리도 들리지 않았었소. 집사가 눈앞에 나타났을 때야 비로소 알았지요. 그는 피투성이 손을 휘두르며 소리소리 질렀으니까요."

피터 경이 다시 말했다.

"그래요? 그 문이 그토록 두껍습니까? 어디 한번 시험해 봅시다. 누군가…… 여자가 좋을 텐데, 저쪽 방에서 비명을 질러보시오, 식당 창문을 열어놓고."

헨리 경감이 방에서 나갔다. 나머지 사람들은 그대로 그 자리에서 귀를 기울이며 기다렸다. 비명은 물론 다른 소리도 전혀 들리지 않았다. 이윽고 헨리 경감이 머리를 들이밀고서 물었다.

"어땠소?"

"아무 소리도 들리지 않았소." 파커 주임경감이 대답했다.

"문의 여닫이가 꼭 맞는 튼튼한 집이로군." 피터 경이 말했다. "식당 창문에서 흘러나온 소리도 온실이 사이에 있기 때문에 서재까지는 들리지 않았을 겁니다. 알았습니다, 페인 씨. 비명도 들리지 않을 정도이니 범인이 움직이는 소리를 못 들은 것은 당연한 일이었겠지요. 찰스, 이제 증인은 다 부른 셈인가? 그럼, 나는 먼저 돌아가겠네. 런던에서 볼일이 있거든. 개 때문에 누구와 만나야 한다네. 그 전에 두 가지만 말해 두겠네. 첫째로 이집 둘레 400미터 안에 어젯밤 7시 30분부터 8시 15분까지 세워놓았던 자동차를 찾아낼 것. 둘째로 오늘 밤 당신들 모두 이 식당에 모여 문과 창문을 닫고 프랑스식 창문을 지켜보고 있을 것⋯⋯. 8시쯤 내가 자네에게 전화하겠네. 그럼, 온실 열쇠를 빌려주게. 나는 이 사건에 대해 한 가지 가설을 세워놓았다네."

주임경감이 온실 열쇠를 건네주자 젊은 귀족은 식당에서 나갔다.

그날 밤 글림볼드 저택 식당에는 사건관계자들이 모두 모여 있었다. 각자 생각들이 모두 달라 실제로 대화를 나누는 것은 경찰관들뿐이었다. 그들은 낚시에 대한 이야기를 하고 있었다. 페인은 시무룩하니 입을 다물고 있었고, 글림볼드 형제는 연거푸 담배만 피워댔으며, 요리사와 집사는 의자 끝에 엉거주춤 앉아 안절부절못하고 있었다. 그러고 있을 때 전화벨이 울리자 모두는 휴우 한시름을 놓았다.

파커 주임경감이 일어났다. 손목시계를 들여다보며 "7시 57분이군" 하고 중얼거리더니 전화기 앞으로 가며 "프랑스식 창문을 계속 지켜보게" 하고 말했다. 집사가 손수건으로 입술에 이는 경련을 감추는 모습이 보였다. 경감은 홀의 전화대 앞으로 다가가 전화기를 집어 들었다.

"여보세요!"

"파커 주임경감입니까?" 귀에 익은 목소리가 말했다. "나는 피터 윔지 경을 모시고 있는 사람으로, 이 전화는 지금 런던의 주인님 방에서 걸고 있습니다. 잠깐만 기다려주십시오. 피터 경을 바꿔드리겠습니다."

전화기 놓는 소리와 다시 집어 드는 소리가 들렸다. 그리고 피터 윔지 경의 목소리가 흘러왔다.

"여어, 찰스인가? 그 자동차는 발견했나?"

"그레이트노드 거리의 여관 앞에 한 대 멈춰서 있었네. 이 집으로부터 걸어서 5분 거리의 지점일세." 주임경감이 목소리를 낮추어 대답했다.

"그 자동차는 번호가 ABJ 28인가?"

"그렇다네. 어떻게 알았나?"

"추측이지. 어제 저녁 5시쯤 런던에서 누군가가 자동차를 세내어갔다가 10시 조금 전에 돌려보냈다더군. 윈터 부인에 대한 조사는 끝났나?"

"끝났네. 어제 저녁에 칼레에서 출발한 기선을 타고 왔지. 그녀의 알리바이는 완벽하다고 볼 수 있네."

"그러리라고 짐작했지. 그런데 허코트 글림볼드가 돈 때문에 곤란한 처지에 빠져 있었다는 사실을 알고 있나? 지난 7월 파산 직전 상태에 몰렸다는군. 아무튼 큰아버지가 도와준 것일 테지만 도움의 손길이 뻗쳐 그럭저럭 최악의 사태는 모면한 모양일세. 흥신소 사람들이 은밀히 가르쳐준 일인데, 아직 낙관할 수는 없는 상태라네. 폭락한 비거즈 위틀로 주식을 대량으로 사들였기 때문이라는군. 그러나 앞으로는 돈 때문에 곤란을 겪지 않아도 되겠지. 큰아버지 유산이 들어올 테니까. 그런데 7월의 그 실패가 큰아버지에게 꽤 심한 충격을 주었는지…… ."

이때 갑자기 파커 주임경감의 귀에 묘한 소리가 들렸다. 이어서 시계가 8시를 알리는 소리가 났다.

"들었나, 저 소리를? 무슨 소리인지 알겠지? 내 거실의 큰 벽시계가 시간을 알리는 소리라네…… 뭐라고? 3분이 지났다고? 3분만 더 이야기하세. 여보게, 내 말은 끝났으니 밴터와 바꾸겠네."

전화기를 놓는 소리가 나고 다시 집사 밴터의 부드러운 목소리가 들려왔다.

"주인님 대신 말씀드리겠습니다. 이 전화를 끊고 곧장 식당으로 돌아가십시오."

파커 주임경감은 전화기의 지시대로 행동했다. 식당으로 돌아가며 여섯 사람의 모습을 관찰했는데, 그들은 여전히 반원을 그리고 앉아 프랑스식 창문 쪽으로 눈길을 보내고 있었다. 그러자 그때 서재로 통하는 문이 소리 없이 열리더니 피터 윔지 경이 들어왔다.

"아니!" 제아무리 담이 큰 파커 주임경감도 엉겁결에 소리를 질렀다. "자네가 어떻게 지금 이 집에 있나?"

다른 여섯 사람이 일제히 돌아보았다.

"광파(光波)를 타고 왔지." 피터 경은 머리카락을 쓸어 올리며 대답했다. "초속 18만6천 마일의 속도라면 런던에서 80마일의 거리를 한순간에 달려올 수 있으니까."

허코트 글림볼드와 동생 네빌은 그 자리에서 체포되었다. 형은 있는 힘을 다해 저항했으나 헛일이었고, 동생은 브랜디 덕분에 겨우 기절을 모면했다.

피터 경은 설명하기 시작했다.

"나는 처음부터 이 두 사람의 짓임을 알고 있었소. 이들의 계획은 두 가지 조건 아래 세워졌소. 범행시간에 대한 완전한 알리바이, 즉 절대적으로 멀리 떨어진 곳에 있었음을 증명하는 알리바이가 그 하나였소. 살인은 7시 57분에서 8시 6분 사이에 이루어졌는데, 그 시간에 런던에 있었다고 입증했던 거요. 그 때문에 런던에서 통화를 세 번이나 계속했던 것이었소. 허코트는 이 집에 오자마자 맨 먼저 그 점부터 주장했지요. 둘째 조건은 7시 57분 이전에 서재에 숨어들어가 있어야 한다는 것인데, 피해자 자신이 프랑스식 창문으로 들어오게 하지 않는 한——그 가능성은 절대로 없는 것 같소——홀에서 들킬 염려가 있었소. 이 두 가지 조건 아래 그들의 계획은 이루어졌소. 허코트는 자동차를 빌려 손수 운전하여 6시쯤 런던을 떠났소. 이곳에 도착하자 적당한 구실을 만들어 국도변에 있는 여관 앞에 자동차를 세웠소. 아마 그는 여관종업원에게 얼굴이 알려 있지 않았던 모양이오."

"그렇습니다." 헨리 경감이 말했다. "그 여관은 지난달 개업했으니까요."

"허코트는 여관에서 400여 미터를 걸어 7시 45분에 여기 도착했소. 캄캄한 밤인데다 고무덧신을 신고 있었기 때문에 대문에서 집까지의 아스팔트길을 걸어도 발소리가 나지 않았소. 그는 여벌쇠로 문을 열고 온실로 들어갈 수 있었지요."

"어떻게 그 여벌쇠를 가지고 있었을까요?" 파커 주임경감이 물었다.

"지난 7월에 윌리엄 큰아버지는 사랑하는 조카가 주식거래에서 실패한 충격으로 심장발작을 일으켜 자리에 눕게 되었는데, 그때 허코트는 큰아버지의 주머니에서 열쇠다발을 훔쳐 여벌쇠를 만들었던 걸세. 그는 이미 큰아버지의 신용을 잃고 있었기 때문에 주식투기에서 진 빚을 큰아버지가 다 갚아주긴 했지만, 같은 실패를 되풀이하면 두 번 다시 뒤치다꺼리를 해주지 않을 건 뻔했거든. 큰아버지가 쓰러졌을 때 연락받은 것은 아우 네빌뿐이었다는 사실이 그가 신용을 잃었음을 증명하고 있지. 큰아버지는 빚을 완전히 갚아주면서 무언가 조건을 붙였을 걸세. 그리고 허코트는 윌리엄 큰아버지가 윈터 부인과 결혼할 의사가 있다는 것도 알았네. 그렇게 되면 결혼한 뒤 유언장을 다시 쓸 테고, 친아들이 태어날 가능성도 없다고 할 수 없거든. 사정이 완전히 달라지자 허코트로서는 하루라도 빨리 큰아버지가 세상을 떠나주기를 바라게 되었네. 그래서 미리 여벌쇠를 만들어놓고 천천히 계획을 짠 것일세. 네빌은 형을 위해서라면 무슨 일이든 하는 충실한 동생이므로 이 계획에 가담했지. 이것은 나의 추측이지만, 허코트에게는 주식거래의 실패로 큰아버지에게 폐를 끼친 일 말고도 더 악질적인 비밀이 있었던 것 같네. 그리고 네빌도 역시 큰아버지에게 알리고 싶지 않은 일……아니, 이야기가 옆길로 빠져버렸군. 어디까지 설명했지?"

"온실 문을 열고 들어왔다는 데까지 이야기했네."

"그렇지! 오늘 밤 나는 허코트와 똑같은 방법을 취했네. 정원에 숨어 있으니 윌리엄 큰아버지가 식당으로 들어가는 걸 알 수 있겠더군. 서재의 불이 꺼졌으니까. 허코트는 이 집에 대해 아주 잘 알고 있었겠지. 그는 캄캄한 서재로 몰래 숨어들어가 바깥 쪽문에 쇠를 잠그고 네빌이 런던에서 전화를 걸어주기를 기다렸네. 이윽고 전화벨이 울려 집사가 홀의 전화기로 가서 받았네. 그러자 허코트는 서재의 전화기를 집어 들었네. 네빌이 몇 마디 간단한 말을 마치자 그가 지껄이기 시작했지. 서재문은 완전히 방음이 되어 있어 목소리가 밖으로 흘러나갈 염려는 없었네. 그것이 런던에서 오는 말이 아님을 햄워지가 알아차릴 염려도 없었고, 아니, 사실 런던에서 보내는 전화가 아니라고 할 수도 없지. 이집 전화의 접속은 병렬식이어서 같은 교환국을 거쳐 오니까. 그러는 동안 8시가 되어 저밍 스트리트에 있는 아파트의 벽시계가 시간을 알렸네. 그 소리가 런던에서 거는 통화임을 증명하지 않았겠나? 허코트는 그 소리를 듣자 다음 대화를 네빌에게 맡기고 그쪽 전화기를 내렸다가 집어 올리는 사이에 얼렁뚱땅 이쪽 전화기를 놓았네. 그런 다음 네빌이 양복에 대한 것이며 다른 쓸데없는 말을 계속 지껄여 햄워지를 홀 전화기에 매달려 있게 하는 동안 허코트는 식당으로 몰래 숨어들어 윌리엄 큰아버지의 등을 찌르고 프랑스식 창문으로 달아난 걸세. 자동차를 세워놓은 곳까지는 5분도 채 안 되는 거리였으므로 집사와 페인 씨가 서로 의심하여 몇 분 동안 머뭇거리는 사이에 그는 무사히 그곳에 도착하여 자동차를 몰고 달아난 걸세."

"그는 어째서 처음처럼 서재에서 온실을 거쳐 달아나지 않았을까?"

"범인이 프랑스식 창문으로 숨어들었다고 여기도록 만들고 싶었기 때문이겠지. 한편 네빌은 허코트의 자동차로 8시 20분에 런던을 출발했네. 교활하게도 그는 웰링 거리를 지나갈 때 일부러 자동차 미등을 꺼서 교통순경의 주의를 끌었고, 수리공장 사람들에게까지 자동차번호를 기억시켰지. 그리고 미리 약속했던 대로 웰링 거리 어귀에서 허코트와 만나 미등 건을 가르쳐준 다음 자동차를 바꿔탔네. 네빌은 세낸 자동차를 타고 런던으로 돌아가고, 허코트는 자기 자동차로 다시 이 집에 온 걸세. 흉기, 여벌쇠, 피 묻은 장갑과 웃옷 등은 물론 네빌이 가지고 갔지. 이제 찾아봐야 나오겠나? 런던에는 템스라는 커다란 강이 흐르고 있으니 말일세."

The Abominable of the Man with Copper Fingers
구리손가락 사나이의 비참한 이야기

런던에서 가장 마음이 편안해지는 곳이라면 〈에고티스트 클럽〉을 들 수 있을 것이다. 이를테면 어젯밤에 꾼 기묘한 꿈 이야기를 들려주거나 솜씨 좋은 치과의사를 발견한 이야기를 자랑스럽게 하기에 이보다 더 적당한 곳은 없으리라. 마음 놓고 편지를 쓸 수도 있고, 제인 오스틴(1775~1817, 영 국의 여류소설가) 같은 '중용(中庸)의 정신'을 즐길 수도 있다.

침묵을 지켜야만 하는 방은 하나도 없다. 아니, 오히려 다른 회원이 말을 걸어왔을 때 바쁜 표정을 짓고 대답을 소홀히 하는 것은 이 클럽의 예절에 어긋나는 일이다. 다만 골프와 낚시이야기를 해서는 안 된다. 그리고 다음 총회에서 전 각료였던 프레디 애버스노트 경의 동의가 채택되면──그것은 지금으로선 타당한 의견으로 받아들여지고 있다──라디오를 화제에 올리는 것도 금지될 것이다.

피터 윔지 경의 말을 빌린다면 이 클럽에서 화제에 올려도 괜찮은 사항은 끽연실에서 미리 토의를 거친 것에 한한다고 한다. 그 밖의 점에서는 아주 자유롭고 개방적인 클럽으로, 고집이 센 성격이나 극단적으로 말이 없는 사람이 아닌 이상 누구나 회원으로 가입할 수 있도록 문이 열려 있다. 하긴 가입허가를 받으려면 어떤 종류의 시험에 합격해야 하지만, 그 시험의 성질을 한 가지 예로 들어보겠다.

한 번은 유명한 탐험가가 가입하기를 희망했는데, 자격심사를 받는 자리에서 1863년 산 포도주를 마시며 독한 냄새가 풍기는 인도 여송연을 피우기 시작했다. 그것만으로도 그는 실격당하고 말았다. 그와 대조적인 것이 우리의 친애하는 로저 밴트 노인의 경우인데, 그는 도붓장수로 시작하여 선데이 슈리크 신문이 제공한 2만 파운드의 복권에 당첨되어서 그것을 자본으로 삼아 잉글랜드 중부지방에 큰 레스토랑 체인을 차린 성공한 실업가였다. 그는 아주 솔직하게 자기가 좋아하는 것은 맥주와 파이프 담배라고 말함으로써 호감을 사 전원일치로 합격했다. 다시 한 번 피터 윔지 경의 말을 빌려보자.

"우리 클럽에서는 거친 매너에 대해서는 별로 신경을 쓰지 않지만, 그것이 잔인한 경지에 이르면 허용하지 않는다."

그날 밤 입체파 시인 마스터맨이 바덴이라는 회원이 아닌 사나이를 데리고 왔다. 바덴은 프로 운동선수로서 그 인생을 출발하려는데, 심장에 병이 생겨 짧지만 화려했던 경력을 거두고 타고난 핸섬함과 균형잡힌 육체를 바탕으로 영화계에 들어갔다. 지금 로스앤젤레스에서 런던까지 온 것은 그가 주연한 영화 〈마라톤〉을 홍보하기 위해서였다. 마스터맨이 데리고 오는 비회원은 평판이 좋은 사람과 나쁜 사람이 반반씩이었는데, 이 사나이는 어떨까 하고 모두들 신중히 관찰했다. 명랑한 성격에 이렇다할 결점이 없는 듯하여 회원들은 마음을 놓았다.

갈색 계통의 빛깔로 꾸며진 그 방에 모인 사람은 바덴을 포함하여 모두 8명이었다. 둘레의 벽에는 거울이 죽 붙어 있고, 갓이 씌워진 전등, 푸른 빛의 두꺼운 커튼이 쳐져 있었다. 이 클럽에 반 다스나 있는 끽연실 중에서도 가장 편안하고 마음이 차분해지는 아담한 방이었다. 대화는 잡담으로부터 시작하여 암스트롱이 그날 오후 템플 정거장에서 기묘한 일을 보았다는 이야기를 하자 베이즈가 이어서 우연히 안개 짙은 밤 유스턴 거리에서 맞닥뜨린 사건 이야기를 함으로써 화제는 자연히 이상한 경험담으로 옮겨갔다.

마스터맨이 런던의 한적한 주택지에는 뜻밖에도 이상한 사건이 많이 있어 작가들을 기쁘게 해준다고 말을 꺼낸 다음, 죽은 원숭이를 끌어안고 울며 걸어가는 여자와 마주친 이야기를 했다. 그러자 저드슨이 어느 날 밤 늦게 사람의 발자취가 끊어진 교외의 길에서 여자의 시체를 본 적이 있다고 말했다. 시체 옆구리에는 단검이 꽂혀 있고 바로 옆에 순경이 서 있었다고 한다. 그가 순경에게 도와주겠다고 말하자 순경은 단 한마디 '내가 당신이라면 쓸데없는 참견을 하지 않겠소, 이 여자는 마땅한 보복을 받았을 뿐이오'라고 대답했다는데, 그는 아직도 이 사건을 잊을 수 없다고 덧붙였다. 그 다음은 페티퍼 의사 차례였다. 그는 어느 날 밤 낯선 사나이가 찾아와서 블룸즈베리에 있는 어떤 집으로 왕진해 달라고 하기에 따라갔다고 한다. 가보니 한 여자가 스트리크닌 중독으로 괴로워하고 있더라는 것이었다. 페티퍼는 급히 해독조치를 취했는데, 그를 그 집으로 데리고 간 사나이는 익숙한 솜씨로 그를 도와주었다고 한다. 아침까지 치료했는데, 환자가 겨우 위험상태에서 벗어나자 낯선 사나이는 아무 말도 않고 그 집에서 나간 채 두 번 다시 돌아오지 않았다는 것이다. 그리고 더욱 놀란 것은 페티퍼가 여자에게 그 사나이가 누구냐고 묻자 그녀는 뜻밖이라는 표정으로 자기는 처음 보는 사람으로, 의사의 조수인 줄 알았다고 대답했다는 것이었다.

"나도 한 가지 생각나는 이야기가 있습니다." 이번에는 바덴이 말을 잇기 시작했다. "뉴욕에서 겪은 일인데, 상대가 미쳐서 그랬는지 그저 장난 친 것인지, 아니면 정말 내가 궁지에 몰려 있는 것을 위기

일발의 순간에서 구조해 준 것인지 지금도 잘 모르겠습니다. "

그 애기가 재미있을 것 같아서 모두들 그에게 자세히 설명해 보라고 재촉했다. 이윽고 영화배우는 이야기를 시작했다.

"꽤 오래 전 일이었습니다. 미국이 대전에 참가하기 직전이었으니까 지금부터 7년 전이 되는 셈이군요. 내가 25살 때였으니까 영화계에 들어간 지 2년 조금 지났을 무렵이었습니다. 그때 나는 뉴욕에서 꽤 이름이 알려져 있던 엘릭 P 로더라는 사람과 가까이 지냈습니다. 그는 조각에 대해 뛰어난 재능을 지니고 있었지만 남아돌아갈 정도로 재산이 많았기 때문에——물론 소문이었습니다만——놀며 세월을 보내고 있었지요. 때로는 지식인인 체하는 사람들만을 상대로 개인전을 열기도 했는데, 특히 청동상이 호평을 받았던 것 같습니다. 아참, 마스터맨, 자네도 그를 알고 있겠지?"

"그의 개인전을 본 적은 없지만, 《내일의 미술》에 실린 작품사진은 보았네. 잘 다듬어지긴 했어도 퇴폐적인 냄새가 물씬 풍겼지. 금과 상아를 많이 썼는데, 비싼 소재에 뒤지지 않을 만큼 실력을 갖추었다고 자랑하려는 속셈이 뚜렷이 드러나 보였네. "

"그 말이 맞네, 마스터맨, 아마 그것이 그가 노리고 있었던 점이었겠지. "

"하지만 재능은 있었네. 다만 그처럼 정묘한 기술로 완성된 작품이 너무 사실적이어서 오히려 추악한 느낌을 주었지. 특히 〈루시나〉라고 이름붙인 군상(群像)에서 그런 경향을 강하게 느꼈네. 게다가 순금으로 주조하여 저택 홀의 정면을 장식했다면서? "

"그렇다네! 나는 그것을 보고 천박하다는 느낌을 받았을 뿐, 예술적으로 이상한 것은 조금도 느낄 수 없었지. 사실주의자라고 부르는 데 반대할 생각은 없지만, 그림이든 조각이든 좋은 느낌이 들고 인생에 의의가 있는 것이어야 내 취미에 맞는다네. 하긴 로더의 작품에는 묘하게 매혹적인 데가 있긴 하지만."

"그와는 어떤 일로 알게 되었나?"

"로더가 우연히 〈아폴로, 뉴욕으로 가다〉를 본 모양일세. 여러분들의 기억에 남아 있을지 모릅니다만, 그것은 내가 처음으로 주역을 맡은 영화였지요. 고대 그리스 신 아폴로의 영상에 생명이 불어넣어져 20세기의 뉴욕을 찾아온다는 줄거리인데, 루벤스존이 제작했지요. 그 무렵에는 아직도 예술지상주의를 고집하는 제작자가 있어, 그 작품도 처음부터 마지막 장면까지 나무랄 데 없이 우아한 취미로 통일되어 있었습니다. 처음 등장하는 장면에서 나는 허리에 헝겊조각 같은 것을 둘렀을 뿐, 거의 벌거숭이의 모습으로…… 즉 고대 신상(神像)의 모습 그대로 나타났었답니다."

"바티칸 궁전의 회화관에 있는 바로 그런 모습이었겠군." 마스터맨이 말했다.

"그런 셈이지. 그런데 이 영화를 보고 로더가 나에게 편지를 보냈더군요. 조각가로서 나의 육체에 흥미를 느꼈다며 몸의 균형이 잘 잡혔다고 칭찬한 다음 뉴욕으로 나올 기회가 있거든 자기 집에 한번 들러달라는 것이었죠. 나는 로더가 어떤 인물인지 조사해 본 결과 광고에 도움이 될 만한 사람임을 알았습니다. 그래서 계약갱신으로 틈이 나자마자 곧 동부까지 가서 그의 저택을 방문했지요. 로더는 반갑게 나를 맞이하며 형편이 허락한다면 한 달쯤 자기 집에 머무르면서 천천히 뉴욕 구경을 하는 게 어떠냐고 제안했습니다.

로더는 뉴욕에서 5마일쯤 떨어진 곳에 있는 훌륭한 저택에 살고 있었는데, 거기에는 그림이며 조각이며 골동품 종류가 놀랄 만큼 잔뜩 있더군요. 나이는 35살에서 40살쯤 되어보였습니다. 가무잡잡하고 반들반들한 살결을 가졌으며 동작이 민첩하여 온몸에서 활기가 넘쳐흐르는 듯했습니다. 그리고 견문이 넓고 화제가 풍부한 대신 다른 사람의 의견은 전혀 들으려 하지 않고 자기 혼자만 떠들기를 좋아하는 사람이었지요. 이야기가 재미있어서 몇 시간을 들어도 싫증이 나지 않았으며, 사실 그는 온갖 종류의 소문에 밝아 로마 교황에서부터 시카고의 권투선수 피네어스 E 글루트에 이르기까지 정통하며 모르는 게 없었지요. 다만 비도덕적인 일도 거침없이, 아니, 오히려 즐겨 입에 담아 질릴 정도였습니다. 물론 나도 식사가 끝난 뒤 느긋하게 이야기 나누는 것을 싫어하지 않습니다. 그리고 도덕가인 척하며 거드름을 피우고 싶지도 않았지만, 그래도 그가 내 얼굴을 똑바로 쳐다보며 마치 내가 그 부도덕한 행위를 해치우기라도 한 듯이 이야기하면 충격을 받지 않을 수 없겠지요. 여자들 중에도 그런 악취미를 가진 사람이 있답니다. 남자들도 상대가 여자일 경우 일부러 천한 이야기를 함으로써 여자가 멋쩍어하는 것을 보고 즐거워하는 사람이 있지요. 하지만 남자끼리 이야기할 때 그런 화제에 흥미를 갖는 사람은 그다지 없습니다. 그 점만 빼놓는다면 내가 아는 한 로더는 더없이 매력적인 사나이였습니다. 그리고 아까도 말했듯이 저택은 상상할 수 없을 만큼 훌륭했으며 일급 요리사들을 고용하고 있었습니다.

로더는 무엇이든 최상의 것을 좋아했습니다. 그중 한 가지는 여자였는데, 그가 상대하는 여자는 모두 나무랄 데 없는 미인들뿐이었습니다. 그 무렵의 애인 마리아 모라노도 충분히 그 자격을 갖추고 있었지요. 영화계에 몸담고 있으면 미의 기준이 꽤 까다로워집니다만, 그만한 미인은 그때까지 본 적이 없었습니다. 몸집이 크고 부드러운 동작 속에 무어라 말할 수 없는 우아함을 지닌 여자였으며, 늘 밝은 미소를 띠고 있었지요. 그런 미인이라면 미국 태생일 리가 없습니다. 아마 어느 남쪽나라에서 태어나 자랐을 겁니다. 로더는 카바레 댄서 가운데서 그녀를 찾아냈다고 말했는데, 그녀도 그 말을 부정하지 않더군요. 출신이야 어떻든 로더는 그녀를 몹시 자랑스럽게 여겼고 마리아도 그녀 나름대로 로더를 충실히 섬겼지요. 그녀는 그의 작품 모델이기도 했습니다. 작업이 시작되면 로더는 그녀를 아틀리에로 데리고 들어가 무화과나무 잎사귀 한 장만 몸에 걸친 거의 나체로 만들어놓고 정확하게 그 육체를 새기는 것이었습니다. 조각가 로더의 눈에 비친 그녀의 육체는 한 부분만 빼놓으면 완벽한 아름다움이었답니다. 그 유일한 결점이란 왼발 둘째 발가락이 첫째발가락보다 반 인치쯤 짧다는 것이었습니다. 말할 나위도 없이 그가 제작한 조각에서는 그 결점이 수정되어 있었지요. 로더가 나에게 그것을 솔직히 털어놓을 때 마리아는 오히려 기쁜 듯 부드러운 미소를 띠며 듣고 있었습니다. 하지만 나는 그 미소 뒤에서 그녀의 서글픔을 본 듯했습니다. 그런 눈으로밖에 보아주지 않는 데 대한 굴욕감이었겠지요.

그런 일이 있은 뒤 그녀는 나와 단둘이 있게 되자 앞으로의 꿈을 들려주었습니다. 레스토랑을 차리는 것이 그녀의 꿈이었습니다. 하얀 앞치마를 두른 솜씨 좋은 요리사가 여러 명 있고 번쩍번쩍 빛나는 전동식 조리대가 주욱 놓여 있으며, 카바레 쇼를 자랑으로 하는 레스토랑……. '그런 가게를 갖게 되면 결혼하여 남자아이 넷과 여자아이 하나를 낳을 거예요'라고 말하며 그녀는 아이들의 이름을 말하는 것이었습니다. 나는 그때 그녀에게서 어떤 비장한 느낌을 받았었지요. 그녀의 이야기가 끝날 무렵 로더가 들어왔는데, 엷은 미소를 띠고 있는 것으로 보아 아마도 들어오기 전 밖에서 엿듣고 있었던 것 같았습니다. 그녀가 어떤 꿈을 가지고 있든 문제삼을 그는 아니었지요. 그것은 그녀의 마음을 이해하고 있지 않았기 때문입니다. 로더라는 사나이는 아마 그녀뿐만 아니라 어떤 여자도 인생을 강요당하고 있으면 언젠가는 그 속박에서 달아나고 싶은 마음이 생긴다는 것을 생각해 보지 않았을 겁니다. 오히려 좀 독점적인 태도로 그녀를 다루었다면 그녀에게 애인이 생기지 않았을지도 모릅니다. 아무튼 로더의 모욕적인 말투와 그녀를 모델로 한 작품의 추악함에도 불구하고 그가 그녀에게 열중하여 있는 것만은 틀림없었고 그녀도 그 점을 알고 있었지요.

이런 식으로 나는 거의 한 달을 그들과 함께 지냈습니다. 그동안 즐겁지 않았다고 하면 거짓말이 되겠지요. 로더라는 사나이는 제작 충동이 이따금씩 불쑥 일어나는 타입인 듯 내가 머물고 있는 동안 두 번씩이나 일을 했습니다. 일에 열중하기 시작하면 며칠씩 아틀리에에 틀어박혀 모델 이외에는 아무도 들어오지 못하게 했습니다. 그리고 그 기간이 끝나면 호화로운 파티가 열리고, 그의 친구며 아첨꾼들이 작품을 보러 모여들곤 했지요. 그때 그가 제작하고 있었던 것은 요정상(妖精像)이었는데——아니, 여신상이라고 할까요?——은을 부어 만들기로 되어 있었던 모양입니다. 모델은 물론 마리아였지요. 그는 제작기간 이외의 시간에는 어디를 쏘다니는지 차분히 앉아 있는 적이 별로 없었습니다.

거의 한 달이 되어갈 무렵 솔직히 말해서 나는 싫증을 느끼기 시작했습니다. 마침 그때 세계대전이 일어나 미국도 참전을 선언했으므로 나는 군대에 지원하기로 결심했지요. 심장병이 있어 전선으로 보내지지는 않겠지만 열심히 청원하면 어디로든 배속받을 수 있으리라고 기대했던 것입니다. 그래서 나는 짐을 꾸려가지고 로더의 저택을 떠났지요.

로더는 다시 만날 날이 하루빨리 오기를 바란다고 장황하게 늘어놓으면서 배웅해 주었습니다. 하지만 그것이 그의 본심이 아님은 나는 잘 알고 있었습니다. 나는 병원 근무 명령을 받고 유럽에 파견되었습니다. 그리고 다시 로더를 만난 것은 1920년이 되어서였습니다.

그는 그전에도 편지를 보내주었지만, 나는 전쟁이 끝나자마자 영화계로 돌아가 1919년 안에 완성해야 할 두 개의 큰 작품에 매달려 있었지요. 그런데 그 다음해 새로운 영화를 선전하기 위해 뉴욕으로 가야 할 일이 생겼습니다. 그때 로더는 편지로 자기 집에 와 머물러달라면서 모델도 부탁했습니다. 그다지 내키지는 않았으나 그의 유명한 이름을 이용하면 영화 선전에도 도움이 될까 싶어 나는 그 초대를 받아들이기도 했습니다.

바로 그 무렵 나는 마이스트로 영화회사의 새 작품에 출연하기로 계약했었습니다. 내용이 오스트레일리아 원주민인 몸집이 작은 인종에 관한 것이었으므로 현지 출장 로케를 할 필요가 생겼습니다. 나는 전보로 4월 셋째 주일에 시드니에서 로케 반원들과 만나기로 하고, 그때까지 로더의 저택에서 지내기 위해 뉴욕으로 갔습니다.

로더는 나를 따뜻하게 맞이해 주었습니다. 그런데 놀랍게도 그는 부쩍 늙어 있었습니다. 동작도 아주 신경질적이었고…… 뭐라고 말해야 좋을까요, 무언가 깊이 외곬으로 생각하고 있는 듯했으며, 늘 진지한 표정인데다, 몸에 배어버린 냉소적인 말투까지 단순한 비꼼이 아니라 진심에서 우러나오는 것처럼 들렸습니다. 그는 누구든 그 이름을 들며 사정없이 맹렬하게 비난하는 것이었습니다. 나는 그때까지 인간에 대한 그의 불신감을 일종의 예술가적인 정서로 보고 있었는데, 그것이 오해였다는 것을 느끼기 시작했습니다. 그는 정말로 불행했던 것입니다. 그 이유는 그와 자동차를 타고 저택으로 가는 도중 내가 마리아에 대한 질문을 하게 되면서 밝혀졌습니다.

'마리아는 나를 버리고 가버렸다오.' 로더는 대답했습니다.

나는 깜짝 놀랐습니다. 솔직히 말해서 그 착한 여자가 그처럼 용감한 행동을 할 수 있으리라고는 생각해보지 않았기 때문입니다.

'정말이오? 그렇다면 소원이던 레스토랑을 개업한 모양이군요.' 나는 말했습니다.

'그렇다면 당신에게도 그녀가 레스토랑을 경영하고 싶다는 이야기를 했나 보군요. 그렇지, 당신 같은 사람에게는 여자들이 비밀을 털어놓고 싶어지는 모양이오. 하지만 바보 같은 짓을 한 거요. 그 여자는 영리하지 못해.'

나는 뭐라고 대답해야 좋을지 몰랐습니다. 그는 마리아로부터 받은 배신감 때문에 감정뿐만 아니라 자존심까지 상처를 입고 있었던 것입니다. 나는 대충 그 자리를 모면하는 말을 중얼거린 다음 그녀가 가버려 작품 제작에 지장이 있지 않느냐고 물었지요. 로더는 그렇다고 대답하더군요.

그 다음 나는 내가 군대 입대하기 전에 착수했던 작품을 완성했느냐고 물어보았습니다. 그는 곧 대답했습니다——'물론 그것은 완성했소. 그 다음 작품에 손을 댔는데, 그것도 완성했지요. 그것은 내 작품 가운데 가장 독창적인 것으로 나 자신도 무척 마음에 든다오.'

로더의 저택에 이르러 식사가 시작되자 그는 머지않아 유럽에 갈 예정이라고 말했습니다. 내가 오스트레일리아로 떠난 다음 며칠 있다가 가겠다는 것이었지요. 식당 벽의 움푹 들어간 곳에 그 요정상이 세워져 있었습니다. 로더의 작품에 두드러지게 나타나는 천박한 느낌도 없고 이상하리만큼 마리아와 닮은 좋은 작품이었습니다. 내 자리가 바로 그 조각과 마주 보게 놓여 있어 식사하는 동안 싫어도 그것이 눈에 띄어——사실은 내 시선이 빨려 들어가 떠날 줄을 몰랐던 것입니다만——보지 않을 수 없었습니다. 그 역시 그 작품에 자신만만한 듯 마음에 든다니 무척 기쁘다고 몇 번이나 말했지요.

아마 그는 그런 말을 되풀이하는 버릇이 몸에 밴 것 같았습니다.

식사가 끝나자 우리는 끽연실로 자리를 옮겼지요. 그곳의 실내장식은 바뀌어 있었는데, 맨 처음 눈에 띈 것은 난로 앞의 커다란 소파였습니다. 좌석 높이가 바닥에서 2피트 정도였고 등받이가 비교적 높았으며, 떡갈나무 재료에 상감세공을 한 고대 로마의 침대의자를 연상케 하는 물건이었습니다. 그리고 그 위에 은을 부어 만든 여인상이 누워 있었습니다. 실제 사람 크기만한 작품으로 위를 보고 누워 있었으며, 두 손을 양옆에 펴고 있었습니다. 거기에 몇 개의 커다란 쿠션이 얹혀 있었는데, 여인상 위에 앉으라는 뜻인 듯했으나 안정감이 없어 그다지 편안할 것 같지 않았습니다. 그러나 무대의 소도구로 본다면 이런 물건에 돈을 아끼지 않는 이집 주인의 기질을 유감없이 발휘하여 그런 뜻에서는 효과적이라고 할 수 있었지요. 그런데 로더는 느닷없이 여인상 위에 엎드리더니 난로로 손을 뻗었습니다. 나는 깜짝 놀랐지만, 로더는 아주 기분이 좋은 듯 '이것이오, 아까 내가 말한 독창적인 작품이란!' 하고 말했습니다.

그의 말을 듣고 찬찬히 살펴보니 틀림없이 마리아를 모델로 하여 만든 것이었습니다. 다만 얼굴 윤곽이——이렇게 말하면 이해하실지 모르겠습니다만——어딘지 스케치 풍으로 느껴졌습니다. 아마 처음부터 가구로 쓰기 위해 만들었기 때문에 마음 내키는 대로 솜씨를 부린 모양입니다.

나는 그 침대의자를 보는 순간 로더의 퇴폐적인 경향이 더욱 심해졌음을 알았습니다. 그리고 그 뒤 2주일 동안 그와 함께 지내는 것이 차츰 불쾌하게 느껴졌습니다. 하루하루 그의 거동이 천박해져 갔던 것입니다. 예를 들어 그의 작품 모델로 서 있을 때 얼굴을 뚫어지게 보는 것이었습니다. 물론 아주 극진히 대해주어 군소리를 늘어놓을 수는 없었습니다만, 오히려 오스트레일리아의 원주민과

사는 편이 훨씬 마음 편할 것 같다는 생각이 들었었지요…… 그러던 중 그 이상한 사건이 일어났던 것입니다."

모두들 몸을 앞으로 내밀며 귀를 기울였다.

바덴은 말을 이었다.

"마침내 내일은 뉴욕을 떠나겠다고 마음먹고 있던 날 밤이었습니다. 나는 로더 저택의 끽연실에 혼자 앉아 있었는데……."

바덴이 계속 이야기를 하고 있는데 갈색 방의 문이 열리더니 새로운 인물이 들어왔다. 베이즈가 눈짓으로 이야기를 방해하지 말라고 주의를 주자 들어온 사람은 조용히 큰 의자에 앉아 소리 나지 않도록 조심하며 술잔에 위스키를 따르기 시작했다.

바덴은 계속해서 말했다.

"나는 끽연실에서 로더가 돌아오기를 기다리고 있었습니다. 넓은 저택에 나 혼자뿐이었습니다. 하인들은 로더의 허락을 얻어 영화를 보러 가거나 강연을 들으러 갔으므로 집에는 아무도 없었습니다. 그리고 로더도 며칠 뒤로 다가온 유럽 여행을 위해 쇼핑도 하고 집을 비우는 동안의 재산사무를 의논하기 위해서 사람을 만나느라고 하루 종일 이리저리 뛰어다녔지요.

나는 꾸벅꾸벅 졸고 있었던 모양입니다. 깨어보니 날이 이미 어두워졌더군요. 그리고 더욱 놀랍게도 바로 눈앞에 젊은 남자가 서 있는 게 아니겠습니까!

도둑처럼 보이지는 않았습니다. 물론 유령도 아니었지요. 거리를 걸어 다니는 여느 사람과 조금도 다름없는 사나이였지요. 영국제 회색 양복을 입고 밝은 빛깔의 가벼운 외투를 팔에 걸쳤으며, 소프트 모자를 쓰고 스틱을 손에 들고 있었습니다. 밝게 빛나는 금발에 코가 꽤 높았으나 이렇다하게 두드러진 점이 없는 생김새였으며 외눈안경을 끼고 있었습니다. 나는 사나이를 뚫어지게 쳐다보았습니다. 현관문은 틀림없이 잠가두었는데 어디로 들어왔는지 알 수 없었기 때문이지요. 그러나 내 쪽에서 생각을 가다듬기 전에 사나이가 먼저 입을 열었습니다. 이상하게 망설이는 듯한 쉰 목소리였으며, 영국식 억양이 강하게 들렸습니다.

'당신이 바덴 씨입니까?'

'그렇소만, 당신은 누구지요?'

'갑자기 뛰어들어와 실례했습니다. 실례한 김에 좀더 말을 해야겠습니다. 당신은 지금 당장 이 집을 떠나시오, 빠르면 빠를수록 좋습니다. 아시겠습니까?'

'대체 그게 무슨 말입니까?'

'심심해서 하는 말이 아닙니다. 로더가 결코 당신을 용서하지 않으리라는 것을 알아야 합니다. 당신은 아마 모자걸이나 전기스탠드 같은 물건으로 바뀌어지고 말 겁니다. 나는 그 점이 염려스럽습니다.'

말할 필요도 없겠지만, 나는 그를 미친 사람이라고 생각했지요. 차분한 목소리에 이상한 기색은 전혀 없었지만, 하는 말이 너무도 상식에서 벗어나 그대로 받아들일 수가 없었던 것입니다. 사람이 미치게 되면 완력까지 초인적으로 된다는 말을 들었으므로 나는 다급하게 초인종으로 손을 뻗쳤습니다. 그러나 순간 나는 두려움으로 몸을 떨었습니다. 그 저택에는 나 한 사람밖에 없다는 것을 깨달았기 때문이었지요.

'어떻게 들어왔지요?' 나는 아무렇지도 않은 듯이 물었습니다.

'문의 자물쇠를 비틀어 열었습니다.'

그는 명함을 내놓아 이름을 밝히지 못하는 것을 사과하듯이 말했습니다.

'로더가 언제 돌아올지 모르니 되도록 빨리 떠나는 것이 좋을 겁

니다.'

나는 다시 다그쳐물었습니다.

'당신은 누구입니까? 무엇을 노리고 있습니까? 로더가 결코 나를 용서하지 않을 거라니, 그게 무슨 뜻이오? 나의 무엇을 용서하지 않는다는 겁니까?'

'이유는……' 하고 사나이는 대답했지요. '당신의 프라이버시에 개입하는 것 같아 안됐습니다만, 마리아 모나노와 얽힌 일 때문입니다.'

'마리아와?' 나는 외쳤습니다. '그녀를 어떻게 아시지요? 그녀는 내가 입대해 있는 동안 이곳을 떠났다는데, 그녀가 나와 무슨 관계가 있지요?'

'이거 참, 실례했군요. 로더의 말을 곧이곧대로 믿은 내가 잘못이었는지도 모르겠소. 확실히 상식에서 벗어난 생각이니까. 하지만 그 말을 들었을 때 나는 그가 오해했을 리가 없다고 생각했었지요. 어쨌든 그는 당신이 몇 년 전 이 집에 머물렀을 때 마리아 모라노의 애인이 되었다고 믿고 있었습니다.'

'마리아의 애인? 기가 막히는군! 그녀는…… 누군지는 모르지만 어떤 남자와 함께 달아났단 말이오! 그 상대가 내가 아니라는 것은 로더도 알고 있을 겁니다.'

그러자 젊은 사나이는 대답했습니다.

'마리아는 이 집에서 나가지 않았다오. 당신도 지금 곧 여기서 나가지 않으면 영원히 못 나가게 될 겁니다.'

나는 초조해져서 그만 소리를 질렀습니다.

'무슨 말인지 전혀 모르겠군요!'

그러자 그는 침대의자 쪽으로 가서 파란 쿠션을 마룻바닥에 내동댕이치며 물었습니다.

'당신은 이 조각상의 발가락을 자세히 본 적이 있소?'

나는 어안이 벙벙하여 되물었습니다.

'자세히 들여다보지는 않았지만, 발가락이 어떻게 되었단 말입니까?'

'로더는 마리아를 모델로 하여 많은 조상을 만들었지만 왼발의 둘째발가락이 첫째발가락보다 짧은 것은 이것뿐이오.'

그 말을 듣고 나는 비로소 자세히 들여다보았는데, 그 사나이 말대로 정말 왼발의 둘째발가락이 조금 짧았습니다.

'그렇군요.' 나는 말했습니다. '그런데 이것이 뭐 그리 대단하다고 그럽니까?'

'대단치 않다고요?' 젊은 사나이는 어이없는 듯한 얼굴로 말했습니다. '로더가 마리아 모라노를 모델로 제작한 조각상 가운데 그녀의 육체와 똑같은 것은 이것 하나뿐이오. 당신은 그 이유를 알고 싶지 않습니까?' 사나이는 난로의 부젓가락을 집어 들며 말했습니다. '잘 보시오!'

젊은 사나이는 그 날씬한 몸으로 보아 상상도 할 수 없을 만큼 강한 힘으로 부젓가락 끝을 거기 누워 있는 조상을 향해 내리쳤습니다. 그 일격으로 조상의 팔꿈치 관절 언저리가 부숴졌는데, 파편이 사방에 흩어지고 까칠까칠한 구멍이 뚫렸습니다. 그가 팔꿈치에서 끝부분을 비틀어 꺾어 내던지자 팔 속은 텅 비어 있었습니다. 그리고 거기에는 틀림없이 바싹 마른 하얀 뼈가 가느다랗게 보였던 것입니다."

바덴은 잠시 이야기를 끊고 술잔의 위스키를 마셨다. 듣고 있던 사람들이 일제히 외치며 이야기를 재촉했다.

"그래서요?"

바덴은 이야기를 계속했다.

"물론 나는 사냥꾼의 발소리를 들은 수토끼처럼 그 저택에서 뛰쳐나왔습니다. 밖으로 나오자 자동차가 기다리고 있다가 운전기사가 문을 열어주더군요. 나는 차 안으로 구르다시피 들어갔지요. 하지만 그 순간 이게 모두 함정이 아닐까 하는 생각이 들어 자동차에서 다시 튀어나와 정신없이 트롤리 버스 정류장까지 달려갔습니다. 로더 저택에 두고 온 짐은 다음날 아침 정거장으로 배달되었는데, 태평양 항로 발착 항구인 밴쿠버 행 꼬리표가 달려 있었습니다.

나는 마음이 가라앉자 아무 말없이 모습을 감춘 나에 대해 로더가 몹시 기분상했으리라고 생각되었습니다. 그러나 무슨 일을 당한다 해도 그 끔찍스러운 집에 돌아갈 마음은 조금도 없었습니다. 그리고 다음날 아침 뉴욕을 떠나 밴쿠버로 향한 뒤 두 번 다시 그 사건과 관계있는 사람의 얼굴은 보지 못했습니다. 불쑥 나타났던 금발의 사나이가 누구인지, 그 뒤 그가 어떻게 되었는지도 물론 모릅니다. 다만 얼마 뒤 로더가 죽었다는 이야기를 들었습니다. 어떤 사고로 죽은 것 같습니다."

조금 사이를 두었다가 회원들이 모두 함께 말했다.

"재미있는 이야기였습니다, 바덴 씨."

암스트롱이 맨 먼저 입을 열었다. 그는 그림이며 조각 등 미술이라면 무엇이든 손을 대는 아마추어인데다 클럽에서 라디오 뉴스를 화제에 올리지 말자는 애버스노트 경의 제안에 찬성하는 사람인만큼 미술에 얽힌 이 기묘한 이야기에 특별한 흥미를 느낀 모양이었다.

"그럼, 그 은을 부어 만든 조상 속에 완전한 모습의 사람 뼈가 들어 있었단 말입니까? 그렇다면 로더가 주조할 때 주형의 심으로 해골을 통째로 넣었다는 말이 되는데, 도저히 생각할 수 없는 일입니다. 그것은 위험한 일이지요. 아무 때든 주조 작업을 하는 사람들 눈에 띌 텐데…… 그렇게 되면 그의 운명도 끝장이 아니겠습니까? 그리고 조각상도 실물보다 훨씬 커지겠지요. 사람의 몸 전체를 주물로 싸야 하니까요."

그 순간 바덴이 앉은 의자 뒤의 어두컴컴한 곳에서 침착한 쉰 목소리가 울려왔다.

"그렇지 않네, 암스트롱. 바덴 씨의 설명이 무의식중에 자네를 오해시킨 모양인데, 그 조상의 재료는 은이 아니었다네. 인체에 구리를 얇게 씌우고 전기도금을 한 것뿐일세. 그녀의 육체에 이른바 금속 도금을 한 셈이지. 작업이 끝난 다음 살 부분은 펩신 같은 약제로 용해시켰으리라고 생각하네. 이 점을 자신 있게 단언할 수는 없네만."

"아니, 윔지 아닌가!" 암스트롱이 말했다. "이야기 도중 들어온 사람이 바로 자네였군그래. 그런데 중간에서 들은 것치고는 꽤 확신 있는 말투로군."

피터 윔지 경의 쉰 목소리가 바덴에게 미친 효과는 놀랄 만한 것이었다. 그는 펄쩍 뛰다시피 몸을 일으키며 전등빛을 피터 경의 얼굴에 들이댔다.

"오래간만이군요, 바덴 씨." 피터 윔지 경이 말했다. "여태까지 기회가 없었지만, 다시 한 번 만나서 그때의 무례한 행동을 사과드리고 싶었습니다."

그가 손을 내밀자 바덴은 그 손을 꼭 쥐어 악수를 하며 아무 말도 하지 못했다. 옆에서 베이즈가 외쳤다.

"그럼, 바덴 씨가 만난 미지의 사나이가 자네였나? 알겠네. 과연 수수께끼를 찾아 헤매는 미스터리광답군. 그러고 보니 역시 자네였음에 틀림없네. 알아차리지 못한 우리가 바보였지. 바덴 씨가 그토록 실감나게 묘사했는데도……."

이어서 모닝 엘 신문의 편집장인 스미드 허딩턴이 말했다.

"마침 잘 와주었군. 그 뒷이야기를 해주겠지 ? "

"그건 자네의 장난이었나, 윔지 ? " 저드슨이 물었다.

피터 윔지 경이 미처 대답하기도 전에 페티퍼 의사가 끼어들었다.

"그럴 리가 있나 ! 우리의 피터 윔지 경은 기괴한 사건이라면 신물이 날 정도로 보아왔을 텐데 새삼 그럴싸하게 날조하여 시간을 허비할 리가 없지 않나. "

베이즈가 고개를 끄덕이며 거들었다.

"그 말이 맞네. 타고난 추리력과 정열에 사로잡혀 들추어내지 않아도 되는 일까지 참견하는 사람이지. 그런 윔지가 손을 댔다면 틀림없이 무서운 진상이 숨겨져 있었을 걸세. "

"맞네, 베이즈. " 젊은 귀족이 말했다. "그날 밤 내가 경고하지 않았더라면 바덴 씨는 어떻게 되었을지 모른다네. "

"바로 그 점을 자세히 설명해 주게. " 스미드 허딩턴이 설명을 재촉했다. "어서 말하게, 윔지. 거드름피우지 말고 이야기해 주게나. 우리는 진상을 알아야겠네. "

"진상을 완전히 알아야겠네. " 페티퍼가 덧붙여 말했다.

"오직 진상을 알고 싶을 뿐이네. 쓸데없는 말을 하지 못하게 이런 것들을 치우겠네. " 암스트롱이 위스키 병이며 여송연 상자를 피터 윔지 경 앞에서 재빨리 치워버렸다. "어서 이야기하게. 이야기를 마칠 때까지 여송연에도 위스키에도 손을 대지 못하게 하겠네. "

"너무하는군 ! " 젊은 귀족은 우울한 목소리로 말했으나 곧 말투를 바꾸었다. "사실은 이것은 세상에 알리고 싶지 않은 이야기라네. 그리고 내가 난처한 입장에 몰릴 염려도 있지. 살인죄로 기소당할 가능성도 있단 말일세. "

"정말인가 ? " 베이즈가 소리쳤다.

"걱정할 것 없네. " 암스트롱이 말했다. "외부사람은 듣고 있지 않으니까. 우리로서는 이 클럽 회원인 자네를 잃고 싶지 않네. 스미드 허딩턴도 이 일에 관한 한 보도의 권리를 포기하라고 해야겠군. "

모두들 비밀을 엄수하겠다고 맹세하고 나서야 비로소 피터 윔지 경은 차분히 이야기하기 시작했다.

"이 땅에는 우리 같은 보잘것없는 인간의 의지를 초월한 어떤 이상한 힘이 작용하고 있네. 신의 섭리라든가 운명…… 이런 것이 바로 그것인데, 엘릭 P 로더의 기괴한 사건에 바로 이 힘이 나타났던 걸세. "

"머리말은 그 정도로 하고 빨리 본이야기로 돌아가게. " 베이즈가 재촉했다.

피터 윔지 경은 씁쓸하게 미소 지으며 이야기를 이어나갔다.

"로더라는 사나이에 대해 나의 추리력이 발동하기 시작한 동기는 뉴욕 출입국 관리국 직원이 무심코 내뱉은 말 때문이었네. 내가 빌트 부인 사건으로 그곳에 조사하러 갔을 때 그 직원이 이야기 끝에 이런 말을 했었지. '엘릭 로더가 뭣 하러 오스트레일리아에 가려는지 모르겠습니다. 유럽에 간다면 짐작이 가지만. '

'오스트레일리아로 간다고요? 당신이 잘못 들은 게 아니오? 나는 며칠 전에 그를 만났는데, 머지않아 3주일 예정으로 이탈리아에 갈 거라고 말했는데요' 하고 내가 말했더니 그 직원은 고개를 저으며 대꾸했네. '이탈리아라니, 천만의 말씀입니다. 오늘도 여기 와서 시드니로 가고 싶은데 어떤 수속을 밟아야 하느냐고 필요한 제출서류 등에 대해 자세히 묻고 갔는걸요. '

나는 그 자리에서 태평양 항로의 배를 타고 가다 아마 도중에 시드니를 방문할 생각인 모양이라고 말했지만, 속으로는 왜 며칠 전에 만났을 때 그 말을 하지 않았을까 의아하게 생각했지. 분명히 이탈리아로 간다는 말을 했거든. 배를 타고 유럽으로 건너가 파리로 해서 로마에 가겠다고 말일세.

나는 문득 호기심이 일어나 그 이틀 뒤인 어느 날 밤 로더를 방문했다네.

그는 나를 기꺼이 맞이하여 유럽 여행에 대해 여러 가지를 이야기했지. 그래서 어떤 경로로 갈 생각이냐고 묻자 파리를 거쳐 가겠다고 분명히 대답하더군.

그 이야기는 거기서 그치고 말았지. 나와 관계 있는 일도 아니었으니까. 그리고 그 다음 이야기로 옮기자 그는 바덴이 가까운 시일 안에 오스트레일리아로 로케이션 여행을 떠나는데, 그전에 잠깐 시간이 있어 이 저택에 머물며 모델이 되어주기로 했다고 말했네.

'그처럼 균형잡힌 몸은 본 적이 없네. 전에도 한 번 모델이 되어주기로 했는데, 전쟁 때문에 못했다네. 그가 입대해 버렸거든' 하고 덧붙여 말하더군.

그는 나와 이야기하는 동안 그 추잡해 보이는 침대의자에 느긋하게 앉아 있었는데, 나는 어느 순간, 그의 눈 속에서 기묘한 잔인성이라고 표현해도 좋을 만한 섬뜩함을 보고 솔직히 말해서 가슴이 철렁 내려앉았다네. 그는 침대의자에 놓인 조각상의 목덜미를 어루만지며 소름끼치는 미소를 짓고 있었지.

그래서 나는 화제를 조각상으로 옮겨 '금속 도금은 시간이 좀 걸린다고 들었는데' 하고 물어보았지.

그러자 로더는 그렇다고 고개를 끄덕이며 자기는 이 여인상을 제작하면서 이것과 짝을 이룰 남자상을 생각하고 있었다고 말했다네. 〈잠자는 경기자(競技者)〉라고 이름 붙일 작품을 말일세.

나는 그 작품을 주조만 하고 도금은 하지 않는 편이 좋지 않겠느냐고 말해 주었지. 그처럼 살집이 두꺼우면 세부적인 미묘한 아름

다음이 죽어버릴 거라고 말일세.

그러자 그의 얼굴이 굉장히 화난 표정으로 바뀌더군. 예술적인 솜씨에 대해 흠을 잡는다고 생각한 모양이었네.

'이것은 시험적으로 해본 작품일세' 하고 그는 말하더군. '다음 작품은 흠잡을 데 없는 걸작이 될 걸. 크게 기대해 볼 만하네.'

그 다음 우리의 대화는 제작론 쪽으로 옮겨갔는데, 집사가 들어와 비바람이 심해졌으니 주무시고 가는 게 좋겠다며 침실을 마련하겠다고 말하더군. 뉴욕을 떠날 때 날씨가 좋지 않다는 생각을 하긴했어도 그다지 대수롭지 않게 여겼었지. 집사의 말을 듣고 창밖을 내다보니 정말로 비가 억수같이 쏟아지고 있었네. 나의 자동차는 작고 뚜껑이 없는 스포츠카인데다 외투도 준비하지 않았으니 억수같이 쏟아지는 비를 맞으며 5마일이나 차를 달린다는 것은 쉬운 일이 아니었네. 로더도 자고 가라고 하기에 나는 그렇게 하겠다고 대답했지.

나는 좀 피로감을 느꼈으므로 곧 침실로 갔네. 로더는 아직 일이 남았다며 복도에서 나와 헤어졌지.

아까 '신의 섭리'라는 말을 꺼냈다가 핀잔을 들었으니 '우연'한 일이라고 말하겠지만, 나는 밤 2시쯤에 잠에서 깨어났다네. 침대가 물에 흠뻑 젖어 잠을 이룰 수 없었기 때문이었지. 집사가 생각해 주느라고 탕파(湯婆)를 넣어준 것은 고마웠지만, 오랫동안 쓰지 않았는지 마개가 헐거워져 있었던 걸세. 나는 10분쯤 머뭇거리다가 용기를 내어 응급조치를 해야겠다고 마음먹었는데, 도저히 그럴 수 없다는 것을 곧 알게 되었다네. 시트며 담요며 매트리스가 모두 물에 젖어버렸던 거야. 그래서 방 안을 둘러보다 안락의자가 눈에 띈 순간 좋은 생각이 떠올랐다네. 아틀리에에 소파가 있는데, 거기에 큰 모피와 쿠션 몇 개가 얹혀 있었던 것이 생각난 걸세. 하룻밤

쯤 거기서 지내는 것도 나쁘지 않겠다 싶어 나는 늘 가지고 다니는
작은 손전등을 들고 침실을 빠져나갔지.

아틀리에에는 아무도 없었네. 로더는 일을 마치고 잠자리에 든
것 같았어. 내 기억대로 과연 칸막이 저쪽에 소파가 있더군. 나는
그 소파의 모피 속으로 기어들어가 한잠 자기로 했네. 그런데 달콤
한 잠이 찾아들기 시작할 무렵 발소리가 들렸네. 복도 쪽에서가 아
니라 방 안 쪽에서 말일세. 나는 그쪽에 출입문이 있는 줄은 몰랐
기 때문에 몹시 놀랐다네. 나는 몸을 웅크렸지. 이윽고 늘 작업 연
장을 넣어두는 수납장에서 한 줄기 불빛이 흘러나오더니 그것이 차
츰 넓어지며 손전등을 든 로더가 나타났네. 그는 소리 나지 않게
수납장 문을 닫고 아틀리에 한가운데로 다가와 캔버스 앞에 서서
덮개를 벗겼지. 칸막이에 틈새가 있어 그의 움직임을 볼 수 있었다
네. 그는 몇 분 동안 캔버스 위의 그리다 만 그림을 들여다보더니
무어라 표현할 수 없이 기분 나쁜 소리로 웃군. 나는 그에게 아
무 말도 하지 않고 잠자리를 그리로 옮긴 데 대해 변명하려고 생각
했는데, 그런 이상한 웃음소리를 듣자 주춤하지 않을 수 없었다네.
그는 다시 캔버스에 덮개를 덮고 내가 들어온 문으로 나갔지.

그의 발소리가 멀어지자 나는 살그머니——이렇게 말해도 좋다
면 이상할 정도로 살그머니 몸을 일으켜 살금살금 캔버스로 다가가
화가 자신을 그토록 기쁘게 해준 그림이 어떤 것인지 보았네. 그것
이 〈잠자는 경기자〉의 밑그림임을 첫눈에 알아보았지. 그것을 보
고 있는 동안에 아까부터 머리에 떠오르던 무서운 억측이 잘못이
아님을 확신했다네. 그와 동시에 구토증 비슷한 혐오감이 솟구쳐
올라 창자에서 머리끝으로 퍼져가더군.

나는 늘 호기심이 지나치다고 가족들에게 핀잔을 듣고 있었지만,
그때에도 역시 연장을 넣어두는 수납장 속을 들여다보고 싶은 마음

을 억누를 수가 없었다네. 거기서 흉악한 무엇인가가 튀어나와 나를 덮치는 게 아닐까 하고 말이야. 한밤중의 일인 만큼 확실히 나는 흥분해 있었던 걸세. 그래서 마음을 가다듬고 그 손잡이에 손을 얹었는데 뜻밖에도 잠겨 있지 않더군. 나는 그 문을 확 잡아당겼지. 그 안은 선반이었는데, 로더가 들어가 있을 만한 여지는 없었네.

피가 머리로 솟아올라오더군. 어디엔가 문이 있을 것이라고 생각하며 찾아보니 뜻밖에도 쉽게 발견되었네. 나는 손을 뻗어 한쪽 구석에 있는 판자를 밀었는데, 그곳은 폭이 좁은 층계로 내려가는 입구였다네.

나는 무턱대고 내려가지 않았네. 그 출입구가 안에서만 여닫을 수 있는 구조라는 걸 알았지. 나는 선반에서 무기가 될 만한 막대기를 하나 고르고 출입구 판자를 닫은 다음 꽤 낡은 층계를 요정처럼 가벼운 걸음으로 내려가기 시작했네.

다 내려가자 또 하나의 문이 있었는데, 몹시 흥분해 버린 나는 손에 든 것이라고는 막대기 하나밖에 없는데도 힘차게 문을 밀어젖혔지.

그 안은 텅 빈 방이었네. 사람은 아무도 없었지. 손전등 빛을 받아 어떤 액체가 번쩍거리더군. 벽에 붙어있는 스위치는 금방 찾았지.

전등불빛에 드러난 그곳은 꽤 크고 네모난 방으로서 작업장으로 쓰이는 모양이었네. 오른쪽 벽에 커다란 배전반이 있고, 그 밑에 작업대가 있었으며, 천장 한가운데에서 늘어진 투광 조명등이 세로 7피트, 가로 3피트의 유리통을 비춰주었네. 유리통 속에는 암갈색 액체가 들어 있었는데, 나는 그것이 구리도금에 쓰이는 황산구리와 시안화물의 용액(청산가리)임을 알았네.

방 한쪽 구석에 뚜껑이 열린 상자가 있어 덮개를 치워보니 양극 구리의 다발이 잔뜩 들어 있었네. 사람 크기만한 길이에 두께가 4

분의 1인치쯤 되어 구리의 피막을 씌우는데 충분한 양이더군. 그 옆에 작은 상자가 또 하나 있었는데, 그것은 아직 뜯지 않은 채였지. 중량이며 겉보기로 미루어보아 다음 작업에 쓰일 은덩어리인 듯했네. 그 밖에도 작업상 필요한 물건이 있을 것 같았는데, 그것 역시 금방 찾아냈지…… 꽤 많은 양의 흑연과 커다란 병에 든 와니스였네.

이만한 물적 증거로 옳지 못한 작업이 이루어지고 있다고 단정짓는 건 무리인지 모르지만, 로더가 그 기발한 착상을 만족시키기 위해 석고 모형에 금속 도금을 하고 있다는 것은 추측할 수 있었지. 하지만 만일 여기서 비합법적인 것을 발견할 수 있다면…….

작업대 위에 길이 1인치 반쯤 되는 달걀 모양의 동판이 놓여 있더군. 그것이 로더가 깊은 밤 동안 작업하는 대상임에 틀림없었지. 집어 들고 살펴볼 필요도 없이, 미국 영사관의 인장(印章)을 전기 제판한 것이었네. 수사당국에 얼굴이 알려진 범죄자는 여권사진을 바꾸어 나라 밖으로 달아나려고 하는데, 그것을 막기 위해 여권과에서는 사진에 인장을 찍지. 그것이 바로 그 인장이었던 걸세.

나는 작업대 의자에 앉아 로더의 계획을 차근차근 생각해 보았지. 결론은 세 가지로 요약할 수 있었네. 첫째, 바덴 씨가 정말 오스트레일리아로 가는지 확인할 것…… 그에게 그런 예정이 없다면 나의 가설은 성립되지 않는 거지. 둘째, 그의 머리카락이 로더와 같은 갈색이라는 것, 여권에 적혀 있는 것과 같아야 하기 때문일세. 영화에서 아폴로 신상으로 분장한 바덴 씨는 금발이었지만 아마 가발을 썼으리라고 생각했네. 그러나 이 점은 내가 뉴욕에 조금 더 머물러 있으면 알아볼 수 있는 일이었지. 그가 머지않아 로더의 저택을 방문하기로 되어 있었으니까. 그리고 셋째, 로더가 그토록 바덴 씨를 미워하는 이유가 무엇인지 알아낼 것.

그때 나는 작업장에 머물러 있을 수 있는 시간을 계산해 보았지. 로더가 언제 돌아올는지 알 수 없었거든. 커다란 유리통에 가득 든 황산구리와 청산가리 용액은 호기심이 강한 손님을 처치하기에 충분한 물건이지. 아무리 호기심이 강한 나라 할지라도 로더 저택의 가구로 변하고 싶지는 않았기 때문일세. 본디 나는 변신이라는 것을 싫어하여 디킨스의 작품을 비스킷 상자같이 장정한 책으로는 읽고 싶지 않고, 나 자신의 장례식을 이러저러하게 해달라고 주문할 생각도 없지만, 악취미로 흐르지 않도록 해달라는 말만은 하고 싶네. 그래서 나의 지문을 깨끗이 지운 다음 아틀리에로 돌아가 소파를 본디 상태로 고쳐놓았지. 만일 내가 아틀리에에 들어갔다는 사실을 알면 로더가 어떤 행동을 취할 것임에 틀림없었기 때문이었지.

또 한 가지 확인해 두고 싶은 일이 있었으므로 나는 복도를 살금살금 걸어가 끽연실로 들어갔네. 손전등 빛을 받아 은은금한 침대 의자가 번쩍이더군. 나는 맨 처음 보았을 때보다 50배나 더한 혐오감을 느꼈네. 그러나 마음을 가다듬고 조각상의 발을 들여다보았지. 마리아 모라노의 왼쪽 발 둘째발가락에 대한 이야기를 들었기 때문일세.

그리고 나서 나는 아침이 될 때까지 침실의 안락의자에서 지냈다네.

그러나 빌트 부인 사건과 그 밖의 이것저것 조사할 일이 많아 로더 문제에 손을 댄 것은 그 뒤로 한참이 지나서였네. 그동안 나는 마리아 모라노라는 미녀가 모습을 감추기 전에 바덴 씨가 한 달 남짓 로더 저택에 머물렀었다는 사실을 알아냈지. 바덴 씨, 당신의 프라이버시에 개입한 것을 용서하시오. 하지만 거기에 원인이 숨겨져 있으리라고 생각했기 때문에……"

"사과할 것까지는 없습니다." 바덴이 말했다. "세상 사람들은 영화배우를, 특히 여자문제에 대하여 그런 눈으로 보니까요."

피터 경은 좀 기분이 상한 듯이 말했다.

"비꼬는 겁니까? 사과의 뜻은 받아주셔야지요, 아무튼 로더에 관한 한 나의 추측이 틀리지 않았음을 알았지만 나는 서두르지 않았다네. 결정적인 증거를 입수하고 싶었고, 또 전기도금 작업이란——특히 그 대상이 내가 추측하는 그런 것이라면——하루 이틀에 해치울 수 없으므로 무리하게 서두를 필요는 없었지. 그리고 로더로서도 바덴 씨가 출발 예정일까지 뉴욕에서 살아 있었다는 사실을 세상 사람들에게 보여야 할 필요가 있을 테니까. 그가 예정대로 뉴욕을 출발하여 시드니에 도착했다고 입증해 보이는 것이 로더의 교활한 계획이었던 걸세. 즉 가짜 바덴이 진짜 바덴 씨의 신분증명서와 여권을 가지고 태평양 항로의 기선을 탄단 말일세. 여권에 붙은 사진을 바꾸어놓고 거기에 자기가 만든 진짜 인장과 똑같은 가짜 인장을 찍는 거지. 그리고 시드니에서 조용히 모습을 감추었다가 이번에는 완전히 진짜 여권을 가지고 배를 타고 온 엘릭 로더 씨로 변모하려는 계획이었네. 그런데 이 계획을 실행하려면 마이스트로 영화회사에 전보를 쳐서 바덴이 사정이 생겨 다음 배로 떠나겠다고 알려야만 했네. 나는 그 조사를 우리집 집사 밴터에게 맡겼지. 이러한 일에는 그가 훌륭한 재능을 발휘하니까. 과연 그는 2주일 동안 로더 뒤를 밟아 마침내 바덴 씨의 출발 예정일 하루 전에 로더가 브로드웨이 전보국에 들르는 것을 보았다네. 그리고 또 한 번 신의 섭리가 우리에게 행운을 가져다주었다는 것을 강조해야겠는데, 전보국에 비치되어 있던 전보용지에 쓰는 연필심이 몹시 딱딱한 것이었단 말일세."

"그랬었군요!" 바덴이 소리쳤다. "내가 출발할 때 전보에 대한 질문을 받았지만, 로더와 연관시켜 생각하지는 못했지요, 그래서 회사 사람들에게는 웨스턴 전보국 직원이 착오를 일으킨 모양이라고 대답했답니다."

"나는 밴터의 보고를 듣고 자물쇠를 여는 연장과 권총을 챙겨서 로더의 저택으로 달려갔네. 밴터를 데리고 갔는데, 내가 빨리 나오지 않거든 전화로 경찰을 부르라고 일러두었지. 그리고 나는 몰래 집 안으로 숨어들어갔다네. 그 다음은 아까 바덴 씨가 설명한 대로일세. 밖에 세워놓았던 자동차 운전기사는 밴터였지. 그 상황에서는 무리도 아니었겠지만, 바덴 씨는 믿지 않았던 걸세. 그래서 우리는 바덴 씨의 짐만 정거장에 날라다주었던 거라네.

그날 로더의 저택으로 가는 도중 우리는 뉴욕으로 나가는 그 집 하인들의 자동차와 엇갈렸다네. 그래서 나의 행동이 올바른 궤도에 올라 있음을 확신했으며, 목적하는 일이 간단히 처리되리라고 생각했지.

바덴 씨와 만난 장면은 자네들이 이미 들은 바와 같으므로 수정할 것도 덧붙일 것도 없네. 나는 그를 무서운 함정에서 벗어나게 한 다음 아틀리에로 들어가 아무도 없음을 확인했네. 그리고 나서 비밀 문을 열고 층계 위에 섰는데, 예상했던 대로 저 아래 작업장 문틈으로 가느다란 불빛이 흘러나왔지."

"그럼, 그날 로더는 외출하지 않았단 말입니까?"

"물론 그는 집에 있었네. 나는 소형권총을 꼭 쥐고 조용히 문을 열었는데, 로더는 큰 유리통과 배전반 사이에 서 있었네. 몹시 바빠 보이더군. 너무 바빠서인지 내가 들어간 것도 모르는 것 같았네. 두 손을 흑연으로 까맣게 물들인 채 바닥에 깔아놓은 시트 위에 커다란 덩어리를 펼치고 기다란 구리선 스프링 코일을 변압기에 이으려 하는 참이었네.

'로더!' 하고 나는 불렀지.

뒤돌아보는 그의 얼굴은 도저히 사람의 얼굴이라고 할 수 없었네.

'웬지인가?' 그는 고함질렀네. '이런 곳에 뭣 하러 왔나?'

'놀랄 것 없네. 나쁜 짓을 하는 대가가 어떤지 가르쳐주려고 왔네.'

그리고 나는 그에게 권총을 들이댔지.

그는 큰소리를 외치며 배전반으로 달려가 조명등을 끄더군. 나는 표적을 잃었으며 그가 달려드는 소리를 들었지. 다음 순간 어둠 속에서 무언가가 부서지며 물이 튀었고, 끔찍한 비명 소리가 울려 퍼졌네. 세계대전이 계속되던 5년 동안에도 들은 적이 없었고 앞으로도 두 번 다시 듣고 싶지 않은 처참한 비명 소리였네.

나는 손으로 더듬거리며 배전반으로 다가갔는데, 조명등 스위치를 찾아낼 때까지 여러 가지 것에 걸리고 넘어졌지. 겨우 스위치를 누르자 투광 조명등의 불길 같은 하얀 빛이 큰 유리통 위를 비쳤네. 그가 그 위에 쓰러져 있었는데 아직도 꿈틀꿈틀 움직이고 있더군. 청산가리만큼 효과가 강하고 신속한 것은 없네. 가까이 가서 볼 필요도 없이 이미 숨이 끊어져 있었지. 청산사(靑酸死)이며, 익사였네. 그를 걸려 넘어지게 한 구리선 코일이 함께 큰 유리통 속에 빠져 있었지. 나는 아무 생각없이 그것을 만졌다가 강렬한 충격에 비틀거렸다네. 그래서 로더가 죽은 원인을 알았지. 조명등 스위치를 찾다가 전류를 통하게 했던 걸세. 나는 다시 한 번 큰 유리통 속을 들여다보았네. 로더는 유리통 속으로 쓰러지며 정신없이 구리선을 붙잡았네. 손가락이 코일을 잡자 자동적으로 전류가 그 손에 온통 구리의 피막을 만들었고 흑연이 그것을 꺼멓게 뒤덮었지.

나도 어느 정도 분별이 있는 사람이므로 로더가 죽으면 나의 입장이 난처해진다는 것쯤 알고 있었네. 권총을 들이대고 협박한 것은 나였으니까.

나는 작업장을 뒤져 땜납을 찾아내고는 층계를 올라가 밴터를 불렀지. 그는 바덴 씨의 짐을 정거장으로 날라다주기 위해 뉴욕까지의 왕복 10마일 거리를 기록적인 속도로 갔다왔더군. 나는 그와 둘이 끽연실로 들어가 때려 부순 조각상의 팔을 땜납으로 이어 기술껏 수리해 놓았다네. 그 일에 쓰인 연장을 고스란히 작업장으로 가지고 돌아와 지문이며 그 밖에 우리가 침입한 흔적을 빈틈없이 없앴네. 그러나 조명등 불빛만은 그대로 두었다네. 뉴욕으로 돌아갈 때는 아주 먼 길을 택했지.

로더의 저택에서 가지고 나온 물건은 관청 인장의 사진제판뿐이었는데, 그것은 강에다 던져버렸지.

로더의 시체는 다음날 아침 집사가 발견했는데, 신문보도에는 전기도금 작업 중 실수로 전기유리통 속에 빠졌다고 실려 있었네. 그리고 이런 끔찍한 사실이 실려 있더군. 죽은 사람의 두 손은 구리의 피막으로 두껍게 덮여 있었는데, 억지로 뜯어내면 손이 문드러질 것 같아 그대로 매장했다고.

나의 이야기는 이것으로 끝이네. 그럼, 암스트롱, 이제 위스키 소다를 마시게 해주겠지?"

조금 뒤 스미드 허딩턴이 물었다.

"그럼, 은조각상은 어떻게 되었나?"

피터 경이 대답했다.

"로더 저택의 가구들이 팔려나갈 때 내가 샀지. 그리고 아는 사제에게 비밀을 엄수해 달라는 조건으로 진상을 모두 털어놓았지. 인정 많고 분별 있는 그 사제가 나의 희망을 들어주어서 달 밝은 밤, 밴터와 둘이 그것을 뉴욕에서 몇 마일 떨어진 교외까지 날아가 묘지 한구석에 그리스도 교도로서 매장했네. 그것이 내가 할 수 있는 최선의 조치라고 생각했기 때문일세."

The Haunted Policeman
유령에 홀린 경관

"무슨 말을 그렇게 하지!" 피터 윔지 경이 놀라며 말했다. "이것이 모두 내 탓이란 말이오?"

"네, 그래요, 증거가 있는걸요," 부인이 대답했다.

"어떤 증거인지는 모르지만, 이런 결과를 가져올 만큼 강력한 증거는 없을 거요."

옆에서 이 대화를 듣던 간호사가 자기 나름대로 해석하여 비난하는 목소리로 말했다.

"두 분 모두 무슨 말씀을 그렇게 하세요! 태어난 아기는 정말 예쁜 도련님이신데."

피터 윔지 경은 안경을 고쳐 쓰며 말했다.

"전문가의 의견이니만큼 존중하겠지만, 정말 그렇게 말할 수 있을는지…… 어디 좀 안아봅시다."

간호사는 이 사람이 제대로 안을 수 있을까 불안한 듯 갓난아기를 내밀었으나 피터 경이 제법 익숙한 솜씨로 받아 안는 것을 보자 마음을 놓았다. 그를 경험 없는 사람으로 보는 것은 큰 잘못이다. 삼촌으

로서 누이와 형들의 아기를 안아보았기 때문에 서투르지 않았던 것이
다. 피터 경은 조심스럽게 침대 가에 앉아 역시 조심스럽게 물었다.

"이래도 표준치란 말이지. 물론 당신은 무슨 일이든 실수 없이 잘
해. 하지만 협력자의 노력을 인정하려고 하지 않는단 말이오."

아내 핼리에트는 졸린 듯한 눈으로 말했다.

"아니에요, 인정하고 있어요."

"인정해 준다면 만족이지만." 피터 경은 간호사를 쳐다보았다.

"이젠 됐소. 뒷일은 하인들도 할 수 있을 테니까. 이거 얼마 안 되
지만 받아두시오. 그리고 청구서는 우편으로 보내주면 되오."

그는 다시 아내에게로 몸을 돌렸다.

"아기 낳는 일이 얼마나 힘든지 이제 알았소. 하지만 여보, 옆에서
지켜보는 것도 쉬운 일이 아니었소."

그 목소리는 정말 피로 때문에 조금 떨려나왔다. 진통이 시작되어
출산이 끝날 때까지 꼬박 1시간 동안 그는, 그의 인생에서 가장 큰
불안에 떨고 있어야 했던 것이다.

옆방에서 의사가 아직 남은 일을 처리하고 있다가 피터 경의 말을
듣고 그 방으로 들어오며 밝은 목소리로 말했다.

"그게 무슨 말인가, 윔지? 자네가 걱정할 건 하나도 없는데. 보다
시피 자네 아기는 무사히 태어났잖나. 자네는 이제 이 방에 볼일이
없네." 의사는 문 쪽을 가리키며 우정에 넘친 목소리로 덧붙였다.
"침대에 가서 눕게. 무척 피곤해 보이는군."

"피곤하지 않네. 나는 아무것도 하지 않았으니까. 그리고……."

피터 경은 도전적인 몸짓으로 옆방을 가리켜보였다.

"자네의 간호사들에게 일러주게. 나는 아기를 안아보고 싶으면 안
고, 애엄마가 키스하고 싶다면 키스를 시키겠다고. 우리집 식으로
아기를 기를 걸세. 자네들의 그 번거로운 육아법을 이 집에 들여놓

는 것은 질색이니까!"

"좋겠지, 마음대로 하게. 다만 이것은 나의 신념인데, 사람의 건강은 아기 때에 결정된다고 생각하네. 저항력을 길러야 하거든. 술? 아니, 사양하겠네. 또 한 군데 가봐야 하는데, 술 냄새를 풍긴다는 것은 의사로서의 신용에 관계되는 문제니까."

"또 일인가?" 피터 경은 놀란 얼굴로 말했다.

"이미 입원해 있는 산모가 산기를 느끼고 있다네. 말해 두지만 오늘 밤의 출산이 웜지 집안에만 있는 건 아니라네. 1분마다 한 사람씩 태어나고 있단 말일세."

"놀랍군. 그 정도로 인구가 불어난단 말인가?"

두 사람은 폭넓은 층계를 내려갔다. 홀에서 하인 하나가 크게 하품을 하고 있었다.

"윌리엄, 수고했네. 가서 자게, 문단속은 내가 할 테니까."

그리고 나서 피터 경은 의사를 전송해 주었다.

"잘 가게. 여러 가지로 애 많이 썼네. 너무 심한 말을 해서 미안하네."

"모든 남편이 다 그렇다네." 의사는 철학자 같은 말을 했다. "그럼, 잘 자게. 나중에 다시 한 번 오겠네. 산후가 걱정되어서가 아니라 진찰료를 벌기 위해서지. 아무튼 여보게, 자네는 건강한 여자와 결혼해서 행복하겠네. 축복을 보내네."

의사의 자동차는 추운 밤길에 오랫동안 세워놓았기 때문에 엔진이 잘 걸리지 않았으나, 이윽고 피터 윔지 경 혼자 문 앞에 남겨놓고 사라져갔다. 모든 일이 끝났으니 침실로 가도 좋을 텐데 어쩐지 피터 경은 눈이 더 말똥말똥해지며 잠자고 싶지 않았다. 오히려 파티에라도 가고 싶은 기분이었다. 그는 쇠난간에 기대어 가로등 빛에 희미하게 비쳐 보이는 광장을 바라보며 담배에 불을 붙였다. 바로 이때였다

——그가 그 경관을 본 것은.

푸른 제복을 입은 사나이가 사우드 오드리 거리 쪽에서 걸어오고 있었다. 그는 담배를 입에 물고 있었는데, 담당구역을 순찰하는 경관의 꿋꿋한 걸음걸이와는 달리 길을 헤매는 사람같이 비틀거리고 있었다. 이윽고 피터 경 옆에까지 오자 그는 헬멧을 뒤로 젖히고 무언가 생각에 잠겨 머리를 긁적였다. 문득 피터 윔지 경의 모습이 눈에 띄자 경관의 본능이 살아났는지 그는 날카로운 눈길을 던졌다. 깊은 밤 3시쯤 야회복에 모자도 쓰지 않은 신사가 현관 앞 층계에 멍하니 서 있는 것이 수상쩍게 여겨지는 모양이었다. 그러나 술에 취하지도 않았고 범죄행위를 저지를 기색도 보이지 않자 눈을 돌려 지나치려고 했다.

"수고하십니다. 경관님!" 그 신사가 말을 걸었다.

"아아, 네!" 경관이 대답했다.

"근무시간이 끝났다면 잠깐 들어가 한잔하지 않겠습니까?"

피터 경에게는 말동무가 필요했다.

"고맙습니다만, 지금은 안 됩니다." 경관이 경계하며 대답했다.

"바로 지금이기 때문에 권하는 겁니다."

피터 경은 담배꽁초를 내던졌다. 그것은 허공에 빨간 포물선을 그리며 길 위로 떨어져 불이 꺼졌다.

"방금 전 우리 아기가 태어났거든요."

천진스러운 비밀을 듣자 경관은 마음이 놓인 모양이었다.

"아아, 그렇습니까? 첫아기입니까?"

"첫아기인 동시에 마지막 아기지요…… 이렇게 말해도 좋다면 말입니다."

"우리 형도 비슷한 말을 하더군요. 하나가 태어날 때마다 그 아기가 마지막이라고 말입니다. 그런데 지금은 아이가 11명이랍니다.

축하합니다. 당신이 기분 좋은 것은 알겠습니다만, 술은 사양하겠습니다. 지금 막 부장님으로부터 당분간 술을 마시지 말라는 경고를 들었거든요. 그러나 나는 술에 취하지 않았습니다. 맹세합니다만, 저녁식사 때 맥주 한 잔 말고는 한 모금도 마시지 않았습니다. "

피터 경은 고개를 갸우뚱하며 경관의 얼굴을 들여다보았다.

"부장으로부터 근무시간 중에 술을 마셨다고 꾸지람을 들었소?"

"그렇습니다. "

"그런데 마시지 않았단 말이지요?"

"물론입니다. 나는 틀림없이 그것을 보았습니다. 부장에게 그대로 이야기했지요. 내가 본 다음 곧 없어졌지만, 틀림없이 본 것만은 사실입니다. 나는 술에 취해 있지 않았습니다! ……지금의 당신처럼 한 방울도 마시지 않았단 말입니다. "

"그렇다면 당신은 조제프 서피스가 레디 테이즐(^{두 사람 모두 RB 셀리댄의}_{희극《험담학교》의 등장인물})에게 말했듯이 자신의 결백증으로 말미암아 고민하고 있는 모양이군요. 부장에게 술을 많이 마셨다는 꾸지람을 들었기 때문에……그만둡시다. 그리고 안으로 들어가 나와 함께 '술은 빨갛게 술잔 속에서 거품을 일으키며 부드럽게 흘러내린다(구약성서 잠언 23장 31절)'는 장면을 직접 맛봅시다. 오히려 마음이 후련해질 겁니다. "

그러나 경관은 여전히 머뭇거렸다.

"역시 안 되겠습니다. 솔직히 말해서 충격이 너무 컸기 때문에……. "

"충격이라면 나도 마찬가지요. " 피터 경이 말했다. "제발 부탁이니 상대 좀 해주시오. "

"아무리 부탁하셔도……. "

경관은 사양하는 말을 하면서도 한 걸음 두 걸음 층계를 올라왔다.

홀 벽난로의 장작이 거의 다 타버렸으나 피터가 부젓가락으로 쑤시자 새로운 불길이 타올랐다.

"그 의자에 앉아 기다려주시오, 곧 돌아오겠소."

경관은 의자에 앉아 헬멧을 벗고 주위를 둘러보았다. 광장 한구석을 차지하고 있는 이 큰 저택의 주인이 누구였던가 기억을 되살려보려고 애썼다. 벽난로 선반 위에 문장이 찍힌 큰 은잔이 장식되어 있고, 난로 옆에 놓인 두 개의 의자등받이에도 같은 문장이 오색실로 새겨져 있었다. 검은 바탕에 흰 쥐가 세 마리 뛰어오르는 그림이었다. 그가 그림의 윤곽을 굵은 손가락으로 어루만지고 있을 때 피터 경이 발소리도 내지 않고 층계 아래쪽 어두컴컴한 곳에서 돌아왔다.

"호오, 당신은 문장학 연구가이십니까?" 피터 경이 말했다. "그다지 잘된 것은 아니지만 17세기의 작품이지요. 그런데 당신은 이 지역으로 배치받은 지 얼마 안 되는 것 같군요. 나의 이름은 윔지라고 합니다."

피터 윔지 경은 탁자 위에 술잔을 놓았다.

"맥주나 위스키가 좋다면 말씀하십시오, 이 술잔은 지금의 내 기분에 맞을 것 같아 가져온 것이니까요."

경관은 술병의 기다란 목과 은종이로 씌운 코르크 마개를 신기한 듯이 보며 물었다.

"샴페인입니까? 나는 한 번도 맛본 적이 없습니다. 마셔보고 싶다는 생각은 했었습니다만."

"당신에게는 알코올 성분이 너무 약할지 모르지만, 그래도 당신의 인생사를 이야기하고 싶을 정도로 취할 수는 있을 겁니다."

코르크 마개가 펑 하고 날아갔다. 큰 술잔에 거품이 이는 액체가 부어졌다.

"축하합니다!" 경관이 외쳤다. "아름다운 부인과 오늘 태어난 아기의 건강과 행복을 위해, 건배! 오오, 사과술 같은 맛이로군요."

"그렇습니다. 구미에 맞는다면 석 잔 거푸 마신 다음 당신의 이야기를 들려주시오. 그전에 축하의 말 고맙소. 당신은 결혼했소?"

"아직 안 했습니다. 아내는 부장으로 승진한 다음에 맞이할 생각입니다. 오늘 밤 그 부장에게 꾸지람을 들어…… 아니, 이런 이야기는 그만둡시다. 속을 끓여봐야 소용없을 테니까요. 당신은 결혼한지 얼마나 됩니까?"

"1년 남짓 됩니다."

"그렇습니까? 그래, 결혼생활이 어떻습니까?"

피터 경은 웃었다.

"솔직히 말해서 아기가 태어나는 24시간 동안 나는 생각해 보았지요. 결혼은 일생을 좌우하는 중대한 일이라고. 그런데 단 한 번의 실험에 의지한다는 것은 너무 경솔하지 않느냐고 말입니다."

경관은 동정하듯이 고개를 끄덕이며 말했다.

"말씀하시는 뜻을 알겠습니다. 하지만 인생이란 그런 것 아닙니까? 발을 내딛지 않고서는 어떻게 될지 알 수 없지요. 또 그런 위험을 무릅썼다고 해서 잘된다는 보장이 있는 것도 아닙니다. 그러나 대부분의 경우 이것저것 생각하는 것보다는 행동이 앞서는 것 같더군요."

"그렇습니다."

피터 경은 고개를 끄덕이며 사나이와 자기의 잔에 샴페인을 더 따랐다. 경관은 분명 충격에서 벗어난 듯했다.

"그럼, 우리의 결혼생활은 어떠했을까? 여느 때는 신분과 교양에 어울리는 행동을 하고 있지만, 아내와의 의견차이로 감정이 격렬해지면 여느 사람과 조금도 다름없는 상태에 빠져버리지요. 얼마 전에도 그녀와 말다툼하다가 더 이상 흥분해서는 위험하다는 생각이

들어 나는 통신에 이용되는 비둘기, 즉 전서구 같은 귀소본능을 일
으켜 부엌으로 달아나 기분을 가라앉히기 위해서 접시를 씻었지요.
부엌에 있던 집사와 하인들이 가엾은 사나이라고 생각했는지 말없
이 보고 있더군요."

피터 윔지 경은 수면부족인데다 샴페인을 마셔 취했는데 기묘하게
도 오히려 머리가 맑아져, 1926년 산 샴페인이 경관의 의식에 어떤
영향을 미치는지 그 반응을 지켜보고 있었다. 경관은 처음 한 잔으로
인생철학을 피력했고, 두 번째 잔이 들어가자 자기는 앨프레드 버트
라고 이름을 밝혔으며, 상관인 부장에 대해 불평을 늘어놓았다. 세
번째 잔에 이르자 피터가 예상했던 대로 그날 밤에 있었던 기괴한 사
건을 이야기하기 시작했다.

"당신은 아까 나에게 이 지역으로 옮겨온 지 얼마 안 된 것 같다고
말씀하셨는데, 그렇습니다. 나는 지난주 초부터 이곳을 순찰하기
시작했답니다. 그래서 이 댁뿐만 아니라 대부분의 거주자 이름을
아직 모르고 있습니다. 제서프라면 모르는 집이 없을 테고, 핑커도
…… 아니, 그는 얼마 전에 다른 지역으로 전근했지요. 당신도 아
시지요, 핑커 말입니다. 내 몸집의 두 배쯤 되는 거인으로, 붉은
콧수염을 기른…… 아마 아실 겁니다.

아무튼 나는 지금 이 지역에 대한 지식을 늘리고 있는 단계로 완
전히 파악하고 있다고 할 수는 없습니다. 그래서 단정적으로 잘라
말할 수는 없습니다만, 틀림없이 그것을 보았습니다. 절대적으로
확실합니다. 그때 내가 술에 취해 있었다니 터무니없는 트집입니
다! 하긴 번지수를 잘못 읽었는지도 모르겠습니다. 실수란 누구에
게나 있는 법이니까요. 그러나 13이란 특별히 기억하기 쉬운 숫자
이므로 결코 잘못 보았다고 생각되지 않습니다. 당신 코만큼이나
뚜렷하지요."

"코 이야기는 그만두는 게 어떻겠소." 피터 경이 말했다. 사실 그의 얼굴 한복판에는 못 보고 지나치기에는 너무나 위대한 코가 솟아 있었다.

"메리맨즈 엔드라는 골목을 아십니까?"

"알 것 같습니다. 사우드 오드리 거리 뒤쪽에 있는 막다른 골목 아니오? 한쪽만 집들이 있고 반대쪽은 판자울타리가 둘러쳐진 곳이라고 생각되는데요."

"맞습니다. 한쪽에 갸름하고 높은 집들이 주욱 서 있는데, 모두 포치 안쪽 길이가 깊고 현관 앞기둥 모양이 똑같아서 분간하기가 아주 어렵답니다."

"그렇겠지요. 웨스트민스터 지역의 핌리코 거리에서도 가장 야한 곳을 옮겨다놓은 듯한 느낌이 드는 곳이니까요. 한쪽뿐이니 그나마 괜찮지, 맞은쪽까지 그런 천박한 건물이 늘어섰다면 질리고 말 겁니다. 그건 그렇고, 우리 집은 순수한 18세기 건물인데, 당신의 첫인상이 어땠는지 말해 주시겠소?"

버트 경관은 넓은 홀을 둘러보았다. 신고전파 양식의 벽난로, 우아한 테가 둘러진 거울, 폭이 넓고 당당한 층계, 위쪽의 박공 모양으로 된 문, 역시 위쪽을 동그랗게 도려내어 그리로 들어오는 햇빛이 홀과 위층 회랑을 밝게 비추는 키가 높은 창문, 버트 경관은 칭찬의 말을 찾고 있다가 겨우 그 나름의 문구를 짜내어 말했다.

"높은 분의 저택인 것 같군요. 이만큼 넓으면 몸과 마음을 마음껏 뻗을 수 있겠지요. 대신 예절바르게 행동해야 하기 때문에……."

그는 고개를 저었다.

"나는 기분이 어떨지 모르겠습니다. 와이셔츠 차림으로 훈제 청어를 먹을 수는 없을 테니까요. 결국 상류사회 사람만이 살 수 있는 저택이겠지요. 미처 생각지 못했습니다만, 이 저택을 보고 알았습니다. 메리맨즈 엔드 거리의 인상이 나쁜 이유를 말입니다. 모두 꽤 단장을 하긴 했으나 너무 비좁기 때문입니다. 나는 오늘 밤 그 집들을 거의 모두 보았는데, 하나같이 숨막힐 정도로 답답한 느낌이었지요…… 아참, 내가 하던 이야기는 건축에 대한 게 아니라 오늘 밤 겪은 기묘한 일이었지요.

　한밤중 12시였습니다. 나는 여느 때와 같은 순찰 코스를 밟아 메리맨즈 앤드 골목으로 접어들었습니다. 막다른 곳 가까이 갔을 때 한쪽의 판자울타리 옆에서 부스럭거리고 있는 사나이를 발견했습니다. 그 판자울타리에는 대문이 몇 개 있었는데, 그 안은 뜰인 것 같았습니다. 그 사나이는 그중 한 대문에서 나온 모양입니다. 낡고 헐렁한 외투를 걸치고 풍채가 그다지 좋지 못한 사나이로 템스 강가를 서성거리는 부랑자 같았습니다. 그 골목에는 가로등이 적은데다 오늘 밤에는 달도 없어 손전등을 비춰도 낡은 모자를 깊숙이 내려쓰고 커다란 목도리를 두른 모습만 보일 뿐 얼굴은 잘 보이지 않았습니다. 하지만 나는 그가 뭔가 나쁜 짓을 하려는구나 생각돼서 그런 데서 뭘 하고 있느냐고 얼른 소리 질렀지요. 그 순간 말할 수 없이 기분 나쁜 외침 소리가 울려 퍼졌습니다. 반대쪽 어떤 집에서 흘러나오는 소리였습니다. '사람 살려요! 살인자! 살려주시오!' 하고 외쳤는데, 마치 지옥에서 울려나오는 소리 같아 등골이 얼어붙고 말았습니다."

"남자 목소리였습니까, 여자 목소리였습니까?"

"남자였을 겁니다. 무서운 짐승이 울부짖는 듯했는데, 여자라면 그렇게 큰소리를 내지 못했을 겁니다. 나는 '이게 무슨 소리지? 무슨 일이야? 어느 집이지?' 하고 소리쳤습니다. 그러자 그 사나이가 아무 말도 하지 않고 어떤 집을 가리키기에 나는 그 사나이와 함께 달려갔습니다. 그 집 안에서는 누군가가 목을 졸리고 있는 듯했고, 문에 쾅 부딪치는 소리가 크게 울렸습니다."

"저런!"

"나는 초인종을 누르고 무슨 일이냐고 외치며 문을 두드렸으나 대답이 없었습니다. 그래서 다시 한 번 초인종을 누르고 문을 계속 두드리는데 함께 간 사나이가 우편함 뚜껑을 열고 안을 들여다보고 있지 않겠습니까."

"집 안에 전등이 켜져 있었습니까?"

"아니오. 집 안은 캄캄했고, 문 위에 전등이 하나 켜져 있을 뿐이었습니다. 하지만 그 빛이 꽤 밝아서 나는 푯말을 올려다보았는데 틀림없이 '13번지'라고 씌어 있었습니다. 그동안 그 사나이는 우편함으로 집 안을 들여다보고 있었는데, 갑자기 신음 소리를 내며 한 발자국 뒤로 물러섰습니다. 나는 무슨 일이냐고 소리치며, 그를 밀치고 우편함을 통해 집 안을 들여다보았지요."

버트 경관은 말을 끊고 크게 숨을 내쉬었다. 피터 경은 두 병째 샴페인의 마개를 땄다.

"믿어주시든 안 믿어주시든 상관없습니다만, 나는 그때도 지금과 마찬가지로 술에 취해 있지 않았습니다. 그래서 집 안의 상황을 벽에 씌어진 글씨만큼 똑똑히 볼 수 있었습니다. 물론 우편함 뚜껑을 열고 들여다보았으니 보이는 범위는 한정되어 있었지요. 그러나 곁눈질하듯 눈을 이리저리 돌려 그럭저럭 그 안을 자세히 볼 수 있었습니다. 이제 내가 아는 한 자세히 말씀드릴 테니 하나하나 똑똑히 기억해 두십시오. 그것은 나중에 일어난 일과 관계되어 있으니까요."

버트 경관은 술잔을 입에 대고 혀를 적셨다.

"눈앞에 체스판처럼 흰색과 검은 색 격자무늬로 된 홀 바닥이 안쪽까지 이어져 있고, 왼쪽 중간쯤에 붉은 융단을 깐 층계가 보였습니다. 그 층계 밑에 푸른색과 노란색 꽃이 꽂힌 커다란 꽃병을 든 여자의 나체상이 세워져 있었습니다. 층계 바로 옆의 문이 열려 있어 그 안쪽의 방이 보였는데, 거기에 전등이 밝게 켜져 있었습니다만 내 눈에는 다만 식탁 끝이 보일 뿐이었어요. 그 위에는 은그릇과 유리그릇이 잔뜩 놓여 있었습니다. 그 방문과 현관 사이에 큰 장식장이 있었는데, 거무스름하니 반짝이는 문에 금빛무늬가 그려져 있어 박람회의 진열품을 연상케 했지요. 홀 뒤의 오른쪽은 온실로 되어 있는 듯했으며 그 안쪽까지는 보이지 않았습니다. 그곳에도 역시 전등이 밝게 켜져 있었습니다. 왼쪽은 응접실로, 아담했지요. 담청색 벽지를 바른 벽에 액자에 든 그림이 걸려 있더군요. 그림은 홀에도 걸려 있었습니다. 그리고 오른쪽 탁자에 놓여 있는 놋그릇은 손님의 명함을 넣는 것인 듯했습니다. 이것이 내가 본 그 집의 내부이며, 이 눈으로 직접 보지 않았다면 이처럼 뚜렷하게 설명할 수 없으리라는 것을 알아주시리라고 생각합니다."

"세상에는 보지 않고도 실제로 본 것처럼 말하는 사람이 없는 건 아니지만, 설명하는 대상의 종류가 다르지요. 쥐, 고양이, 뱀, 때로는 여자의 나체 같은 것인데, 검은 옻칠을 한 장식장이니 홀의 탁자 따위를 묘사하는 것은 들어보지 못했습니다."

경관은 고개를 끄덕였다.

"그럴 겁니다. 지금까지 한 이야기를 믿어주시리라고 생각합니다. 문제는 이제부터인데, 그 홀에 남자의 시체가 누워 있었단 말입니다. 네, 틀림없습니다. 죽은 것도 확실합니다. 수염을 깨끗이 깎고 야회복차림을 한 몸집이 큰 남자였는데, 목 언저리가 찔려 있었습니다. 흉기는 손잡이만 보였습니다만, 식탁용 나이프 같았어요. 상처에서 흘러나온 피가 바닥의 격자무늬를 빨갛게 물들이고 있었습니다."

경관은 피터 경의 얼굴을 쳐다보며 손수건으로 이마의 땀을 닦아내고 넉 잔째의 샴페인을 들이켰다.

"그 사나이의 머리가 탁자 옆에 있었으니까 발은 문 쪽으로 향한 채였겠지만, 우편함 구멍으로 들여다보자니 그 속의 우편물이 방해가 되어 현관 바로 앞 마룻바닥은 볼 수가 없었습니다. 하지만 그 이외의 부분, 즉 정면에서 양쪽 벽에 이르는 부분은 겨우 1분쯤 보았을 뿐인데도 머리에 새겨진 듯 잊으려 해도 잊을 수가 없습니다. 그런데 바로 그 순간 마치 누군가가 전깃줄을 끊기라도 한 듯 온 집 안의 전등이 꺼지고 말았습니다. 나는 이상하게 생각하며 주위를 둘러보았습니다. 그런데 더욱 놀랍게도 분명히 옆에 있어야 할 목도리를 두른 사나이가 사라지고 없는 것입니다!"

"재빠른 사람이로군!" 피터 경이 말했다.

"달아났다고 깨닫자 당황한 나머지 그만 큰 실수를 저지르고 말았습니다. 중요한 살인 현장을 버려둔 채 멀리 가지 못했으리라는 생각에 그 뒤를 쫓은 것입니다. 그런데 큰길에 나가보아도 그의 모습은 보이지 않았습니다. 그뿐만 아니라 사람 그림자라고는 하나도 없었습니다. 집들은 모두 불을 끄고 깊이 잠들어 있어, 남의 일로 한밤중에 일어날 바보는 없다고 말하는 것처럼 보였습니다. 아까 그 집에서 그토록 심하게 문을 두드리며 큰소리로 외쳤는데도 이웃에서 얼굴을 내미는 사람은 아무도 없었지요. 분명 들리지 않았을 리는 없습니다. 아래층 창문을 열고 아직 난롯불도 끄지 않은 집 앞에서 죽은 사람이 되살아날 정도로 커다랗게 고함친다 해도 깊이 잠든 사람은 일어나지 않을 것이고, 잠들지 않은 사람이 있다 해도 성가신 놈이로군, 무엇 때문에 저렇게 떠드는지 모르지만 우리 집과는 관계없겠지 하며 담요를 더욱 깊이 뒤집어쓸 겁니다."

"그것이 런던이 아니겠소." 피터 경이 중얼거렸다.

"정말 그렇습니다. 하지만 시골은 다릅니다. 핀 한 개를 주워도 어디서 났느냐고 물어보지요. 그런데 런던 사람들은 남의 일에는 전혀 관심이 없습니다. 그때 나는 어떻게 할까 생각한 끝에 호루라기를 불었습니다. 이 소리는 사람들 귀에 들어갔는지, 그 골목 오른쪽 집의 창문이 열리더군요. 이것 역시 런던이겠지요?"

피터 경은 고개를 끄덕이고 말했다.

"런던 시민은 최후 심판 날의 나팔이 울려도 태연히 잠을 잘 겁니다. 인생을 살다 지쳐 버린 사람도, 늘그막의 인생에 불평을 늘어놓고 있던 늙은이도 자신은 덕이 있는 신사이므로 최후의 심판도 두려워할 이유가 없다고 큰소리칠 겁니다. 그런데 하느님도 역시 여간 아니어서 인간들의 불손한 태도에 놀라지도 않고 대천사에게 명령하시겠지요. '미카엘 대천사여, 나팔을 불어라, 드높이 불어라! 경찰관의 호루라기 소리를 들으면 동쪽의 죽은 자도 서쪽의 죽은 자도 모두 깨어나리라' 하고 말이오."

"그렇습니다, 내가 호루라기를 불었더니 바로 그렇게 일어났습니다. 맨 먼저 위더즈——이 사람은 이웃 지구를 담당하고 있는 경관입니다——가 오드리 광장으로 얼른 달려왔지요. 장소와 시간은 다르지만 우리는 매일 밤 만나 협의를 갖기로 하고 있는데, 오늘밤에는 12시에 그 광장에서 만나기로 약속했던 것입니다. 그래서 그가 재빨리 달려와 주었지만, 이때는 이미 집집의 창문이 모두 열려 무슨 일이냐고 떠드는 중이었습니다. 나는 안 되겠다고 생각했습니다. 저 사람들이 모두 한길로 뛰어나오면 범인이 그들 틈에 끼어서 도망칠 염려가 있기 때문이었지요. 그래서 대단한 일은 아니라고, 저쪽 집에서 조그만 사고가 일어났을 뿐이라고 대답하는데 위더즈가 달려와 주어 솔직히 말해서 정말 한시름 놓았습니다.

나는 그를 큰길 한가운데로 데리고 나가 귓가에 대고 속삭였습니다. 메리맨즈 엔드 13번지 집 홀에 사나이가 쓰러져 있는데, 아무래도 살해당한 것 같다고 말입니다. 그러자 위더즈가 급히 말했습니다. '뭐라고? 13번지? 그거 참, 이상하군. 잘못 보았을 걸세. 메리맨즈 엔드에는 13번지가 없다네. 그 골목에는 짝수 번지밖에 없지'라고 말입니다. 그 말을 듣고 보니 정말 그 골목 한쪽에 늘어선 집들 중 모퉁이를 차지하고 있는 번지의 큰 저택을 제외하고는 홀수 번지가 하나도 없었습니다.

위더즈의 말을 듣고 나는 조금 충격을 받았습니다. 하지만 번지수를 기억하지 못했다고 해서 책망할 수는 없을 것입니다. 아까도 말했지만 이 지구를 담당한 지 며칠 되지 않았으니까요. 하지만 문 위의 불빛으로 본 번지 팻말에 틀림없이 '13번지'라고 쐬어 있었으므로 잘못 읽었다고는 생각되지 않았습니다. '18'일 리도 없습니다. 그 골목 안에는 열여섯 채 밖에 없으니까요. '16'도 아닙니다. '16번지'라면 맨 구석인데, 문제의 집은 틀림없이 두 집 사이에 지어 있었으니까요. 그러면 남은 것은 '12'아니면 '10'입니다. 그래서 우리 두 사람은 급히 현장으로 달려갔지요.

12번지의 집은 간단히 조사를 마칠 수 있었습니다. 초인종을 누르자 곧 기운이 왕성해 보이는 노신사가 가운차림으로 나와서 사건이 일어난 모양인데 무언가 도움이 된다면 사양 말고 말해 달라고 자진해서 협조를 승낙하더군요. 그래서 우리는 밤중에 찾아온 것을 사과하고 이 골목 안 어느 집에선가 비명 소리를 듣지 못했느냐고 물어보았지요. 그 12번지가 문제의 집이 아니라는 것은 노신사가 초인종 소리를 듣고 나와 현관문을 열 때 언뜻 본 집안 모습으로 알 수 있었습니다. 작은 홀은 반들반들하게 닦은 마룻바닥이었고, 벽은 판자로 둘러쳐졌으며, 깨끗이 정돈되어 있었으나 가구는 별로 없었지요. 검은 옻칠을 한 장식장도 나체 여인상도 없었습니다. 노신사는 우리의 질문에 대답했습니다. '조금 전 우리 아들이 어디선지 고함을 지르며 문을 마구 두드리는 소리가 나서 창문으로 내다보았으나 아무 이상도 없었습니다. 아마 14번지 사람이 늘 그렇습니다만, 현관 열쇠를 갖지 않고 외출했다가 집안사람들을 깨우는 모양이라고 말하더군요.'

우리는 노신사에게 고맙다는 말을 하고 급히 14번지 집으로 가 보았습니다.

그 집으로 들어가는데 조금 애를 먹었습니다. 주인은 군인 출신의 신경질적인 사나이였는데, 나중에 들어보니 은퇴 전에는 인도 주재 관리였다고 하더군요. 사실 인도 사람같이 검은 살빛에 목소리도 굵고 쉬었으며, 하인은 진짜 인도 사람이었습니다. 퇴직관리는 다짜고짜 고함을 질러대더군요. 이런 한밤중에 선량한 시민의 잠을 방해하다니 괘씸하다고 말입니다. 아마 12번지의 아들이 술에 취해서 돌아왔던 모양이라고 소리치며 무서운 기세였습니다. 그래서 위더즈가 한두 마디 대꾸하자 이번에는 진짜로 화를 냈습니다. 그때 인도인 하인이 나와 우리를 안으로 들여보내주어서 우리는 연거푸 사과의 말을 해야만 했습니다. 하지만 그 덕분에 홀을 자세히 볼 수 있었는데 역시 문제의 집과 조금도 비슷하지 않았습니다.

예를 들면 층계가 아예 반대쪽에 있었지요. 그 밑에 조각상을 세워두긴 했습니다만, 그것은 머리와 팔이 여러 개 달린 인도의 우상으로서 그 기묘한 모습은 설명하지 않아도 아시리라 생각합니다. 그리고 마룻바닥이 하얀 색과 검은 색 격자무늬인 것은 같았지만 거기에 리놀륨이 붙어 있었으므로 그 집이 아님을 곧 알 수 있었습니다. 인도 하인은 기분 나쁠 정도로 정중하게 자기 침실은 2층 뒤쪽에 있기 때문에 주인이 초인종으로 부를 때까지 아무것도 모른

채 잠들어 있었다고 말하는 것이었습니다. 그는 주인인 퇴직관리가 층계 아래까지 내려와서 바깥 한길에다 대고 시끄럽다, 조용히 해라, 12번지의 못된 아들이 또 술에 취해 돌아온 모양인데 이제 그만 조용히 하지 않으면 네 녀석의 아버지를 고소하겠다고 외쳤다는 겁니다. 그래서 하인에게 무언가 보지 못했느냐고 묻자 그도 아무것도 보지 못했다고 대답했습니다. 우리는 포치에서 이야기를 나누고 있었는데, 양쪽에 빛깔이 든 유리가 끼워져 있어 이웃집에서는 우리가 심문하는 모습이 보이지 않았을 겁니다.”

피터 윔지 경은 이야기를 계속하고 있는 버트 경관의 얼굴과 술병에 남은 술의 양을 번갈아보며 상대방의 취한 정도를 가늠해 보았다. 그는 신중한 손놀림으로 두 개의 술잔에 다시 샴페인을 가득 따랐다.

버트 경관은 그것으로 목을 축이고는 다시 이야기를 이어갔다.

“하인을 심문하고 있는 동안 위더즈는 매우 못마땅한 듯이 내 얼굴을 바라보고 있었으나 입 밖에 내어 말하지는 않았습니다. 그 다음에 10번지의 집을 조사했지요. 그 집에는 올드미스가 두 사람 살고 있었는데, 홀에 작은 새의 박제품이 잔뜩 진열돼 있었으며 꽃집의 카탈로그 같은 벽지가 발라져 있었습니다. 한 여자의 침실은 한길과 가까운 정면에 있었으나, 그녀는 귀머거리였어요. 그리고 다른 한 여자는 구석방에서 자고 있었기 때문에 아무 소리도 듣지 못했다고 했습니다. 그래서 우리는 두 하녀에게 물어보았는데, 요리사는 확실히 비명 소리를 들었다고 말했습니다. ‘사람 살려요!’하는 소리가 들려 또 12번지에서 소동이 났구나 하고 담요를 푹 뒤집어쓰고서 기도문을 외웠다고 하더군요. 그리고 심부름하는 처녀는 다부진 편인지 창문으로 내다보았답니다. 아무것도 보이지 않았지만 틀림없이 무슨 일이 일어난 듯하여 감기 들지 않도록 방으로 돌아와 슬리퍼를 신고 다시 길가의 창으로 가서 내다보았는데, 마침 한 사나이가 달려가고 있더랍니다. 굉장한 속도로 달려가는데도 고무덧신을 신었는지 발소리가 전혀 나지 않았으며, 목도리 끝이 뒤에서 펄럭이고 있었답니다. 큰길로 나가 오른쪽으로 사라졌는데, 그 뒤를 쫓아가는 나도 똑똑히 보았다고 대답하더군요.

다만 유감스럽게도 그녀는 사나이에게 정신이 팔려 내가 어느 집 포치에서 뛰어나왔는지 모르겠다는 거였습니다. 하지만 그 하녀가 사나이의 목도리를 보았다고 증언함으로써 내가 이야기를 꾸며내지 않았다는 걸 증명해 준 셈입니다. 그녀는 그 집에서 일한 지 얼마 안 되어 아직 이웃사람들의 얼굴을 잘 모른다고 했습니다. 그러므로 달아난 사나이가 누구인지 모르는 것도 무리가 아니지요. 아무튼 우리는 두 하녀의 심문을 끝마쳤습니다. 심부름하는 처녀는 목도리를 두른 사나이를 본 유력한 증인입니다만, 그 사나이가 바로 살인범일 수는 없습니다. 왜냐하면 사람 살리라는 소리가 들려왔을 때 나와 함께 있었으니까요. 아마 다른 어떤 떳떳하지 못한 일이 있었으므로 이 사건에 말려들어가 그것이 발각되면 큰일이다 싶어 내가 집 안에 정신을 쏟고 있는 동안 달아난 모양입니다."

버트 경관은 한숨 돌렸다.

"꽤 오랫동안 이야기했군요. 더 이상 기다랗게 늘어놓는 것은 폐가 될 듯하니 나머지는 대강 말씀드리겠습니다. 나와 위더즈는 그 골목에 있는 집을 모조리 조사했습니다. 2번지에서 16번지까지 모두 말입니다. 하지만 어느 집의 홀도 나와 그 사나이가 우편함 구멍으로 들여다본 것과 같지 않았고, 참고될 만한 단서를 말해 주는 사람도 전혀 없었습니다. 그리고 이렇게 길게 늘어놓았습니다만, 실제로 걸린 시간은 얼마 안 됩니다. 맨 처음 외침소리가 들려오고, 이어서 몇 초 안에 나와 그 사나이는 길을 가로질러 포치에 서 있었습니다. 내가 초인종을 누르고 문을 두드리는 동안 사나이가 우편함 구멍으로 들여다보았고 나도 역시 그렇게 했습니다. 이 일은 겨우 15초쯤밖에 걸리지 않았습니다. 그리고 그 사나이가 달아나 버려 내가 그 뒤를 쫓았는데, 그 모습이 보이지 않아 호루라기를 불었습니다. 이것 역시 1분이나 1분 30초쯤밖에 걸리지 않았습니다. 그리고 나서 메리맨즈 엔드의 집들을 모조리 조사했지요. 마치 여우에게 홀린 듯한 기분이었습니다. 위더즈는 나보다 더 의아한 얼굴을 지으며 말하는 것이었습니다. '여보게, 버트, 자네 장난친 것 아닌가? 하지만 장난치고는 좀 지나친데. 그렇다면 차라리 경관 노릇을 그만두고 호번 극장무대에 서는 게 어떻겠나?' 그래서 나는 엄숙한 말투로 이 눈으로 본 일을 다시 한 번 되풀이 말해 주었지요. 그리고 목도리를 두른 사나이가 붙잡히면 그도 같은 말을 할 것이다, 장난으로 이런 짓을 했다면 파면당할 게 아닌가, 그것을 알면서도 이런 짓을 할 만큼 미친녀석은 아니라고 덧붙였지요. 그러자 위더즈는 그렇기 때문에 더욱 어리둥절한 거라고 대꾸하더군요. 그 다음에도 우리는 여러 가지 말을 주고받았지요.

'자네가 장난으로 사람들을 놀라게 할 사람이 아니라는 걸 알고 있네. 그렇다면 자네가 본 것은 환각이라고밖에 할 수 없군.'── '환각이라고? 바보 같은 소리 하지 말게! 나는 이 눈으로 틀림없이 목에 칼이 꽂힌 시체를 보았단 말일세. 무시무시한 광경이었지. 마룻바닥이 온통 피투성이가 되어……' ── '정말 죽은 건 아니었겠지. 아마 어디론지 운반해 갔을 걸세.' ── '그랬을지도 모르겠군. 그리고 나서 홀을 깨끗이 청소했을지도 모르네.'

그러자 위더즈가 부드러운 목소리로 말하는 거였습니다. '집 안의 모습을 두 눈으로 똑똑히 보았나? 여자의 나체상인지 무언가가 눈에 띄자 지나친 공상을 한 나머지 있지도 않은 것을 본 듯한 기분이 든 건 아닐까?' 이건 터무니없는 말입니다. 그래서 나는 대답해 주었지요, '무슨 말을 하는 건가! 이 골목에서 무언가 나쁜 일이 일어났던 것만은 틀림없네. 일이 이렇게 된 이상 끝까지 진상을 밝혀내고야 말겠네. 온 런던 바닥을 다 뒤져서라도 그 목도리 두른 사나이를 찾아내어 털어놓게 하고 말 걸세!'——'물론 그렇게 해야겠지' 하고 위더즈는 얼굴을 찌푸리며 말했습니다. '그 사나이가 달아났기 때문에 나까지 이렇게 덩달아 애쓰고 있단 말일세.'——'하지만 그 사나이가 내가 공상으로 만들어낸 자가 아니라는 건 인정하겠지? 10번지의 하녀가 틀림없이 보았다고 증언했으니까. 정말 그녀 덕분에 살았네. 그 증언이 없었다면 나는 코니 해치^(유명한 정신병원)로 갈 뻔했는걸.'——'그럴 거야. 틀림없이 그렇게 되었겠지. 그런데 이제부터 어떻게 하지? 경찰서에 전화를 걸어 지시를 받는 게 좋지 않겠나?'

나는 위더즈의 의견에 따라 경찰서로 전화연락을 했지요, 존스 부장이 달려와 우리 두 사람의 보고를 주의 깊게 듣더니 느릿느릿한 걸음으로 메리맨즈 엔드 거리를 끝에서 끝까지 걸어갔습니다. 그리고 다시 돌아오더니 지금 한 이야기를, 특히 홀의 상황을 되도록 자세하게 다시 한 번 설명해 보라고 명령했습니다. 나는 다시 한 번 당신에게 말씀드린 것과 똑같은 이야기를 되풀이했지요, 그러자 부장은 느닷없이 호통을 치는 것이었습니다.

'뭐라고, 정말 그걸 보았나? 왼쪽에 층계가 있고, 그 바로 옆이 식당으로 은그릇이며 유리그릇이 놓인 식탁이 보였다고? 그리고 홀 오른쪽의 응접실에는 그림이 걸려 있었다고?'

'그렇습니다, 부장님, 틀림없이 그것을 보았습니다.' 나는 대답했지요,

그러자 위더즈가 이상한 신음 소리를 냈습니다. 자기는 다 알고 있다는 듯한 표정을 지으면서 말입니다. 그러자 부장이 다시 '버

트, 정신 차리고 다시 한 번 이 골목을 걸어갔다가 돌아오게. 어느 집이든 현관문이 한가운데 있지 않고 한쪽으로 붙어 있다는 걸 모르나. 즉 홀 양쪽으로 방이 있는 집은 한 채도 없단 말일세' 하고 꾸짖었습니다. "

피터 윔지 경은 병에 남은 샴페인을 경관의 술잔에 모두 부어주었다.

"그 말을 듣고 보니 정말 그렇더군요. 그것을 몰랐다니! 나는 충격을 받아 넋이 빠지고 말았습니다. 위더즈도 이 점을 알고 있었던 모양입니다. 그래서 몇 번이나 술에 취하지 않았나, 머리가 돌지 않았나 하고 말했던 것입니다. 하지만 나는 이 눈으로 똑똑히 보았으므로 부장님에게 어딘지 두 채를 이어놓은 집이 있지 않겠느냐고 말하려다가 쓸데없는 주장이라는 생각이 들어서 그만두었습니다. 범죄소설처럼 숨겨진 문이 있다면 몰라도 아까 직접 한 집도 빠짐없이 조사해 보았지만 그런 집은 없었으니까요. 그러나 외침 소리를 들은 건 확실하다고——다른 사람도 들었으므로——버티자 부장도 누그러져 정 그렇다면 다시 한 번 기회를 주겠다며 앞장서서 각 집의 조사를 다시 시작했습니다. 까다롭게 굴 듯한 14번지는 뒤로 미루고, 12번지의 문을 두드렸습니다. 이번에 나온 것은 아들이었는데, 그 역시 아버지와 마찬가지로 신사여서 상냥하게 대해주더군요. '사람 살리라는 외침 소리를 틀림없이 들었습니다. 우리 아버지도 역시 들으셨지요' 하고 대답하고 나서 그는 그 소리가 아마 14번지에서 났을 거라고 덧붙였습니다. '그 집 주인은 까다로운 괴짜여서 가엾은 하인을 심하게 꾸짖었다 해도 그다지 이상할 것은 없으니까요. 식민지에서 살아 본 적이 있는 영국 사람은 모두 그렇지요. 이것이 우리 대영제국의 식민지 현상이랍니다. 원주민을 무자비하게 다루어 걸핏하면 때리고, 카레 요리를 너무 먹어 간장이

상하지요.'

그의 이야기는 그 정도였습니다. 그 다음 14번지로 갔는데, 조사가 좀처럼 진전되지 않아 부장은 드디어 화를 내며 '버트, 역시 자네가 취해 있었던 모양이군. 오늘 밤은 곧장 집으로 돌아가 자게. 술이 깨거든 나와서 다시 한 번 이야기해 보게. 그때는 조리 있게 설명해야 하네' 하고 몹시 화를 내는 것이었습니다.

그 다음에는 내가 무슨 말을 해도 귀를 기울이려 하지 않고 돌아가 버렸습니다. 위더즈도 담당지역으로 가버렸습니다. 나는 잠시 그 부근을 서성거리고 있었는데, 제서프가 교대하러 와서 집으로 돌아가던 길에 당신을 만난 겁니다.

하지만 맹세코 나는 술에 취해 있지 않았습니다. 지금이 아니라 그 사건 때 말입니다. 그건 그렇고, 샴페인이란 맛에 비해 독한 술이로군요. 지금은 많이 취했습니다. 자꾸 되풀이하는 것 같지만, 그때는 정말 취하지 않았습니다. 나는 유령을 만났던 겁니다. 그렇게밖에 생각할 수가 없었습니다. 틀림없이 유령의 짓입니다. 아마 오래 전 그 골목 어느 집에서 누군가가 사람을 죽였는데, 그 원한이 남아 있다가 오늘 밤 내 눈앞에 나타난 건지도 모릅니다. 번지 푯말도 유령이 바꿔 놓았겠지요. 흔히 듣는 이야기 아닙니까? ……살해당한 날이 되면 현장이 그때의 상태로 다시 돌아간다고. 하지만 그 장면을 보게 되어 나는 난처한 입장에 몰려 근무기록에는 마이너스 점이 찍히게 되었습니다. 아무리 유령이지만, 죄 없는 사람을 난처하게 만들다니 괘씸한 일이 아닙니까?"

경관의 장황한 이야기가 끝났을 때 벽시계가 5시 15분전을 가리키고 있었다. 피터 윔지 경은 이 경관을 다정한 눈길로 바라보았다. 그에게 동정과 호의를 느끼기 시작했던 것이다. 아무래도 피터 경 쪽이 더 많이 취한 듯했다. 오후의 차도 마시지 않았고, 저녁식사 때는 식욕이 없어 조금밖에 들지 못했기 때문이다. 하지만 샴페인으로 예지가 흐려진 것은 아니었다. 흥분의 도가 좀더 높아졌으며, 졸음이 달아났을 뿐이었다.

그는 말했다.

"우편함으로 들여다보았을 때 천장의 일부라든가 전등 같은 건 보이지 않았습니까?"

"아니오, 뚜껑이 방해가 되었기 때문에 홀 구석까지와 양쪽 벽밖에 보이지 않았습니다. 천장은 물론 바로 현관 앞의 바닥도 보이지 않았습니다."

"밖에서 보았을 때는 채광용 창문에서 흘러나오는 불빛 이외에 다른 불빛은 전혀 보이지 않았다고 했지요? 그런데도 우편함 뚜껑을 열고 집 안을 들여다보았을 때 양쪽 벽과 구석의 방에 불이 켜져 있는 것이 보였단 말이지요?"

"그렇습니다."

"그 골목의 집들은 모두 부엌문이 달려 있습니까?"

"네, 메리맨즈 엔드 골목을 나와 오른쪽으로 꺾어들면 조그만 빈터가 있는데, 그곳에서 집들의 뒤꼍으로 통하는 골목이 이어져 있습니다."

"당신 기억력은 굉장하군요. 지금까지 말한 것은 눈으로 본 일이지만, 다른 것에도 그만한 기억력이 있다면 이 문제의 해결이 쉬워질 텐데…… 예를 들어 당신이 조사한 집 가운데 이상한 냄새가 나는 집은 없었습니까? 특히 10번지, 12번지, 14번지, 세 채 가운데 말이오."

"냄새라고요?"

버트 경관은 눈을 감고 기억을 더듬었다.

"있습니다! 10번지였습니다. 두 올드미스가 사는 집말입니다. 그 집에서…… 뭐라고 하면 좋을까, 아주 예스러운 느낌이었지만 굉장히 좋은 냄새가 났습니다. 무슨 냄새였느냐고 물으시면 대답하기 난처하지만, 라벤더도 아니고…… 아무튼 여자들이 장미 잎이며 그 비슷한 것들을 섞어 단지 속에 넣어두는…… 맞습니다! 생각이 납니다! 향단지…… 바로 그 냄새가 났습니다. 그리고 12번지에서는 아무 냄새도 나지 않았습니다. 깨끗이 청소되어 있었기 때문이겠지요. 만나서 이야기한 것은 아버지와 아들 두 사람이었는데, 무척 깨끗한 것을 좋아하는 하인을 두고 있구나 하고 느꼈던 기억이 납니다. 바닥도 벽판자도 얼굴이 비칠 만큼 반들반들했습니다. 밀랍과 테레핀 유로 날마다 열심히 닦지 않는 한 아무리 재료를 갖추어놓는다 해도 그렇게 반들거리지는 않을 겁니다. 일반적으로 냄새가 나지 않으면 깨끗한 느낌을 주는 법이지요. 그런데 14번지는 그와 달리 코를 들 수 없을 만큼 고약한 냄새가 났습니다. 인도사람이 우상 앞 제단에서 태우는 향 같은 아주 고약한 냄새였습니다. 나는 본디 검둥이의 체취를 몹시 싫어하거든요."

"당신의 기억은 모두 크게 참고가 되겠군요." 피터 경은 손가락 끝을 포개며 마지막 질문을 했다. "당신은 국립미술관에 들어가 본 적이 있습니까?"

"아니오, 없습니다." 버트 경관은 뜻밖의 질문에 놀란 듯 대답했다. "그런 곳에 무엇 하러 들어가야 합니까?"

피터 경이 말했다.

"이것 역시 런던이로군. 온 세계에서 가장 위대한 그 시설을 가장 이용하지 않는 것이 바로 런던에 사는 영국 사람들이랍니다. 그건 그렇고, 그 뉴욕의 만만치 않은 이들 속으로 들어가기 위해 어떤 방법을 쓰면 좋을까? 방문하기엔 아직 시간이 이르고…… 그러나 아침식사 전에 손을 써야 할 텐데, 빠르면 빠를수록 좋겠지. 당신이 부장을 만나기 전에 해결해야만 됩니다. 어떻게 한담? 아아, 이렇게 합시다. 이 방법이 효과적이겠군요. 변장을 합시다. 시대극은 나의 영역이 아니지만, 오늘 밤 우리 집에 아기가 태어나서 여느 생활의 궤도에서 벗어나 있으므로 한 가지가 벗어나나 두 가지가 벗어나나 마찬가지겠지요. 잠깐만 기다려주시오. 한바탕 목욕을 하고 옷을 갈아입어야겠소. 그래도 시간이 남겠군. 6시 전에 방문한다는 것은 예의에 어긋나는 일 테니까요."

욕실에 들어가면 상쾌한 기분을 되찾으려니 생각했던 것은 터무니없는 잘못이었다. 뜨거운 물에다 몸을 담근 순간 뜻하지 않은 나른함이 온몸에 퍼졌다. 샴페인에 취한 기분 좋은 상태도 모조리 사라졌다. 몸을 끌다시피 하며 욕조에서 나와 차가운 물로 샤워를 하고 나서야 겨우 기운을 차렸다. 옷을 고르는 데도 애를 먹었다. 회색 플란넬 바지는 쉽게 찾았지만, 난처하게도 칼날처럼 주름이 서 있어 그가 해야 할 역할에 어울리지 않았다. 하지만 그 점까지는 알아차리지 못하리라고 생각하며 그 바지를 그냥 입기로 했다. 문제는 셔츠였다. 소문이 날 만큼 수가 많았으나 모두 고급품이어서 이 일에 어울리는 야하고 값싼 것은 하나도 없었다. 잠시 동안 스탠드 칼라가 달린 하얀 스포츠용 셔츠를 들여다보며 생각에 잠겼으나 결국 꽤 화려한 푸른 빛깔의 것을 입기로 했다. 이것은 시험삼아 산 것인데 잘 어울리지 않아 그대로 두었던 것이다. 넥타이는 붉은 빛깔이 적당한데 가진 것이 없었다. 문득 아내 헬리에트의 소지품 속에 있는 오렌지 빛깔 바탕의 폭넓은 리버티 타이가 생각이 났다. 그것이라면 안성맞춤인데, 찾을 수 있을까? 그녀에게는 어울렸지만 남자인 그가 매면 눈살을 찌푸릴 만큼 야릇하게 보일 것이다. 바로 그 점을 노리는 것이지만. 피터 경은 옆방을 뒤져보았으나 생각과는 달리 쉽사리 찾을 수 없었다. 그러다가 문득 이상한 생각이 들었다. 그가 이렇게 아내의 서랍을 뒤지고 있는 동안 그녀는 두 간호사와 함께 이 집 맨 위층에 격리되어 갓 태어난 아들의 장래를 꿈꾸며 잠들어 있는 것이다…….

화장대 앞의 의자에 앉아 거울에 얼굴을 비춰보았다. 하룻밤 사이에 인상이 달라진 듯한 느낌이 들었으나 사실은 그날 하루 수염을 깎지 않은 것과 술이 아직 덜 깬 것뿐이었다. 두 가지 다 이제부터 하려는 일에는 도움이 되지만 막 태어난 아기의 아버지로서는 어울리는 일이 못되었다. 화장대 서랍을 모조리 열어보니 분과 손수건에 뿌리는 향수냄새가 풍겨 나왔다. 이어서 붙박이옷장을 열자 드레스, 슈트, 속옷들이 들어 있어 그를 감상적인 기분에 젖어들게 만들었다. 이윽고 마지막으로 장갑과 스타킹을 넣어두는 바구니를 찾아냈다. 이것이다, 이것이다! 바로 이 속에 있을 것이다. 과연 그 바구니 속에 필요한 리버티 타이가 화려한 오렌지 빛을 드러내고 있었다. 피터 경은 그것을 목에 매고 거울에 비친 보헤미안 스타일을 만족스레 바라보고 나서 아내의 방을 나왔다. 서랍을 열어놓은 채여서 도둑이 마구 뒤진 것 같은 인상을 주었다. 그는 자기 방으로 돌아가 오래 입어 낡은 트위드 윗옷을 꺼냈다. 이것은 스코틀랜드로 송어낚시를 하러 갈 때 입는 옷이었다. 갈색 즈크 신을 신고 바지 벨트를 죈 다음 차양이 부드러운 수수한 빛깔의 소프트 모자 리본에서 몇 개의 낚시 바늘을 뽑아버리고, 윗옷 소매 속의 셔츠 소매를 끌어올리자 치장은 끝났다. 그러나 어떤 생각이 떠올라 다시 아내의 방으로 가서 순모 목도리를 골라냈다. 폭이 넓고 초록색에 가까운 푸른 빛깔의 목도리였다. 몸차림을 마치고 아래층 홀로 내려가자 버트 경관은 입을 벌리고 코를 골며 자고 있었다.

피터 경은 낙심했다. 사람 좋은 경관을 동정한 나머지 사랑하는 아들이 태어난 날 밤을 희생했는데, 정작 본인은 고맙게 여기는 빛이 없었기 때문이었다. 하지만 이 사나이를 깨워봐야 별 수 없으리라.

피터 경은 하품을 하면서 경관 옆에 앉았다.

　6시 30분쯤 깊이 잠든 두 사람을 깨운 것은 하인 윌리엄이었다. 그는 홀에서 야릇하게 차려입은 주인이 덩치 큰 경관과 함께 잠들어 있는 것을 보고 놀랐으나, 예의를 몸에 익힌 사람답게 소리 내지 않도록 조심하며 샴페인 병과 술잔을 치우려고 했다. 그런데 술잔 부딪치는 작은 소리에 피터 경이 잠을 깼다. 그는 언제 어디서나 고양이처럼 잠귀가 밝았다.

　"아아, 윌리엄인가. 그만 잠이 들어버렸군. 너무 잤나? 지금 몇 시지?"

　"6시 35분입니다."

　"그럼, 아직 괜찮겠군." 피터 경은 이 하인이 맨 위층에서 잠을 잤다는 생각이 나자 물어보았다. "서부전선에는 이상이 없나?"

　"이상 없습니다. 아기는 5시쯤 한 차례 울었습니다만, 매우 상태가 좋다고 젠킨 간호사가 말했습니다." 윌리엄은 미소 띤 얼굴로 대답했다.

　"젠킨 간호사? 아아, 그 젊은 간호사 말이군. 그런데 윌리엄, 나의 이 우스꽝스러운 차림을 보고 이상하게 생각하지 말게. 버트라는 이 경관님을 위해 일을 좀 해야 하기 때문에 그러니까. 그럼, 그 사람의 옆구리를 쿡쿡 찔러서 깨워주게."

　메리맨즈 엔드에서는 이른 아침의 활동이 시작되고 있었다. 막다른 골목에서 우유배달부가 종을 치며 나왔고, 집집마다 2층 방에 전등이 켜졌으며, 커튼을 열어젖히는 손들이 보였다. 10번지 집 앞에서는 하녀가 층계를 쓸고 있었다. 피터 경은 버트 경관을 골목 입구에 세워 놓고 말했다.

"먼저 나 혼자 가보겠소. 경관과 함께 가면 좋지 않을 테니까. 손 짓하거든 빨리 오시오. 12번지의 그 상냥한 신사 이름이 무엇이었지요? 아마 그가 참고가 될 만한 이야기를 들려줄 거요."

"오핸로런 씨입니다."

버트 경관은 기대가 잔뜩 담긴 눈으로 피터 경을 보았다. 지금 그는 행동은 특이하지만 친절한 점에서는 의심할 여지가 없는 이 귀족을 완전히 믿고 모든 것을 맡겨버렸다. 피터 경은 낡은 소프트 모자 차양을 눈 위까지 내려쓰고 두 손을 주머니에 찌른 멋들어진 모습으로 골목을 천천히 걸어가고 있었다. 그는 12번지 앞에서 걸음을 멈추더니 창문을 바라보았다. 아래층 창문이 모두 열려 있는 것으로 보아 사람들이 깨어났음이 분명했다. 그는 망설이지 않고 층계를 올라가 우편함 뚜껑을 열고 살짝 들여다본 다음 초인종을 눌렀다. 깨끗한 푸른 옷에 하얀 모자를 쓰고 앞치마를 두른 하녀가 문을 열었다.

"실례!" 피터 경은 낡아빠진 모자를 조금 들어올리며 대륙 억양이 섞인 말투로 말했다. "오핸로런 씨 계십니까? 아버지가 아니라 젊은 오핸로런 씨 말이오."

"계십니다." 하녀는 수상쩍은 눈으로 그를 보며 대답했다. "하지만 아직 일어나시지 않았는데요."

"아아, 그래요? 조금 이른 모양이군. 하지만 빨리 만나보고 싶어서 그러는데, 그를 좀 깨워주지 않겠소? 먼 거리를 걸어왔기 때문에……." 그는 동정심을 끌려는 듯한 목소리로 말했다.

"어머나, 그러세요!" 하녀는 그만 끌려들어가 동정의 말을 덧붙였다. "그러고 보니 무척 피로해 보이시는군요."

"대단치는 않소." 피터 경이 말했다. "다만 저녁식사를 제대로 먹지 못했을 뿐이니까요. 하지만 오핸로런 씨를 만나면 되오."

"들어오세요, 곧 깨워드릴 테니까요."

하녀는 몹시 지쳐 보이는 낯선 사나이를 집 안으로 안내하여 의자에 앉게 한 다음 이름을 물었다.

"누구시라고 할까요?"

"페트로빈스키." 피터 경은 시치미를 떼고 말했다.

피터 경은 처음부터 예상하고 있었지만 귀에 익지 않은 이름도, 색다른 옷차림도, 너무 이른 아침의 방문도 하녀는 별로 이상하게 여기지 않았다. 그녀는 그를 판자가 깔린 작은 홀에 남겨놓은 채 2층으로 올라갔다.

혼자 남게 된 피터는 의자에 자세를 바로하고 앉아 가구다운 가구 하나 없는 홀을 둘러보았다. 현관문 바로 옆에 천장에서 늘어진 전등이 켜져 있었고, 우편함 안쪽에는 여느 집과 마찬가지로 쇠망바구니가 달려 있었으며 바닥에는 갈색 하드롱 지가 깔려 있었다. 집 뒤쪽에서 베이컨 굽는 냄새가 흘러나왔다.

이윽고 층계에서 발소리가 나더니 젊은 남자가 뛰어내려왔다. 그는 가운 차림이었는데, 큰소리로 떠들어댔다.

"스테판이 아닌지 모르겠군. 하녀는 위스키 씨가 왔다고 했지만, 또 마사가 달아난 모양이지? 그렇지 않고서야 이렇게 이른 아침에 ……아니, 사람을 잘못 보았나? 당신은 누구십니까?"

"윔지요." 피터 경이 조용히 말했다. "위스키가 아니라 윔지라는 사람이오. 그 경관의 친구지요. 당신의 원근화법이 얼마나 훌륭한지 칭찬해 주고 싶어서 잠깐 들렀소. 2차원의 평면에 3차원의 안길이를 보여주는 뛰어난 기술. 당신 앞에서라면 글레드나 랑블레는 물론 정교한 기법으로 이름난 반 훅스트라텐도 무색할 거요."

젊은 사나이는 칭찬을 듣자 만족한 표정을 지었다. 그는 우스꽝스럽게 눈을 반짝이며 귀를 반수신(半獸神)처럼 쫑긋쫑긋 움직였으나 어딘지 양심에 가책을 받는 듯한 웃음소리를 냈다.

"나의 심미적 살인이 마침내 탄로난 모양이군요. 너무 잘되면 오래 가지 못한다는 말이 맞습니다. 하지만 경관들이 14번지의 사나이를 좀더 괴롭힐 줄 알았는데…… 대체 당신은 무엇 때문에 이 문제에 끼어들게 되었지요?"

피터 경이 대답했다.

"나는 아무래도 그 경관에게 도움을 청하고 싶은 마음을 일으키게 하는 타입으로 생긴 모양이오, 그 이유는 잘 모르겠지만. 그리고 푸른 제복을 입은 덩치 크고 완강한 호인 경관이 보헤미안 차림의 낯선 사나이에게 이끌려 우편함 구멍으로 집안을 들여다보았다는 이야기를 들으니——당연한 일이지만——국립미술관의 어떤 방이 생각났소. 나도 그곳에서 작은 암실 내부를 구멍으로 들여다보며 폴란드 화가의 뛰어난 기술에 감탄한 적이 여러 번 있었으니까요. 상자 속의 평면에 집 안 광경이 그려져 있었는데, 실물을 보는 듯한 착각을 일으켰거든요. 당신도 그것 못지않게 훌륭히 만든 모양인데, 그 때문에 오히려 영광스러운 침묵을 유지하기가 곤란해졌지요. 언젠가는 당신 자신의 혀가 근질근질하여 아일랜드 사투리로 자랑하지 않을 수 없게 될 겁니다. 물론 하인들은 눈치채지 못하게 해 놓았겠지만."

"설명해 주시지 않겠습니까?" 오핸로런이 탁자 위에 비스듬히 걸터앉으며 말했다. "이 지구 위에 사는 모든 사나이의 직업을 알고 있을 리는 없을 텐데, 어떻게 내가 한 짓이라는 걸 아셨지요? 나는 내 그림에 본명으로 서명한 적이 없거든요."

"그 경관은 셜록 홈즈의 왓슨 박사처럼 자신도 모르게 관찰한 사실을 통해 진상을 이야기했지요. 이집 사람의 짓임을 알아차린 단서는 테레핀 유 냄새였습니다. 경관이 맨 처음 방문했을 때 무대장치가 여전히 홀 어딘가에 놓여 있었던 모양이지요?"

"한데 뭉쳐서 층계 밑에 쑤셔 넣었었지요." 화가가 대답했다. "그 뒤 아틀리에로 옮겨놓았습니다만. 뒤처리는 아버지가 맡아 하셨는데, 경찰이 도착하기 전에 도구들을 눈에 띄지 않는 한쪽 구석에 쑤셔 넣고 현관문 위의 번지표 '13번지'라고 쓴 푯말도 가까스로 떼어버렸지요. 내가 지금 앉아 있는 이 탁자를 제자리로 돌려놓을 시간도 없었습니다. 그때 경관이 재빨리 식당을 들여다보았다면 모든 일이 발각되었을 겁니다. 하기야 아버지는 운동신경이 굉장히 발달된 분이어서 들키지 않도록 잘 처리해 주셨습니다만. 침착하게 일을 처리하는 정신력에는 새삼스럽게 감탄하지 않을 수 없었답니다. 경관을 현장에서 떼어놓기 위해 내가 집 둘레를 빙빙 도는 동안 성채를 단단히 다져 주셨으니까요. 진상은 아시다시피 간단합니다. 다만 아버지는 아일랜드 사람이므로 권위에 반항하기를 좋아하셔서 경관만 보면 놀려주고 싶어하는 것이 결점이지요."

"한 번 뵙고 싶군요. 그런데 아직도 이해할 수 없는 것은 무엇 때문에 그토록 복잡한 장난을 쳤느냐 하는 점입니다. 설마 경관의 주의를 끌어놓고 그동안 도둑질할 생각은 아니었을 테지요?"

"천만에요. 그런 엄청난 일은 생각해 본 적도 없습니다."

젊은 사나이의 목소리에 후회하는 빛이 감돌았다.

"그 경관은 예정에 있었던 희생자가 아닙니다. 우연히 연습하고 있는데 등장했을 뿐이지요. 너무 잘 들어맞아 우리가 그만 우쭐해버린 거랍니다. 우리는 다만 예술상의 의도에서 그런 것인데……이제부터 그 이야기를 하겠습니다. 나의 큰아버지는 왕립미술원 회원 루시어스 플레스턴 경입니다."

"아아, 그랬었군요!" 피터 경이 말했다. "그렇다면 좀 이해가 갑니다."

오핸로런은 설명을 계속했다.

"나의 화풍은 물론 새로운 스타일입니다. 큰아버지는 그것이 마음에 들지 않아서 걸핏하면 내 그림은 기초도 되어 있지 않다고, 아카데믹한 공부가 부족하다고 핀잔하셨습니다. 그래서 결국 반격작전으로 나가볼 결심을 하셨지요. 내일 밤 만찬회에 큰아버지를 초대하여, 그 자리에서 옛날 이 골목에서 있었던 13번지 집의 기괴한 이야기를 들려주는 겁니다. 지금도 이따금 유령이 나타나 이상한 소리를 낸다고 말입니다. 그리고 큰아버지를 주무시고 가도록 붙든 다음 한밤중에 구실을 만들어 큰아버지를 한길까지 끌어냅니다. 그때 갑자기 이 골목에서 외침 소리가 나는 거지요. 나는 큰아버지와 함께 급히 집으로 달려옵니다. 그리고 큰아버지가 우편함 구멍으로 들여다보면……."

"알았소, 루시어스 경에게 충격을 주어 당신의 아카데믹한 기술이 얼마나 정밀한지 보여주려는 거였군요."

"잘 되어야 할 텐데……무대연습은 성공했지만 진짜는 이제부터지요."

그는 좀 불안한 듯이 피터 경의 얼굴을 보았다. 피터 경은 고개를 끄덕이며 말했다.

"성공을 빌겠소. 하지만 그와 동시에 루시어스 경의 심장이 튼튼하기를 빌어야겠군요. 그리고 나는 불행한 경관의 고민을 거두어주어야 합니다. 그는 근무 중에 술을 마셨다는 의심을 받아 승진할 기회를 놓치고 있거든요!"

"정말입니까?" 오핸로런이 놀라며 외쳤다. "그렇게 될 줄은 생각도 못했습니다. 그를 데려와주시겠습니까?"

밤에 우편함으로 들여다본 것과 아침 햇빛 속에서 본 것이 같은 물건임을 버트 경관에게 이해시키기는 무척 힘들었다. 캔버스에 그려진 그림은 그 모양이 계산에 의해 단축되었고 비뚤어져 있었기 때문이다. 결국 커튼을 쳐서 어둡게 한 다음 그것을 아틀리에 안에 세워놓고 불빛을 투사하자 경관은 겨우 납득했다.

"정말 희한한 물건이군요." 버트 경관은 말했다. "마치 머스켈린 (존 네빌 머스켈린, 1839~ 1917, 영국 마술계의 대가)과 데반트 (데이비드 데반트, 1868~ 1941, 머스켈린의 파트너)의 요술을 보는 것 같은데요, 이것을 부장님이 보시게 된다면……."

"내일 밤 그를 이곳으로 데려오면 됩니다."

오핸로런이 대뜸 말했다.

"우리 큰아버지의 보디가드 역할도 해주게 말이오." 그리고 그는 피터 경을 보며 부탁했다.

"이 일은 당신께서 맡아주시는 게 좋겠군요. 경관들을 잘 다루실 테니까요. 블룸즈베리 그룹 (20세기 첫 무렵 런던의 블룸즈베리에 모여 지적인 교류를 즐기던 작가, 예술가, 학자들의 그룹)의 누군가가 배가 고파 휘청거리던 모습은 나의 투시화법보다 훨씬 뛰어난 명연기였습니다. 부탁을 들어주시겠습니까?"

피터 경이 대답했다.

"글쎄요…… 실은 이 옷이 고통스러워졌답니다. 게다가 경관을 놀린 줄 알게 되면──왕립미술회원은 당신 큰아버지니까 놀라게 하는 건 당신 마음대로지만──경관은 법의 수호자이니만큼 그대로 넘어가지 않을 겁니다! 더욱 나는 오늘 아침 아버지가 되어서 가족들에 대한 책임을 느끼기 시작하고 있답니다."

The Undignifed melodrama of the Bone of Contention
불화의 씨, 작은 마을의 멜로드라마

"이 심한 비와 바람은 마치 당신이 런던에서 몰고 오신 것 같군."
플로비셔 핌 부인이 반농담으로 피터 윔지 경에게 말했다. "이제 그
만 내려야지, 내일 장례식이 걱정이에요."

피터 윔지 경은 창밖의 뜰을 내다보았다. 짙은 초록빛 잔디와 나무
에 비가 억수같이 퍼붓고 월계수에 빽빽이 달린 잎을 사정없이 씻어
주고 있었다. 그렇지만 월계수는 방수 비옷처럼 우뚝 서 있었다.

"정말 비를 맞으며 치러야 하는 장례식만큼 참석자들로서 고통스러
운 일도 드물 겁니다."

"네, 그 말씀이 맞아요. 나이든 분들의 불평 소리가 들리는 것 같
군요…… 이런 외진 시골의 작은 마을에서는 겨울 동안에 즐거움
이라고는 장례식밖에 없다고 해도 심한 말이 아니지요. 그래서 지
난 몇 주일 동안은 내일 있을 장례식 이야기로 들끓어왔답니다."

"대체 누구의 장례식입니까?"

피터 경의 질문에 비로소 이집 주인 플로비셔 핌이 입을 열었다.

"당신은 런던이라는 작은 마을에 살고 있으니까, 이 마을 사정을

잘 모르는 것도 무리가 아니지요. 그러나 내일 치르는 장례식만큼 굉장한 것은 여태껏 이 고장에 없었답니다. 마을로서는 획기적인 일이라고도 할 수 있는 큰 사건이지요."

"그토록 성대한 장례식입니까?"

"그렇다오. 당신도 버독 노인의 이름은 들은 적이 있겠지요?"

"버독? 버독 노인이라면 이 고장에서 잘 알려진 대지주가 아닙니까?"

"생전에는 그랬지요." 플로비셔 핌은 고쳐 말했다. "하지만 지금은 고인입니다. 약 3주일 전에 뉴욕에서 세상을 떠났지요. 거기서 유해가 옮겨져 온 겁니다. 버독은 수백 년 전부터 이 고장에 살아온 집안의 주인으로서 이 마을에 조상으로부터 물려받은 큰 저택도 가지고 있었지요. 따라서 대대 조상들은 모두 이 마을교회 묘지에 묻혀 있답니다. 그야 싸움터에서 죽은 사람의 경우는 다르지만. 아무튼 이 버독은 미국에서 사망했는데, 그 사체를 방부 처리하여 송환하겠다고 그의 비서가 전보로 알려왔습니다. 그 배가 오늘 아침 사우샘프턴에 들어와 저녁 6시 30분까지는 관이 런던을 거쳐 이곳에 도착할 예정이지요."

"그렇다면 당신도 그 관을 마중하러 나갑니까?"

"아니, 나는 가지 않소. 나를 필요로 하는 일이 아니니까. 하지만 온 마을이 그 관을 맞이하기 위해 법석이랍니다. 졸리프네 식구들은 신이 나서 관을 날라 오기 위해 모티머네 말을 두 마리나 빌렸답니다. 그래서 나는 걱정스럽습니다. 모티머네 말은 사나워서 날뛰기 시작하면 관을 뒤엎을지도 모르니까요."

이때 플로비셔 부인이 참견했다.

"여보, 우리가 가지 않으면 버독 댁 분들에게 실례가 되지 않을까요?"

"내일 장례식에 참석할 텐데, 뭐, 그것으로 충분하오. 마을사람들이 마중하러 나가는 것도 그 댁 유족들에게 조의를 표하기 위해서지, 그 노인을 애도하는 마음에서 가는 사람은 하나도 없잖소."

"하지만 여보, 아무리 그런 노인이었지만 돌아가셨으니……"

"바로 여기에 성가신 문제가 있단 말이오, 애거서. 버독이라는 늙은이는 옹고집에다 심술궂기까지 해서 마을사람들이 모두 싫어했는데, 그렇지 않다고 우겨봐야 무슨 소용이 있겠소? 그는 마지막에 일으킨 스캔들 때문에 이 고장에서 살기가 힘들어져 미국으로 달아났잖소. 그때까지도 별의별 나쁜 짓을 다했지만, 재산이 있어서 돈으로 해결했었지. 그렇지 않았다면 교도소에 들어가지 않고는 안 되었을 거요. 그래서 나는 행콕 목사가 하는 일이 마음에 들지 않는단 말이오. 그가 이 장례식을 집행하는 것은 목사라는 자격 때문에 잠자코 보아주겠소. 위드 노인의 장례식 때도 그랬으니까. 물론 위드 노인은 충분히 그런 장례식을 받을 만한 사람이었지만. 그리고 행콕 목사가 성체 제의 때 성의를 입는 것도 눈감아줄 작정이오. 입고 싶다면 유니언 잭(^{영국}_{국기})을 입어도 좋소. 하지만 버독의 관을 교회 안 남쪽 복도에 안치하고 그 둘레에 촛불을 세워놓은 뒤 '붉은 암소'의 하버드나 더긴즈의 아들에게 기도를 시킨다면 어림도 없지! 아무리 목사라 할지라도 해서 좋은 일이 있고 나쁜 일이 있지 않겠소?

마을사람들도, 특히 낡은 세대 사람들은 납득하지 않을 것이오. 기뻐하는 것은 젊은이들뿐일 테지. 그들은 무언가 오락을 원하고 있기 때문이오. 아무튼 버독네 소작인들은 그 노인에게 시달림을 받았기 때문에 꽤 시끄럽게 말하고 있는 것 같소. 어젯밤에도 소작인을 관리하는 심프슨이 걱정되어 나에게 의논하러 왔더군. 그는 착실한 사람이오. 그런 착실한 사람이 걱정하기 때문에 나는 행콕 목사에게 말해 주겠다고 약속했소. 그래서 오늘 아침 목사에게 이야기했더니 받아들이기는커녕 내게 냉정하게 대하는 거였소!"

"요즘 젊은이들은 자신이 무엇이든지 알고 있다고 믿고 있어요. 그 대표적인 사람이 행콕 목사지요. 상식 있는 사람이라면 당신 말을 순순히 받아들였을 텐데…… 당신은 오래 전부터 이 고장의 치안판사 일을 맡아왔으니까 이 교구에 대해서도 새로 온 목사보다 훨씬 잘 알고 계시다는 것을 그런 사람들은 모르나 봐요."

플로비셔 핌은 고개를 끄덕이며 말했다.

"그런 묘한 입장에 놓여서 고집을 부리고 있는 것 같기도 하오. 버독 노인이 죄 많은 사람이었다면 그만큼 더 많이 기도해 주어야 한다는 것이 그 목사의 논리라오. 그래서 나는 그것도 좋은 생각이지만, 그 노인을 천국으로 보내기 위해 드리는 당신이나 나의 기도 정도로는 턱도 없을 거라고 비웃어주었소. 그러자 행콕 목사는 '그 말씀이 맞습니다, 플로비셔 핌 씨. 그래서 나는 그 노인을 위해 철야기도할 사람으로 8명을 모아 밤새도록 기도드리기로 했습니다.' 라고 말하지 않겠소? 이러는데 내가 뭐라고 하겠소."

"어머나, 철야기도 할 사람을 8명씩이나!" 플로비셔 핌 부인이 놀라며 외쳤다.

"8명이 모두 함께 모이지는 않을 거요. 아마 한 번에 2명씩 교대로 기도를 드리겠지. 그래서 나는 말했지. '8명이나 부른다면 비국교도(非國教徒)도 있을 텐데, 그럼, 그들에게 주지 않아도 될 좋은 기회를 주게 되는 셈이 아니오' 하고 말했지. 그러자 행콕 목사도 그렇지 않다고 하지는 못하더군."

피터 경은 마멀레이드 병을 끌어당기며 생각했다. 비국교도들은 언제 어느 때든 기회를 노리고 있다. 그것이 문손잡이건, 홍차 주전자 손잡이건, 펌프 손잡이건, 전혀 가리지 않고 무엇이나 이용하려고 생각하는 것이다. 그는 엄격한 국교도 분위기에서 자라났기 때문에 그만큼 비국교도의 특수한 기질을 잘 알고 있었다.

그래서 그는 자기의 의견을 말해 보았다.

"이런 작은 교구에서는 동정심도 극단적으로 치닫기 쉬운 법이지요. 그 동정심이 머리가 단순한 마을의 노인이며 교회 성가대에서 노래하는 딸을 둔 대장장이의 마음을 사로잡겠지요. 그런데 거기에 대해 버독네 가족들은 뭐라고 합니까? 그 노인에게는 아들도 몇 명 있을 텐데요?"

"지금은 둘뿐이라오. 올딘이라는 아들이 있었는데 죽었지요. 그리고 마틴은 지금 미국에 가 있소…… 그는 아버지와 뜻이 맞지 않아 외국으로 나간 채 돌아오지 않는다오."

"원인은 무엇입니까?"

"스캔들때문이지요. 마틴이 어떤 처녀에게 임신을 시켰던 거요. 그녀가 영화의 단역배우인지, 타이피스트인지 잘 모르지만, 어쨌든 마틴은 그녀와 결혼하겠다고 했지요."

"그래서요!"

그 다음 이야기는 플로비셔 핌 부인이 들려주었다.

"마틴은 앞뒤 생각 없이 그 델라프림이라는 처녀와 약혼을 해버렸지요. 안경을 낀 처녀였어요. 그런데 차츰 소문이 퍼지기 시작했어요. 질이 좋지 않은 사람들이 몰려와서…… 네, 그녀의 가족들이었지요. 버독 씨를 만나게 해달라고 떼를 썼답니다. 칭찬하는 건 아니지만 쉽사리 위협당할 노인이 아니었지요. 그는 굳세게 맞서며 처녀 쪽이 나쁘니까 마틴을 고소하려면 해봐라, 아들 일로 협박당할 이유가 없다면서 쫓아버렸답니다. 당연한 일이지만, 집사가 문 앞에서 엿듣고 있었기 때문에 그들이 나눈 말은 순식간에 온 마을에 퍼져버렸지요. 그 뒤 얼마쯤 지나 마틴이 돌아와서 아버지와 크게 다투었다는군요. 몇 마일 밖에서도 들릴 만큼 큰소리로 말이에요. 마틴은 협박했다는 것도 모두 거짓말이라며 무슨 일이 있어도 그녀와 결혼해야겠다고 고집을 부렸답니다. 아무튼 마틴은 괴짜였어요. 협박하는 부모를 가진 처녀와 결혼하다니 무슨 마음에서 그랬는지 이해할 수가 없어요."

"그렇게 일방적으로 마틴이나 처녀의 부모를 나무라는 건 옳지 않아요." 플로비셔 핌이 부드럽게 타이르듯이 아내에게 말했다. "마틴이 나에게 털어놓았는데, 그녀의 부모들은 협박할 타입이 아니라는 거였어요. 신분이 좀 낮은 것만은 사실이지만 좋은 사람들이라는 거지요. 버독 노인을 만난 것은 마틴의 기분을 아버지의 입을 통해 확인하고 싶었기 때문이랍니다. 그녀가 우리 딸이었다면 우리도 그렇게 했을 거요. 하긴 버독 노인이 그것을 협박으로 받아들인 것도 무리는 아니지. 그 노인은 세상문제를 모두 돈과 관련지어 생각하는 사람이었으니까. 더구나 버독 집안의 대를 이을 신분쯤 되면 일을 해서 생활비를 벌어야 하는 여자에게 임신시켰다고 해서 그다지 나쁠 것도 없으며, 세상에는 그런 일이 얼마든지 있지 않느냐고 그 노인은 생각했던 거요. 물론 나는 마틴에게 그럴 권리가 있다고 생각지는 않지만
……."

부인이 얼른 대꾸했다.

"그 아버지에 그 아들이지요. 마틴은 젊은 처녀를 유혹하는 것쯤 아무렇지도 않게 생각했을 거예요. 그런데도 결국 결혼한 것을 보면 어지간히 약점이 잡혔었나 봐요."

플로비셔 핌도 지지 않았다.

"하지만 마틴 부부에게는 아이가 태어나지 않은 것 같다고 하잖소."

"그럴지도 모르지요. 그렇다면 더욱 처녀와 부모가 짜고 임신을 꾸

머대어 협박했다고 보는 게 옳지 않겠어요? 그 때문에 마틴 부부는 파리에서 살며 이 고장에 나타나지 않는 거라고 생각해요."

플로비셔 핌은 그 말에 동의했다.

"아무튼 나타나지 않는 것만은 확실하오. 그 스캔들은 버독 집안의 불행한 사건이거든요. 그건 그렇고, 아무튼 노인이 세상을 떠났기 때문에 우리는 마틴을 찾고 있지만 아직 오지 않았소. 언젠가는 틀림없이 돌아오겠지만, 그에게는 금방 돌아오지 못할 사정이 있다오. 그는 영화감독으로 일하고 있는데 지금 촬영 때문에 출장 중이라는군. 촬영을 중단할 수 없어 장례식에 오지 못한다는 거요."

"영화촬영 때문에 아버지 장례식에 참석하지 못하겠다는 건 이유가 되지 않아요."

"그런 일에는 엄격한 계약이 있는 법이오. 계약을 어기면 거액의 위약금을 물어야 하는데, 아마 마틴이 물어줄 만큼 적은 액수가 아닌 모양이지. 아버지와는 거의 인연을 끊고 살았으니 유산을 바랄 수도 없을 테고."

"그렇다면 마틴은 두 형제 중 동생입니까?" 피터 경이 물었다.

아무래도 그는 이 문제에 은근히 흥미를 느끼는 것 같았다. 시골마을에 흔히 있는 곰팡내 나는 멜로드라마 줄거리 이상의 무엇이 느껴지는 모양이었다.

"아니오, 그는 맏아들이라오. 그 장원(莊園)은 물론 저택과 토지도 세습상속의 대상이므로 현금으로 바꿀 수는 없지요. 그리고 버독 노인은 부동산 이외의 재산은 아무것도 이 마을에 두지 않았거든요. 전쟁이 끝난 뒤 한창 경기가 좋을 때 그 노인은 있는 돈을 모두 고무주식에 투자했는데, 그것이 고스란히 남아 있는 모양이오. 그러나 아직 유언장이 발견되지 않아 그 주식이 누구에게로 돌아갈는지는 아무도 모른다오. 아마 허빌랜드에게 돌아가지 않을까 싶소만."

"허빌랜드란 동생인가요?"

"그렇소. 그는 런던에서 사업을 하고 있지요. 무슨 비단양말 제조 회사의 중역이라는 것 같소. 그도 이 마을에 잘 나타나지 않았지만, 이번에 아버지의 사망 소식을 듣자 재빨리 돌아온 모양이오. 그는 지금 행콕 목사의 집에 묵고 있지요. 아버지의 드넓은 장원 저택은 그 노인이 미국으로 가기 4년 전부터 문을 닫아두었거든요. 허빌랜드로서도 형의 의견을 듣기 전에는 손대지 않는 편이 좋겠다고 생각한 것 같소. 유해를 교회에 옮겨 놓은 이유도 바로 그 때문이지요."

"장례식은 무사히 끝나겠지요." 피터 경이 중얼거렸다.

"아무튼 허빌랜드는 마을사람들의 기분을 좀더 참작해야 할 거요. 이 마을에서 버독 집안이 갖는 위치를 고려할 필요가 있지요. 그런 오랜 집안의 장례식이 끝나면 참석한 사람들을 초대하여 성대한 파티를 여는 게 옛날부터의 관습이므로 누구나 다 은근히 그것을 바라고 있답니다. 그런데 허빌랜드는 완전히 도시 실업가가 되어 그런 관심을 가볍게 보는 경향이 있는 것 같아요. 그러면서도 아버지의 유해를 교회에 모신 다음 촛불을 켜놓고 철야기도를 한다지 않소? 하긴 목사관에 머물고 있으니 행콕 목사의 의견을 무시할 수는 없을 테지만 말입니다."

"그건 그래요." 플로비셔 핌 부인이 말했다. "하지만 잘 알지도 못하는 행콕 목사댁에 묵지 말고 우리 집에 오면 될 텐데."

"당신은 나와 허빌랜드 버독 사이에 꽤 심한 다툼이 있었던 것을 잊었소? 그가 내 땅에서 제멋대로 사냥을 했기 때문이었지. 편지로 다투기는 했지만, 그 다음 그가 우리 집에 왔을 때 나는 만나지도 않고 돌려보냈었다오. 아버지 버독 노인은 나의 노여움을 이해했지만 허빌랜드는 그 뒤부터 나를 원망했소. 그래서 그냥 들어 넘길 수 없는 말을 떠벌리고 다닌 모양이오. 피터 경, 쓸데없는 말을 해서 실례하오. 이런 시골에서 일어난 시시한 일 따위는 당신을 지루하게 만들 뿐이겠지요. 아침식사를 마치면 뜰을 산책합시다. 이비로 엉망이 되어 유감스럽지만, 1년 중 요즘이 가장 보기 좋은 때지요. 그리고 코커스패니엘이 새끼를 낳았답니다. 그 녀석들도 보여드리고 싶소."

피터 경도 꼭 보여 달라고 말했다. 몇 분 뒤 두 사람은 나란히 자갈길을 밟으며 개집 쪽을 향해 가고 있었다.

"인생의 즐거움은 전원생활에 있지요." 플로비셔 핌이 걸어가면서 말했다. "런던에서 사는 사람들의 겨울 생활만큼 재미없는 것도 없을 거요. 하루 이틀은 극장에 가든지 하며 시간을 보낼 수도 있지만 그 다음부터는 어떻게 해야 좋을지 모를 지경이 되니까요."

두 사람은 덩굴시렁 밑을 지나갔다.

"플랜케트에게 주의를 좀 주어야겠군. 손질을 게을리 하고 있으니." 플로비셔 핌은 중얼거리며 길게 늘어진 덩굴줄기를 꺾었다.

덩굴시렁은 크게 흔들리더니 잎사귀에 매달렸던 빗물을 피터 경의 목덜미에 퍼부었다.

마구간 속에 큰 개집이 있고 코커스패니엘과 태어난 지 얼마 안 된 강아지들이 기분 좋은 듯 웅크리고 있었다. 반바지차림에 각반을 친 젊은 사나이 두 사람이 마중 나와 강아지들을 한 아름씩 안아 내밀었다. 피터 경은 엎어놓은 양동이에 걸터앉아 강아지들을 한 마리씩 찬찬히 살펴보았다. 어미 개는 처음에는 의심스러운 듯 피터 경의 장화 냄새를 맡아보며 코를 쿵쿵거리더니 그만하면 믿어도 되겠다고 생각했는지 어느새 그의 무릎에 몸을 비비며 반가워했다.

"강아지들이 언제 태어났더라?" 플로비셔 핌이 물었다.

"13일 전입니다."

"젖은 충분히 나오나?"

"충분합니다. 주인님의 지시대로 엿기름이 든 사료를 주고 있는데, 아주 효과가 좋은 것 같습니다."

"그럴 테지. 플랜케트는 찬성하지 않는 모양이지만 그 사료의 효과는 온 세상이 인정하고 있다네. 플랜케트는 지나치게 고집스러운 데가 있어서 새로운 실험을 전혀 받아들이려고 하지 않는단 말이야. 하지만 그 점만 빼놓으면 그의 사육방법은 믿어도 틀림이 없어. 그런데 플랜케트가 안 보이니 웬일이지?"

"오늘 아침에 몸이 좀 좋지 않다고 합니다. 아직 누워 있을 겁니다."

"그거 참, 안됐군. 류머티즘이 도졌나?"

"아닙니다. 플랜케트 부인의 말을 들으니 심한 충격을 받았다고 하더군요."

"심한 충격? 무슨 충격을 받았을까? 앨프나 엘시가 병이라도 났단 말인가?"

"아닙니다, 주인님. 그가 이상한 것을 보았다고 합니다."

"그게 무슨 말이지? 이상한 것을 보았다니?"

"그러니까, 저어…… 어떤 불길한 것, 죽음을 알리는 조짐을 보았다는 겁니다."

"죽음의 조짐? 그건 또 무슨 말인가? 별말을 다 듣겠군. 플랜케트가 그런 생각을 하다니 뜻밖이군. 제법 상식을 갖춘 사람인 줄 알았는데. 그래, 대체 무엇을 보았다고 하던가?"

"그게, 뭐라더라……."

"무엇을 보았는지 말하지 않나?"

젊은 메리듀는 더욱 고집스러운 표정을 지으며 얼버무렸다.

"정말 모릅니다."

"그대로 내버려둘 수는 없지. 그를 만나봐야겠군. 지금 집에 누워 있을 테지?"

"그렇습니다."

"그럼, 가봐야겠군. 피터 경, 함께 갑시다. 플랜케트를 그냥 내버려둘 수는 없소. 어떤 충격을 받았는지 모르지만 의사에게 보여야겠습니다. 여보게, 메리듀, 자네는 그대로 이 일을 해주게. 어미개를 잘 돌봐주어야 해. 이곳은 바닥이 벽돌이기 때문에 아무래도 습기가 쉽게 차서 개의 건강에 나쁘다는 건 알고 있지만, 콘크리트 바닥으로 고치려면 비용이 너무 많이 들거든."

플로비셔는 피터 경과 함께 마구간에서 나와 온실 옆을 지나 플랜케트의 아담한 집으로 향했다. 그 집은 채소밭 한가운데에 있었다.

"그가 앓아눕지 말아야 할 텐데, 아무래도 나이가 나이니만큼 걱정이오. 무엇을 보았는지 모르지만, 그처럼 단단한 사람이 죽음의 조짐에 겁을 내다니 이상한 일이로군. 아무튼 이 고장사람들은 미신에 너무 깊이 사로잡혀 우리들로서는 도저히 믿을 수 없는 일에도 겁을 먹는 수가 있다오. 아마 마을 술집에서 잔뜩 취해가지고 돌아오다가 어느 집 추녀 끝에 널려 있는 빨래를 잘못 보았을지도 모르지요."

"빨래를 보고 놀라지는 않았을 겁니다."

피터 경이 곧 부정했다. 그의 타고난 이론적인 기질은 아무리 하찮은 일이라 하더라도 누군가가 잘못 추리하면 고쳐주지 않고서는 배기지 못하는 모양이었다.

"왜냐하면 어젯밤에는 비가 억수같이 쏟아진데다 목요일이었으니까요. 화요일과 수요일은 맑게 개었으니 빨래가 모두 말랐을 겁니다. 그러므로 어젯밤 빨래를 걷어 들이지 않고 그대로 내버려둔 집은 없었을 것입니다."

"그렇겠군요. 그럼, 다른 무엇이었겠지요. 우편함이었을까, 아니면 기덴즈 할멈네의 하얀 당나귀였을지도 모르지. 플랜케트는 마시기 시작하면 곤드레가 될 때까지 마시는 나쁜 버릇이 있답니다. 하지만 개를 뛰어나게 잘 기르기 때문에 모두들 그 나쁜 버릇을 눈감아 주고 있지요. 그리고 아까도 말했듯이 이곳 사람들은 죄다 미신에 깊이 빠져 있어 하찮은 일도 정말로 믿어버리는 수가 많지요. 말하자면 문명과 동떨어진 곳이기 때문이에요. 여기서 15마일쯤 가면 애보트 볼턴이라는 마을이 있는데, 그곳에서는 암토끼를 절대로 사냥하지 않는답니다. 암토끼를 죽이는 것은 사람의 목숨을 빼앗는 것과 같다고 생각하기 때문이지요. 마녀의 전설도 아직 그 고장에는 살아 있답니다."

"그다지 놀라운 일은 아니오. 독일의 어느 지방에는 아직도 사람 늑대가 살고 있다니까요."

"그렇겠지요. 자, 이 집이오."

플로비셔 핌은 대문을 스틱으로 두드리고 들어오라는 말도 기다리지 않고 문을 열었다.

"잘 있었소, 플랜케트 부인. 들어가도 되지요? 지금 메리듀에게서 플랜케트가 아프다는 말을 듣고 불쑥 찾아왔소. 이쪽은 피터 윔지 경…… 나의 옛 친구요. 아니, 내가 이 사람의 옛 친구지, 하하하."

"어서 오십시오, 어서 오세요, 피터 윔지 경. 이렇게 와주셔서 그이도 무척 기뻐할 거예요. 어서 들어오세요…… 여보, 주인님께서 오셨어요."

노인은 난로 옆에 웅크리고 앉아 있다가 어두운 표정을 띤 얼굴을 돌리며 이마에 손을 댄 채 반쯤 몸을 일으켰다.

"플랜케트, 좀 어떤가?" 플로비셔 핌은 마치 환자를 진찰하는 의사같이 부드러운 목소리로 말을 걸었다. 이것은 장원 주인이 소작인을 다루는 태도이다. "바깥 출입을 못할 만큼 아파서 안됐군. 늘 아픈 그 병이 도졌나?"

"아닙니다, 주인님. 그렇지 않습니다. 덕분에 류머티즘은 깨끗이 나았습니다. 그런데 어젯밤 나쁜 조짐을 보았기 때문에 오래 살지 못할 것 같아요."

"오래 살지 못할 거라고? 바보 같은 소리 하지 말게, 플랜케트, 아마 무언가에 얹힌 모양이군. 나도 경험이 있지만 소화불량이 도지면 간장이 아프게 되고, 그러면 기분이 우울해지는 법이라네. 참고 견딜 수 없을 정도지. 그 병에는 어설픈 약보다 피마자기름을 마시고 옛날식으로 설사해 버리는 게 제일이라네. 나쁜 조짐을 보았다느니, 머지않아 죽을 거라니 하는 말은 하지 말게."

"그렇지만 지금의 저에게 약 따위는 아무 소용없습니다. 제가 마주친 그런 것을 본 사람은 무엇을 먹어도 살아날 수 없을 테니까요. 그래서 기왕 이렇게 오셨으니 한 가지 부탁드릴 게 있습니다."

"좋네, 무엇이든 들어주지. 무슨 일인가? 어디 말해 보게나."

"유언장을 만들어주셨으면 합니다. 그전 목사님이라면 그분에게 부탁드리겠습니다만, 이번의 젊은 목사님은 촛불이나 늘어놓을 뿐이어서 유언장을 만들어달라고 하기가 싫습니다. 법률적으로 온전한 것을 만들어줄 것 같지 않기 때문이지요. 제가 죽은 다음 말썽이 생기면 곤란하니까 펜과 잉크로 제대로 써주셨으면 합니다. 죽을 때가 가까웠으니 되도록 빨리 만들어두고 싶군요. 그 내용은 이렇습니다. 저의 소지품을 모두 여기 있는 아내 사라에게 준다. 사라가 죽으면 앨프와 엘시에게 반씩 나누어 준다."

"알겠네. 언제라도 좋네. 자네가 원할 때 써주지. 하지만 플랜케트, 죽을 병에 걸린 것도 아닌데 유언장을 쓰다니 좀 우습지 않나! 자네는 내가 죽은 다음에도 한참 더 살다가 죽을 텐데."

"아닙니다. 저는 이미 틀렸습니다. 죽음이 마중 나왔으니 가지 않으면 안 됩니다. 죽기 전에는 반드시 조짐이 보이는 법이지요. 아무튼 죽음의 마차를 본다는 건 무서운 일입니다. 그 마차에는 무덤에 들어가지 못하여 헤매는 영혼이 타고 있었습니다."

"정신 차리게, 플랜케트, 자네는 죽음의 마차를 정말로 믿나? 자네같이 사리판단을 잘하는 사람이 그런 말을 하다니…… 이런 말을 앨프가 들으면 얼마나 웃겠나!"

"젊은 아이가 무얼 알겠습니까? 아무것도 모릅니다. 하느님은 책에 씌어 있는 것보다 훨씬 이상한 일을 많이 하시거든요."

"그건 그렇네." 플로비셔 핌이 플랜케트의 말을 이어받았다. "자네 말이 맞네. 햄릿의 대사 가운데 '호레이쇼여, 하늘과 땅 사이에는 짐작할 수 없는 일이 너무 많구나'라는 말이 있듯이 정말 그러네. 하지만 그런 사고방식도 현대에는 통하지 않아. 20세기에 이르자 유령 같은 건 나타나지 않게 되었네. 제아무리 희한한 현상도 냉정하게 잘 생각해 보면 희한하지도 아무렇지도 않다는 게 드러나지. 아주 간단하게 설명할 수가 있네. 예를 들어 이런 이야기가 있지. 내 아내가 어느 날 한밤중 잠에서 깨어나 몹시 겁에 질려 떨더군. 누군가가 우리 침실로 들어와 문에다 목을 매달고 있는 것을 보았다니 놀라는 것도 무리가 아니지. 그때 나는 어떻게 하고 있었느냐고? 나는 아내의 옆 침대에서 곤히 잠들어 있었지 뭔가. 하하하. 들어보면 우스운 이야기였다는 것을 곧 알 수 있을 걸세. 목을 매달고 싶은 사람이 하필이면 우리 침실까지 들어올 이유가 없지 않나? 아무튼 기겁을 한 아내는 내 팔을 붙잡고 마구 흔들어댔지. 나는 하는 수 없이 목매단 사람을 확인하기 위해 일어나서 가보았다네. 그런데 그것이 무엇이었는지 알겠나? 바로 내 바지였다네. 내가 바지를 벗어 멜빵을 끼운 채 거기에다 걸어놓았거든. 양말까지 매달려 있더군. 그래서 나는 굉장한 꾸지람을 들었지. 입었던 옷을 차근차근 개어놓지 않았다고 말일세."

플로비셔 핌은 커다랗게 웃었다. 플랜케트의 아내도 고개를 끄덕이고 거들었다.

"그것 보세요, 주인님께서도 이렇게 말씀하시잖아요, 별것 아닌 일을 가지고 너무 마음 쓰지 마세요."

그러나 플랜케트는 고집스럽게 고개를 내저었다.

"마음 쓰고 안 쓰고가 문제가 아니오. 어젯밤 나는 이 눈으로 틀림없이 죽음의 마차를 보았단 말이오. 바로 교회종이 12시를 치고 있을 때였는데 그 마차가 수도원 담 옆길을 달려왔소."

"그런 한밤중에 자네는 무엇 때문에 거기 있었나?"

"누이동생의 아들이 뱃사람인데, 상륙허가를 얻어 집에 와 있답니다. 그래서 그 아이를 만나러 나갔었지요."

"조카의 건강을 축하하여 술을 너무 많이 마셨던 모양이로군." 플로비셔 핌은 둘째손가락을 들이대며 비난하듯 말했다.

"아닙니다. 맥주를 한두 잔 마시기는 했습니다만, 몸을 가누지 못할 만큼 취하지는 않았습니다. 아내에게 물어보면 아시겠지만, 집에 돌아왔을 때는 술이 완전히 깨어 있었습니다."

"그 말은 맞아요. 어젯밤에는 별로 취해 있지 않았어요. 거짓말이 아니에요."

"그래, 무엇을 보았단 말인가?"

"아까 말씀드렸듯이 죽음의 마차였습니다. 마차 전체가 기분 나쁠 만큼 괴이쩍고 바퀴 소리도 전혀 나지 않았습니다."

"림프트리나 헬로오팅으로 가는 대형마차였겠지."

"아니, 그렇지 않습니다. 짐마차는 아니었습니다. 말이 몇 마리인지 세어보았습니다. 네 마리의 백마로, 말굽 소리도 내지 않았고 말방울 소리도 나지 않았습니다. 뿐만 아니라……"

"아니, 사두마차라고! 정신 차리게, 플랜케트, 자네가 마차 두 대를 하나로 본 것이겠지. 이 지방에서 사두마차를 다룰 수 있는 사람은 애보트 볼턴의 모티머뿐인데, 그가 한밤중에 말을 달릴 이유가 없지 않나?"

"틀림없이 사두마차였습니다. 이 눈으로 똑똑히 보았습니다. 그리고 모티머 씨도 아니었습니다. 틀림없습니다. 그의 마차와는 달랐으니까요. 좀더 크고 역의 합승마차처럼 생겼으며, 등불은 하나도 켜져 있지 않았는데도 마치 달빛처럼 하얗게 빛나고 있었습니다."

"또 바보 같은 소리를 하는군! 어젯밤에는 달이 없었네. 캄캄한 밤이었단 말일세."

"그런데 마차는 달빛 같은 흰빛을 뿜고 있었습니다!"

"등불도 켜지 않았다고? 경관이 어째서 가만 두었을까?"

"경관도 사람이니까 그 마차를 멈추게 할 수는 없었겠지요." 플랜케트는 경찰관을 업신여기는 듯이 말했다. "어떤 사람도 그처럼 무서운 마차를 똑바로 보지는 못할 겁니다. 그리고 무엇보다도 무서운 것은 그 네 마리의 말이……"

"말굽 소리가 나지 않도록 천천히 달리고 있던가?"

"아닙니다, 구보로 달리고 있었습니다. 그러나 말발굽이 전혀 땅에 닿지 않기 때문에 소리가 나지 않았어요. 검은 길과 하얀 다리 사이가 반 피트쯤 떨어져 있었습니다. 그리고 말들은 머리가 없었습니다."

"뭐라고? 머리가 없었다고?"

"그렇습니다."

플로비셔 핌이 다시 큰소리로 웃었다.

"여보게, 플랜케트, 그런 말을 우리가 믿을 것 같나? 아무리 유령이라도 머리 없는 말을 달리게 할 수는 없겠지! 말고삐를 어디에 매겠나?"

"주인님은 웃고 계십니다만, 하느님은 어떤 일도 하실 수 있습니다. 네 마리의 백마는…… 이 눈으로 똑똑히 보았습니다만 목이 없었습니다. 그런데도 말고삐가 은빛으로 반짝이고, 멍에에 방울도 달렸으며, 방울 끝에서부터는 말고삐가 보이지 않았습니다. 절대로 틀림없습니다. 잘못 보았다면 지금 이 자리에서 죽어도 좋습니다."

"그 기묘한 마차에도 물론 마부는 있었겠지?"

"있었습니다, 한 사람."

"그도 머리가 없던가?"

"그렇습니다. 머리가 없는 마부였습니다. 적어도 내 눈에는 윗몸이 보이지 않았습니다. 어깨에 두른 구식 케이프는 보였습니다만."

"플랜케트, 꽤 자세히 관찰할 수 있었던 모양인데, 그 유령마차는 어느 정도 떨어진 곳에서 보았나?"

"대전기념비 옆을 지나갈 때 보았으니까, 아마 20야드, 아니면 30야드쯤 떨어져 있었습니다. 거기서 마차는 왼쪽으로 꺾어져 교회 묘지 담을 따라 달려가 버렸습니다."

"이야기가 점점 더 이상해지는군. 어젯밤같이 캄캄한 밤에, 그것도 2, 30야드나 떨어져 있었다니 자네 눈을 얼마쯤 믿어야 할지 모르겠네. 제발 그 일은 그만 잊어버리게."

"뭐라고 하셔도 안 되는 건 안 됩니다. 버독 댁의 죽음의 마차를 본 이상 1주일 안에 저 세상으로 간다는 건 이 고장사람이라면 누구나 다 알고 있지요. 아무리 버둥거려도 소용없는 일입니다. 그래서 유언장을 만들어 주십사고 부탁드린 겁니다. 제가 가지고 있는 돈이 틀림없이 사라와 아이들에게 간다는 것만 알면 마음 놓고 죽을 수 있습니다."

더 이상 다투어봐야 소용없음을 알고 플로비셔 핌은 플랜케트의 부탁을 받아들여 꾸지람에 훈계의 말을 섞어 중얼거리면서 유언장을 써주었다. 피터 경은 입회인으로서 서명하며 덧붙여 말했다.

"내가 당신이라면 마차 일은 잊어버리겠소. 이것은 틀림없는 말이오, 아시겠소? 당신이 본 것이 버독 집안의 유령마차라면 아마 죽은 노인의 영혼을 마중 나온 것이겠지요. 뉴욕까지 데리러 갈 수는 없으니까. 다시 말해서 그것은 내일 있을 장례식의 준비였단 말이오."

플랜케트는 고개를 끄덕였다.

"그건 확실히 그렇습니다. 옛날부터 버독 댁에서 누군가가 돌아가시면 틀림없이 이 부근에 죽음의 마차가 나타났었으니까요. 그리고 그것을 본 사람에게 불행이 찾아오는 것도 틀림없는 사실이었지요."

그러나 마차는 장례식 준비를 위해 나타난 것이며 플랜케트와는 아무 관계도 없다는 피터 경의 말에 그는 좀 기운을 차린 듯했다. 병문안을 온 두 사람은 쓸데없는 망상에 언제까지나 젖어 있지 말라고 거듭 타이른 다음 그 집에서 나왔다.

"놀랐지요, 피터 경?" 플로비셔 핌이 말했다. "이 고장사람들은 저토록 미신에 사로잡혀 있답니다. 너무 완고하기 때문에 이쪽에서 얼굴을 벌겋게 하고 타일러도 도무지 듣지 않아요."

"그런 것 같군요. 그런데 나는 지금 곧 교회로 가서 현장의 지형을 보고 싶소. 플랜케트가 서 있던 자리에서 얼마나 사물이 잘 보이는지 알아두고 싶습니다."

리틀 도더링 교회는 시골 교회가 대부분 그렇듯 외진 곳에 있었다.

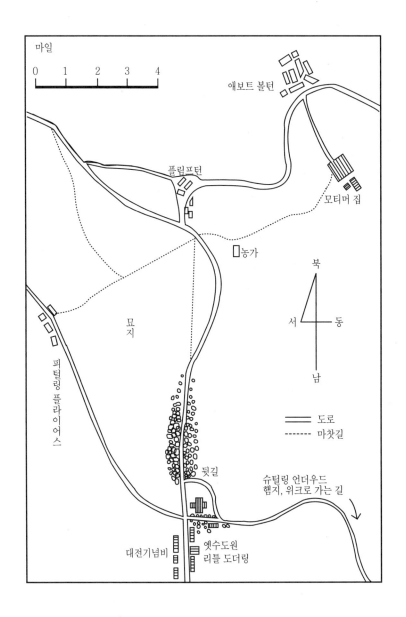

헬리오팅 거리에서 뻗어 나온 큰길은 애보트 볼턴 마을과 플림프턴 마을을 지나 교회 묘지의 서쪽 문 앞을 지나고 있었다. 드넓은 묘지에는 낡은 묘석이 가득 서 있었다. 묘지 남쪽에 울창하게 우거진 느릅나무들이 그늘을 던지고 있는 오솔길은 성당 부지와 더욱 낡은 시대의 흔적을 남기고 있는 도더링 수도원의 폐허 사이를 꿰뚫고 지나갔다. 이 오솔길을 '올드 플라이어리 레인(_{옛수도})'이라고 부르는데, 헬리오팅 거리에 이르기 조금 전에 세계대전 기념비가 서 있었다. 큰길은 거기서부터 곧장 뻗어 리틀 도더링 마을을 지나갔다. 교회 묘지 동쪽과 북쪽을 따라 활 모양으로 휘어진 또 하나의 오솔길이 있는데, 이것을 마을 사람들은 '뒷길'이라고 부르고 있다. 이 뒷길이 헬리오팅 거리에서 1백 야드쯤 떨어진 교회 북쪽 지점에서 올드 플라이어리 레인과 만나는 것이다. 그리고 이 올드 플라이어리 레인은 슈털링 언더우드, 햄지, 슬립시, 위크 등 여러 마을을 거쳐 빙 돌며 멀리까지 뻗어나가 있는 것이었다.

플로비셔 핌이 말했다.

"플랜케트가 무엇을 보았는지는 모르지만, 그것이 슈털링 쪽에서 플라이어리 레인을 달려온 것만은 틀림없는 모양이오. '뒷길'에는 경작지가 조금 있고, 한두 채의 농가가 있을 뿐이지만 플림프턴 마을 쪽에서 왔다면 큰길을 달리고 있어야 했을 테니까요. 따라서 바퀴자국을 찾아내려면 플라이어리 레인을 살펴봐야 할 텐데, 그건 나의 존경하는 명탐정 피터 경의 수완으로서도 곤란한 일일 거요. 그 길은 본디 쇄석(碎石)을 타르로 굳혀서 포장한데다 어젯밤의 심한 비로 모두 깨끗이 씻겨나갔을 테니 말이오."

"그렇겠군요. 특히 그의 말에 따르면 유령마차는 땅을 밟지 않고 달려갔다고 하니 바퀴자국은 남아 있지 않겠지요. 당신 추리가 옳은 것 같습니다."

그러자 플로비셔 핌이 다시 말을 이었다.

"아마 밤늦게 시장으로 야채를 싣고 가던 짐마차 두 대가 그 길을 지나갔을 거요. 그것을 플랜케트가 한 대의 마차로 잘못 본 거겠지요. 그 밖의 이야기는 그의 미신과 이 고장 특유의 맥주 취기 때문에 나왔을 겁니다. 마부며 말 멍에를 그토록 자세히 보았을 리가 없소. 그리고 마차가 소리도 내지 않고 갔다는데 그렇다면 어떻게 달려왔다는 것을 알았겠소? 그는 길이 마주치는 지점을 지나 반대쪽으로 걸어가고 있었을 텐데. 아마 그는 마차 소리를 들었을 거요. 거기까지는 사실이지만, 그 다음부터는 모두 그의 상상이오."

"아마 그렇겠지요." 피터 경이 동의했다.

플로비셔 핌이 이어서 말했다.

"하지만 짐마차가 등불을 켜지 않고 달렸다면 어느 마차였는지 빨리 조사해 봐야겠군요. 요즘에는 오토바이를 타고 다니는 사람이 부쩍 늘어서 충돌사고의 위험성이 아주 높아졌답니다. 바로 며칠 전에도 불을 켜지 않은 마차를 붙잡아 벌금을 물게 했는데, 훨씬 전부터 엄중히 다루었어야 할 일이지요. 그런데 피터 경, 당신은 교회 안을 살펴보고 싶다고 하지 않았소?"

피터 경은 시골에 나올 때마다 그 고장의 교회를 보고 싶어했기 때문에 그렇다고 선뜻 대답했다.

치안판사 플로비셔 핌은 그를 서쪽 입구로 안내하며 말했다.

"요즈음 이 교회는 어떤 날, 어떤 시간이든, 그리고 누구든 들어갈 수 있게 되어 있답니다. 교회란 기도 드리고 싶은 사람에게 늘 문이 열려져 있는 곳이라는 게 새로 온 목사의 사고방식이지요. 도시에서 온 목사이므로 그런 생각을 하는 것도 무리가 아니지만, 이 근처 사람들은 모두 농사꾼들뿐이어서 낮에는 언제나 밭에서 일하고 있지요. 마을사람들은 작업복차림에 흙투성이가 된 신을 신고 교회에 찾아가는 것은 하느님을 섬기는 태도가 아니라고 생각하고 있답니다. 그것도 일리 있는 생각이지요. 아니, 무엇보다도 낮에는 밭일 때문에 시간이 없거든요. 그래서 나는 그 목사에게 말해 주었습니다. 기도하는 기회를 주는 건 좋지만 상대방에게 그런 생각이 없을 때에는 소용이 없지 않겠느냐고 말이오. 그 목사는 아직 경험이 부족하오. 이제부터 경험을 쌓아 알아두어야 할 일이 많지요."

플로비셔는 교회의 입구 문을 열었다. 발을 들여놓자 축축한 공기가 쉰 듯한 향냄새와 함께 얼굴에 와 부딪쳤다. 그곳에 영국 교회의 모든 특징이 한데 모여 있었다. 두 개의 제단이 꽃과 금도금으로 장식되어 노르만 양식의 건축물에서 특이하게 느껴지는 위압적인 기분과 엄숙한 분위기 속에서 번쩍번쩍 빛났다. 거기에는 서로 모순된 두 가지 경향이 같은 강도로 깃들어 있었다. 따뜻하고 인간적인 느낌은 낯선 이국풍의 것이고 싸늘하고 쌀쌀한 느낌은 이 나라와 국민에게 본디부터 있었던 것이다.

"행콕 목사가 '무인용 예배소'라고 부르는 방이 남쪽 복도에 있는데, 이것은 물론 새로 지은 겁니다. 그때 마을사람들은 맹렬하게 반대했었답니다. 하지만 이 고장의 사교(司教)는 성당의 권위와 의식을 존중하는 고교회파(高教會派)에게는 아주 너그럽답니다. 지나치게 너그럽다고 비난하는 사람이 있을 정도로 그들의 말을 대부분 받아들이지요. 예를 들어 성찬대가 하나든 둘이든 기도하는데는 아무 지장 없는데 무엇 때문에 두 개씩 필요한지 나는 모르겠습니다. 하긴 행콕 목사가 젊은이들과 처녀들의 기분을 잘 맞춰주는 것은 정말 좋은 일이라고 생각합니다. 젊은이들이 모터바이크에만 열중하는 이 시대에 그들의 관심을 종교로 이끈다는 것은 좋은 방침이라고 할 수 있으니까요. 아마도 그 새로 지은 예배소에 버독 노인의 유해가 안치되어 있을 겁니다. 오오! 행콕 목사가 나오는군요 ! ”

높은 성단의 제문이 열리며 긴 목사 옷을 입은 깡마른 사나이가 나오더니 두 사람 쪽으로 내려왔다. 한 손에 떡갈나무로 만든 키만큼 큰 촛대를 들고 있었다. 그는 직업적인 미소를 띠며 두 사람에게 인사했다. 피터 경은 이 사람이 고지식하고 소심할 뿐 아니라, 반드시 지성적이지만은 않다는 것을 그 자리에서 알아차렸다.

새로 온 목사는 간단히 자기소개를 마친 다음 이야기했다.

“촛대가 지금 막 도착했습니다. 실은 제때에 오지 않을까 걱정했는데, 이것으로 준비는 완전히 끝마쳤습니다. ”

그는 촛대를 관 옆에 세우고 가까운 신자석에 놓인 종이꾸러미에서 꺼낸 양초를 놋쇠 못에 꽂았다.

플로비셔 핌은 말없이 그것을 보고 있었다. 피터 경은 관심을 보이는 게 예의일 것 같아 이런 때 쓰는 무난한 말을 했다.

그 말에 용기를 얻었는지 행콕 목사가 입을 열었다.

“이 장례식 준비를 하며 마을사람들이 교회 행사에 진심으로 흥미를 갖기 시작한 것을 알고 기쁘게 생각합니다. 오늘 밤 밤샘에는 8명의 철야기도자가 필요했는데, 그다지 어렵지 않게 모을 수 있었습니다. 밤샘은 10시부터 시작하며, 두 사람씩 교대로 내일 아침 6시에 예배를 올릴 때까지 기도를 계속할 겁니다. 처음 팀이 10시부터 2시까지 맡고, 그 다음에는 내 아내와 딸이 맡게 되지요. 그리고 4시부터 6시까지는 허버드 씨와 롤링슨 청년이 맡겠다고 했습니다. ”

“롤링슨이란 누구지요 ? ” 플로비셔 핌이 물었다.

“헬리오팅의 글레엄 씨 사무실에서 일하는 직원입니다. 그는 이 교구 사람은 아닙니다만 이 고장에서 태어났으므로 자격이 충분히 있는 셈이지요. 모터바이크를 타고 올 겁니다. 그리고 글레엄 씨는 지금 몇 년 동안 버독 집안의 고문변호사로 일해 왔기 때문에 어떤 방법으로든 조의를 표하고 싶겠지요."

"그럴 테지요. 다만 그 청년이 밤새도록 잠을 자지 못하면 내일 일에 지장이 있을지도 모르니 안됐군요." 플로비셔 핌이 무뚝뚝하게 말했다. "허버드는 매인 몸이 아니니까 자기가 하고 싶은 대로 하면 되겠지만……그렇긴 해도 술집주인이 별난 일을 다 맡는군요. 그야 그가 그 일에 만족하고, 당신 역시 그에게 부탁함으로써 만족을 느낀다면 내가 간섭할 문제가 아니지만 말이오."

피터 경은 공기가 험악해짐을 느끼고 다툼이 벌어지기 전에 얼른 끼어들어 화제를 돌렸다.

"행콕 목사님, 당신이 맡고 계시는 교회는 고풍스럽고 우아하며 아름다울 뿐 아니라 정말 훌륭합니다."

"그 말씀이 맞습니다. 내부가 얼마나 아름다운지 보셨습니까? 시골 교회치고 이토록 완전한 노르만 양식의 내부를 갖추고 있는 곳은 없을 겁니다. 지금부터 안내하겠습니다만, 틀림없이 만족하실 겁니다."

목사는 앞장서서 걸어가다가 불이 반짝이는 감실(龕室) 앞을 지나갈 때 무릎을 꿇고 십자를 그었다.

"그리고 이 교회는 특권을 부여받고 있답니다. 앓는 사람을 위해 성찬 보류를 허락받았지요."

목사는 두 사람을 안내하여 교회 내부를 안내해주며 유쾌하게 설명했다. 특히 지난날 수도사용 식당이었던 곳에서는 한층 더 목소리를 높여 말했다.

"이곳이 수도원에 딸린 교회였던 당시의 흔적이지요." 그는 아름다운 조각이 새겨진 성배 쟁반이며 성물 안치장 앞에서 의기양양하게 말했다. "이만큼 완전하게 보존되어 있는 곳은 좀처럼 찾기 힘들 겁니다. ”

피터 경은 그를 도와 몇 개의 촛대를 제구보관실에서 꺼내 각각 제 자리에 배치하는 일을 해준 다음 플로비셔 핌과 만나 교회 밖으로 나 갔다.

점심식사를 마치고 담배를 피우며 치안판사가 말했다.

“당신은 오늘 밤 램즈덴 씨 댁 만찬에 초대받았다고 했지요? 무엇 을 타고 가겠소? 당신 자동차로 갈 겁니까? ”

“가능하다면 댁의 말을 빌렸으면 합니다. 런던에 살고 있으면 말 탈 기회가 적거든요. ” 윔즈가 대답했다.

“그게 좋겠군요. 하지만 비가 밤까지 그칠 것 같지 않으니, 비 맞 을 각오를 하겠다면 폴리 플린더즈를 타고 가시오. 그 암말은 요즘 운동 부족인 듯하므로 아마 몹시 기뻐할 겁니다. 승마복은 가지고 왔소? ”

“가지고 왔습니다. 내 짐 속에 낡은 즈크(베실 또는 무명실로 두껍게 짠 직물) 가방이 있는 데, 거기 들어 있지요. 그리고 이 레인코트를 입으면 어지간한 비 는 겁낼 것 없을 겁니다. 램즈덴 댁에서도 평상복 차림으로 오라고 말했으니까요. 여기서 플림프턴 마을은 얼마나 되지요? ”

“큰길로 가면 9마일쯤 됩니다. 거기까지 죽 쇄석포장이 되어 있어 말이 달리기에는 별로 좋지 않지만, 다행히 길 양쪽에 꽤 폭이 넓 은 풀밭이 있으니까 그 길로 가면 될 거요. 그리고 도중 1마일쯤은 공용지를 통과할 수가 있소. 거기라면 말을 달리는데 안성맞춤이지 요. 그래, 몇 시에 떠나겠소? ”

“7시쯤 떠날까 합니다. 그때 떠나면 늦게 돌아올지도 모르므로 플 로비셔 핌 부인에게 폐를 끼치게 될까봐 걱정입니다. 램즈덴과 나 는 싸움터에서 함께 지냈지요. 그 무렵의 이야기로 꽃을 피우면 밤중까지 그치지 않을지도 모르거든요. 당신 집을 호텔처럼 생각하고 있다고 여기시면 난처하지만, 그러나……"

"그런 걱정은 할 필요 없소. 절대로 걱정하지 마시오. 우리 집사람에게 신경 쓸 것 없이 마음껏 추억담을 즐기고 오시오. 현관 열쇠를 드리지요. 쇠사슬만 벗겨놓으라고 일러두겠소. 다만 돌아왔을 때 모두 자고 있더라도 양해해 주시오."

"물론 그러셔야지요. 그런데 말을 어디다 넣으면 될까요?"

"메리듀에게 말해 놓을 테니 그에게 맡기시오. 그는 마구간 2층에서 잔답니다. 오늘 밤 당신이 즐겁게 보내기를 빌겠소. 염려스러운 것은 다만 청우계 바늘뿐이오. 내일 장례식에도 비가 올 것 같군요. 그러고 보니 당신은 가는 도중 관을 마중해 오는 일행과 마주치게 될지도 모르겠군요. 열차가 연착하지만 않는다면 10시쯤 교회에 도착할 예정이니까요."

기차가 정각에 도착한 듯 피터 경이 말을 타고 교회 부지 서쪽문 앞을 지나갈 때 관을 둘러싼 행렬이 문 앞에 서 있었다. 마차는 두 대였는데, 뒷마차의 마부가 말을 멈추게 하려고 애쓰고 있었다. 저것이 모티머에게서 빌린 사나운 말인 모양이라고 피터 경은 생각했다. 그는 암말 폴리 플린더즈를 솜씨 좋게 다루어 그들 옆을 지나가며 관이 마차에서 내려져 문 안으로 날라져 가는 것을 지켜보았다. 교회 입구에는 목사 옷을 입은 행콕 목사가 향로를 받든 소년과 횃불을 든 두 사람을 거느리고 마중 나와 서 있었다. 모처럼의 성대한 의식도 비 때문에 그 효과가 줄어든 듯했다. 이를테면 촛불이 꺼져버렸던 것이다. 그런데도 마을사람들은 이것을 멋진 구경거리로 보고 있는 모양이었다. 검은 프록코트에 실크햇 차림의 몸집 큰 사나이가 상복 위에 털가죽외투를 입은 부인과 함께 쏟아지는 깊은 애도의 말을 듣고 있었다.

'저 사나이가 노인의 막내아들인 비단양말 제조회사 중역 허빌랜드 버독임에 틀림없어.'

많은 화환이 바쳐지고 성가대가 잘 맞지 않는 찬송가를 부르는 가운데 사람들은 줄을 지어 교회 안으로 들어갔다. 피터 경이 탄 암말 폴리 플린더즈가 심하게 머리를 저었다. 그는 그것을 달리고 싶다는 의사표시로 받아들여 모자를 푹 내려쓰고 말에게 천천히 걸어가도록 지시한 다음 플림프턴 마을로 향했다.

말을 빠른 걸음으로 달리게 하여 울창한 나무숲이 많은 전원지대를 4마일쯤 지나자 플림프턴 공용지에 이르렀다. 큰길은 거기서 크게 휘어져 공용지를 따라 플림프턴 마을로 향하고 있었다. 그는 잠깐 머뭇거렸다. 해가 완전히 지고 어둠이 짙어 공용지 길도 타고 있는 말도 모두 낯설었지만 눈앞의 길은 나무랄 데 없는 승마도로인 듯하여 결국 그는 큰길을 버리고 공용지 길을 택하기로 했다. 폴리 플린더즈는 이 길을 잘 알고 있는 듯 망설이지 않고 달렸다. 거기서부터 1마일 반쯤 별 위험 없이 달려 다시 큰길과 합류했다. 거기서 길은 샛길과 갈려 있어 피터 경은 어느 쪽으로 가야 할지 몰라 주춤거렸으나 손전등 빛으로 도로표시를 보고 마음을 놓았다. 그리하여 10분 뒤에는 목적지에 닿았다.

램즈덴 소령은 명랑한 성격의 몸집이 큰 사람이었다. 싸움터에서 한쪽 다리를 잃었으나 명랑한 인품은 조금도 그 영향을 받지 않았다. 부인도 역시 몸집이 크고 성격이 밝았으며, 아이들도 모두 몸집이 크고 쾌활하기 그지없었다. 피터 경은 힘차게 불길이 피어오르는 난로 옆으로 안내되었다. 그리고 위스키소다를 마시며 명랑한 이집 사람들과 유쾌하게 이야기를 나누었다. 피터 경이 화제를 버독의 장례식으로 돌려 유령마차 이야기를 하자 램즈덴 소령은 껄껄 웃었다.

"미신을 지독히 믿는 이 고장사람들의 특징이라고 할 수 있지. 경찰관도 그 예외는 아니라네." 그러면서 그는 아내를 보며 말을 이었다. "당신도 기억하고 있겠지? 포그슨 오두막에 유령이 나온다는 소문이 나돌아 내가 가서 진정시켰을 때의 일을 말이오."

"잊을 리가 있겠어요." 부인이 힘주어 대답했다. "그때 우리집 하녀들이 재미있어하며 늘 그 이야기만 했었지요. 트리베트…… 이 마을의 경관이에요. 그가 어느 날 밤 우리 집으로 뛰어들어오더니 부엌에서 기절하고 말았어요. 모두들 이름을 부르기도 하고 우리 집에서 가장 좋은 브랜디를 마시게 하며 의식을 회복시키려고 애쓰는 동안 저이는 트리베트가 유령을 보았다는 현장을 살피러 갔었답니다."

"그래, 유령을 찾아냈습니까?"

그 다음 이야기는 소령이 맡았다.

"찾아내긴 했는데 유령이 아니라 흙 묻은 구두 한 켤레와 먹다 남은 돼지고기 파이 찌꺼기뿐이었네. 즉 부랑자가 숨어들어가 있었던 모양일세. 이 고장에는 이따금 그런 이야기가 나돈다네. 거기에 꼬리가 달려 소문이 점점 크게 퍼지는 거지. 어젯밤에는 한밤중에 공용지에서 불이 나 한바탕 법석이었네. 아직 그 이유는 밝혀내지 못했지만."

"집시의 짓일 거예요." 부인이 말했다.

"그럴지도 모르지. 하지만 아무도 집시의 모습을 본 사람은 없거든. 그런 불은 대개 뜻하지 않을 때 뜻하지 않은 곳에서 일어나지. 억수같이 쏟아지는 빗속에서 타오른 적도 있었고, 가까이 가보았더니 불은 꺼지고 검게 타고 남은 자국만 남아 있더군. 그리고 또 그 공용지에는 짐승도 두려워서 가까이 가지 않은 곳이 있다네. '죽음의 장소'라고나 할까. 날이 저물면 우리 집 개도 두려워서 가까이 가려고 하지 않는다네. 개란 이상한 짐승이거든. 낮에는 아무렇지도 않게 여기면서 말일세. 아무튼 공용지에는 여러 가지로 좋지 않은 소문이 있다네. 옛날에는 노상강도가 나오는 곳이기도 했지."

"버독 댁의 죽음의 마차에 대한 전설은 노상강도와 관계가 있지 않을까?"

"아니, 그렇지는 않네. 옛날 버독 집안에 굉장한 바람둥이가 있었는데, 그 사람에 얽힌 전설이지. 그 사람이 지옥에 떨어져 지금도 그 영혼이 마차를 타고 다닌다는 걸세. 마을사람들은 모두 그 말을 정말로 믿고 있네. 하지만 별로 나쁠 것도 없지. 하인들이 밤에 놀러나가기를 꺼려할 테니까. 그럼, 슬슬 식사나 시작할까."

식사 뒤의 대화……

"윔지, 자네, 기억하고 있겠지? 반쯤 부서진 물방앗간 옆에 돼지우리를 둘러싸고 느릅나무가 세 그루 있었는데……."

"기억하고말고. 우리가 그것 때문에 전망이 나쁘다고 말하자 자네가 그 나무를 없애버렸지 않나. 덕분에 전망이 좋아졌지."

"없애버렸더니 모두들 어쩐지 쓸쓸하다고 말했었지."

"하지만 없애버리길 잘했네. 역시 그것은 눈에 거슬렸으니까. 자네가 서운해 한 것은 다른 것 때문이었어."

"무엇 때문이었지?"

"돼지, 돼지가 없어진 것을 섭섭해 하지 않나?"

"맞아! 그런데 패이퍼 녀석이 그것을 붙잡아 왔을 때의 일을 기억하고 있나?"

"물론 잊을 리가 있겠나! 패이퍼라는 이름을 들으니 생각나는데, 자네도 알고 있는 팬슨이……."

그들 둘만이 알고 있는 싸움터에서의 추억담이 언제까지나 계속되자 램즈덴 부인이 말했다.

"나는 물러가겠어요. 두 분이 천천히 이야기를 나누세요."

두 사람의 대화는 끝없이 계속되었다.

"포팸의 머리가 돌았을 때 자네는 없었지?"

"포로를 호송하느라고 전선으로 떠났었지. 하지만 그 이야기는 소문으로 들었네. 그는 그 뒤 어떻게 되었나?"

"내가 본국으로 데리고 왔다네. 지금은 다 나아 링컨셔에서 살고 있다네. 결혼도 했고."

"결혼했다고? 그때 그의 머리가 돈 것도 무리가 아닐세. 그 무렵 그는 소년이라고 해도 좋을 만큼 어렸으니까. 그런데 필포츠는 무얼 하고 있나?"

"필포츠? 그는……."

"자, 한 잔 더 들게나."

"아니, 벌써 가겠다고? 그런 말 말게, 아직 초저녁 아닌가."

"기어코 가겠단 말인가? 왜 자고 가지 않지? 집사람도 기뻐할 텐데. 잠자리는 눈 깜짝할 사이에 마련해 놓으라고 하겠네."

"호의는 고맙지만 돌아가야만 한다네. 꼭 돌아가겠다고 말하고 나왔으니까. 현관문 사슬을 벗겨놓겠다는 약속까지 했거든."

"그렇다면 좋을 대로 하게. 그러나 아직까지 비가 그치지 않았네. 말을 타고 가면 흠뻑 젖을 텐데."

"다음에 올 때는 세단을 타고 오지. 비 맞는 게 괴롭기는커녕 술 취한 얼굴에 비를 맞으면 기분이 좋아질 걸세. 아니, 하인을 깨우지 말게. 말안장 놓는 일은 내가 할 테니."

"내가 도와주지. 어려운 일도 아니니까."

"염려 말게. 혼자서도 할 수 있네."

"사양 말게. 함께 가서 도와주겠네."

현관문을 열자 비를 머금은 바람이 들어왔다. 새벽 1시가 지난 바깥은 칠흑같이 어두웠다. 램즈덴 소령은 다시 한 번 피터 경에게 자고 가라고 권했다.

"친절은 고맙네만, 플로비셔 핌 부인의 감정을 상하게 할 수는 없네. 대단한 비도 아니니 별로 춥지 않을 걸세. 폴리, 많이 기다렸지, 돌아가자!"

피터 경이 암말에 안장을 얹고 뱃대끈을 매는 동안 램즈덴 소령은 각등을 비춰주었다. 말은 먹이를 먹고 충분히 휴식을 취했으므로 따뜻한 마구간에서 뛰어나오자 목을 길게 뻗어 비 냄새를 맡았다.

"그럼, 또 와주게. 조심해서 가게나. 오랜만에 즐거운 밤을 보냈네."

"부인에게 인사 전해주게. 대문은 열려 있겠지?"

"아암."

"그럼, 잘 있게!"

"다시 만나세!"

코끝이 자기 집 쪽으로 돌려진 폴리 플린더즈는 9마일의 거리를 단숨에 달려갈 기세였다. 대문을 지나 나무들이 우거진 뜰에서 벗어나자 비는 여전히 심하게 내리고 있었지만 밤하늘은 뜻밖에도 밝았다. 두꺼운 구름 뒤에 숨은 달이 이따금 빛을 내리쏟아 창백한 얼룩 같은 그림자를 거무스름한 길 위에 던져주었다. 말 위의 피터 경은 추억담을 되새겨보며 취기에 잠겨 콧노래를 흥얼거렸다.

공용지에 이르렀을 때 그는 잠깐 주저했다. 공용지 쪽 길을 택할까 아니면 곧장 큰길로 갈까 하는 생각 끝에 큰길을 택하기로 했다. 불길한 소문이 두려워서가 아니라 차바퀴자국과 토끼굴 따위를 피하고 싶기 때문이었다. 그는 줄곧 고삐를 잡아당기고 말에게 격려의 말을 들려주며 큰길을 계속 달리게 했다. 오른쪽은 공용지, 왼쪽은 산울타리에 에워싸인 밭이었으며, 그 산울타리가 내리쏟아지는 비를 막아주었다.

언덕을 다 올라가 공용지의 승마도로와 큰길이 마주치는 지점을 지났을 때 말이 갑자기 비틀거렸다. 피터 경은 말의 발을 내려다보며 눈살을 찌푸리고 꾸짖듯이 말했다.

"조심해, 폴리!"

폴리는 머리를 저으며 앞으로 나아가 본디의 속도를 되찾으려고 했다.

"잠깐만, 폴리!"

피터 경은 고삐를 잡아당겨 말을 세운 다음 말 등에서 뛰어내렸다.

"왼쪽 앞발에 이상이 온 모양인데. 인가에서 4마일이나 떨어진 이런 곳에서 발을 삔 거라면 큰일이구나."

그때 비로소 그 언저리가 얼마나 쓸쓸한 곳인지 피터 경은 새삼 깨달았다. 한 대의 자동차도 지나가지 않는, 마치 아프리카 대륙 깊숙한 곳에 와 있는 듯했다.

그는 한 손으로 말의 왼쪽 앞발을 쓸어내리며 상처가 어디인지 찾아보았다. 말은 아파하는 기색도 없이 얌전히 서 있었다. 피터 경은 의아한 얼굴로 중얼거렸다.

"돌을 밟은 모양인데, 그렇다면······."

그는 말의 발을 들어올려 발가락 끝을 손전등 빛으로 비춰가며 주의 깊게 살폈다. 과연 그의 추측이 옳았다. 지나가던 자동차가 떨어뜨린 듯한 강철 너트가 편자와 발톱 사이에 단단히 박혀 있었다. 피터 경은 투덜거리며 주머니에서 칼을 꺼냈다. 다행히도 그것은 구식 칼이어서 칼날과 병마개 따기 이외에도 몇 가지 도구가 달려 있었고 그 가운데 이 일을 하기에 적당한 것이 있었다.

피터 경이 웅크리고 앉아 너트를 빼내려고 애쓰고 있는 동안 말은 코끝을 그에게 비비대며 어리광을 부렸다. 그 일은 그리 쉽지 않았다. 왜냐하면 손전등을 겨드랑이 밑에 낀 채 한 손으로 발굽을 들어올리고 또 한 손으로는 칼을 다루어야 했기 때문이었다. 그는 어려운 작업을 계속하다가 언뜻 얼굴을 들어 앞쪽을 보았다. 그때 큰길 저만큼에서 무언가 움직이는 것이 보였다. 그 부근은 길 양쪽에서 큰 나무들이 가지를 뻗고 있어 큰길이 마치 나무숲 속으로 파고들어간 듯이 보였다. 그 속에 자동차 불빛치고는 너무 희미한 불빛이 어른거렸다. 아마도 뿌연 각등을 매단 짐마차이리라. 하지만 짐마차치고는 움직임이 너무 느렸다. 피터 경은 한순간 수상쩍은 생각이 들었으나 다시 하던 작업을 계속했다.

그의 노력에도 불구하고 너트는 좀처럼 빠지지 않았다. 암말은 아픈 데를 건드리자 뒷걸음질치며 다리를 땅에 내리려고 했다. 피터 경은 목덜미를 가볍게 두드려 말을 달래주었다. 그 순간 겨드랑이에 끼운 손전등이 떨어졌다. 그는 혀를 차며 말의 발굽을 내려놓고 풀숲 끝까지 굴러간 손전등을 주웠다. 그가 다시 몸을 일으켰을 때 큰길 위에서 문제의 것을 보았다.

빗물이 뚝뚝 떨어지는 나뭇가지 저쪽에서 희미한 달빛을 받으며 그것이 달려오고 있었다. 발굽, 차바퀴, 말굴레, 아무 소리도 나지 않았다. 반들반들한 털의 백마 어깨에 희미하게 빨간 고리 같은 것이 보이긴 했으나 거기에는 아무것도 묶여 있지 않았고 앞뒤로 세차게 움직이는 고삐도 멍에에 묶여 있는 것 같지 않았다. 발은 땅에 닿지 않았고 발굽소리도 전혀 나지 않았다. 하얀 말이 연기처럼 공중에 떠 있는 것이었다. 마부는 몸을 앞으로 내밀고 열심히 채찍을 휘둘러댔으나 얼굴도 머리도 보이지 않았다. 그러면서도 몸 전체가 맹렬한 기세로 서두르고 있음을 알 수 있었다. 마차는 쏟아지는 비에 휩싸여 희미하게 보일 뿐이었으나 피터 경의 날카로운 눈은 돌아가는 차바퀴와 마차 창문 안에서 무언가 하얀 물체가 굳어버린 듯 움직이지 않고 있음을 보았다. 머리 없는 마부와 머리 없는 말, 그리고 쥐죽은 듯 조용한 마차가 그의 옆을 달려 지나갔다. 그 뒤에는 희미한 소리가 ──아니, 소리라기보다 공기의 진동이 남아 있었다. 그리고 갑자기 울부짖는 듯한 바람이 남쪽에서 불어와 둘레는 온통 물보라의 장막으로 뒤덮였다.

"저게 뭐지!" 피터 경이 외쳤다. "그 정도의 위스키로 취하지는 않았을 텐데."

그는 눈을 크게 뜨고 큰길을 달려간 마차 뒤를 쫓아가려다가 갑자기 암말 생각이 나서 그 다리를 들어올리고 손전등을 비추며 너트를 뽑는 일을 다시 시작했다. 이번에는 너트도 그다지 애먹이지 않고 빠졌다. 폴리 플린더즈는 코를 울리며 고맙다는 뜻을 나타냈다.

피터 경은 말에게 두세 걸음 걷게 해보았다. 말의 다리가 힘차게 땅 위를 밟았다. 너트를 곧 뽑아냈기 때문에 발굽 사이는 별로 다치지 않은 것 같았다. 피터 경은 말에 올라타 조금 걷게 해본 다음 갑자기 방향을 돌려 결심한 듯이 말했다.

"자, 저 뒤를 따라가보자! 알겠니, 폴리? 서둘러다오, 머리 없는 말 같은 것에 지면 안돼. 머리 없이 돌아다니다니, 괘씸한 일이 아닌가! 그대로 내버려둘 수 없지. 공용지 길을 서둘러 가면 앞지를 수 있을 거야. 이 큰길과 엇갈리는 저쪽 출구에서 붙잡아다오."

이미 그는 말의 의향도 말의 불안한 걸음걸이도 마음에 두지 않고 폴리를 공용지 승마도로로 몰아넣고서 온 힘을 다해 달리게 했다.

처음에는 공용지 승마도로와 큰길 사이가 그다지 떨어져 있지 않으므로 큰길 앞쪽을 달리고 있는 하얀 것의 모습이 보였지만, 공용지로 깊숙이 들어감에 따라 전혀 보이지 않게 되었다. 그러나 그는 큰길에 샛길이 없음을 알고 있었다. 별 사고가 없는 한 승마도로를 곧장 나아가면 틀림없이 그것과 마주칠 것이다. 폴리 플린더즈는 그가 박차를 가하자 이 승마도로에는 익숙한 듯 쏜살같이 달려 10분도 채 못 되어 다시 큰길의 쇄석포장을 밟고 있었다. 피터 경은 말을 멈추게 하고 말머리를 리틀 도더링 쪽으로 돌려 큰길을 보았다. 그러나 아무것도 보이지 않았다. 이쪽이 훨씬 먼저 왔는지, 아니면 대형마차가 믿을 수 없을 정도로 빨리 지나가버린 것인지 알 수 없었다.

피터 경은 잠시 기다렸다. 아무 일도 일어나지 않았다. 어느새 심하게 쏟아지던 비도 그치고 구름 사이로 달이 얼굴을 내밀었다. 큰길은 완전히 텅 비어 있었다. 피터 경은 뒤돌아보았다. 저 멀리 지평선 가까운 곳에 작은 불빛이 빨갛게 보이기도 하고, 파랗게 보이기도 하고, 다시 하얗게 되기도 하며 차츰 이쪽으로 다가오고 있었다. 이윽고 그것이 자전거를 탄 경관임을 알았다.

"비가 몹시 내렸습니다그려." 경관은 상냥하게 말을 걸었으나 그 말투에는 희미하게 이런 늦은 시간에 이런 곳에서 무얼 하고 있느냐고 심문하는 느낌이 엿보였다.

"네, 정말 몹시 내렸습니다." 피터 경이 대답했다.

"이것이 펑크가 나서……." 경관이 자전거를 가리키며 말했다. "고치고 있는 동안에 비가 그쳐주었지요."

"빗속에서 펑크를 고치다니, 고생하셨겠군요." 피터 경은 동정의 말을 한 다음 물었다. "몇 분이나 걸렸습니까?"

"20분은 걸렸습니다."

"그 동안에 리틀 도더링 쪽에서 무언가 달려오지 않았습니까?"

"아무것도 지나가지 않았는데요. 그게 무엇입니까?"

"내가 아까 본 것은……." 피터 경은 말을 하려다 그만두었다. 상식에서 벗어난 말을 하여 그에게 업신여김을 받고 싶지 않았기 때문이다. "사두마차였습니다. 약 12분전에 이 큰길을 지나갔지요, 공용지 저쪽 입구에서 말입니다. 그 마차를 다시 확인하려고 따라온 거랍니다…… 조금 이상한 데가 있어서."

그는 자신으로서도 설명이 종잡을 수 없다는 것을 느꼈다.

"아무것도 지나가지 않았습니다."

"틀림없습니까?"

"네, 틀림없습니다. 이렇게 말씀드려도 괜찮다면 빨리 댁으로 돌아가시는 편이 좋을 겁니다. 이 부근은 좀 위험한 곳이니까요."

"아아, 그렇습니까? 그러면 돌아가지요, 안녕히 가시오."

피터 경은 암말의 머리를 리틀 도더링 쪽으로 돌려 천천히 달리게 했다. 이상한 것은 보이지도 않았고 들리지도 않았다. 지나가는 것도 없었다. 밤하늘에 달이 떠올라 그는 플로비셔 핌 저택으로 돌아갈 때까지 샛길이 하나도 없음을 확인했다. 그가 본 것이 무엇이든 그것은 공용지 안에서 사라진 것이다. 큰길로 사라진 것도 아니고 다른 길로 간 것도 아니었다.

피터 경은 다음 날 아침 천천히 일어나 좀 늦게 식당에 내려갔다. 이집 식구들은 심한 흥분상태에 있었다.

"굉장히 무서운 일이 일어났어요," 플로비셔 핌 부인이 말했다.

"이런 발칙한 일은 또 없을 거요," 그녀의 남편이 말했다. "나는 행콕 목사에게 주의를 주었었소, 그런 주의를 들은 적이 없다고 말하지는 못할 거요, 그의 방침에 대한 시비는 제쳐 놓고 그런 괘씸한 범죄를 저지른 자는 절대로 용서할 수 없소, 붙잡아서 어떤 관계가 있는 녀석이든……."

피터 경이 옆 탁자에서 소의 콩팥구이를 접시에 옮겨 담으며 물었다.

"대체 무슨 일이 일어났나요?"

"굉장한 스캔들이에요." 플로비셔 핌 부인이 설명하기 시작했다. "목사님이 우리 아이를 찾아와 큰소리로 떠들었기 때문에 늦게 잠드신 당신께서 깨어나실까봐 조마조마했답니다. 즉 오늘 아침 6시 행콕 목사님이 아침 예배를 드리러 교회에 들어갔더니……."

"아니, 설명이 조금 틀렸소. 내가 이야기하는 편이 정확하겠군. 그러니까 교회에 맨 처음 들어간 사람은 조 글린치였소. 그는 교회에서 일하는 사람인데, 예배가 시작되기 전에 종치는 일을 하지요. 그가 교회에 가보니 남쪽 입구의 문이 활짝 열려 있고 그 안에는 아무도 없더라는 거요. 관 옆에서 밤샘하며 기도하는 사람이 있어야 할 텐데 말이오. 물론 글린치는 이상하게 여겼지만, 허버드도 롤링슨도 밤샘이 싫어서 가버렸나 보다고 생각했다는군요. 그래서 글린치는 제구와 그 밖의 물건을 가지러 제구보관실로 들어갔는데 놀랍게도 거기서 여자의 목소리가 들려왔다는 거예요. 제구보관실에서 사람 살리라고 외치는 소리가 말이오. 너무나도 뜻밖이어서 그는 처음에 어떻게 할까 당황했으나 아무튼 열쇠로 문을 열어보니……."

"그가 열쇠를 가지고 갔었습니까?" 피터 경이 물었다.

"아니오, 열쇠는 열쇠구멍에 끼워져 있더래요. 여느 때는 오르간 가까이 커튼 뒤의 못에 걸어둔다오. 그런데 이때는 열쇠구멍에 꽂혀 있었다고 하오. 그래서 문을 열어보니 목사님 부인과 그 딸이 갇혀 있더랍니다. 공포와 불안으로 거의 까무러칠 듯한 상태가 되어……."

"놀라운 일이군요."

"정말 놀라운 일이오. 그런데 그녀들 이야기를 들어보면 더욱 놀라워요. 그녀들은 본디 예정대로 새벽 2시부터 부인용 예배소에 놓여 있는 관 앞에 무릎을 꿇고 기도를 드리기 시작했다고 합니다. 그런데 그녀들이 한 10분쯤 기도를 드리고 있는데 높은 제단 위에서 누군가가 부스럭거리며 움직이는 소리가 들려왔다는 거요. 행콕 목사의 딸은 담력이 강하므로 얼른 일어나서 어두운 옆 복도를 지나 제단으로 걸어갔답니다. 행콕 부인도 딸의 뒤에 꼭 붙어 함께 갔다는군요. 나중에 그녀의 이야기를 들어보니 혼자 남아 있기가 무서웠다는 거요. 두 사람은 칸막이까지 걸어갔소. 그리고 행콕 목사의 딸이 큰소리로 '거기 있는 게 누구요?' 하고 물었답니다. 그 순간 부스럭거리던 소리가 커지며 무언가가 뒤집히는 소리가 들려왔대요. 행콕 목사의 딸은 용감하게도 성가대석에 놓여 있던 교구위원의 지휘봉 하나를 움켜쥐고 달려갔지요. 도둑이 제단을 장식하고 있는 성구를 훔치는 거라고 생각했던 거지요. 거기에는 굉장히 훌륭한 15세기의 십자가가 안치되어 있어…….''

"십자가에 대한 설명은 안하셔도 좋아요, 여보, 도난당하지 않았으니까요."

"맞아, 도난당하지는 않았소. 하지만 그때 행콕 목사의 딸은 그것을 걱정했다는군요. 아무튼 그녀는 어머니를 뒤에 거느리고 제단 층계를 올라가기 시작했소. 행콕 부인은 연방 조심하라고 말했지요. 그순간 성가대석에서 누군가가 튀어나와 딸의 두 팔을 잡고——그녀의 표현을 그대로 옮긴다면——질질 끌고 가 제구 보관실에 밀어 넣었답니다. 그리고 그녀가 비명을 지를 틈도 없이 어머니 역시 밀어 넣고 문을 잠가버렸지요."

"이런 평화로운 마을에 뜻하지 않은 사건이 일어났군요."

"그렇다고 할 수 있지요." 플로비셔 핌이 말했다. "말할 나위도 없이 그녀들은 공포에 떨었지요. 범인들이 돌아오면 이번에는 죽임을 당할지도 모르니 제구를 빼앗겨도 하는 수 없다고 체념했답니다. 제구 보관실에는 창문이 있었지만 너무 작고 철창이 끼워져 있어 달아날 수도 없으므로 구해줄 사람이 올 때까지 기다리는 수밖에 없었지요. 그녀들은 귀를 기울였으나 아무 소리도 들리지 않더랍니다. 오직 한 가지 희망은 4시부터 기도드릴 사람이 와서 제구를 나르고 있는 범인들을 붙잡아주는 일이었지요. 그래서 그녀들은 무작정 기다렸답니다. 시계가 4시를 치고 또 5시를 쳤지만 아무도 나타나지 않았답니다. 겨우 6시가 되어서야 조 글린치가 와서 구출해주었다는군요."

"롤링슨 청년과 또 한 사람은 어떻게 되었습니까?"

"그녀들은 몰랐지요. 글린치도 몰랐고. 그래서 세 사람이 교회 안팎을 돌아다보았지만 아무것도 도둑맞은 것은 없고 휘저어놓은 흔적도 전혀 없었답니다. 이윽고 행콕 목사가 왔으므로 자초지종을 이야기했지요. 물론 목사는 깜짝 놀랐소. 제구도 그대로 있고 헌금함에도 손대지 않았음을 알자 그는 처음에 성채를 훔치러 온 게 아닌가 생각했지요. 그래서 그 그릇…… 뭐라고 하더라, 정식 이름이?"

"성궤(聖櫃)지요."

"맞아요. 그것이 정식 이름이었지. 그 성궤 뚜껑을 열어보니 성채는 고스란히 그 안에 있더라는 거예요. 열쇠는 하나뿐인데, 그의 시곗줄에 매달려 있기 때문에 뚜껑을 열 수가 없었던 거지요. 다시 말해서 성별된 성채를 성별이 되지 않은 성채와 바꾸어 놓은 장난을 치려던 것은 아니었단 말이오. 행콕 목사는 아내와 딸을 목사관으로 돌려보낸 다음 교회 주위를 샅샅이 살펴보았는데, 남쪽 입구 가까이의 나무그늘 속에 롤링슨 청년의 모터바이크가 굴러 있는 것을 발견했답니다."

"저런!"

"그 다음에 그가 생각한 것은 롤링슨과 허버드를 찾아내는 일이었지요, 그것은 그다지 시간이 걸리지 않았소, 교회 바깥으로 나가 북쪽에 있는 난방실로 다가가자 누군가가 안에서 소리를 지르며 문을 두드리고 있더래요. 목사가 글린치를 불러 둘이서 작은 창으로 들여다보니 놀랍게도 허버드와 롤링슨이 천박한 말로 고함을 지르고 있었는데, 그 두 사람도 여자들과 같은 방법으로 갇혀 있더라지 뭡니까. 교회로 들어서자마자 당한 모양이에요. 내가 짐작건대 롤링슨은 초저녁에 허버드네 술집에서 지내다 너무 일찍 교회로 가는 것도 좋지 않을 듯싶어 술집 구석방에서 한잠 잤을 겁니다. 게다가 술도 꽤 많이 마셨을 테지요. 밤중에 쓸쓸한 곳에서 기도드리기 위한 준비였는지도 모르지만, 과연 그렇게까지 해서 철야기도를 드릴 필요가 있겠어요? 그건 그렇고, 두 사람은 4시 조금 전에 허버드네 술집에서 나왔다는데, 롤링슨의 모터바이크를 타고 있었겠지요, 허버드는 아마 짐 싣는 칸에 탔을 거요,

그리하여 두 사람은 남쪽 대문을 통해 교회 부지로 들어가 거기부터 롤링슨이 모터바이크를 밀며 교회 건물로 다가갔는데, 느닷없이 두세 남자가——정확한 숫자는 그들도 모른다고 하오——나무 그늘에서 튀어나와 서로 맞붙어 싸우게 되었답니다. 그러나 모터바이크가 방해되었고 느닷없는 습격이어서 두 사람은 곧 열세에 몰렸지요, 마침내 머리에 담요인지 뭔지 뒤집어씌우더랍니다. 더 자세한 것은 잘 모르겠지만, 아무튼 이리하여 허버드와 롤링슨은 그 난방실에 갇혔는데, 열쇠가 보이지 않아 지금까지 갇혀 있었다는군요. 너무 당황해서 여벌쇠가 어디 있는지 생각도 나지 않았던 모양이오, 그래서 아까 나에게 그 열쇠가 또 한 개 있을지도 모른다 싶어 얻으러 왔지만 나도 너무 오랫동안 쓰지 않아 어디 있는지 알 수가 있어야지요."

"그럼, 거기에는 열쇠가 열쇠구멍에 끼워져 있지 않았단 말입니

까?"

"그렇다오. 그래서 열쇠장이를 불렀는데, 아마 지금쯤 열었을지도 모르겠소. 지금 가볼 참인데 당신도 함께 가주겠소?"

피터 경은 물론 가겠다고 대답했다. 그는 이 사건에 흥미를 느끼고 있었던 것이다.

밖으로 나가자 플로비셔 핌이 말했다.

"어젯밤 꽤 늦게 돌아온 모양이더군요. 잠이 모자랐나 보지요? 계속 하품만 하시는 걸 보니."

"당신도 그런 것 같은데요." 피터 경이 되물었다.

"폴리가 잘 달려주긴 했지만, 너무 쓸쓸한 길이었을 거요."

"경관 한 사람을 만났을 뿐입니다."

피터 경은 다른 말은 하지 않았다. 지금으로서는 아직 그것을 유령 마차라고 단정지을 수 없었다. '죽음의 예고'를 본 것이 자기 하나뿐이 아니라는 사실을 알면 플랜케트는 마음을 놓겠지만, 과연 유령마차인지 술기운으로 옛날부터 전해 내려오는 전설상의 환상을 본 것인지 대낮의 밝은 태양 아래에서는 명확한 증거가 아무것도 없었다.

치안판사 플로비셔 핌과 피터 경이 교회에 도착해 보니 꽤 많은 사람들이 모여 있었는데, 그 중에서도 성직자차림을 한 사나이가 꽤 흥분한 듯 과장된 몸짓을 하며 이야기하는 모습이 두드러졌다. 행콕 목사임에 틀림없었다. 마을 경관 한 사람이 눈에 띄었는데, 그의 발밑에 매달리는 아이들의 손이 제복 단추를 잡아 뜯을 정도이니 경관의 위엄은 온데간데없었다. 지금 경관은 난방실에서 풀려나온 두 남자의 진술을 막 듣고 난 참이었다. 두 사람 가운데 스물 대여섯 살쯤 되어 보이는 젊은이는 태도도 얼굴도 건방졌으며, 경관에게 설명을 마치자 곧 모터바이크를 타고 그 자리를 뜨려고 했다. 그래도 치안판사 플로비셔 핌을 보자 상냥하게 인사했다.

"어이없는 실수였지요, 치안판사님. 갑자기 습격을 받았으므로 별수 없었어요. 웃지 마십시오. 아무튼 이제 그만 헬리오팅으로 돌아가야겠습니다. 사무실에서 걱정할 텐데……늦으면 글레엄 씨에게 꾸중을 듣거든요. 그건 그렇고, 우리를 습격한 것은 이 마을의 악동들일 겁니다. 짓궂은 장난을 하고 싶었던 거겠지요."

그는 멋쩍은 듯이 웃으면서 모터바이크에 올라타더니 페달을 밟아 필요 이상의 가스를 내뿜으며 사라졌다. 플로비셔 핌은 배기가스를 맡고 재채기를 했다. 또 한 사람의 희생자인 뚱뚱보 사나이는 뜻하지 않은 패전에 여느 때의 호언장담은 어디론지 사라져 버리고, 치안판사에게 멋쩍은 얼굴을 돌린 채 우뚝 서 있었다.

"여어, 허버드!" 플로비셔 핌이 놀리듯 말을 걸었다. "정말 유쾌한 경험을 했네. 자네 같은 거인이 조무래기들처럼 석탄 오두막에 갇혔다는 말을 듣고 나는 내 귀를 의심할 정도였다네."

"그러셨겠지요. 나 자신도 놀랐으니까요."

술집주인은 상대방의 놀림을 씁쓰레한 미소를 지으며 농담으로 얼버무리려고 했다.

"정말 놀랐습니다. 생전 처음 당하는 일이었지요. 느닷없이 머리에서부터 담요가 뒤집어씌워졌으니까요. 그래도 지지 않고 놈들의 정강이를 두세 번 걷어차 주었지요."

"그들은 몇 사람이나 되었지요?" 옆에서 피터 경이 물었다.

"세 명 아니면 네 명인 것 같았습니다. 하지만 직접 내 눈으로 본게 아니라 그들이 지껄이는 말소리로 판단했을 뿐입니다. 또 나를 덮친 게 두 명인 것만은 틀림없습니다. 롤링슨은 한 녀석에게 당한 모양인데, 굉장히 힘이 센 놈이었답니다."

흥분한 행콕 목사가 화를 터뜨리며 말했다.

"풀숲을 헤쳐서라도 그들을 찾아내 체포해 주시오, 플로비셔 핌 씨, 함께 들어가십시다. 교회 안이 얼마나 수라장인지 보여드리겠습니다. 이것은 신교도들이 우리들에게 도전해오는 것임에 틀림없습니다. 두번 다시 이런 짓을 못하게 그들을 체포하여 엄벌에 처해야만 합니다."

목사는 치안판사와 피터 경을 교회 안으로 데리고 들어갔다. 작은 예배소는 햇빛이 들어오지 않아서 이미 누군가가 매단 램프에 불을 켜놓았기 때문에 그 빛으로 바깥에서 들어온 피터 경은 날개를 편 독수리 모양의 대좌가 있는 성서대를 볼 수 있었다. 그것은 빨강, 파랑, 하양 세 가지 빛깔의 커다란 나비 모양의 리본으로 장식되어 있었는데 목 부근에 판자가 늘어뜨려져 있고 거기에는 이 지방 신문지에서 오려낸 듯한 활자가 붙어 있었다. '교황청은 제복의 불필요한 착용을 엄금함'. 성가대석에는 아기곰인 듯한 인형이 양쪽에서 찬송가를 들여다보는 모양으로 놓여 있었는데, 인형의 손에 들려진 것은 찬송가책이 아니라 낯뜨거운 외설잡지였다. 그리고 또 설교단 위에는 금종이로 만든 크리스마스 동화극에 나옴직한 당나귀가 얹혀져 있었다. 머리에서 눈부신 빛이 뿜어 나오고 화려한 나이트 가운을 입고 있었으나 당나귀는 당나귀에 지나지 않았다!

"괘씸한 일입니다. 우리 교회를 이렇게 모독할 수는 없습니다!" 목사가 말했다.

"정말 그렇습니다. 하지만 행콕 목사님!" 플로비셔 핌이 말했다. "이것은 말하자면 당신 스스로가 불러들인 일이라고 할 수 있습니다. 물론 나도 일을 내버려두어서는 안 된다고 외치고 싶습니다. 반드시 범인을 찾아내어 엄중히 처벌해야만 합니다. 하지만 당신이 거행하는 의식이 그들의 눈에 고작 가톨릭의 형식으로 비쳤다는 것도 부정할 수 없는 사실입니다. 물론 이것이 범행의 변명이 될 수는 없다 할지라도……."

치안판사의 비난의 소리는 한층 더 날카로워졌다.

"……지금 여기서 버독 씨의 유해에 가해진 모독행위도 그와 같은 생애를 보낸 사람에게…… ."

이때 마을사람들을 헤치고 칸막이까지 들어온 경관이 피터 경의 귓가에 대고 말했다.

"당신은 어젯밤 내가 큰길에서 뵌 분이지요? 목소리를 듣고 알아보았지요. 그래 댁으로 무사히 돌아가셨습니까? 아무것도 만나지 않고…… ?"

그 목소리는 인사치고는 묘하게 진지했다. 피터 경은 재빨리 뒤돌아보며 대답했다.

"아니오, 아무것도 만나지 않았습니다. 그런데 한밤중에 네 마리의 백마를 앞세우고 그런 길로 마차를 달리게 한 것이 대체 누구였을까요, 부장님?"

"아아, 나는 부장이 아닙니다. 부장으로 승진하려면 좀더 지나야 합니다. 그건 그렇고, 그 백마에 대해서 말씀인데, 애보트 볼턴의 모티머 씨 댁에는 좋은 백마가 여러 마리 있습니다. 그 사람은 이 지방에서 말을 가장 많이 가지고 있지요. 하지만 모티머 씨는 그토록 심한 비가 내릴 때는 절대로 말을 달리게 하지 않을 겁니다."

"말이 다칠 염려가 있단 말이지요?"

"그렇습니다, 그리고…… ." 경관은 피터 경에게 좀더 다가가 귓가에 대고 속삭였다. "그리고 모티머 씨는 어깨 위에 분명 머리가 얹혀 있거든요. 그 사람이 가지고 있는 말들도 마찬가지지요."

피터 경은 경관의 재빠른 반응에 놀랐다.

"그럴 테지요. 그렇다면 당신은 머리 없는 말에 대해 알고 있었군요?"

"물론이지요." 경관은 힘주어 말했다. "머리가 없는 말이란 상식적으로 생각할 수 없는 일이지만, 이 지방에는 전설이 있답니다. 그러나 실제로는 이 교회의 의식에 얽힌 젊은이들의 장난으로 보는 게 옳을 겁니다. 별로 실제적인 해를 끼치려는 게 아니라 다만 온 마을을 들끓게 하는 것을 즐기려는 목적이겠지요. 목사님은 몹시 흥분하고 계십니다만, 신교도의 음모가 대수로운 게 아님을 얼른 보아도 알 수 있잖습니까. 단순한 장난으로 처리하면 그만입니다."

"그 점에는 나도 동감이오." 피터 경은 흥미를 느끼며 말했다. "그런데 당신이 어째서 그렇게 생각하게 되었는지 알고 싶군요."

"간단히 알 수 있지 않습니까? 신교도의 짓이라면 십자가며 신상이며 촛대 등을 노리지요." 경관은 거친 손끝으로 성궤 쪽을 가리켰다. "그런데 그들은 저기에는 손도 대지 않았고 성찬대에는 다가가지도 않은 것 같습니다. 그래서 짐작했어요——이것은 교의에 얽힌 게 아니라 단순한 장난이라고 말입니다. 더구나 그들은 버독 씨의 유해에 경의를 표한 흔적이 있습니다. 따라서 그들에게 특별한 악의가 있었다고는 볼 수 없습니다."

피터 경은 고개를 끄덕였다.

"나도 동감입니다. 교회 관계자들이 특히 신성하게 여기는 것에는 손대지 않으려고 애쓴 흔적이 있으니까요. 그런데 당신은 지금의 직장에서 얼마나 근무했소?"

"지난 2월로 꼭 3년이 되었습니다."

"도시로 옮겨가 수사부문에서 일해 볼 생각이 없습니까?"

"있지요. 하지만 바란다 해도 희망이 이루어질 것 같지 않아 체념하고 있습니다."

피터 경은 지갑에서 명함을 한 장 꺼내어 내밀었다.

"당신이 진지하게 바란다면 이 명함을 런던 경시청 파커 주임경감에게 내놓고 전임희망을 말해 보십시오. 이런 시골에 묻혀 있어서는 실력을 발휘할 기회가 없다고 말하고 싶군요. 파커 주임경감은 나의 친구로, 틀림없이 당신의 희망을 들어줄 겁니다."

경관을 얼굴을 빛내며 말했다.

"당신 소문은 많이 들었습니다. 친절하신 말씀을 들으니 얼마나 기쁜지 모르겠습니다. 우선 이 사건 해결을 위해 온 힘을 다해보겠습니다. 치안판사님, 수사는 나에게 맡겨 주십시오. 당장 진상을 파헤쳐 보여드리겠습니다."

치안판사가 말했다.

"그렇게 해준다면 고맙겠소. 그건 그렇고, 행록 목사님, 교회 문을 밤새도록 열어두어서는 안 된다는 내 의견이 아무래도 옳은 것 같군요. 당장 고치시오. 자, 피터 경, 이 자리의 뒤처리는 경관들에게 맡기고 우리는 장례식에나 가봅시다. 그런데 당신의 날카로운 눈은 여기서 무언가 발견하지 않았소?"

피터 경이 부인용 예배소 바닥을 내려다보고 있더니 대답했다.

"아무것도 발견하지 못했는데요. 벌레를 잡아낸 줄 알았더니 톱밥이로군요."

그는 손끝으로 먼지를 털고 플로비셔 핌을 따라 교회를 나갔다.

시골마을에 묵고 있으면 싫어도 그 작은 공동체 주민들의 흥미와 관심에 동조하지 않을 수 없다. 따라서 피터 윔지 경도 내키지는 않았으나 이 고장의 명사 버독 노인의 장례식에 참석하여 관을 무덤 속에 묻는 행사에 손을 빌려주어야만 했다. 보슬비가 계속 내렸으나 많은 마을사람들이——역시 이 세상의 의리 때문이겠지만——경건한 표정으로 참석했다. 장례식이 무사히 끝난 다음 피터 경은 허빌랜드 버독 부부에게 소개되었는데 부인이 비싼 상복을 입고 있으리라는 예측이 틀리지 않았음을 확인할 수가 있었다. 취미가 어떻든 비싼 것임에는 틀림없었다. 비단양말 제조사업이 엄청난 수익을 올리고 있다는 증거였다. 그리고 그녀는 미인이었다. 대담하게 유행을 받아들인 디자인의 드레스 차림으로 다이아몬드를 박은 반지를 여러 개 끼고 있어 그녀와 악수한 피터 경의 손이 아팠다. 허빌랜드는 눈에 띄게 호의적인 태도를 취하려고 애썼다. 비단양말 제조로 돈을 많이 벌었다고 해서 영국에서 으뜸가는 귀족 출신이며 조상으로부터 물려받은 많은 재산을 지니고 있는 피터 경이 호감을 가져주는 일이 고맙지 않다고 할 수는 없기 때문이리라. 허빌랜드는 피터 경이 고미술품과 고서 수집가로 유명한 것을 알고 있는 듯 그것을 구실삼아 장원 저택을 꼭 보여주고 싶다고 열심히 말했다.

"마틴 형은 아직 미국에 나가 있습니다만, 당신이 우리 저택을 보셨다는 말을 들으면 무척 기뻐하리라고 생각합니다. 나는 그 방면에는 어둡지만, 서재에 매우 진귀한 고서들이 많이 있답니다. 우리는 이 마을에 월요일까지 머물 예정입니다. 그동안 행콕 부인의 호의로 목사관에 머물고 있었지요. 어떻습니까? 내일 오후에 가보시지 않겠습니까?"

피터 경은 기꺼이 그 제안을 받아들였다. 그러자 행콕 부인이 그보다 먼저 피터 경을 목사관으로 초대하여 차 대접을 하고 싶다고 말했다.

피터 경은 이 제안도 역시 받아들이겠다고 대답했다.

"그럼, 결정이 되었네요." 허빌랜드 버독 부인이 말했다. "피터 경과 치안판사님이 차를 마신 다음 우리 모두 함께 장원 저택으로 가면 되겠어요. 나도 아직 그 저택을 보지 못했거든요."

"보아둘 값어치는 충분히 있소." 플로비셔 펌이 말했다. "고풍스럽고 훌륭한 건물이지요. 하지만 보존하는 데 비용이 꽤 들겁니다. 그런데 버독 씨의 유언장은 아직 찾지 못했소?"

허빌랜드가 대답했다.

"네, 어디 있는지 짐작도 못하겠습니다. 좀 이상한 일이지요. 글레엄 씨──글레엄 씨는 우리 버독 집안의 고문변호사입니다──의 손으로 유언장이 만들어졌다는 것은 틀림없는 사실입니다. 형 마틴이 아버지와 분쟁을 일으킨 직후인데, 글레엄 씨도 똑똑히 기억하고 있습니다."

"그런데 내용은 기억하고 있지 않습니까?"

"물론 기억하고 있지요. 하지만 변호사 윤리상 입밖에 낼 수 없다고 생각하는지 아무 말도 하려들지 않습니다. 구식 변호사 타입의 대표적인 사람이니까요. 마틴은 그를 옹고집의 완고한 늙은이라고 부르고 있답니다. 그때 마틴의 품행을 가장 비난한 사람이 글레엄 씨였으니 형의 평가가 반드시 공정하다고 할 수는 없겠지요. 그리고 글레엄 씨는, 그것은 몇 년 전에 만들어졌으므로 아버지가 그 뒤 다시 미국에서 새로 만들었을지도 모른다고 주장하고 있습니다."

피터 경과 플로비셔 핌은 버독 부부와 헤어져 집으로 돌아왔다. 오는 도중 피터 경이 불쑥 말했다.

"가엾은 마틴은 아버지뿐만 아니라 고향에서도 받아들이지 않는 모양이군요."

"그렇다오." 치안판사가 대꾸했다. "특히 글레엄과 잘 맞지 않는 것 같습니다. 나는 마틴에게 호감을 가지고 있었지요. 조금 무모한 데가 있긴 해도 좋은 사람이라고 생각하오. 더욱이 지금쯤은 그도 나이가 들었으니──결혼도 했고요──사람이 되었을 겁니다. 그건 그렇고, 유언장이 발견되지 않는다니 이상하군. 부자가 한참 분쟁을 하고 있을 때 만들어진 것이라면 동생 허빌랜드에게 유리하도록 되어 있을 텐데 말이오."

피터 경은 고개를 끄덕였다.

"허빌랜드도 그렇게 믿고 있는 것 같더군요. 말로 표현하지 않았지만 태도로 알 수 있었습니다. 아마 신중하다는 글레엄 변호사의 입을 통해서 품행이 좋지 않았던 마틴에게 불리한 내용이라는 꽤 확실한 말을 들었겠지요."

다음날 아침은 날씨가 다시 맑게 개었다. 피터 경은 리틀 도더링 플라이어스 마을에 머물고 있는 동안 휴식과 신선한 공기를 마음껏 맛보고 싶어 다시 한 번 폴리 플린더즈를 빌려달라고 말했다. 플로비셔 핌은 기꺼이 승낙하면서 함께 말을 타고 멀리까지 나가지 못해 유감이라고 했다. 때마침 그날은 빈민구제소 이사회가 열리기로 되어 있었던 것이다.

"공용지의 높은 곳에 올라가서 신선한 공기를 마음껏 마시고 오시오." 그는 승마에 적당한 코스를 가르쳐주었다. "처음에는 큰길로 가다가 피털링 플라이어스 마을에서 공용지로 접어드시오. 거기서부터 곧장 가면 데드 맨즈 포스트(죽은 사람의 푯말)에 이릅니다. 그리고 거기서 좀더 나아가면 플림프턴 거리로 돌아올 수 있는 코스가 있지요. 19마일쯤 되는 거리인데, 아주 쾌적한 길이어서 도중에 어디 들르지 않는 한 점심식사 때까지는 돌아올 수 있을 겁니다."

피터 경은 그 코스가 마음에 들었으며, 우연히 그의 목적에도 맞았다. 그는 밝은 햇빛 아래에서 플림프턴 도로를 향해 말을 달려볼 생각이었던 것이다.

"하지만 데드 맨즈 포스트 근처에서는 조심하셔야 해요." 플로비셔 핌 부인이 조심스러운 표정으로 말했다. "그곳은 마을사람들도 가까이 가기를 꺼려한답니다. 무엇보다도 말이 무서워서 뒷걸음질칠 거예요. 왜 그런지는 모르지만, 이 지방의 전설에……."

"쓸데없는 말은 그만두오!" 플로비셔 핌이 나무랐다. "말이 전설

따위를 알 리가 없지 않소. 마을사람들의 겁먹은 기분이 말에게 전달되어서 그러는 것뿐이오. 말이란 타고 있는 사람의 마음을 놀랄 만큼 잘 아니까. 나는 거기서 한 번도 말이 뒷걸음질치는 것을 본 일이 없소."

이미 11월이었으나 쥐죽은 듯 조용한 큰길로 말을 달리게 하는 것은 쾌적했다. 피터 경은 플로비셔 핌의 말대로 피털링 플라이어스 마을까지 갔다. 겨울햇살 아래의 남부 영국의 도로는 아름다웠다. 피터 경은 마음이 평화로워져 만족을 느꼈다. 공용지로 접어들자 말을 힘껏 달리게 했다. 그는 데드 맨즈 포스트에 대한 경고 따위는 완전히 잊어버렸다. 그런데 갑자기 말이 펄쩍 뛰어오르더니 옆으로 달아나려고 했다. 너무나 갑작스러운 일이어서 그는 거의 안장에서 떨어질 뻔했다. 그때 비로소 경고의 말이 생각났다. 그는 있는 힘껏 폴리 플런더즈를 달래어 겨우 진정시켰다.

그때까지 승마도로를 꽤 한참 달려왔으므로 지금은 공용지의 가장 높은 곳에 이르러 있었다. 뒤돌아보니 달려온 승마도로가 양옆에 우거진 금작화와 시든 양치식물 더미 속에 뻗어 있었다. 앞쪽에도 역시 같은 승마도로가 보였다. 그리고 두 길이 마주치는 지점에 반쯤 부서진 도로표지판 같은 게 서 있었다. 도로표지판으로서는 키가 너무 낮고 굵었으며, 가로목도 없었다. 그러나 이쪽을 향해 있는 판자에 무언가 글씨가 씌어 있었다. 피터 경은 폴리를 달래어 천천히 그쪽으로 가게 했다. 암말은 몇 발자국 내디뎠으나 곧 옆으로 비키며 콧김을 내뿜고 몸을 떨었다.

"왜 그래, 폴리? 아까 들은 이야기로는 말 탄 사람의 기분이 그 말에게 전달된다던데, 그렇다면 의사에게 봐달라고 해야겠구나. 내 마음이 평정을 잃고 있다는 이야기가 되니까. 폴리, 왜 그러지?"

폴리 플린더즈는 미안한 듯한 표정을 지어보였으나 앞으로 나가는 것은 완강하게 거부했다. 피터 경이 박차로 재촉하자 두 귀를 세우고 눈을 커다랗게 뜨며 옆으로 벗어나는 것이었다. 그는 안장에서 내려와 한 손으로 고삐를 붙잡고 폴리를 이끌려고 애썼다. 암말은 겨우 납득했는지 그의 뒤를 따라가기 시작했다. 그러나 목을 길게 뽑고 있었으며 달걀껍질을 밟는 듯한 걸음걸이였다. 주춤거리며 열 발자국쯤 나아가더니 다시 멈추어 서서 네 다리를 덜덜 떨었다. 피터 경이 말의 목에 손을 대보니 땀에 흠뻑 젖어 있었다.

"한심한 녀석이로군! 나는 저 도로표지판에 씌어 있는 글씨를 읽고 싶단 말이다. 함께 가지 않겠다면 거기 서 있어. 움직이면 안 돼."

피터 경은 고삐를 놓았다. 암말은 목을 길게 늘어뜨린 채 얌전히 서 있었다. 그는 폴리의 옆을 지나 앞으로 나아갔다. 그러나 말이 달아나지 않을까 염려되어 가끔 뒤돌아보는 것을 잊지 않았다. 그러나 폴리는 불안한 듯 발을 들었다놓았다할 뿐 움직일 기색은 보이지 않았다.

피터 경은 말뚝 있는 곳까지 걸어갔다. 그것은 낡았으나 떡갈나무로 만들어져 있어 아직도 튼튼했으며 얼마 전 흰 페인트칠을 다시 한 듯했다. 글씨도 역시 다시 쓴 것 같았다.

그 내용은 다음과 같았다.

조지 윈터가 숨진 땅

그는 고용주의 짐을 지키다가
　이 땅에서 비명에 죽음.
헬리오팅의 악한 레이프는
　역시 이 땅에서 교수형에 처해졌음.

하느님의 심판 날——1674년 11월 9일.

"여기가 바로 이런 곳이었나." 피터 경은 혼잣말로 중얼거렸다. "이제야 '데드 맨즈 포스트'라는 이상한 이름이 붙은 까닭을 알겠군. 폴리 플린더즈는 플로비셔 핌 씨가 말했듯이 이 자리를 두려워하는 마을사람들의 기분을 나누어 가진 모양이야. 이봐, 폴리, 너 참 영리한 녀석이로구나. 네 기분을 알았으니 그 마음을 다치지 않게 해주마. 하지만 한 가지 물어보고 싶은 게 있다. 아무것도 아닌 푯말에는 그토록 예민하면서 죽음의 마차와 네 마리의 머리 없는 말을 만났을 때는 어째서 아무렇지도 않았지?"

암말은 피터 경의 윗옷 어깨 언저리를 부드럽게 물고 우물우물 씹었다.

피터 경은 미소 지었다.

"아아, 그래? 네가 하려는 말을 완전히 이해할 수 있겠다. 붙잡고 싶었지만 힘이 미치지 못했단 말이지? 하지만, 폴리, 그 네 마리의 말은 지옥의 불이 날아가고 있었던 것은 아니었어. 그때 내 코가 냄새를 맡았는데, 유황냄새가 아니라 그저 늘 맡던 마구간 냄새가 났거든."

피터 경은 다시 암말의 등에 올라탔다. 그는 말머리를 왼쪽으로 돌려 데드 맨즈 포스트 푯말에서 되도록 멀리 떨어져 앞쪽 승마도로로 나아갔다.

"이로써 어젯밤 기이한 현상에 초자연적인 해석을 내릴 필요가 없게 되었구나. 근거가 애매한 추리는 저버리고 주로 폴리의 감각을 중요시해야겠군. 이제 남은 문제는 내 머리에 위스키의 취기가 어느 정도 영향을 미쳤는가 하는 것과 나까지 속인 어떤 교묘한 계략이 있었는가 하는 두 가지뿐이다. 그것을 이제부터 검토해 보자."

피터 경은 암말을 천천히 걷게 하며 그 등 위에서 계속 생각했다.

'만일 그들에게 어떤 이유가 있어 유령마차와 머리 없는 말을 출현시킴으로써 마을사람들에게 겁을 줘야 했다면 당연히 비가 몹시 쏟아지는 캄캄한 밤을 택했을 것이다. 그리고 어젯밤은 그 조건에 꼭 들어맞는 날씨였다. 또 검은 말에 흰 페인트를 칠하면 어떤 현상이 일어나는지는 말할 필요도 없지. 다음에 머리가 없는 것처럼 보이게 하기 위해서라면 말 머리에 검은 펠트 자루를 씌우면 달 없는 캄캄한 밤이니까 얼마든지 속일 수 있었을 거야. 그리고 마구에 야광도료를 칠하고 말의 몸 여기저기를 특별히 반짝이게 해놓아 검정과 흰색의 대조를 강조시켰겠지. 완전히 사람 눈에 띄지 않으면 의미가 없으니까. 여기까지는 머리를 쥐어짤 필요도 없는데…… 골치 아픈 것은 소리를 죽이는 일이었겠지. 말굽과 마차바퀴 소리를 어떻게 죽이느냐…… 우선 이런 방법을 생각할 수 있었겠지. 네 개의 튼튼한 검은 자루에 밀기울을 가득 채워 단단히 묶은 뒤 말의 뒷발톱에 매다는 것. 그처럼 바람이 심한 밤이면 그것만으로도 말발굽 소리를 모두 죽일 수 있지. 또 말 등에는 헝겊을 감아놓고 말과 마차를 잇는 막대기는 끝을 둥글게 감아놓으면 삐걱거리는 소리를 죽일 수 있어. 이제 남은 것은 머리 없는 마부인데, 이것은 흰 윗옷을 입고 까만 가면을 쓰면 되겠지. 마차바퀴에는 고무 타이어를 끼우고 마차의 여러 접합 부분에는 기름을 듬뿍 쳐둔 뒤 여기저기서 인광이 번쩍이도록 하면 준비는 다된 셈이지. 이만큼 머리를 써서 꾸며놓았으니, 한밤중 2시 반 사람그림자 하나 없는 큰길에서 얼큰하게 취한 도시 신사를 섬뜩하게 만드는 것은 식은죽 먹기겠지.'

피터 경은 만족해하며 승마화를 채찍으로 찰싹 때렸다.

'하지만 불가능한 일이 아직 한 가지 남아 있어. 폴리를 급히 달리게 하여 그 마차를 뒤쫓았는데 놓쳐버렸단 말이야. 어디로 사라졌을까? 사두마차가 증발할 리도 없고, 어딘가에 샛길이 있어야 할 텐데. 아니면…… 폴리, 너는 아까부터 내 추리를 비웃는 듯한 얼굴을 하고 있는데, 내가 어느 부분을 잘못 생각하고 있는지 부디 가르쳐주지 않겠니?'

공용지의 승마도로가 마침내 큰길과 만나는 지점에 이르렀다. 자전거가 펑크 나서 수리한 경관과 마주친 곳이었다. 거기서부터 피터 경은 말을 천천히 걷게 하며 플로비셔 핌의 저택으로 향했는데, 그동안 내내 도로 왼쪽에 쳐져 있는 산울타리에서 눈길을 떼지 않았다. 어딘가에 샛길로 접어드는 입구가 있어야 했기 때문이다. 그러나 그의 주의 깊은 관찰도 아무 소용이 없었다. 산울타리 군데군데 문이 있었다. 그것은 사유지로 들어가는 입구임에 틀림없었으며, 그 문에는 모두 자물쇠가 달려 있었다. 피터 경은 낙심한 듯 몸을 뒤로 돌려 양쪽에서 나무들이 가지를 뻗고 있는 큰길을 바라보았다. 그날 밤 죽음의 마차가 달려오던 방향을. 바로 그 순간 "아아, 그랬었군!" 하고 그는 소리쳤다.

그때 그의 머릿속에 한 가지 생각이 번뜩였던 것이다. 마차는 일단 그의 눈앞을 지나간 다음 도중에서 방향을 돌려 다시 리틀 도더링 마을로 되돌아간 게 아닐까? 어젯밤 그는 리틀 도더링 교회문 앞에서 그 비슷한 대형마차를 보았었다. 그때 그 마차는 플림프턴 마을 쪽으로 사라졌다. 그때의 일을 생각하며 피터 경은 다음과 같은 결론을 끌어냈다. 마차는 처음에 플림프턴 방향에서 큰길을 달려와 교회 주위를 한 바퀴 돈 다음——즉 큰길에서 뒷길로 돌았다가 다시 큰길을 향해 왼쪽으로 도는 코스를 잡아 큰길로 갔다가 먼저 왔던 플림프턴 방향으로 사라진 것이다. 만일 그렇다면……

"다시 한 번 돌아가자, 위팅턴(흔히 입버릇처럼 쓰는 말. 14세기 끝 무렵 런던 시장. 더 위싱턴의 고사에 관계된 말로서 특별한 뜻은 없음)."

폴리 플린더즈는 시키는 대로 길에서 방향을 빙글 돌렸다.

"마차는 산울타리 뒤의 밭을 달려갔을 거다. 이 추리가 틀렸다면 얼마든지 나를 비웃어도 좋다!"

피터 경은 폴리의 고삐를 눌러 오른쪽 산울타리 가의 좁은 풀밭을 천천히 걷게 했다. 그동안 내내 6펜스 동전을 떨어뜨린 스코틀랜드 사람처럼 날카로운 눈길을 땅에 쏟고 있었다.

첫 번째 대문 안에는 가을추수를 마치고 깨끗이 갈아놓은 밭이 있었는데, 여기에는 지난 몇 주일 동안 마차바퀴가 지나간 흔적이 하나도 없었다. 두 번째 대문 안은 가능성이 있을 것 같았다. 밭은 지금 쉬고 있는 상태였는데, 입구에 수많은 바퀴자국이 있었다. 좀더 자세히 살펴보니 그 대문만이 단 하나의 출입구임을 알았다. 문제의 마차가 대문을 통해 밭으로 들어갔다 해도 다시 되돌아오지 않을 수 없었을 것이다. 피터 경은 세 번째 대문을 찾아보기로 했다.

세 번째 대문은 엉망이 되어 있었다. 나사가 몇 개 빠지고 없어서 경첩은 금방이라도 떨어져 나갈 듯했고, 판자며 기둥은 이중으로 꼰 철사로 단단히 매어져 있었다. 피터 경은 말에서 내려 그것들을 살펴본 다음 모두 녹이 슬어 최근에 손댄 흔적이 없음을 확인했다.

그 뒤 문제의 갈림길까지 가는 동안 대문이 두 개 있을 뿐이었다. 그중 하나의 대문 안도 역시 밭이었다. 거무스름한 흙고랑을 살펴보았지만 흙이 흩어진 흔적은 없었다. 이윽고 마지막 대문을 보는 순간 피터 경의 가슴은 두근거리기 시작했다.

그곳 역시 밭이었는데, 그 밭을 에워싸듯 꽤 폭이 넓은 길이 트여 있고 거기에 마차바퀴 자국이 비에 씻기긴 했으나 어렴풋이 남아 있었다. 대문에는 자물쇠도 없고 걸쇠로 여닫게 되어 있을 뿐이었다. 피터 경은 그 땅을 살펴보았다. 경작용 마차의 큰 바퀴자국에 섞여 폭이 좁은 바퀴자국이 있었는데, 틀림없이 고무 타이어 자국이었다.

피터 경은 대문을 밀고 안으로 들어갔다. 길은 경작지 양쪽으로 지나고 있었는데, 그 끝에 또 하나의 대문이 있어 이웃 밭으로 이어졌다. 그리고 거기에는 사료용 사탕무를 실은 큰 손수레가 멈춰서 있고 가축우리인 듯한 오두막이 두 채 보였다.

폴리의 발굽 소리를 들었는지 가까운 쪽 오두막에서 한 사나이가 나왔다. 한 손에 페인트 솔을 들고 우뚝 서서 피터 경이 다가오기를 기다렸다.

"안녕하시오 ! " 피터 경이 부드럽게 말을 걸었다.

"안녕하십니까 ? "

"비 온 뒤라 상쾌한 아침이군요. "

"그렇습니다. "

"멋대로 들어와서 방해가 되지 않았습니까 ? "

"어디로 가시려는 겁니까 ? "

"정말은…… 저, 좀 곤란한 일이 있어서……. "

"무슨 일이시지요 ? "

피터 경은 안장 위에서 몸을 움직이며 대답했다.

"말의 복대가 조금 처진 것 같습니다. 새 복대거든요. 그래서 당신이 좀 봐주셨으면 하구요. "

사나이는 다가왔다. 말은 정말로 새 복대를 하고 있었다. 피터 경은 재빨리 말에서 뛰어내려 혁대를 붙잡고 머리를 암말의 배 밑으로 들이밀었다.

"역시 그렇군. 꽤 많이 처져 있는걸. 좀더 빨리 알았어야 했는데. 그건 그렇고, 여기가 애보트 볼턴으로 빠지는 지름길입니까 ? "

"마을까지는 갈 수 없지만, 이 길을 곧장 가면 모티머 씨의 마구간 옆으로 나갈 수 있지요. "

"아아, 그렇군요. 그럼, 여기는 그의 소유지입니까 ? "

"그렇지 않습니다. 지주는 토펌 씨지만, 모티머 씨가 이 옆 밭을 사료를 가꾸기 위해 빌렸답니다."

"그랬었군." 피터 경은 산울타리 너머의 옆 땅을 바라보았다. "저기 심은 것은 거여목인가요, 클로버인가요?"

"클로버입니다. 그리고 소의 사료로는 사탕무를 심었지요."

"아아, 그래요! 모티머 씨는 말 말고 소도 기르나 보지요?"

"그렇습니다."

"거 참, 좋은 일이로군. 어떻습니까? 담배 한 대 피우지 않겠소?"

피터 경은 이야기를 하며 요령있게 오두막으로 다가가 어두운 안을 들여다보았다. 많은 밭갈이 연장과 함께 구식 마차가 놓여 있었다. 남자가 페인트 솔을 손에 들고 있었던 것은 그 마차를 꺼멓게 칠하고 있었기 때문이었다. 피터 경은 주머니에서 성냥갑을 꺼냈다. 축축하여 한두 개비의 성냥을 헛되이 버리고 나서 겨우 한 개를 오두막 벽에 비벼 불을 붙였다. 불길이 일어 마차를 비추자 낡아빠진 차체에 어울리지 않는 고무 타이어가 끼워져 있는게 보였다.

피터 경은 아무렇지도 않게 물었다.

"모티머 씨네 말은 좋은 것들이겠지요?"

"물론이지요. 그런 말은 좀처럼 없을 겁니다."

"털이 얼룩진 말은 없소? 나의 어머니가 빅토리아 왕조 기질이라고나 할까, 위엄 있는 것을 좋아하셔서 털이 얼룩진 말을 몹시 원하시거든요. 그것도 두 마리가 필요합니다. 이두마차에 매려고요."

"아아, 그러십니까? 그렇다면 아마 모티머 씨 댁에 그런 말이 몇 마리 있을 겁니다."

"그거 참, 잘됐군. 꼭 찾아가서 만나보고 싶군요. 여기서 멉니까?"

"이 밭을 따라 5, 6 마일쯤 가면 됩니다."

피터 경은 회중시계를 꺼내보며 말했다.

"안 되겠는걸. 그 정도 거리라면 정오까지 돌아올 수 없겠군. 점심 식사에 꼭 돌아가겠다고 말했으니까. 다음날 다시 와야겠군요. 여러 가지로 폐를 많이 끼쳤소이다. 복도도 이제 문제없겠지요. 정말 고맙소. 적지만 이것을 받아주시오. 한잔 하시구려. 그리고 내가 털이 얼룩진 말을 구하더라는 이야기는 아직 모티머 씨에게 하지 마시오. 내가 직접 본 다음에 이야기하는 편이 좋겠소. 그럼, 안녕히……."

피터 경은 폴리 플린더즈의 머리를 집 쪽으로 돌려 조용히 그 자리를 떠났다. 그리고 오두막에서 멀어지자 안장 위에서 몸을 내밀고 승마화를 찬찬히 살펴보았다. 예상했던 대로 밀기울이 묻어 있었다.

"이 밀기울은 틀림없이 저 오두막에서 묻었지." 피터 경은 중얼거렸다. "그렇다면 이상하군. 모티머라는 사나이가 그런 밤중에 털이 얼룩진 말을 낡은 마차에 매어서 달리게 할 이유가 무엇이었을까? 그것도 발굽 소리를 죽이고 머리가 없는 것처럼 보이게 하여……상식적으로는 생각할 수 없는 일이로군. 그것은 플랜케트에게 그토록 겁을 주었고 얼큰히 취한 내 머리를 혼란시켰지. 그다지 내키지는 않지만 경찰에 알리는 게 좋지 않을까. 하지만 모티머의 그런 짓이 나와 관계있는 일이 아니니……폴리, 너는 어떻게 생각하니?"

암말은 자기 이름이 불려지자 세차게 고개를 저었다.

"저런, 경찰에 알리지 말라고? 알았다. 네 생각이 옳을 것 같구나. 아마 모티머는 어떤 내기를 위해 그런 짓을 했을지도 모르지. 나에게 그의 즐거운 내기를 방해할 권리는 없거든. 아무튼 램즈덴 집에서 마신 위스키 때문이 아니었음을 알았으니 이제 마음이 놓이는군."

"여기가 서재입니다." 허빌랜드는 손님들을 이끌고 들어와 말했다. "훌륭한 방이지요, 여기 있는 책들도 모두 훌륭하다고 들었습니다…… 이 방면은 나의 영역이 아닙니다만. 그리고 아버지의 영역도 아니었지요, 그런데 이 훌륭한 방도 수리해야 할 필요가 있습니다. 여기저기 상한 데가 눈에 띄거든요, 형이 그 일을 맡아줄지 모르겠군요, 비용이 꽤 많이 드는 일이라……."

피터 경은 방 안을 둘러보고 섬뜩해졌다. 그것은 추위 때문이 아니라 책을 가엾게 여기는 기분 때문이었다. 냉랭한 느낌은 예상했던 것보다 훨씬 심했다.

높은 창문 언저리에 11월의 하얀 서리가 엉겨 있었고, 판자 틈새로 축축한 냉기가 흘러 들어오고 있었다.

벽과 천장 이음새에 돌출부를 만들어 둘러친 신고전 양식을 엄수한 직사각형 방이었다. 이처럼 흐린 날 오후면 우울한 기분에 젖어들기 마련이지만, 서적 관리가 너무나도 무관심하여 수집가의 가슴을 몹시 아프게 했다. 사방 벽은 모두 바닥에서 천장까지의 높이 절반이 책장으로 되어 있고, 그 위로는 옻칠한 판자가 천장의 돌출부까지 둘러쳐져 있었다. 습기가 옻칠에 작용하여 이상한 모양의 얼룩을 만들어냈고, 보기 흉하게 갈라진 금이 두드러지게 눈에 띄었다. 심하게 갈라진 곳은 옻칠이 비늘처럼 벗겨져 바닥에 노랗고 엷은 딱지를 뿌려놓고 있었다. 이 끈적끈적한 냉기는 낡은 서적에서 스며 나오는 것인 듯했다. 손상되어 반쯤 벗겨진 송아지가죽 장정과 이 책에서 저 책으로 무서운 기세로 먹어 들어가는 곰팡이에서 스며 나오는 것이었다. 썩은 가죽 표지와 습기 찬 종이의 야릇한 냄새가 이 방 특유의 쓸쓸한 느낌을 한층 더 강하게 만들고 있었다.

"맙소사!" 피터 경은 우울한 눈초리로 무시당한 학문의 무덤을 둘러보며 속으로 중얼거렸다.

어깨를 움츠리고 추위에 떨고 있는 작은 새의 솜털처럼 목덜미에 온통 소름이 돋아 있는 그의 모습은 겨울 들판의 물웅덩이에 홀로 외로이 서서 깊은 생각에 잠긴 백로를 연상케 했다. 행콕 부인이 큰소리로 말했다.

"무척 썰렁한 방이로군요! 허빌랜드 씨, 로벌 부인에게 잔소리를 좀 하셔야겠어요. 그녀를 이 저택의 관리인으로 채용하려고 할 때 나는 필립에게 말했었지요."

그녀는 남편을 뒤돌아보았다.

"여보, 내가 틀림없이 말했었지요? 하필이면 리틀 도더링 마을에서 가장 게으른 사람을 쓸 필요가 어디 있느냐고요. 이렇게 습기가 차지 않도록 가끔, 적어도 1주일에 두 번쯤 방 안에서 불을 피워야 할 텐데 이토록 내버려두다니, 정말 한심한 여자예요!"

"네, 그렇습니다." 허빌랜드가 얼른 동의하는 뜻을 표했다.

피터 경은 아무 말도 하지 않았다. 그는 책장을 둘러보며 군데군데에서 책을 한 권씩 빼내 들여다보고 있었다.

허빌랜드가 말했다.

"이곳은 옛날부터 우울한 방이었습니다. 아직도 기억하고 있습니다만, 어릴 적에 이방에 들어오면 위압감 같은 것에 짓눌리곤 했지요. 그런데도 형과 나는 늘 여기 들어와 책을 펴놓고 놀았는데, 방의 어두운 구석에서 무언가가 나와 우리 옆으로 다가오는 듯한 느낌이 들곤 했답니다. 오오, 피터 경, 무언가 진귀한 책이라도 찾아내셨습니까? 폭스(존 폭스, 1516~1587, 런던의 주교. 순교자에 대한 저술로 유명함)의 《순교자전》이로군요. 바로 그겁니다. 그 삽화가 어린 나에게 얼마나 무서웠는지……그리고 저기에 존 번연의 《천로역정》이 있지요. 그 삽화에서 메뚜기의 왕, 밑 빠진 구멍의 마왕 아포르온의 무서운 모습을 본 다음부터 밤마다 악몽에 시달리지 않을 수 없었답니다. 그런 무서운 존재가 이 방 기둥에 달라붙어 있다고 생각했던 거지요. 그 책은 어디 있을까? 아아, 여기 있군요. 이것이 바로 그 책입니다. 이 《천로역정》을 보면 그때 일이 생각납니다. 그런데 피터 경, 이 책은 값이 많이 나갑니까?"

"뭐, 그렇지도 않을 겁니다. 여기 있는 버튼의 《아라비안나이트》 초판본이라면 틀림없이 값이 나갑니다. 그런데 너무 더러워졌군요. 전문가에게 부탁하여 손질해두는 편이 좋을 겁니다. 이것에 비하면 보카치오는 잘 보존되어 있군요. 이런 식으로 정성껏 보존해야 합니다."

"조반니 보카치오의 《죽음의 춤》——아주 재미있는 제목이군요. 그런데 이 보카치오가 바로 그 외설적인 이야기를 쓴 그 사람입니까?"

"그렇습니다." 피터 경이 무뚝뚝하게 대답했다. 보카치오를 보는 청년 실업가의 눈이 마음에 거슬렸던 것이다.

그러나 허빌랜드는 알아차리지 못한 듯 아내에게 한쪽 눈을 찡긋하며 다시 말을 이었다.

"읽어본 적이 있어서 한 말이 아니라 다만 그런 책을 다루는 서점의 진열장에 있기에 짐작한 것뿐이지요. 저런, 행콕 목사님은 충격을 받으신 것 같군요."

"그렇지 않습니다."

행콕 목사는 도량이 넓다는 것을 나타내보이려고 애쓰는 듯했다.

"이래뵈도 도원향(桃源鄕)의 즐거움을 모르지는 않습니다. 첫째 교회에서 일을 하려면 고전문학의 소양이 있어야 하므로 보카치오의 작품은 물론 그보다 더 세속적인 문학도 읽어둘 필요가 있지요. 아무튼 이 책의 목판화는 참 훌륭하군요."

"정말 훌륭합니다." 피터 경이 맞장구쳤다.

허빌랜드가 이어서 말했다.

"내 기억으로는 삽화가 훌륭한 오랜 판본이 또 한 권 있었습니다. 연대기였는데…… 뭐라고 하더라…… 독일 지명이 들어 있었습니다. 그곳 교수형 담당관리가 쓴 것으로서, 나중에 그의 일기형식으로 출판되었지요, 나는 읽어보았습니다만, 그다지 무섭지는 않았습니다. 해리슨 에인즈워드의 《런던 탑》을 읽었을 때의 절반도 흥분하지 않았거든요, 그 지명이 어디였더라?"

"뉘른베르크 아니었습니까?" 피터 경이 말했다.

"맞습니다! 《뉘른베르크 연대기》…… 틀림없습니다. 그런데 전에 있었던 자리에 있는지 모르겠군요, 내 기억이 틀리지 않는다면 창문 가까이에 있었는데……."

서재 기둥과 기둥 사이는 모두 빈틈없이 책장으로 메워져 있었는데, 허빌랜드는 창문 가까이로 걸어갔다. 말할 나위 없이 그곳 책장이 가장 심하게 습기의 피해를 입고 있었다. 유리창이 한 장 깨져 비를 머금은 바람이 불어 들어왔던 것이다.

"어디 있을까? 표지에 형틀이 찍힌 커다란 책이었는데, 다시 한번 그 연대기를 보았으면 좋겠군. 오랫동안 보지 못했으니까."

허빌랜드는 책장에서 책장으로 시선을 옮겨갔다. 피터 경은 서적애호가의 본능을 발휘하여 허빌랜드보다 먼저 연대기를 찾아냈다. 그것은 창문 가까이의 책장 끝 바깥벽과 닿는 곳에 꽂혀 있었다. 그는 손가락을 등표지 윗부분에 대고 빼내려고 했는데, 표지가 썩어 힘을 주면 망가진다는 것을 알았다. 그리하여 그는 먼저 그 옆의 책들을 빼낸 다음 그 연대기를 손으로 조심스럽게 빼내려고 했다.

"이것이겠지요? 너무하군. 너무 소홀히 보관했군요."

피터 경이 중얼거리며 책을 빼내려고 하는 순간 접힌 양피지가 한 장 그의 발밑으로 떨어졌다. 그는 몸을 굽혀 그것을 주워 올렸다.

"아니, 이것 아닙니까? 당신들이 찾고 있던 것은?"

이때 허빌랜드는 낮은 쪽 책장에서 연대기를 찾고 있었는데 급히 허리를 펴며 일어섰다. 쭈그리고 앉아 있었기 때문에 얼굴로 피가 몰려 있었다. 그는 엉겁결에 소리쳤다.

"맞습니다, 바로 그것입니다!"

그의 불그레한 얼굴이 더욱 붉어졌다가 다음 순간 흥분으로 창백해졌다.

"보십시오, 피터 경! 이것이 아버지의 유언장입니다. 생각지도 못한 곳에 넣어두었군요. 설마 이런 데 있을 줄은 몰랐습니다……."

"정말 그게 유언장인가요?" 행콕 부인도 큰소리로 물었다.

"아마 틀림없을 겁니다." 피터 경이 냉정하게 말했다. "사이몬 버독의 가장 최근 유언장일 겁니다."

그리고 그는 우뚝 선 채 더러운 양피지 바깥쪽을 살펴보고 접혀진 안쪽의 글로 눈길을 보내는 동작을 되풀이하고 있었다. 행콕 목사가 말했다.

"참으로 뜻밖의 일도 다 있군요! 당신이 책을 꺼낸 것은 하느님의 뜻이라고 할 수 있습니다."

"뭐라고 씌어 있지요?" 허빌랜드 버독 부인이 다급하게 물었다.

"아아, 이거 실례했습니다!" 피터 경은 양피지를 그녀에게 건네주고 목사 쪽을 보며 말을 이었다. "확실히 당신 말씀대로 하느님의 뜻이라고나 할까…… 꼭 내가 찾아내도록 운명지어져 있었던 것 같군요."

그는 손에 든 《뉘른베르크 연대기》를 애처로운 듯이 들여다보며 습기가 빚어낸 얼룩을 손가락으로 어루만졌다. 얼룩은 썩은 가죽표지를 꿰뚫고 속 페이지까지 스며 들어서 씌어진 글씨가 알아볼 수 없을 만큼 많이 상해 있었다.

그러는 동안 허빌랜드 버독은 가까운 테이블 위에 유언장을 펴놓고 읽기 시작했다. 그의 아내도 남편의 어깨 너머로 들여다보고 있었다. 행콕 부부도 호기심을 누르지 못하겠는지 테이블 옆을 떠나지 않고 결과를 기다리고 있었다.

그러나 피터 경은 시골신사의 가정문제에 관여하기를 피하는 듯 연대기 한쪽이 닿아 있던 벽을 살펴보고 그 습기의 정도와 얼룩을 관찰했다. 그 얼룩은 마치 이를 드러내며 웃는 얼굴처럼 보였다. 피터 경은 그것과 연대기의 가죽표지에 생긴 얼룩을 비교해 보고 고개를 크게 내저으며 귀중한 고서의 파손상태를 한탄했다.

플로비셔 핌은 말의 편자에 대해 쓴 고서에 몹시 흥미가 끌린 듯 책장을 이리저리 찾아다니다가 이때 비로소 다가와 무엇 때문에 모두들 흥분해 있느냐고 물었다.

"유언장에 이렇게 씌어 있습니다."

허빌랜드는 큰 목소리로 대답했으나 말투는 침착했다. 그의 반짝이는 두 눈은 승리의 기쁨이 가슴속을 맥박치고 있음을 감추지 못했다.

"읽을 테니 들어보십시오. '나는 사망 시에 소유하는 모든 것을——그 뒤에 주요한 재산목록이 열거되었으나 사건 줄거리와 깊은 관계가 없으므로 생략하겠음(작자)——나의 맏아들 마틴에게 준다'……."

플로비셔 핌이 휘파람을 휙 불었다.

"아무튼 들어보십시오. 그 다음에 이렇게 씌어 있습니다. '단 그것은 나의 유해가 땅위에 있는 동안이며 유해가 매장됨과 동시에 모든 유산의 소유권은 고스란히 막내아들 허빌랜드에게 물려주어야 한다'……."

"맙소사!" 플로비셔 핌이 놀라며 외쳤다.

"그 밖에 자잘한 기록이 있습니다만, 중요한 내용은 이것입니다."

"어디 보여주시오."

치안판사는 허빌랜드로부터 유언장을 받아들고 눈살을 찌푸리자 읽어 내려갔다.

"과연 그렇군요."

그는 고개를 끄덕였다.

"달리 해석할 방법이 없구면. 마틴은 일단 유산을 받았다가 곧 잃어버린단 말이로군. 상당히 색다른 유언이오. 어제까지는 모든 재산이 마틴의 것이었는데 유언장이 발견되지 않았기 때문에 아무도 그 사실을 몰랐지요. 그런데 지금은 그것이 모두 허빌랜드의 손에 옮겨진다…… 이것은 내가 알고 있는 유언장 가운데 가장 특이한 것이오. 생각해 보시오. 장례식을 치를 때까지는 마틴이 상속인인데, 매장이 끝나면…… 아무튼 허빌랜드, 축하해야겠소."

"고맙습니다, 나로서도 뜻밖의 일입니다."

허빌랜드는 흥분이 가라앉지 않는 듯 웃음소리를 냈다.

"하지만 너무 기발한 아이디어로군요!" 허빌랜드의 젊은 아내가 소리쳤다. "마틴이 이 자리에 있다면 어떤 기분일까요? 영국에 안 계신 게 차라리 하느님의 은총이라고 할 수 있겠군요. 그리고 우리들에게도 하느님이 은총을 베풀어주셨다고 할 수 있지요. 마틴이 어떤 소동을 일으킬지 상상만 해도 소름이 끼쳐요."

"그렇군요." 행콕 부인이 맞장구쳤다. "마틴이라는 분이 과격하게 나왔을지도 모르지요. 그런데 장례식 절차는 어느 분이 결정하게 되어 있나요?"

"원칙적으로 유언집행인이지요." 플로비셔 핌이 가르쳐주었다.

그러자 피터 경이 말참견했다.

"이 경우 유언집행인이 누굽니까?"

"글쎄요, 잠깐만 기다려 주시오." 플로비셔 핌은 유언장을 다시 한 번 훑어보았다. "오오, 여기 있군. '이 유언장의 공동 집행인으로서 나의 두 아들인 마틴과 허빌랜드를 임명함.' 이것 역시 매우 색다른 결정이로군요."

그러자 행콕 부인이 소리쳤다.

"색다를 뿐 아니라 비그리스도교도적이에요. 사악한 결정이에요. 만일 하느님께서 끝까지 유언장이 발견되지 않도록 하셨다면 얼마나 무서운 일이 벌어졌겠어요!"

"잠자코 있구려. 쓸데없는 참견하지 말고!" 행콕 목사가 나무랐다.

허빌랜드가 엄격한 표정을 지으며 말했다.

"이것은 아마 아버지 특유의 아이디어일 겁니다. 이제 와서 숨겨봐야 별 수 없으니 말씀드립니다만, 아버지는 본디 심술궂은 성격이었지요. 그리고 마틴과 나를 몹시 미워하셨습니다."

"그런 말은 입에 담는 법이 아니오." 행콕 목사가 다시 타일렀다.

"아닙니다, 말해야겠습니다. 아버지는 생전에도 우리 형제를 괴롭힐 생각만 했었습니다. 그리고 이 유언장을 보면 돌아가신 뒤에도 그 방침을 철저하게 고집할 생각이었던 모양입니다. 형과 내가 서로 아웅다웅하는 것을 보고 무덤에서 웃어주려는 속셈이었겠지요. 목사님, 내 입을 막으려고 해도 소용없습니다. 이것이 진실이니까요. 아버지는 우리 어머니를 미워했습니다. 그리고 우리 형제를 질투했습니다. 누구나 다 알고 있는 일이니까 숨길 필요도 없겠지요. 아마 시체 앞에서 우리가 서로 다투리라 예상하고 사악한 기질을 만족시켰을 겁니다. 하지만 아버지도 너무 잔꾀부리기를 좋아한 나머지 결국 실패하고 말았습니다. 머리를 쥐어짜 유언장을 이곳에 숨겨두었지만 피터 경이 발견했으니까요. 이미 매장도 끝났으니 모든 일은 처리된 거나 다름없습니다."

"당신은 확신을 가지고 말할 수 있소?" 피터 경이 불쑥 말했다.

치안판사가 끼어들었다.

"뻔하지 않소. 유언장에 뚜렷이 적혀 있으니 유해가 땅에 묻힘과 동시에 버독 집안의 재산은 허빌랜드에게 귀속된 겁니다. 장례식은 어제 끝났으니까."

"하지만 그것이 확실합니까?"

피터 경은 같은 말을 되풀이하며 차갑게 비웃는 듯 입술을 일그러뜨리고 그 자리에 있는 사람들의 얼굴을 차례차례 쳐다보았다.

"이상한 말씀을 하시는군요, 피터 경." 행콕 목사가 큰소리로 말했다. "어제 장례식에는 당신도 분명 참석하셨습니다. 그의 유해가 묻히는 것을 직접 보지 않았습니까?"

"내가 본 것은 그의 관이 묻히는 장면이었습니다. 그 관 속에 그의 유해가 들어 있다고 추측했을 뿐이지 확인하지는 않았습니다."

플로비셔 핌이 놀라 외쳤다.

"피터 경, 너무 지나친 말씀이오. 관 속에 시체가 들어 있지 않을지도 모른다니, 상식적으로 생각할 수 있는 일이오?"

"나는 관 속을 보았습니다." 허빌랜드가 힘주어 말했다. "그리고 아내도 보았습니다."

"나도 보았습니다." 행콕 목사가 말했다. "버독 씨의 유해는 임시로 만든 관에 넣어져 미국에서 송환되어 와 이곳에서 정식 관에 옮겨졌습니다. 그때 나도 입회했습니다. 떡갈나무 재목에 납으로 테두리를 두른 견고한 관으로, 졸리프가 만들었지요. 그 이외에 조수들도 있었습니다. 유해는 그들 손으로 관 속에 넣어져 못을 박았으니까요."

"그것은 알고 있습니다." 피터 경이 말했다. "나도 관이 교회에 안치되었을 때는 속에 유해가 들어 있다는 것을 부정하지 않습니다. 나는 다만 그 관이 무덤에 묻힐 때 그 속에 유해가 있었는지 의심스럽다는 것입니다."

플로비서 핌의 표정이 엄격하게 바뀌었다.

"피터 경, 갈수록 비상식적인 말을 하시는군요. 무슨 근거로 그런 말을 하시오. 그리고 유해가 무덤 속에 없다면 어디 있는지 가르쳐 주시겠소?"

"물론이지요."

피터 경은 테이블에 걸터앉아 두 다리를 흔들며 두 손의 손가락 끝을 물끄러미 내려다보았다. 마치 손가락 끝에서 해결의 말이 튀어나오기라도 할 듯이.

이윽고 피터 경이 이야기하기 시작했다.

"내가 보건대 이 문제에는 롤링슨 청년이 얽혀 있는 것 같습니다. 그는 글레엄 변호사의 사무실 직원인데, 유언장을 만든 것은 글레엄 변호사였으니 그 젊은이도 어느 정도 내용을 알고 있었을 겁니다. 글레엄 변호사도 물론 틀림없이 알고 있었겠지만, 그는 사건에 손을 대지 않았을 것입니다. 내가 알고 있는 한 어느 쪽에도 편드는 인품이 아닌 듯싶으니 말이오. 그러므로 특히 마틴을 편든다고 생각할 수는 없지요.

따라서 나는 이렇게 추측했습니다. 버독 씨의 죽음을 알리는 전보가 미국에서 도착했을 때 롤링슨 청년은 이 유언장의 이상한 조항이 생각나 불행히도 외국에서 살고 있는 마틴에게 불리한 결과가 되리라고 생각했겠지요. 그 청년은 그러니까 이 집 형제 가운데 형에게 보다 더 많은 호감을 가지고 있는 것 같습니다."

이때 허빌랜드가 말참견을 했다.

"마틴은 전부터 젊은 불량배들과 사귀기를 좋아했고, 유흥으로 시간을 허비하곤 했지요."

행콕 목사는 허빌랜드의 말이 형에 대한 험담으로 받아들여지지 않도록 마음을 써서 마틴을 늘 마을 젊은이들에게 친절했다고 고쳐 말했다.

"확실히 그런 것 같더군요." 피터 경이 말했다. "그래서 롤링슨은 마틴에게 유산을 가질 수 있는 기회를 주어야겠다고 생각했을 겁니다. 이 청년의 입장으로 볼 때 자진하여 유언장의 내용을 입 밖에 낼 수는 없었겠지요. 언젠가는 유언장이 발견될지도 모르고 또 발견되지 않을지도 모르니까요. 아무튼 그 유언장이 발견되었을 땐 틀림없이 성가신 문제가 생길 것이고, 그래서 그는 하는 수 없이 유해를 훔쳐내어 마틴이 마을로 돌아와 상속문제를 직접 처리할 때까지 유해를 매장시키지 않고 보존해 두어야겠다고 마음먹었지요."

"그것은 지나친 추정이오!"

플로비셔 핌이 피터 경의 단정을 꼬투리삼아 비난하려는 듯한 기색을 보였다. 피터 경이 얼른 그 말을 받았다.

"물론 단순한 추정이므로 틀렸을지도 모릅니다. 그러나 일단 내 생각을 들어주시기 바랍니다. 롤링슨 청년은 계획을 세우기는 했으나 혼자서 해치울 수 없는 큰일이어서 협력자를 찾았지요. 그 결과 모티머 씨에게 화살을 던진 겁니다."

"모티머?"

"나는 모티머 씨를 만나보지는 않았지만 소문에 듣자하니 모험을 좋아하는 성격으로 어떤 방면의 비상한 능력을 가지고 있다고 하더군요. 롤링슨 청년은 그에게 계획을 털어놓고 둘이 함께 실행방법을 연구했겠지요. 행콕 목사님이 장례식 전날 밤 유해를 교회에 안치하고 철야기도를 하겠다고 발표한 일도 그들 계획에 도움을 주는 결과가 되었습니다. 그렇지 않았다면 그들의 노력도 실패로 돌아가지 않았을까 생각됩니다."

행콕 목사는 당황한 표정을 지으며 목구멍 속에서 이상한 소리를 냈다.

"그들의 계획은 다음과 같습니다. 모티머 씨가 구식마차와 네 마리의 백마를 제공합니다. 여기에 야광도료를 바르고 검정색 자루를 씌움으로써 버독 집안의 죽음의 마차를 만들어냈지요. 이 아이디어의 뛰어난 점은 유령마차를 본 사람은 겁을 낸 나머지 가까이 다가가서 규명하려고 하지 않는다는 데 착안한 것입니다. 예부터 전해 내려오는 말이 있는데다 한밤중에 묘지 근처를 달려간다면 이것을 본 마을사람들이 공포에 떠는 것은 당연한 일이지요. 한편 롤링슨 청년은 자진하여 교회에서 철야기도를 하겠다고 나섰습니다. 혼자서는 불안하므로 모험을 좋아하는 동지로 술집주인을 택했죠. 그리고 행콕 목사님에게 그럴싸한 이유를 대어 자기들의 기도 시간을 4시에서 6시로 정했습니다. 행콕 목사님께 묻겠는데, 그가 그런 밤중에 헬리오팅에서 오겠다는 말을 듣고 이상하게 생각하지 않았습니까?"

행콕 목사는 굳은 표정으로 대답했다.

"나는 늘 교회 모임에 출석하는 신도들의 열성으로 여겼습니다."

"그러시겠지요. 하지만 롤링슨 청년은 당신 교구의 신도가 아니지 않습니까? 아무튼 그럼으로써 그들은 계획을 순조롭게 진행시킬 수 있게 되었습니다. 그래서 수요일 밤 본격적인 무대연습을 했는데, 그것이 플랜케트 노인에게 겁을 주는 결과가 되었지요."

"그 이야기가 사실이라면……."

플로비셔 핌이 무슨 말을 하려고 했으나 피터 경은 무시하고 이야기를 계속했다.

"그리고 목요일 밤에 모든 준비를 다 갖춘 모험자 두 사람은 2시쯤 교회로 몰래 들어가 숨어서 행콕 부인과 따님이 기도드리러 오기를 기다리고 있었습니다. 마침내 그녀들이 나타나자 주의를 끌기 위해 일부러 소리를 냈습니다. 그리하여 그녀들이 용감하게도 무슨 일인가 하고 다가왔을 때 덤벼들어 제구보관실에 가두었던 것입니다."

"어머나, 그랬었군요!" 행콕 부인이 외쳤다.

"바로 그 시각에 죽음의 마차가 성당 남쪽 입구에 도착하게 되어 있었지요. 마차는 '뒷길'을 돌아왔습니다. 이 점은 나로서도 확신이 서지 않습니다만, 아무튼 모티머 씨와 다른 두 사람의 힘을 모아 방부조치가 취해진 시체를 관에서 꺼내고 대신 밀기울 자루를 집어 넣었습니다. 어떻게 내가 밀기울인지 알았느냐 하면 그 다음날 아침 부인용 기도실 바닥에 밀기울이 떨어져 있는 것을 보았기 때문입니다. 그 다음에 그들은 시체를 마차에 실었습니다. 그리고 마차를 모티머가 몰고 갔지요. 내가 큰길에서 그 마차를 본 것이 2시 30분이었으니까, 그들이 이 일을 하는데 그다지 시간을 소비하지 않았음을 알 수 있습니다. 마차에는 모티머 씨 혼자 있었을지도 모르고 조수가 타고 있었을지도 모릅니다. 모티머 씨는 검은 자루를 뒤집어쓴 머리 없는 마부라는 큰 역할을 했으니 조수가 있었다고 보는 편이 옳을 것 같군요. 마차는 내가 공용지를 달려 다시 헬리오팅 거리와 만나는 곳에 이르기 전에 대문을 지나 밭으로 들어가 그곳을 가로질러 모티머 씨의 헛간에 도착했지요. 마차와 말은 헛간 안에 남겨놓고 시체만 자동차에 실어갔을 겁니다. 나는 그 헛간에서 마차를 보았고 말굽 소리가 나지 않도록 하기 위해 쓴 밀기울도 역시 거기서 보았습니다. 네 마리의 백마는 다음날 데려갔겠지만, 거기까지는 정확하게 모릅니다. 그리고 시체를 어디에 날라다 놓았는지도 모릅니다. 모티머 씨 집에 가서 그 점을 물어보면 아마 시체는 아직 땅 위에 있다고 의기양양하게 대답할 겁니다."

피터 경은 입을 다물었다. 플로비셔 핌과 행콕 목사 부부는 넋 나간 표정에 약간 화난 듯한 기분을 섞어 피터 경을 바라보았다. 허빌랜드의 얼굴은 창백하고 그의 아내는 볼이 빨갛게 달아올랐으며, 두 사람 모두 입술을 일그러뜨리고 있었다. 피터 경은 《뉘른베르크 연대기》를 집어 들고 사랑스러운 물건인 듯 가죽표지를 어루만지며 이야기를 계속했다.

"롤링슨 청년과 그 한패는 성당에 남아 그 일을 신교도의 모독적인 짓으로 보이도록 하기 위해 공작을 했지요. 증거를 남김없이 없애 버리고 자기들 스스로 난방실에 갇힌 뒤 문의 열쇠를 밖으로 던져 버리면 위장행위는 끝나는 셈이니까. 행콕 목사님, 교회로 돌아가시거든 난방실 바깥을 찾아보십시오. 틀림없이 그 문의 열쇠를 찾을 수 있을 겁니다. 그 두 사람은 얼마 안 되는 적에게 습격당해 간단히 난방실에 갇힐 정도로 약하지 않습니다. 허버드는 우람한 체격의 거인이고 롤링슨도 매우 건강한 젊은이지요. 그런데도 그들은 연약한 어린아이처럼 난방실에 갇혀 있었습니다. 그리고 두 사람 모두 가벼운 상처 하나 입지 않았잖습니까? 요컨대 그것은 지어낸 이야기입니다. 모두 다 꾸며낸 이야기란 말입니다!"

"잠깐만, 피터 경!" 플로비셔 핌이 말했다. "확신을 가지고 말할 수 있소? 당신이 만들어낸 이야기는 아니오? 그 말을 뒷받침할 만한 증거가 있소?"

"물론 있지요. 내무부의 허가를 받아 무덤을 파보면 곧 이야기가 진실인지, 아니면 나의 병적인 공상이 만들어낸 이야기인지 알게 될 겁니다."

그러자 허빌랜드의 젊은 아내가 갑자기 소리쳤다.

"듣기만 해도 속이 메슥거리는 거짓말이에요! 여보, 이런 이야기는 듣지 않는 편이 낫겠어요. 아버님 장례식이 끝난 바로 다음날 이처럼 어리석은 이야기를 순순히 듣고 있는 우리가 오히려 돌았어요, 진지하게 받아들일 필요가 없어요. 아버님의 무덤을 파헤치다니, 끔찍한 일이에요. 돌아가신 분에 대한 모독이에요."

이때 플로비서 핌이 엄숙한 목소리로 말했다.

"분명 무덤을 파헤친다는 것은 어마어마한 문제지요. 그러나 피터 경이 끝까지 이 놀라운 가설을 주장한다면, 나는 그 말을 믿는 것은 아니지만 그래도 역시······."

피터 경은 어깨를 으쓱하며 말을 가로막았다.

"허빌랜드 버독 씨, 이것만 말해 두지요. 당신 형님인 마틴 씨가 귀국하면 그 점을 확인할 것으로 생각해 두는 편이 나을 겁니다."

"아니에요. 아무리 시아주버님이라 해도 그렇게 하지는 못할 거예요!" 허빌랜드의 아내가 말했다.

그러자 그녀의 남편이 분한 어조로 중얼거렸다.

"그럴 수는 없소, 여보. 그 점은 피터 경의 말씀이 맞아요. 형 역시 유언집행인이니까 우리가 그것을 막는 것과 마찬가지로 그 역시 조사를 요구할 권리가 있거든. 무리한 반대는 하지 않는 편이 현명할 거요."

"하지만 마틴이 조금이라도 아버님을 생각하는 마음이 있다면 그런 짓은 하지 않을 거예요." 그녀는 자기 주장을 굽히지 않았다.

이때 행콕 부인이 사이에 끼어들었다.

"충격적인 일이긴 하지만, 이 문제에는 돈이 얽혀 있으므로 마틴 씨도 그렇게 하리라고 생각돼요. 그분의 부인이나 아이들에 대한 의무로 생각해서······유산문제는 중요한 일이니까요."

결국 허빌랜드가 단정짓듯이 말했다.

"이것은 절대로 불합리한 이야기입니다. 나로서는 피터 경의 말을 한 마디도 믿을 수 없습니다. 조금이라도 믿을 만한 데가 있다면 당연히 내가 앞장서서 조사해 달라고 신청할 겁니다. 마틴을 공평하게 대하고 싶은 기분도 물론 있습니다만, 나 자신의 권리가 옳다는 점을 밝히고 싶은 기분은 그 이상입니다. 그런데 모티머 씨는 이 지방에서 알려진 재산가입니다. 그런 모티머 씨가 시체를 은닉하고 교회의 신성함을 더럽히다니 있을 수 없는 일입니다. 좀더 솔직히 말하자면 너무나도 어이가 없어 웃음이 터져 나올 것만 같습니다. 세상에 나도는 말을 듣건대 피터 윔지 경께서는 범죄자나 경찰관들과 교제하고 계신다더니, 그래서 이런 터무니없는 상상을 하게 된 모양이군요. 나는 아버지의 무덤을 파헤쳐 조사하자는 제안을 받아들일 수 없습니다. 피터 경에게 남의 입장을 생각해 주는 마음이 없음을 유감스럽게 여깁니다. 이제 내가 하고 싶은 말은 모두 다 했으니 오늘의 모임은 이것으로 끝마칩시다!"

플로비셔 펌이 펄쩍 뛰다시피하며 참견했다.

"허빌랜드, 그런 태도로 나오면 안 되오! 피터 경으로서도 일부러 나쁜 억측을 하고 있는 건 아니니까. 물론 나도 피터 경의 추측이 잘못되었으리라 생각하고 있소. 하지만 지난 며칠 동안 이 마을사람들이 술렁거리고 있는 것도 부정할 수 없는 사실이오. 그들은 모두 이번 소동 뒤에 무언가 중대한 문제가 숨겨져 있다고 믿고 있소. 그렇다고 이 자리에서 해결해야 할 일은 아니지만. 우선 이 냉랭한 방에서 나갑시다. 저녁식사 시간도 다 되었소. 너무 늦으면 우리 집사람의 잔소리가 심해서요."

피터 경은 허빌랜드 버독에게 손을 내밀었다. 상대방은 내키지 않는 듯 악수했다.

피터 경이 말했다.

"여러 가지로 실례되는 말을 했지만, 너무 언짢게 생각지 마시오. 나는 요즘 상상력이 이상하게 솟구쳐 올라와 고민하고 있답니다. 그 원인은 아마 갑상선 자극이 지나치기 때문이 아닐까 싶습니다.

그러나 되풀이해 말하지만, 내가 한 말은 잊지 말아주시오. 미안했소."

"우리는 그다지 대수롭게 생각지 않아요, 피터 경." 허빌랜드의 아내가 대답했다. 그리고는 가시 돋친 말투로 덧붙였다. "하지만 상상력이 지나치게 왕성하면 아무래도 그 질이 떨어지나 보군요."

피터 경도 얼마쯤 혼란한 기분으로 그녀의 뒤를 따라 서재를 나왔다. 그는 마음이 동요되었기 때문인지 남의 소요물인 《뉘른베르크 연대기》를 옆구리에 낀 채 버독 저택에서 물러나왔는데, 언제나 냉정한 그로서는 드문 일이었다.

"난처하게 되었습니다." 행콕 목사가 말했다.

목사는 일요일 저녁 예배를 마치자 곧 플로비셔 핌의 저택을 방문했던 것이다. 의자에 꼿꼿한 자세로 앉아 있었는데 갸름한 얼굴이 걱정으로 벌겋게 달아올랐다.

"허버드의 행동에 대해서입니다만, 그가 그런 괘씸한 짓을 하리라고는 상상도 못했습니다. 나로서는 이보다 더 큰 충격이 없습니다. 하필이면 교회 안에서 유해를 훔쳐내다니! 이것만으로도 용서할 수 없는 행위인데, 괘씸하게도 신성한 예배에 쓰는 제기구를 세속적인 목적에 이용하는 나쁜 짓을 저질렀습니다. 그런데도 그는 시치미 떼고 장례식에 참석하여 돌아가신 분을 애도하는 척했을 뿐 아니라 자기가 저지른 일이 얼마나 죄가 되는 짓인지도 모르고 있으니 놀라지 않을 수 없습니다. 이 교구를 맡고 있는 성직자로서의 내 충격은 말로 다 표현할 수 없을 정도입니다."

"알았습니다, 행콕 목사님." 플로비셔 핌이 말했다. "그러나 그 사람의 인품을 생각해 두어야 할 거요. 허버드도 속속들이 나쁜 사람은 아니오. 그리고 그런 장사를 하는 사람에게 세련된 감정을 기대한다는 건 무리지요. 허빌랜드에게도 이 말을 했소? 만일 그렇다면 성가신 문제가 생기겠군! 참으로 야단났는걸. 그래, 허버드 자신이 털어놓았나요? 어떻게 해서 털어놓게 했지요?"

"나는 피터 윔지 경의 말을 생각하며 그를 다그쳤지요. 실은 피터 경의 터무니없는 이야기가 계속 나를 괴롭혔답니다. 황당무계한 공상력이 낳은 이야기라고 생각하면서요. 거기에 무언가 진실이 있는 것 같아서 견딜 수가 없었습니다. 그래서 어젯밤 교회의 부인석 바닥을 직접 쓸어보았습니다. 그랬더니 그 먼지 속에 많은 밀기울이 섞여 있지 않겠습니까? 그 다음 난방실문 열쇠를 찾아보았는데, 피터 경의 말씀대로 난방실 창 밖에서 얼마 떨어지지 않은 곳…… 글자 그대로 돌을 던지면 닿을 만한 거리였지요. 나무들이 많이 우거진 속에서 발견했습니다. 나는 하느님께 가르침을 주십사고 기도드렸지요. 그리고 아내의 의견도 듣고——나는 늘 아내의 판단을 크게 믿습니다——예배가 끝난 다음 허버드와 이야기를 나누어 봐야겠다고 마음먹었지요. 다행히도 그는 아침예배가 아니라 저녁예배에 나왔더군요. 아침예배 때 나왔다면 나는 오늘 하루 종일 충격 때문에 괴로워했을 겁니다."

"그랬겠지요." 치안판사는 이야기하는 속도가 너무 느려 초조해하며 대꾸했다. "그래, 그를 다그치니 사실을 털어놓던가요?"

"네, 고백했습니다. 그러나 유감스럽게도 후회하는 빛은 전혀 없었습니다. 오히려 소리내어 껄껄 웃더군요. 비난하는 내가 괴로워서 견딜 수 없을 정도였습니다."

"그러셨겠지요. 이해가 가요." 플로비셔 핌 부인이 동정하듯 말했다.

치안판사가 몸을 일으키며 말했다.

"허빌랜드를 만나야겠소. 죽은 버독 노인의 유언장에 아무리 사악한 의도가 담겨 있었다 해도 허버드, 모티머, 롤링슨 세 사람이 저지른 이 괘씸한 행동은 용서할 수 없소. 시체를 훔쳐낸 일이 기소할 수 있는 범죄인지 아닌지는 이제부터 알아봐야겠지만, 아마 기소가 가능할 거요. 그리고 시체가 어떤 재물을 몸에 지니고 있었다면 가족이나 유언집행인의 제소가 있어야겠지요. 아무튼 이 교구에 욕된 사건임이 틀림없소. 하느님에 대한 모독행위이기도 하구요. 비국교도들은 기쁘게 여길는지 모르지만 우리로서는 이보다 더한 치욕이 없소. 행콕 목사님, 당신에게 이런 말을 해서 미안하오. 이런 문제는 되도록 빨리 처리해야 합니다. 나도 함께 목사관으로 갈 테니 허빌랜드 부부에게도 이 일을 알려주시오. 오오, 피터 경, 당신은 어떻게 하겠소? 당신 추측이 틀리지 않았으니 허빌랜드에게서 사죄의 말을 듣는 게 좋지 않겠소?"

"함께 가고 싶지 않군요." 피터 경이 대답했다. "어차피 나는 환영받을 손님이 못되니까요. 이런 일이 일어났으니 허빌랜드 버독 부부는 상당히 큰 재정적인 타격을 받겠군요."

"그렇게 되겠지요. 아주 큰 타격일 거요. 그 점도 당신의 추측이 옳았소. 자, 가봅시다, 행콕 목사님."

두 사람이 나가자 피터 경과 플로비셔 핌 부인은 난로 앞에서 이 문제의 처리에 대하여 30분쯤 이야기를 나누었다. 그때 갑자기 플로비셔 핌이 들어왔다. 목사관에서 행콕 목사와 허빌랜드 부부를 데리고 돌아온 것이었다.

"피터 경, 지금 모티머 댁을 방문하려는데, 자동차 운전을 맡아주지 않겠소? 오늘은 일요일이어서 메리듀가 휴가를 나가고 없군요. 나는 밤에는 운전을 하지 않기로 하고 있지요. 특히 오늘 밤처럼 안개가 짙은 날에는……."

"좋습니다."

피터 경은 얼른 대답하고 2층으로 달려 올라갔다. 몇 분 뒤 내려왔는데, 그는 두꺼운 가죽점퍼를 입고 종이꾸러미를 옆에 끼고 있었다. 그는 허빌랜드 부부와 간단히 인사를 나누고 운전석에 앉아 플로비셔 펌의 저택을 나와 안개 짙은 헬리오팅 거리를 조심스럽게 운전해 갔다.

자동차가 길 양쪽에서 뻗어 나온 나뭇가지들로 뒤덮여진 지점에 이르자 피터 경은 얼굴에 좀 비꼬는 듯한 미소를 지었다. 그곳이 바로 유령마차를 본 자리였기 때문이다. 그리고 또 교묘하게 꾸민 기괴한 마차가 사라진 대문 앞을 지날 때는 그곳을 가리키며 설명했다. 허빌랜드가 나직이 신음 소리를 냈다. 그리고 나서 낯설지 않은 거리의 분기점에서 플림프턴으로 향하는 오른쪽 길로 접어들어 6마일쯤 달리자 플로비셔 펌이 큰소리로 "바로 저기요!" 하고 외쳐 그의 주의를 끌었다. 모티머 저택이 앞쪽에 보였던 것이다.

넓은 마구간과 수많은 경작용 오두막을 갖춘 모티머 저택은 길에서 구석 쪽으로 2마일쯤 떨어진 곳에 있었다. 어두운 밤이어서 그 전체의 모습은 볼 수가 없었으나 1층 창문에 모조리 불이 켜져 있었다. 치안판사가 현관의 초인종을 힘껏 누르자 문이 열렸다. 그와 동시에 집 안에서 높은 웃음소리가 울려나왔다. 모티머 역시 자기의 행동을 조금도 후회하고 있지 않은 것이 틀림없었다.

"모티머 씨 계십니까?" 플로비셔 펌이 거짓말로 없다고 따돌리면 받아들이지 않겠다는 듯 단호한 말투로 말했다.

"네, 계십니다. 어서 들어오세요, 치안판사님."

그들은 등불이 환히 켜진 넓고 고풍스러운 방으로 안내되었다. 입구 바로 옆에 떡갈나무 재목으로 만든 큰 칸막이가 세워져 있어 그 안은 볼 수가 없었다. 어두운 데서 들어온 피터 경이 눈을 깜박이며 안쪽으로 나아가자 불그레한 얼굴의 몸집 큰 사나이가 손을 내밀며 환영의 뜻을 나타냈다.

"여어, 플로비셔 핌 씨로군요! 우연이라곤 하지만 마침 잘 와주셨소, 우리의 옛 친구를 만날 수 있으니까, 저런!" 그는 말투를 조금 바꾸었다. "허빌랜드도 왔구먼, 호오, 이거 참……."

"여보시오, 모티머!"

허빌랜드 버독이 소리 지르며 무서운 얼굴로 치안판사의 옆을 지나 이 저택 주인을 향해 달려드는 것을 치안판사가 급히 붙잡았다.

"이 못된 녀석, 무엇 때문에 이런 장난을 쳤지? 시체는 어디에 두었어?"

"시체?" 모티머는 당황한 표정으로 말하며 뒷걸음질쳤다.

"그래, 시체 말이야! 시치미 떼도 소용없어. 한패 허버드가 이미 털어놓았으니까. 모르겠다고 잡아떼진 못하겠지? 이집 어딘가에 숨겨두었겠지. 어디지? 빨리 내놔!"

허빌랜드는 주인을 위협하며 칸막이 옆을 돌아 등불이 밝은 안쪽으로 달려갔다. 그러자 뜻밖에도 커다란 안락의자에서 몸을 일으킨 키가 크고 마른 사나이가 그의 앞을 막아섰다.

"침착해라, 허빌랜드!"

"앗, 마틴!" 하고 외치며 허빌랜드는 한 발자국 뒤로 물러섰다.

그 순간 피터 경도 우뚝 섰다.

"그래, 내가 바로 마틴이다. 내가 여기 있어 뜻밖인 모양이군. 그럴지도 모르지. 한 푼의 값어치도 없는 불량배 형이 느닷없이 돌아왔으니까. 그래, 그 동안 별일 없었느냐?"

"흐음, 그렇다면 이 사건 뒤에는 형님이 숨어 있었군요!"

허빌랜드가 미친 듯이 날뛰었다.

"조금 더 빨리 알아차렸어야 했는데! 정말 치사하군! 아버지의 유해를 관에서 꺼내 시골구석을 돌아다니는 서커스단처럼 들고 다니다니! 불명예스럽고 파렴치하며 꺼림칙한 행위가 아니고 뭐겠소! 형님의 가슴 속에서는 인간다운 감정이 사라진 모양이지? 형님은 그 점을 부인하지 못할 거요!"

"험담이 너무 심하군, 허빌랜드!"

모티머 씨가 비난했으나 허빌랜드는 입을 다물지 않았다.

"닥치고 물러서 있어! 네놈에게도 할 말이 있지만 형님에게 먼저 해야겠다. 형님, 이런 파렴치한 짓을 나는 더 참을 수가 없소. 당장 아버지 유해를 내놓으시오! 그리고…….."

마틴은 두 손을 주머니에 찔러 넣으며 빙긋이 미소 지었다.

"잠깐, 허빌랜드. 아무래도 이번 일의 해명은 너 한 사람에게만이 아니라 온 세상에 털어놓아야 할 것 같구나. 그러기 위해 이렇게 많은 사람을 데리고 왔겠지만. 이분은 목사님이시겠지? 목사님에게 설명해야 할 일이 있습니다. 그리고 이분은……?"

"피터 윔지 경이오." 플로비셔 핌이 소개했다. "이분이 그 괘씸한 음모를 파헤쳤소. 알겠소, 마틴? 이 계획은 당신 동생 말대로 불명예스럽기 짝이 없는 짓이오."

"놀랍군! 피터 윔지 경께서 직접 출연하시다니!" 마틴이 말했다. "모티머 씨, 당신이 저지른 행위가 드러난 것은 당연한 일이오. 피터 윔지 경이라면 이 시대의 셜록 홈즈니까요. 하지만 플로비셔 핌 씨, 나는 이 사건과 우연히 때를 같이하여 돌아왔을 뿐 사건 자체와는 아무 관계도 없습니다. 다이아나, 이 분이 피터 윔지 경이라오. 피터 경, 내 아내 다이아나입니다."

검은 이브닝드레스를 입은 젊고 아름다운 여자가 수줍은 미소를 지으며 윔지에게 인사하고는, 곧 굳은 표정으로 바뀌어 시동생 허빌랜드를 쳐다보았다.

"우리가 해명하겠습니다만……." 마틴이 말하려고 하자 허빌랜드가 얼른 가로막으며 닦아세우듯 소리쳤다.

"이 계획은 실패요!"

"그렇게 보았다 하더라도 하는 수 없지. 하지만, 허빌랜드, 무엇 때문에 이렇게 법석을 떨지?"

"법석을 떤다고? 당연하지 않소! 아버지의 시체를 관에서 꺼내……."

"허빌랜드, 그 일이라면 나는 아무것도 몰라. 정말이야. 맹세해도 좋아. 아버지가 돌아가셨다는 것을 안 것은 겨우 2, 3일 전이거든. 영화촬영으로 피레네 산 속에 들어가 있었기 때문이지. 뒤처리도 제대로 못하고 곧장 달려왔어. 그런데 이 모티머 씨와 롤링슨과 허버드 세 사람이 이런 일을 해치웠더구나. 나는 어제 아침까지도 아무것도 몰랐어. 귀국하기 전에 파리의 집에 들렀더니 그런 사연이 적힌 편지가 기다리고 있더구나. 거짓말이 아니야. 정말 몰랐어. 생각해 봐라. 그런 짓을 할 필요가 내게는 없다는 것을 너는 알게 될 거야."

"과연 그럴까요?"

"내가 이 마을에 있었다면 어마어마한 장례식은 하지 못하게 했을 지도 모르지만, 시체를 훔쳐내는 엄청난 짓은 하지 않았을 거다. 죽은 사람에 대한 불경스러움은 제쳐놓고라도 나로서는 그런 행동의 목적을 이해할 수 없거든. 그 이야기를 모티머 씨로부터 들었을 때 나도 화를 벌컥 냈으니까말이다. 그 사람들이 나를 위해 한 일이라는 것은 이해할 수 있었지. 그러나 목사님의 노여움도 당연하다고 할 수 있거든. 모티머 씨가 교회의 신성함을 모독하지 않도록 마음 쓴 건 사실이다. 아버지 유해는 실수 없이 이 저택 기도실에 안치하고 꽃으로 장식해 놓았더구나. 네가 보아도 틀림없이 만족할 거다."

"그렇소." 모티머가 고개를 끄덕였다. "우리로서는 고인을 모독할 생각이 티끌만큼도 없었소. 정중하게 모셔둔 것을 보면 알 거요."

"아무튼 끔찍한 일입니다." 행콕 목사가 조그만 목소리로 중얼거렸다.

마틴이 말을 계속했다.

"버독과 다른 두 사람은 내가 없기 때문에 나대신 나의 이익이라고 여겨지는 행동을 하지 않을 수 없는 기분이 들었던 모양이다. 그 결과가 이렇게 되었는데. 유산이 들어오면 나는 곧 아버지에게 어울리는 납골당을 만들 생각이다…… 물론 땅 위에 말이다. 화장하여 납골당에 모시겠다는 말이다."

"아무리 형님이라 해도 그런 짓은 할 수 없소!" 허빌랜드가 숨을 헐떡이며 소리쳤다. "유산이 탐나서 아버지의 유해를 매장도 하지 않고 태워버리겠다니!"

"허빌랜드, 나도 너를 용서할 수 없다. 내 재산을 가로채고 싶어 아버지의 시체를 억지로 땅에 묻으려고만 하다니!"

"나는 유언집행인이오. 형님이 뭐라든 아버지 유해는 매장하기로 결정되어 있소."

"나도 유언집행인의 한 사람이다. 나는 아버지 유해를 매장하지 않기로 했다. 땅 위의 납골당에 모시는 것도 땅 밑에 매장하는 것 이상으로 아버지를 고이 모시는 방법이야."

행콕 목사는 서로 싸우는 형제 사이에 서서 어느 쪽 희망을 받아들여야 할지 몹시 당황스러워 했다.

허빌랜드는 더욱 목청을 돋구어 소리쳤다.

"글레엄이 뭐라고 할지 그 의견을 들어봅시다."

마틴은 차갑게 웃었다.

"글레엄!……그 정직한 척하는 변호사 말이로구나. 좋아, 들어보지. 그는 처음부터 유언장 내용을 알고 있었다. 그리고 어떤 기회에 너한테 알려주었겠지?"

"그는 그런 짓을 할 사람이 아니오!" 허빌랜드가 대꾸했다. "그는 다만 자칫 잘못하다가는 질이 나쁜 형님이니만큼 트집을 잡힐까 두려워 가만히 있었던 거요, 가난뱅이 협박자의 딸과 결혼하여 우리 집안의 명예를 손상시키는 짓을 하고도 모자라서……."

"자, 자, 허빌랜드 씨……."

"허빌랜드, 말이 좀 심하군!"

"당신은 이성을 잃었소."

"그만 닥쳐!"

행콕 목사와 플로비셔 핌이 함께 말리려고 했으나 허빌랜드는 아랑곳하지 않고 고함을 질러댔다.

"이번에는 또 아버지 유해와 내 재산을 가로채 천박한 아내와 함께 영화며 코러스의 단역배우들을 모아놓고 난잡한 생활을 할 작정이 겠지!"

"허빌랜드, 내 아내와 친구들을 헐뜯지 마라! 네 아내는 어떠냐? 떠도는 말을 들으니 네 아내는 허영심이 강해서 경마장이니, 고급 레스토랑이니 하며 찾아다녀 네 수입으로는 도저히 감당할 수 없어 지금 파산직전에 있다고 하더구나. 그러니 형의 돈을 빼앗으려는 것도 무리는 아니겠지. 나는 본디 너의 인품을 높이 사고 있지 않았지만, 그렇다고 해서……."

"이제 그만들 하시오!"

플로비셔 핌이 형제의 다툼을 말리는 데 겨우 성공했다. 이 지방에서 으뜸가는 명사의 권위를 그럭저럭 되찾기도 했거니와 형제가 모두 너무 큰소리를 질러댔기 때문이기도 했다.

"잠깐만, 마틴, 언제까지나 둘이 다투어봐야 무슨 소용 있겠소. 나는 어릴 적부터 당신을 잘 알고 있고 당신 아버지와도 오랫동안 사귀어온 사이였소. 그러니 내 말 좀 들어보오. 그야 당신이 화내는 것도 무리는 아니오. 허빌랜드의 말은 확실히 지나쳤으니까. 그러나 허빌랜드도 마음이 진정되면 여느 때의 상태로 돌아갈 거요. 그 점을 생각해 주시오. 말해 두지만, 허빌랜드뿐만 아니라 우리 모두 너무 큰 충격을 받아 평정을 잃고 있었소. 당신의 말도 지나쳤소. 당신은 지금 허빌랜드에게 형의 돈을 뺏으려고 한다고 퍼부었는데, 그럴 리가 없지요. 사실 허빌랜드는 그 유언장의 짓궂은 조항을 전혀 모르고 있었소. 장례식 절차만 해도 이 마을의 오랜 관습을 그대로 지켰을 뿐이오. 알겠소, 마틴? 내 말을 받아들여 앞으로는 형제가 사이좋게 지내시오. 그리고 허빌랜드, 당신도 그렇게 하시오. 내 타협안을 받아들이시오. 그 유언장이 어디 있는지 찾지 못했다고 생각하면 되오. 그러면 이처럼 보기 싫은 소동을 벌이지 않아도 되었을 테니까. 절대로 이런 소동은 벌여서는 안 되오. 유언장에 구애받지 말고 형제가 유산을 사이좋게 반씩 나누어가지면 되잖소. 고인의 유해가 두 아들이 재산문제로 다투는 불씨가 된다면 그것만큼 흉한 일이 또 어디 있겠소."

"죄송합니다." 마틴이 말했다. "추한 꼴을 보여드려 부끄럽군요. 말씀하신 대로 그 제안이 가장 적절한 것 같습니다. 허빌랜드, 이 말을 잊지 마라, 유산의 절반은 네게 주겠다."

"유산의 절반이라고! 웃기지 말아요. 그것은 모두 내 재산인데 나한테 준다는 말은 또 뭐지! 내 것을 나에게 준다고?"

"아니, 지금으로서는 모두 내 재산이다. 아버지의 유해가 아직 땅에 묻혀 있지 않으니까. 플로비셔 핌 씨, 내 말이 옳지 않습니까?"

"그렇긴 하오. 지금으로서는 법적으로 보아 당신의 것이오. 허빌랜드, 이 점을 고려해 넣어야 하오. 그리고 당신 형님은 절반을 주겠다고 하지 않소."

"절반이라고요? 내가 절반을 받으면 세상 사람들의 웃음거리가 될 겁니다. 형님은 속임수로 내 재산을 가로채려 하고 있습니다. 나는 경찰을 불러 교회에 안치해 두었던 유해를 훔친 죄로 체포시키겠습니다. 나는 그 정도의 손도 쓰지 못하는 바보가 아닙니다. 모티머 씨, 전화 좀 쓰겠소."

이때 비로소 피터 경이 끼어들었다.

"주제넘은 말인 줄 알지만 나도 한마디 해야겠소. 이것은 버독 집안의 가정문제로 남인 내가 참견할 일이 아님은 잘 알고 있소. 그러나 공교롭게도 내가 유언장을 찾아냈으니 뜻하지 않은 분쟁의 씨앗을 뿌린 셈이 되었군요. 그래서 다시 한 번 주제넘게 충고하겠는데, 경찰은 부르지 않는 편이 좋을 겁니다."

"충고한다고? 놀랍군. 어째서 내가 당신의 충고를 받아들여야만 합니까? 당신 자신이 말했듯이 이 문제는 당신과 아무 관계도 없는 일입니다."

"관계가 전혀 없는 것도 아니지요." 피터 경은 상대방의 항의를 가로막으며 설명했다. "만일 형제가 유산다툼으로 소송을 일으킨다면 증인으로서 법정에 출두해야만 합니다. 분쟁의 원인이 된 유언장은 바로 내가 찾아냈으니까요."

"그래서요?"

"그래서 법정에 서게 되면 나는 다음과 같은 질문을 받을 겁니다. 즉 문제의 유언장은 발견된 장소에 얼마 동안 있었다고 생각하느냐고 말이오."

허빌랜드는 무언가가 목에 걸린 듯한 표정을 지으며 선뜻 대꾸하지 못했다.

"그, 그것이 어쨌단 말입니까?"

"아직도 모르겠소? 조금만 생각해 보면 알 텐데. 돌아가신 당신 아버지의 유언장이니까 그가 그것을 그 자리에 숨긴 것은 미국으로 건너가기 이전이었겠지요? 그는 언제 미국으로 건너갔지요? 3년 전? 5년 전?"

"약 4년 전이지요."

"아아, 그랬군요. 그 뒤로는 게으름뱅이 여자관리인에게 저택을 완전히 맡겼는데, 이 여자는 서재에 온통 습기가 차도록 내버려두었지요. 방 안에 불을 때어 습기를 말리지도 않았고, 깨진 유리창으로 비가 들이쳐도 그대로 내버려두어 귀중한 고서에 곰팡이가 잔뜩 끼어버렸소. 나 같은 애서가로서는 슬퍼하지 않을 수 없는 일이오. 그런데 내가 법정에서 유언장을 발견한 자초지종을 증언함으로써 당신이 그 서재를 3년 동안 습기가 기승을 부리도록 내버려두었다는 사실이 밝혀지면 듣는 사람들은 어쩐지 이상하다고 생각지 않겠소? 이것은 내가 증언대에서 할 말이지만 책장 가의 벽에는 습기가 빚어낸 큰 얼룩…… 징그럽게 웃고 있는 남자의 얼굴과 비슷하게 보이는 얼룩이 나 있소. 그리고 《뉘른베르크 연대기》의 가죽표지가 벽에 닿아 있던 부분에도 아주 똑같은 모양의 얼룩이 나 있지요. 그런데 《뉘른베르크 연대기》에 끼어 4년 동안 잠자고 있던 유언장에는 얼룩이 한 점도 없었습니다."

허빌랜드의 젊은 아내가 갑자기 비명 같은 소리를 외쳤다.

"바보! 당신은 정말 바보예요!"

"엇! 잠자코 있어!"

허빌랜드는 화가 나 소리지르며 아내를 잡아끌었다. 그녀도 얼른 자기 입을 막으며 의자에 주저앉았다.

"위니가 지금 한 말로 사정을 알았다." 마틴이 말했다. "위니에게 고맙다고 말해야겠군. 허빌랜드, 이제 이러쿵저러쿵할 말이 없겠지 ?
위니가 이 희극의 무대 뒤를 폭로해 주었으니까. 즉 너는 유언장 내
용을 알고 있었다. 그래서 일부러 유언장을 감추고 장례식을 서둘러
치렀지. 그 수고에 대해 고맙다는 인사를 해야겠구나. 그리고 마음씨
좋은 글레엄 변호사에게도 말이다. 너와 글레엄 변호사가 짜고 유언
장을 일부러 감춘 것은 사기, 공모, 그 밖에 또 무언가에 해당되는
범죄가 되지 않을까 ? 플로비서 핌 씨에게 물어보면 가르쳐주겠지. "
치안판사가 어안이 벙벙한 표정으로 말했다.
"놀랍군 ! 피터 경, 이것이 사실이라고 자신있게 말할 수 있겠
소 ? "
"절대로 틀림없습니다. "
피터 경은 옆구리에 끼고 있던 《뉘른베르크 연대기》를 내밀었다.
"이 얼룩을 보십시오. 누구의 눈에도 뚜렷이 보이지요 ? 자, 허빌
랜드 씨, 댁의 책을 말없이 들고 나온 죄를 용서하시오. 그건 그렇
고, 장례식 전날 이런 자그마한 실수를 깨닫고 《뉘른베르크 연대
기》를 팔아치우거나 가죽표지 절반을 속표지째 찢어버리지 않은 것
은 정말 다행이었소. 자, 마틴 씨, 이 귀중한 책을 돌려드립니다…
… 그대로. 이로써 내가 멜로드라마 무대에 배우의 한 사람으로 등
장하기를 꺼려하는 기분을 이해해 주시리라 믿습니다. 그것은 아무
래도 펙스니프 (디킨스 소설 《마틴 티즐》) 가 말했듯이 인간성에 슬픈 빛을 던지
게 되기 쉽기 때문이지요. 한편 나는 이 사건에서 어처구니없는 역
할을 하게 되어 있었다는 데 대해 분개하고 있소. 허빌랜드 씨는
내가 고서 애호가이기 때문에 책장 사이를 돌아다니다가 유언장을
발견한다는 조금 바보 같은 사나이 역할을 하도록 계획했던 거요.
그의 계획대로 나는 그 역할을 했지요. 다만 허빌랜드 버독 씨가
생각했던 것만큼 얼빠진 배우가 아니었을 뿐이오. 나는 이제 그만

실례하겠소. 플로비셔 핌 씨, 뒤처리는 당신이 하십시오. 자동차 안에서 기다리지요."

그리고 나서 피터 경은 위엄을 부리며 성큼성큼 홀을 걸어 나갔다.

잠시 기다리고 있자 플로비셔 핌이 행콕 목사와 함께 자동차로 돌아왔다.

"모티머 씨가 허빌랜드 부부를 정거장까지 바래다주러 갔소." 치안판사가 말했다. "그들은 곧장 런던으로 돌아가겠답니다. 목사관에 있는 그들의 짐은 내일 아침 철도편으로 보내면 될 겁니다. 이제 모든 일은 끝났으니 우리도 집으로 돌아갑시다."

피터 경이 시동을 걸었다.

그 순간 현관 앞 층계를 뛰어내려오는 사람이 있었다. 마틴이었다. 그는 피터 경에게로 다가오더니 낮은 목소리로 말했다.

"덕분에 잘되었습니다. 뭐라고 고맙다는 말씀을 드려야 할지 모르겠군요. 흥분한 나머지 추태를 부려 한심한 녀석이라고 생각하셨겠지만, 아버지의 유해는 고이 모시겠습니다. 그리고 유산 절반을 허빌랜드에게 주겠습니다. 동생을 너무 비난하지 마십시오. 아내의 낭비벽 때문에 그렇게 되었을 뿐이니까요. 정말 한심한 여자입니다. 허빌랜드를 빚 때문에 꼼짝달싹 못하게 만들었고, 사업까지 파탄상태에 빠뜨렸답니다. 하지만 그것도 내가 협력하여 반드시 바로잡아주겠습니다. 이해해 주시겠지요? 한심한 형제라고 생각지 마시기 바랍니다."

"잘 해보십시오, 기운을 내어서!" 피터 경이 말했다.

이윽고 그가 클러치를 넣자 자동차는 비에 젖은 큰길의 하얀 밤안개 속으로 사라져갔다.

피터 윔지 경의 모험

이 책의 맨 앞에 실은 〈의혹(The Five Red Herrings, 1931)〉은 도로시 L. 세이어스(Dorothy L. Sayers, 1893~1957)의 최고 걸작이다. 이 작품에는 피터 윔지 경이 등장하지는 않지만, 세계 최대의 범죄서적 수집을 자랑하는 엘러리 퀸이 펴낸 《세계걸작 추리 12선 & 1》에 수록되어 그 가치를 인정받고 있다. 1933년 지금은 이미 폐간된 〈미스터리 리그 매거진〉지——〈EQMM〉전신——에 처음 기고되었을 때의 일을 회상하며 퀸은 다음과 같이 말하고 있다.

"나는 이 작품에 넋을 잃었다. 그리고 그 기분은 지금까지도 변함이 없다. 세이어스 여사에게 전율을 느낀다."

다음 《귀족탐정 피터 경》의 해설은 도로시 L. 세이어스의 요청으로 폴 오스틴 델라가르디가 펜을 들어 조카인 피터 경에 대하여 쓴 《전기적 회상》의 내용을 요약한 것에다 조금 보충설명을 덧붙인 것이다. 이것은 1935년 7월 12일자 〈타임스〉지에 게재되었고, 그와 같은 해 고란츠 사에서 간행된 《Clouds of Witness》《Unnatural Death》《The

Unpleasantness at the Bellona Club》의 재판에 덧붙여졌었다.

"피터 데스 블레던 윔지 경은 1890년, 15대 덴버 공 모티머 제럴드 블레던 윔지와 프랑스 혈통을 이어받은 햄프셔 주 벨링검 장원의 프랑시스 델라가르디의 딸 호노리아 루캐스터 사이의 둘째아들로 태어났다. 형 제럴드 크리스천 윔지는 아버지가 세상을 떠난 뒤 덴버 공작 칭호를 이어받았다. 아내 헬렌과의 사이에 센트 조지('장난꾸러기 거킹즈'라는 애칭으로 불림)라는 아들이 있어서 암호풀이 이야기 단편인 《용머리 비밀의 학구적 해명》 및 장편 《Clouds of Witness》에 모습을 보인다. 피터 경에게는 메리라는 이름의 누이가 하나 있다. 그녀는 스코틀랜드야드의 파커 경감과 결혼한다. 따라서 이 책에도 등장하는 파커 주임경감은 피터 경의 매제인 셈이다.

어린시절의 피터는 허약하고 내향적인 소년이었으며, 악몽에 곧잘 시달리기도 했다. 그러나 자라면서 점차 독서와 음악에 열중하게 되었다. 몹시 신경질적이었으므로 학교에서도 '겁쟁이'라고 놀림을 받았지만 크리켓 선수로 보기 드문 재능을 발휘하면서부터 일약 이튼 학교의 인기를 한몸에 받아 '겁쟁이'라는 말은 어느덧 사라져버렸다.

그 즈음 그에게 멋 부리기와 와인의 맛을 가르쳐준 것은 외가 쪽 아저씨인 폴 오스틴 델라가르디였다. 아버지가 끊임없이 문제를 일으키고 있었기 때문에 피터는 늘 어머니 편이었던 것이다.

17살 때 아저씨는 피터를 파리로 보내 여성과의 교제를 통해 신사로서 성장하도록 이끌어주었다. 1909년 피터 경은 옥스퍼드 바리올 칼리지에 들어가 현대사학을 전공하고 우수한 성적으로 졸업했다. 그가 2학년 때 아버지가 사냥 중 목뼈를 다쳐 세상을 떠났다.

바이올에서의 마지막 학년 때 그는 17살 난 아름다우나 머릿속이 텅 빈 아가씨와 맹목적인 사랑에 빠졌다. 그러나 주위의 맹렬한 반대에 하는 수 없이 학문에 몰두하였다. 그 무렵 제1차 세계대전이 일어나 피터는 그 아가씨와의 결혼에 미련을 남긴 채 싸움터로 뛰어들었다.

프랑스에서 화려한 무훈을 세우고 잠시 고국으로 돌아온 그를 기다리고 있는 것은 한 통의 결혼통지서였다. 자신의 어리석음을 깨달은 그는 다시 싸움터로 나가 독일군에 대한 첩보활동으로 눈부신 활약을 했다. 그러나 1918년 폭탄에 맞아 그 뒤 2년 동안 심한 신경쇠약으로 괴로움을 겪었다.

피터는 고국으로 돌아와 그의 밑에서 하사관으로 있었던 밴터를 집사로 거느리고 피커딜리 110 A플랫에 자리잡고 세속을 떠난 생활을 보낸다. 살아나가는 데 아무 부자유스러움이 없었으므로 이대로 그 생활에 영영 파묻어버릴 염려가 있었지만, 1921년에 별안간 피터의 이름이 세상의 눈길을 끌게 되었다. 어떤 보석도난 사건이 이상하리만큼 사람들의 큰 관심을 끌었는데, 피터 경이 검찰측 증인으로 등장했던 것이다.

이리하여 그는 '귀족탐정'으로서 그 이름을 떨치게 되었다. 그리고 수사과정에서 경시청의 파커 주임경감과 친하게 사귀었다.

이러한 그의 도락을 좋지 않게 여기던 형 제럴드를 살인용의에서 구해주는 동안에 탐정업이 완전히 몸에 밴 피터 경은 어느 때 애인 살해혐의로 체포된 여류 미스터리소설가를 변호하는 동안 저도 모르게 그녀에게 사로잡히고 만다. 핼리에트 베인이라는 그 여인은 무죄판결을 받지만 피터 경의 구혼에 고개를 젓는다.

그 뒤 몇 번이나 총명하고 성격 좋은 그녀는 사건에 휘말려들어 그때마다 피터 경을 도와 수사에 나서지만 여전히 집요하리만큼 열정적인 피터 경의 구혼은 받아들이지 않는다.

이윽고 1935년 〈바쁜 밀월여행〉에서 두 사람은 가까스로 결혼한다. 이 책에 수록된 〈유령에 홀린 경관〉은 이 두 사람 사이에 큰 아들이 태어난 날 밤의 이야기며, 1942년에 씌어진 마지막 단편 〈Tallboys〉에서는 아들이 셋으로 늘어나 있다.

피터 경의 취미는 범죄학, 애서(愛書), 음악(피아노와 명종술(鳴鐘術)), 크리켓. 저서로는 《요람기 책 수록 평석(評釋)》 《살인자 편람》 등이 있다. 〈맬보로〉 〈에고티스트〉 〈베로나〉 세 클럽의 회원. 윔지 집안의 문장은 검은 바탕에 은빛 쥐가 세 마리 달리는 그림이 있고 그 위에 고양이 한 마리가 막 쥐를 잡아먹을 듯이 도약하려는 자세로 그려져 있으며, 그 양옆에 갑옷을 입은 두 기사가 칼을 뽑아들고 서 있는 그림이다. 그리고 기사들이 딛고 선 받침대 같은 곳에 '나, 윔지를 굳게 지키리(I HOLD BY MY WHIMSY)'라는 제명이 새겨져 있다."

이 글에 보충하여 피터 경의 용모를 설명하면, 키 175센티미터——뒷날의 작품에서는 183센티미터——로 '마음이 소탈해 보이고 유머가 깃든 잿빛 눈동자에 얼마쯤 비꼬임이 담긴 느낌'으로 눈을 내려뜨며 '한복판에 자리잡은 위대하리만큼 높이 솟은 코'를 가지고 있다. 그리고 그 밖에는 그다지 두드러진 특징이 없는 얼굴이다. 머리는 금발, 길고 화사한 손가락으로 스틱을 쥐고 외눈안경을 끼었으며, 머리에는 소프트 모자를 쓰고, 회색 양복에 '밝은 빛깔의 가벼운 외투'를 걸쳤다.

앞에서도 조금 언급했듯이 그는 와인을 즐겨 마시며, 식성이 까다롭고, 또한 어떤 일이 있어도 식사 뒤에는 반드시 커피를 마셔야 하는 사나이다. 그의 집사 밴터는 커피를 아주 맛있게 끓이는 뛰어난 솜씨를 갖고 있다.

피터 경은 자동차 운전을 좋아하여 "도로상의 어떤 물체에 직접 관심이 쏠릴 때야말로 나의 두뇌가 최대한으로 활동한다"라고 늘 입버릇처럼 말하고 있어, 뛰어난 추리를 해내는 그의 추리비밀의 한 끝을 엿볼 수 있다.

한 마디로 말해서 피터 경은 온화하고 교양이 풍부한 스포츠맨으로, 정통적인 영국 신사라고 할 만한 이상적인 인물이다.

도로시 L. 세이어스는 1893년 6월 13일 옥스퍼드에서 헨리 세이어스 목사와 헬렌 메리 세이어스 사이의 외동딸로 태어났다. 미들네임인 L.은 외가쪽 성으로, 〈펀치〉지의 창설자 가운데 한 사람이고 그즈음의 이름난 아마추어 연극배우로 알려진 퍼시벌 리가 도로시의 외할아버지였다. 도로시라는 이름에는 '신으로 받은'이라는 뜻이 포함되어 있었다. 어렵게 얻은 오직 하나뿐인 자식에 대한 어버이의 사랑이 담긴 이름인 것이다.

아버지는 고전학자이며 음악가였다. 딸이 태어날 무렵에는 성가대 소년들에게 일반교양을 가르치는 크라이스트처치 카세드럴 크와이어 스쿨의 교장으로 있었다. 1897년에 블루어 스트리트의 집이 너무 좁아 시골로 옮겨가서 살게 되었다. 헌팅던시어의 블랜티섬 목사관에서 살게 된 도로시는 여기서 승마와 스케이트를 즐기며 자랐다. 아버지는 오랜 세월 소년들을 가르쳐왔으므로, 이곳에서는 자신의 딸 하나를 상대로 소년들과 마찬가지로 교육하였다. 그리하여 6살 때 이미 라틴 어를 배우고, 15살 때에는 여가정교사에게 프랑스 어를 배웠다. 도로시는 이 두 외국어를 쉽게 습득하여 모국어와 마찬가지로 프랑스 어를 잘했을 뿐만 아니라 독일어까지 완벽하게 익혔다.

1909년 16살 때 그녀는 영국 남서부 솔즈베리에 있는 고들핀 스쿨에 들어갔다. 키가 크고 안경을 썼으며 목이 긴 그녀에게 '백조'라는 별명이 붙여졌다. 그러나 수학공부가 제대로 되어 있지 않았기 때문에 저학년부터 다시 배워야만 했다.

이해 여름, 학교잡지에 그녀의 에세이가 실렸다. 그리고 서서히 두각을 나타내게 된 도로시는 가을학기에 이미 최상급으로 뛰어올랐다. 다음해부터는 바이올린과 피아노를 배웠다.

1911년 봄 학기에 악성 홍역이 학교 안에 돌아 건강에 자신 있던 도로시도 병상에 드러눕고 말았다. 회복된 뒤에도 그녀는 오랫동안 쇠약해진 몸으로 지냈다. 그렇다고는 해도 그녀는 18살의 아가씨였다. 본디 그다지 예쁜 얼굴이 아닌데다 키가 큰 도로시는 병을 앓고 난 뒤 머리털 문제가 하나의 고민거리가 되었다. 그리하여 가발을 쓰고 학교에 나갔으며, 바이올린을 켜고, 성가대에서 알토로 노래를 불렀다. 그러나 몸이 완전히 쇠약해져버린 그녀는 솔즈베리 사립병원에 입원하게 되었고 고들핀으로 다시 돌아가야만 했다.

일단 집으로 돌아온 그녀는 장학금을 받아 이듬해부터 서머빌 칼리지에 진학하였다. 칼리지에서의 성적은 아주 뛰어났다. 그뿐 아니라 시작과 평론으로 자신의 재능을 충분히 발휘하였다. 그리하여 졸업 때에는 중세문학에서 최우등을 하여 1879년에 창립된 옥스퍼드의 칼리지 첫 여자 졸업생 가운데 한 사람이 되었다.

졸업한 뒤 집으로 돌아가 어머니의 시중을 들면서 도일과 월레스를 읽는 한편 자신에게 알맞은 직업을 찾았다. 그러나 교직 말고는 거의 길이 없었다. 하는 수 없이 1915년부터 그녀는 헐 스쿨에서 여학생들에게 현대영어를 가르치게 되었다. 생선내음이 물씬 풍기는 킹스턴 애폰 헐에서 그녀는 1917년까지 일했다. 꽤 색다른 교사였으나 학생들의 인기를 한몸에 모았다고 한다.

1917년 아버지가 위즈비치 가까이 크라이스트처치의 교구목사로 임명되어 또 그곳으로 옮겨가 살게 되었다. 그곳은 도로시가 여자의 몸으로 담배를 피웠다 하여 마을사람들에게 큰 충격을 주었을 만큼 구석진 시골이었다. 이 집에서 그녀의 초기추리소설들이 탄생했다. 그리하여 그녀의 대표작 《나인 테일러스》는 크라이스트처치가 무대로 되어 있다.

전쟁 중 블랙웰이라는 출판사가 얇은 시집을 간행했다. 헉슬리 등 두세 작가를 빼고는 거의 이름 없는 신인들이었는데, 그 《Adventurers All》이라는 시리즈의 아홉 권째에 세이어스의 처녀시집 《Op I》이 들어 있으며 이것은 1916년의 일이었다. 이어서 1918년에 제2작 《Catholic Tales and Christian Songs》가 역시 같은 곳에서 책으로 되어 나왔는데, 이 가운데에는 《The Mocking of Christ》라는 희곡이 들어 있었다.

그녀가 블랙웰 사를 통해 이 두 권의 책을 펴냈을 즈음 옥스퍼드로 돌아온 한 퇴역군인이 있었다. 그는 전쟁에서 신경을 다쳐 악몽에 시달리고 있었다. 그 무렵 도로시의 하숙 가까이 살고 있던 친한 벗 돌린 웰레스라는 여학생이 그 퇴역군인을 도로시에게 소개했다. 키가 크고 얼굴이 파리하며 바이런 풍의 용모를 지닌 이 24살의 젊은이 이름은 엘릭 웰프턴이었다. 도로시는 한눈에 그를 사랑하게 되었다. 그러나 불행히도 그 사모의 정은 일방적인 것이었으며, 더욱이 엘릭은 누구에게나 매우 인기 있는 남자였다. 그리하여 일단 단념해 버리고 1919년에 남프랑스의 학교에 자리가 났으니 조수로서 함께 가지 않겠느냐는 권유를 받고 두 사람은 프랑스로 향하였다. 이곳에서 그녀는 아르센 뤼뺑을 읽으며 나날을 보내었다. 그러나 엘릭의 품행에는 여전히 변함이 없어 딸을 염려한 아버지가 그녀를 영국으로 데리고 돌아왔다. 파국이 의외로 빨랐던 것이다.

다음해부터 도로시는 런던에 살며 여학교에서 교편을 잡았지만, 1921년에 드디어 벤슨 광고대리점의 카피라이터로 일하게 되었다. 여기서 그녀는 지난날의 편집 경험을 되살려 큰 활약을 하였다. 장편 추리소설 《Murder must Advertise》는 이때의 경험을 바탕으로 하여 씌어진 것이었다.

벤슨에 자리잡기 전 그녀는 몇 번이나 크라이스트처치로 돌아가 소설의 구상을 했었다. 그때까지 추리소설을 많이 읽었고, 또 마음의 아픔을 달래기 위해 도로시는 마을길을 거닐며 멋진 탐정이 활약하는 추리소설을 구상했다.

주인공은 독신귀족으로 설정하고, 신문이며 영화 등에서 보고들은 것을 바탕으로 주인공의 이미지를 만들어갔다. 이름은? 크라이스트처치를 흐르는 위지 강의 이름을 본떠 위지 경이라고 하면 어떨까? 발음이 좋지 않다. 위지——윔즈——그렇다, 윔지라고 하자.

그리고 동시에 두 작품의 구상이 떠올라 그녀는 첫 작품을 피셔 앤 윈 사로 보냈으나, 어네스트 벤 사로 돌려졌다. 그리하여 1923년에 가까스로 여기서 제1작 《Whose Body?》가 간행되었다. 날개 돋친 듯이 잘 팔려나가지는 않았지만 제2작 《Clouds of Witness》가 같은 출판사에서 연달아 간행되었다.

이 무렵 작품에도 나오는 〈소비에트 클럽〉 같은 곳에 드나들던 도로시는 한 남자를 만났는데, 1923년 6월에 임신했음을 깨닫게 되었다. 회사에서 여섯 달의 휴가를 받아 집으로 돌아와 다음해 1월 3일에 출산했다. 그녀는 그 즈음 자신의 아이가 마음에 들지 않는지 한 사촌에게 그 아이를 맡기고는 회사로 돌아갔다.

그녀는 벤슨에서 일하면서 차례차례 소설을 발표하고 있었던 1926년 4월 13일에 결혼하였다. 상대는 오즈월드 애서튼 블레밍으로, 1881년 11월 6일 옥스퍼드에서 태어난 사람이었다. 그때 그는 44살로서 재혼이었다. 전쟁영웅으로서 저널리스트로 일하며 가정적으로도 꽤 복잡한 남자였으며 그의 생활은 허위의 연속이었다. 이 불가사의한 결혼은 처음에는 그럴듯해 보였으나, 머지않아 곧 남편과 다른 여자와의 사이에 어린아이가 태어나고 술로 돈을 탕진하는 등 아주 참담한 생활로 변모되어 갔다. 도로시는 집안일에 한 마디도 참견하지 않고 오직 집필에만 전념하였다.

1957년에 《Such a Strange Lady : An Introduction to Dolothy I, Sayers (1893~1957)》라는 〈도로시 세이어스 평전〉을 써내어 큰 화제를 불러일으켰던 자네트 히치먼은 세이어스의 작품 속에서 그 가정생활의 투영을 찾아내고 있다. 즉 《The Documents in the Case》에서 살해된 해리슨과 남편 플레밍의 예를 보면 과연 붕괴의 극에 이른 실제 생활의 모습이 눈앞에 떠오르는 듯하다.

1928년 9월에는 아버지가, 그리고 열 달 뒤에는 어머니가 세상을 떠났다. 이 슬픈 나날을 메울 듯이 그녀는 정력적으로 저술활동을 펴나갔다. 그것은 또한 생활비와 사촌에게 맡긴 자식의 양육비 및 교육비 때문이기도 했다. 세어어스는 자주 이 사촌을 찾아갔으며, 1950년에 남편이 세상을 떠난 뒤로는 오직 이 아이만이 그녀가 마음을 지탱할 수 있게 해주었다. 전쟁이 끝난 뒤로 추리소설에서 손을 뗀 그녀는 단테의 《신곡》 번역에 몰두했다. 옥스퍼드에서 쌓은 학문이 늘그막에 훌륭한 결실을 맺은 것이었다. 세이어스의 업적 중에서도 이 후기의 활약은 그녀가 진정으로 바라서 한 일이었다. 특히 《신곡》의 영역과 단테에 관한 여러 평론은 전문가들로부터 높은 평가를 받고 있지만, 여기서는 이미 해설이 꽤 길어졌으므로 더 이상 언급할 지면이 없다.

1957년 12월 17일, 그녀는 런던으로 크리스마스 선물을 사러 나갔다. 돌아오는 도중 피로를 느낀 세이어스는 집에 닿아 코트를 벗고 고양이에게 먹을 것을 주려고 부엌으로 가다가 쓰러졌다. 그녀의 유체는 다음날 아침 비서에 의해 발견되었다. 책상 위에는 번역 중이던 〈천국편〉의 초고가 미완성인 채 놓여 있었다.

하워드 헤이클래프트는 피터 경과 베인의 로맨스가 세이어스의 자전적 이야기라는 풍설을 부정하고 있다. 그러나 히치면의 저서를 읽으면 피터 경은 세이어스의 이상이며 두 사람의 로맨스는 현실에서 실제로 이루어지지 못한 사랑의 꿈이라고 피력하고 있다. 후기의 장편추리소설에 있어 연애묘사가 추리적 측면을 희박하게 만들고 있다는 비판이 없지 않지만, 두 남녀 주인공의 로맨스야말로 세이어스가 가장 쓰고 싶어한 것이었다. 마음이 따뜻하고 이지적인 남성으로부터 구혼을 받아 한참 버틴 뒤 가까스로 결혼에 골인하여 세 아들을 낳고 행복한 생활을 보내는 피터 경 부인의 이야기는 실로 세이어스의 열망이 나타난 거라고 할 수 있으리라.

피터 경이 등장하는 작품은 장편 11편, 단편 21편에 이르며, 단편집은 모두 다섯 권이다. 이 책에는 21편의 단편 가운데서 7편을 골라 실었다.

〈거울의 영상(The Image in the Mirror)〉——1933년에 간행된 제2단편집 《Hangman's Holiday》의 권두를 장식했던 작품. 또한 세이어스 자신이 편찬한 앤솔로지 《Tales of Detection(1936)》에서는 스스로 이 작품을 선택하고 있다. 〈EQMM〉 1964년 9월호에 〈Something Queer About Mirror〉라는 제목으로 재수록되었다. 좌우 내장의 위치가 서로 바뀌어 있는 사나이가 기억상실 중에 살인을 저질렀을지도 모른다고 여기는 설정으로, 우연히 그를 덮친 괴로움에 고통받는다는 발단의 괴기성이 뛰어나다.

〈마법사 피터 윔지 경(The Incredible Elopement of Lord Peter

Wimsey——피터 윔지 경의 기괴한 실종〉〉——제2단편집의 〈거울의 영상〉뒤에 실렸었다. 〈EQMM〉 1965년 5월호 〈The Power of Darkness〉라는 제목으로 재수록. 스페인 피레네 산속 바스크 지방을 무대로 한 기묘하고 이상한 사건이다.

〈도둑맞은 위(The Piscatorial Farce of the Stolen Stomach)〉〉——제1단편집 《Lord Peter Views the Body(1928)》에 수록되었던 한 편. 그 밖에 오하이오 주 테이튼에서 1936년 교사용 《Senior Scholastic》에 〈The Stolen Stomach〉라는 제목으로 재수록되었다. 강인한 소화력을 가진 위에 얽힌 사건이라는 설정이 재미있다.

〈완전한 알리바이(Absolutely Elsewhere)〉〉——시카고의 타워 매거진 사에서 발간되었던 일러스트가 든 탐정잡지 〈미스터리〉 1934년 1월호에 〈Impossible Alibi〉라는 제목으로 발표되었다. 1939년에 간행된 제3단편집 《In the Teeth of the Evidence》에 들어 있다. 로저 L 그린이 편찬한 《Ten Tales of Detection(1967)》에도 수록되어 있다. 진기한 알리바이 트릭에 대한 이야기.

〈구리손가락 사나이의 비참한 이야기(The Abominable History of the Man with Copper Fingers)〉〉——제1단편집에 수록되었던 작품. 1965년에 A. 히치콕이 편찬하여 간행된 《Alfred Hichcock Presents Stories Not for the Nervous》에도 수록되었다. 피터 경이 벗 애버스노트 경과 함께 회원이 되어 있던 런던의 〈에고티스트 클럽〉에서 회원이 아닌 미국배우가 들려주는 이상한 이야기.

〈유령에 홀린 경관(The Haunted Policeman)〉〉——이 단편은 미국의 〈하퍼즈 배더〉지 1938년 2월호에 발표되었다가 그해 영국의 〈스트랜드 매거진〉 3월호에 게재되었다. 이 호의 커버는 피터 경을 그린 색채화였다. 그리고 1972년이 《Lord Peter》 및 《Striding Folly》와 〈EQMM〉 1952년 5월호에도 수록되었으며, 그 밖에 존 로드가 편찬한 앤솔로지 《Detective Medley(1939)》와 세실 JC 스트리트가 편찬한 《Line Up(1940)》에도 들어 있다. 장남 탄생일에 피터 경이 우연히 맞닥뜨린 유령에 대한 이야기. 존재하지 않는 13번지의 집은 과연 어디로 갔을까? ……불가능의 흥미가 넘치는 작품이다.

〈불화의 씨, 작은 마을의 멜로드라마(The Undignified melodrama of the Bone of Contention)〉——제1단편집에 수록되어 있다. 하워드 헤이클래프트가 편찬한 《Fourteen Great Detective Stories (1949)》, 헤이클래프트와 존 빅로프트가 함께 편찬한 《A Treasury of Great Mysteries(1957)》 제2권에도 수록되어 있다. 머리 없는 말과 머리 없는 마부가 끄는 마차가 등장하는 유령이야기. 피터 경 이야기 단편 중 가장 길어 중편으로도 불릴 만하다. 그 분량과 더불어 세이어스 단편의 대표작으로 꼽히고 있다.